O comitê da morte

NOAH GORDON

O comitê da morte

Tradução de Roberto Grey

Rocco

Título original
THE DEATH COMMITTEE

Copyright @ 1969 *by* Noah Gordon

Direitos para a língua portuguesa reservados
com exclusividade para o Brasil à
EDITORA ROCCO LTDA.
Avenida Presidente Wilson, 231 – 8º andar
20030-021 – Rio de Janeiro – RJ
Tel.: (21) 3525-2000 – Fax: (21) 3525-2001
rocco@rocco.com.br
www.rocco.com.br

Printed in Brazil/Impresso no Brasil

preparação de originais
FRANCISCO AGUIAR

CIP-Brasil. Catalogação na fonte.
Sindicato Nacional dos Editores de Livros, RJ.

G671c
  Gordon, Noah
    O comitê da morte/Noah Gordon; tradução de Roberto Grey. – Rio de Janeiro: Rocco, 1995.

    Tradução de: The death committee
    ISBN 85-325-0587-2

    1. Romance norte-americano. I. Grey, Roberto. II. Título.

95-1345
                                            CDD-813
                                            CDU-820(73)-3

O texto deste livro obedece às normas
do Acordo Ortográfico da Língua Portuguesa

De novo, para Lorraine:
a garota com quem me casei
e a mulher em que se transformou

AGRADECIMENTOS

Muitas pessoas me deram demonstrações de carinho enquanto eu escrevia este livro. Os médicos que sofreram com minhas infindáveis perguntas e se dispuseram generosamente a me transmitir informações e a me encorajar não devem ser de modo algum responsabilizados por meus pontos de vista, nem por quaisquer erros que possam porventura ser descobertos em meu trabalho. Mereceram sempre meu respeito; agora também merecem minha gratidão.

Gostaria de agradecer ao Dr. Andrew P. Sackett, diretor do Departamento de Saúde e Hospitalar de Boston, e ao Dr. James Sacchetti, diretor adjunto, por terem me possibilitado a informação e a experiência obtidas como técnico voluntário em cirurgia no hospital da cidade de Boston; à Srta. Mary Lawless, enfermeira diplomada, supervisora das salas de operação do hospital da cidade de Boston, por ter me ensinado como me comportar na sala de operação; e ao Sr. Samuel Slattery, auxiliar médico de cirurgia, por ter transformado minha experiência de campo em algo tão memorável para mim.

Em resposta à pergunta inevitável, o hospital geral do condado de Suffolk é fruto da minha imaginação e de modo algum modelado em uma instituição atual, nem a faculdade de medicina mencionada neste romance é modelada em alguma faculdade existente.

Sou grato ao Dr. Lawrence T. Geoghegan, ex-residente-chefe da cirurgia do hospital da cidade de Boston, por ter me permitido seguir seus profissionais em suas rondas vespertinas, e por esse mesmo privilégio ao Dr. Mayer Katz, que se tornou residente-chefe quando o Dr. Geoghegan foi para o Vietnã, para onde ele também, por sua vez, seguiu.

Por ter me permitido assistir às reuniões sobre mortalidade em seus respectivos hospitais, quero agradecer ao Dr. Paul Russell, diretor de cirurgia de transplantes no Hospital Geral de Massachusetts; ao Dr. Samuel Proger, médico-chefe dos hospitais do centro médico da Nova Inglaterra; e ao Dr. Ralph A. Deterling Jr., cirurgião-chefe dos hospitais do centro médico da Nova Inglaterra e chefe do primeiro serviço de cirurgia do hospital da cidade de Boston.

Em virtude de tantas pessoas terem me ajudado generosamente e devido ao fato de os registros e a memória serem imperfeitos, gostaria de me desculpar com qualquer pessoa cujo nome deveria constar desta página e não consta. Por sua ajuda e cooperação, gostaria de agradecer ao Dr. Paul Dudley White; a Robert Kastenbaum, doutor em filosofia; ao Dr. Lester F. Williams; ao Dr. Anthony Monaco; ao Dr. Don R. Lipsitt; ao Dr. Carl Bearse; a Miriam Schweber, doutora em filosofia; ao Dr. Blaise Alfano; ao Dr. Robert M. Schlesinger; ao Dr. Benjamin E. Etsen; ao Dr. Richard A. Morelli; ao rabino Hilel Rudavsky; ao Sr. Patrick R. Carroll e ao promotor Charles J. Dunn.

O Dr. Richard Ford, examinador médico do condado de Suffolk, que há muito tempo conduziu com tato e sensibilidade um jovem repórter à sua primeira autópsia, permitiu-me novamente acompanhá-lo de perto e provou que o passar dos anos não diminuiu sua paciência nem seu talento de educador.

Devo uma palavra especial de agradecimento ao Dr. Jack Matloff e ao Dr. John Merrill, que me dedicaram generosamente seu tempo e me transmitiram seus conhecimentos e, junto com a Dra. Susan Rako, tiveram ainda a gentileza de ler meu original.

Por sua ajuda na preparação do original, sou grato à Sra. Ernest Lamb Jr.; pelo auxílio de modo geral, à Srta. Lise Ann Gordon; e pela sua ajuda e cortesia aos funcionários das bibliotecas públicas de Framingham, da Biblioteca Framingham da universidade estadual, da biblioteca médica de Boston e da Biblioteca de Medicina Francis A. Countway.

Pelo apoio incessante e incondicional, agradeço a minha agente literária, Srta. Patricia Schartle, e a meu editor, Sr. William Goyen. Junto com Lorraine Gordon, eles tornaram este livro possível.

N. Gordon
1966-1968

"Alguém
dá dinheiro
ao médico.
Talvez
não seja curado."

O Talmude
Tratado Kethubot: 105

"Um residente
penetra numa extremidade
de um túnel,
algo acontece
lá dentro
e gradativamente,
depois de mais seis
ou sete anos,
ele sai cirurgião."

Medical World News
16 de junho de 1967

PRÓLOGO

Depois de três semanas de turnos de 36 horas na ambulância, por 36 de descanso, com o motorista Meyerson já lhe dando nos nervos há bastante tempo, Spurgeon Robinson percebeu que aquela sangueira mexia com ele, que as calamidades o perturbavam e não estava gostando nem um pouquinho do serviço. Descobriu que às vezes era possível fugir usando sua imaginação, e nesta viagem, por exemplo, acabara de se convencer de que não se tratava de uma ambulância, e sim da porra de uma nave espacial. Ele não era um interno, e sim o primeiro negro a entrar em órbita. O uivo da sirene era a fumaça do foguete transformada em som.

Porém, Maish Meyerson, o imbecil, se recusava a cooperar, agindo como se fosse um piloto de corridas.

– *Wehr fahrbrent* – rosnou ele para o motorista de um teimoso Chrysler conversível, jogando a ambulância na ultrapassagem.

Numa cidade como Nova York, eles talvez tivessem algum problema em localizar o prédio, mas Boston só contava com poucos edifícios realmente altos. Em virtude da pintura vermelha original das barras de aço, o esqueleto do prédio furava o céu cinzento como um dedo ensanguentado.

Conclamava-os ao local exato do acidente. Spurgeon bateu com força a porta no momento em que a sirene silenciava com uns ganidos, e o bolo de gente em volta da figura estirada no chão abriu alas.

Ele se agachou. A metade ilesa da cabeça demonstrava que o paciente era um rapaz. Os olhos dele estavam fechados. Um filete mínimo de fluido pingava do lóbulo carnudo de uma orelha.

– Alguém deixou cair uma chave inglesa de três andares acima – disse um homem pançudo, o mestre de obras, em resposta à pergunta não formulada.

Spurgeon separou com os dedos o cabelo emaranhado e sentiu pelo tato os fragmentos de osso que se mexiam sob o tecido dilacerado, soltos e afiados como pedaços de casca de ovo quebrada. Provavelmente era fluido cerebrospinal que pingava da orelha, pensou ele. Não havia sentido em tentar desbridar a ferida enquanto o pobre sujeito jazia estendido no chão, concluiu ele, pegando uma compressa de gaze esterilizada e deixando-a cair em cima do ferimento, onde ela ficou vermelha.

A braguilha do sujeito estava aberta e seu pênis exposto. O mestre de obras pançudo reparou que Spurgeon tomava nota daquilo.

– Ele estava mijando – disse ele, e Spurgeon pôde visualizar a cena toda, o operário aliviando a bexiga que o incomodava, obtendo uma perversa satisfação em batizar o prédio que ajudava a construir; a chave inglesa caindo, caindo com certeira pontaria, como se fosse uma advertência divina contra os pequenos e abjetos gestos humanos.

O mestre de obras mastigava seu charuto apagado, olhando para o sujeito atingido.

– Seu nome é Paul Connors. Estou cansado de dizer a esses filhos da puta para usarem seus capacetes. Será que ele vai morrer?

– Daqui onde estou não se pode dizer grande coisa – respondeu Spurgeon. Ele levantou uma pálpebra cerrada e constatou a dilatação da pupila. O pulso estava muito fraco.

O gordo deu-lhe um olhar de suspeita.

– Você é médico?

Crioulo?

– Sim.

– Vai lhe dar alguma coisa contra a dor?

– Ele não sente dor nenhuma.

Ajudou Maish a trazer a maca e puseram Paul Connors na ambulância.

– Ei! – gritou o mestre de obras no momento em que ele começou a fechar a porta. – Vou com vocês.

– É proibido – mentiu ele.

– Já fiz isso antes – respondeu inseguro o sujeito. – De que hospital vocês são?

– Do hospital geral do condado. – Ele puxou a porta e deixou que ela fechasse com força. Lá na frente, Meyerson deu a partida. A ambulância arrancou com um pulo. O paciente respirava superficialmente e Spurgeon prendeu o tubo preto de respiração otofaríngea na sua boca, de modo que a língua não atrapalhasse, e ligou o respirador. Colocou a máscara sobre o rosto do paciente e o oxigênio sob pressão começou a passar em breves e rápidos jatos, fazendo um ruído parecido com o de um bebê arrotando. A sirene deu um pequeno gemido ao recomeçar, desfiando mais uma vez sua forte zoeira eletrônica. Os pneus da ambulância zuniam sobre a superfície da rua. Ele começou a pensar que orquestração poderia transformar aquele incidente numa peça musical. Bateria, metais, palhetas. Você podia usar tudo.

Quase tudo, pensou ele, enquanto regulava a passagem do oxigênio.

Violinos não serviam.

* * *

Cochilando com a cabeça apoiada nos braços, Adam Silverstone inclinava-se sobre o tampo duro da mesa no escritório do chefe da residência, sonhando que ela era um ninho de folhas secas bem enroladas, que se haviam acumulado em várias e sucessivas quedas de folhas no passado, em que ele uma vez descansara quando menino, a observar um laguinho no riacho da floresta. Foi no final da primavera do ano em que fez 14 anos, péssima época para ele, pois seu pai dera para responder às indignadas pragas italianas de sua avó com insultos de lavra própria e embriagada em ídiche, e para fugir tanto de Myron Silberstein quanto da velha *vecchia*, tivera de tomar a autoestrada e viajar três horas de carona, sem destino, só para escapar da barulheira e da fumaça de Pittsburgh e de tudo que representavam, até que foi deixado por um motorista numa parte da estrada que cortava a floresta. Mais tarde, tentara inúmeras vezes reencontrar o local, mas nunca conseguia se lembrar exatamente de onde ficava, ou talvez quando chegasse lá a floresta já tivesse sido estuprada pelas motoniveladoras e gerado casas. Não que ela fosse algo de especial; a floresta era rala e irregular, cheia de árvores caídas, e o córrego, um fio d'água que nunca abrigara trutas, e o poço, uma funda e transparente poça. Mas a água era fria e malhada pela luz do sol. Ele se esticara de bruços em cima das folhas, sentindo o cheiro do barro úmido da floresta, seu estômago começando a roncar de fome, ciente de que dentro em breve ele teria de pedir carona para voltar, mas sem a mínima preocupação enquanto jazia ali deitado, a observar pequeninos besouros andando em cima da água. O que sentira ele na meia hora em que ali ficara – antes que a insistente umidade da primavera passasse através das folhas e o obrigasse a fazer sua trêmula despedida – que o fizera sonhar com o pequenino poço pelo resto da vida?

Paz, concluíra ele anos depois.

E essa paz foi agora quebrada pela campainha do telefone, que atendeu, ainda dormindo.

– Adam? Spurgeon.

– Aaalô – disse ele, bocejando.

– A gente pode ter um doador de rim, cara.

Ele acordou um pouco. – Sim?

– Acabo de trazer um paciente. Fratura múltipla do crânio com depressão e grande lesão cerebral. Meomartino está neste momento auxiliando Harold Poole numa neurocirurgia. Ele me disse para dizer a você que o EEG não revela nenhum impulso elétrico.

Agora ele acordou por completo.

– Qual o tipo sanguíneo do paciente? – perguntou.

– AB.

– Susan Garland é AB. Isso significa que o rim irá para Susan Garland.

– Ah... Meomartino mandou que eu dissesse a você que a mãe do paciente está na sala de espera. O nome é Connors.

– Merda. – A obrigação de conseguir permissão legal para o transplante era tarefa do chefe da residência e do cirurgião visitante. Notara ele que Meomartino, o visitante, invariavelmente estava sempre ocupado com outros problemas quando chegava a hora de falar com os parentes.

– Desço logo – disse ele.

A Sra. Connors estava sentada junto com um padre, apenas ligeiramente prevenida pelo fato de seu filho ter recebido a extrema-unção. Era uma mulher gasta pela vida e com uma vocação para desacreditar nas coisas.

– Ah, não me diga uma coisa *assim* – desabafou ela, com os olhos cheios de lágrimas e um sorriso trêmulo, como se fosse conseguir convencê-lo logicamente do contrário. – Ele não *está* – insistiu ela. – Ele não está morrendo. Não o meu Paullie.

Tecnicamente ela estava correta, pensou Adam. Àquela altura, para todos os efeitos, o rapaz já falecera. A Boston Edison Company mantinha-o respirando. Se o respirador elétrico fosse desligado, dentro de vinte minutos ele apagaria por completo.

Ele nunca conseguia dizer a essa gente que sentia muito; era bastante inadequado.

Ela começou a chorar, curvada.

Ele esperou o longo tempo necessário até que ela recuperasse o controle e em seguida, da maneira mais delicada possível, explicou o caso de Susan Garland.

– Compreende a situação da menininha? Ela também vai morrer, se a gente não lhe der outro rim.

– Pobre doçura – respondeu ela.

Ele não sabia se ela se referia ao filho ou à garota.

– Então a senhora vai assinar o documento de autorização?

– Ele já foi mais do que dilacerado. Mas se isso significa salvar o filho de outra mãe...

– Esperamos que sim – disse Adam. Assegurada a autorização, ele agradeceu-lhe e fugiu.

– Nosso Senhor deu todo o seu corpo para você e para mim – ouviu o padre falar enquanto se afastava. – Para Paul também, aliás.

– Eu nunca disse que era Maria, padre – respondeu a mulher.

* * *

Deprimido, ele achou que melhoraria seu ânimo observar o outro lado da moeda.

No quarto 308, Bonita Garland, mãe de Susan, estava sentada numa cadeira, fazendo tricô. Tal como sempre acontecia, quando a garota o avistou de sua cama, puxou o lençol até o queixo, tapando os alvos seios cobertos pela camisola, gesto que ele cuidadosamente evitava reparar. Ela estava recostada em dois travesseiros, lendo *Mad*, o que de certa forma o deixava aliviado. Algumas semanas antes, durante uma longa e insone noite, quando ela estava ligada ao chape-chape da máquina de diálise, que limpava periodicamente seu sangue das substâncias venenosas acumuladas em virtude da insuficiência renal, ele a vira folheando a *Seventeen* e brincara com ela por estar lendo a revista quando mal alcançara os 14 anos.

– Queria ter certeza de chegar aos 17 – dissera ela, virando uma página.

Agora, cheio de entusiasmo pelas boas notícias, deixou-se ficar ao pé da cama dela.

– Oi, amor – disse ele.

Ela estava passando por uma fase de fervorosa paixão pelos grupos musicais ingleses, paixão que ele também teve de simular desavergonhadamente.

– Conheço uma garota que diz que eu pareço com o cara que sempre aparece na capa da revista. Como é o nome dele?

– Alfred E. Neumann?

– Sim.

– Ah, você é muito mais bonito. – Ela entortou a cabeça para vê-lo, e ele observou que as olheiras dela estavam mais fundas, que seu rosto estava mais magro e que havia rugas de dor em torno de seu nariz. Na primeira vez em que vira aquele rosto, ele era vivo, buliçoso. Agora, apesar das sardas mal contrastarem com a pele amarelada, ainda assim tratava-se de um rosto que prometia ser muito atraente quando adulto.

– Obrigado – disse ele. – É melhor ter cuidado na hora de me elogiar. O Howard pode vir tirar satisfações. – Howard era o namorado dela. Seus pais haviam proibido um namoro firme entre eles, confidenciara ela a Adam certa noite, mas eles estavam firmes de qualquer maneira. Às vezes, ela lia para ele trechos das cartas de Howard.

Sabia que ela estava tentando fazer com que ele ficasse com ciúme de Howard e se sentiu emocionado e lisonjeado com isso.

– Ele vem me ver este fim de semana.

– Por que não pede a ele para vir no próximo, em vez deste?

Ela o fitou, alertada pelo sistema de alarme invisível do paciente.

– Por quê?

– Você poderá lhe dar boas notícias. Temos um rim para você.

– Ah, meu Deus! – Os olhos de Bonita Garland exultaram de felicidade.

Ela largou o tricô e olhou para a filha.

– Eu não quero – disse Susan. Seus dedos magros dobravam as capas da revista.

– Por que não? – perguntou Adam.

– Você não sabe o que está dizendo, Susan – disse sua mãe. – Há tempo que esperamos por isso.

– Fiquei acostumada com as coisas do jeito que estão. Sei o que esperar.

– Não, você não sabe – disse ele com delicadeza. Soltou os dedos dela da revista e os segurou na sua mão. – Se não operarmos, as coisas ficarão piores. Muito piores. Depois de a operarmos, elas ficarão melhores. Nada de dores de cabeça. Nada de noites passadas ligadas na porcaria da máquina. Dentro de pouco tempo, poderá voltar para o colégio. Poderá ir a bailes com Howard.

Ela fechou os olhos.

– Promete que nada sairá errado?

Meu Deus. Ele viu a mãe dela, sorrindo com uma dolorosa compreensão, fazer-lhe um gesto com a cabeça.

– Claro – disse ele.

Bonita Garland dirigiu-se à garota e a apertou em seus braços.

– Querida, tudo dará certo. Você verá.

– Mamãe.

Bonita abraçou com força a cabeça da filha contra o próprio colo e começou a niná-la.

– Susie-Q – disse ela. – Ah, com a graça de Deus somos gente de sorte.

– Mamãe, estou com tanto medo.

– Não seja boba. Você ouviu o Dr. Silverstone dar sua palavra.

Ele deixou o quarto e desceu pela escada. Nenhuma delas perguntara a procedência do rim. A próxima vez em que ele as visse, sabia que elas sentiriam vergonha do fato.

Fora do hospital o tráfego continuava, mas de maneira cada vez mais rala. O vento soprava do mar, passando por cima da parte mais suja da cidade, trazendo com ele uma rica variedade de cheiros, a maioria fedorentos. Ele sentiu vontade de nadar vinte vezes rapidamente na piscina, ou fazer amor prolongadamente, ou alguma ginástica frenética que pudesse aliviar aquele peso que o esmagava contra o concreto. Se ele não fosse seguramente filho de bêbado, teria entrado num bar. Mas, em vez disso, atravessou a rua até o Maxie's e comeu um ensopado enlatado acompanhado de duas xícaras de café. Não havia nada que o danado do garoto atrás do balcão pudesse fazer pelo ensopado.

O café era como o primeiro beijo de uma garota feia, nada de que se pudesse vangloriar, porém reconfortante.

O cirurgião visitante, Meomartino, estabelecera as linhas de comunicação entre as salas de operação e os parentes do doador. A gente tinha de dar a mão à palmatória, o sistema funcionava, pensou Adam Silverstone relutantemente enquanto escovava as unhas pra valer.

Spurgeon Robinson ficou posicionado na porta SO-3.

Lá em cima, no gabinete cirúrgico do primeiro andar, outro interno, chamado Jack Moylan, esperava junto com a Sra. Connors. No bolso de Moylan encontrava-se um papel autorizando a autópsia. Ele permanecia sentado, com o ouvido colado ao telefone, à espera de alguma comunicação que haveria de vir pela linha aberta e silenciosa. Do outro lado da linha estava um residente calouro chamado Mike Schneider, sentado atrás... da mesa no corredor, do lado de fora da porta da SO.

A três metros de onde Spurgeon permanecia, observando e à espera, jazia Paul Connors na mesa. Já fazia mais de 24 horas desde que fora trazido ao hospital, mas o respirador ainda respirava por ele. Meomartino já o havia preparado e colocado um pedaço de plástico esterilizado sobre a área abdominal.

Perto dele, o Dr. Kender, chefe adjunto da cirurgia, falava suavemente com o Dr. Arthur Williamson, do Departamento de Medicina.

Ao mesmo tempo, na SO-4 adjacente, Adam Silverstone, a essa altura já desinfetado e de avental, caminhou em direção à mesa de operação em que jazia Susan Garland. A garota, que havia sido sedada, fitou-o sonolentamente, sem reconhecê-lo por trás da máscara cirúrgica.

– Oi, amor – disse ele.

– Ah, você.

– Como está passando?

– Todo mundo embrulhado em lençóis. Vocês estão esquisitíssimos. – Ela sorriu e fechou os olhos.

Às 7:55, na SO-3, o Dr. Kender e o Dr. Williamson colocaram os eletrodos de um eletroencefalograma no cérebro de Paul Connors.

Tal como acontecera na noite anterior, o estilete do EEG desenhou uma linha reta no papel do gráfico, confirmando a informação que eles tinham, de que o cérebro dele estava morto. Por duas vezes num período de 24 horas eles haviam registrado a ausência de atividade elétrica no cérebro do paciente. Suas pupilas estavam amplamente dilatadas e não foram encontrados reflexos periféricos.

Às 7:59, o Dr. Kender desligou o respirador. Quase imediatamente, Paul Connors deixou de respirar.

Às 8:16, o Dr. Williamson verificou as batidas do coração, e, não encontrando nenhuma, declarou-o morto.

Imediatamente, Spurgeon Robinson abriu a porta que dava para o corredor.

– Agora – disse a Mike Schneider.

– Ele faleceu – disse Schneider ao telefone.

Ficaram à espera em silêncio. Dentro de um breve instante, Schneider escutou atentamente ao telefone, afastando-se em seguida do aparelho.

– Ela assinou – disse.

Spurgeon voltou à SO-3 e fez que sim com a cabeça para Meomartino. Sob os olhos do Dr. Kender, o cirurgião visitante pegou o bisturi e fez a incisão transversal que lhe permitiria remover o rim do cadáver.

Meomartino trabalhava com extremo cuidado, ciente de que sua nefrotomia estava correta e precisa pelo silêncio aprovador do Dr. Kender. Estava acostumado a operar diante dos olhos judiciosos de homens mais experientes, sem jamais se sentir constrangido por eles.

Mesmo assim, sua segurança sofreu um abalo infinitesimal ao levantar os olhos e distinguir o Dr. Longwood sentado na galeria.

Seria devido à sombra? Ou pôde ele discernir, no seu breve instante de observação, as bolsas escuras, típicas da uremia, já patentes sob os olhos do velho?

O Dr. Kender deu um pigarro, e Meomartino voltou a se inclinar sobre o cadáver.

Levou apenas 16 minutos para remover o rim, que parecia ser um bom espécime, com uma artéria única e bem definida. Enquanto ele dava uma busca com seus dedos enluvados no abdome para se certificar da inexistência de algum tumor oculto, a equipe de comunicações, cada membro a essa altura à espera e desinfetado, pegou o rim solto e o conectou a um sistema de irrigação que bombeava fluidos gelados através do órgão.

Diante de seus olhos, aquele grande grão de feijão vermelho embranqueceu, à medida que o sangue era expulso dele, murchando devido ao resfriamento.

Carregaram o rim até a SO-4 numa bandeja, e Adam Silverstone atuou como assistente enquanto o Dr. Kender ligou-o ao corpo da garota, removendo em seguida ambos os rins dela, pedaços gastos e enrugados de tecido inútil que há muito tempo não funcionavam. Mesmo assim, quando Adam deixou cair do fórceps o segundo na toalha, lembrou-se mais uma vez que agora a única conexão vital de Susan Garland era a artéria que ligava sua circulação ao rim de Paul Connors. A essa altura, o órgão transplantado já estava ficando saudavelmente rosado, aquecido pelo jorro de sangue jovem dela.

Menos de meia hora depois de o transplante ter começado, Adam fechava a incisão abdominal. Ele ajudou a assistente a remover Susan Garland até o quarto de recuperação esterilizado e por isso foi o último a chegar ao vestuário dos jovens cirurgiões. Robinson e Schneider já haviam trocado o verde da SO pelo branco e voltado às enfermarias. Meomartino estava com roupa de baixo.

– Parece que foi um sucesso – disse Meomartino.

Adam ergueu os dedos em cruz.

– Você viu Longwood?

– Não. O Velho estava lá?

Meomartino fez que sim com a cabeça.

Adam abriu o escaninho de metal que guardava sua roupa branca e começou a tirar as botas antiestáticas pretas de cirurgia.

– Não sei por que ele teria interesse em assistir – disse Meomartino um pouco depois.

– Ele mesmo estará recebendo um, dentro em breve, se tivermos a sorte de arranjar um doador B-negativo.

– Não vai ser fácil. B-negativos são raros.

Adam encolheu os ombros.

– Suponho que a Sra. Bergstrom receberá o próximo transplante – admitiu ele.

– Não tenha tanta certeza assim.

Uma das coisas irritantes da relação entre o cirurgião visitante e o chefe da residência era o fato de que, quando um deles ficava a par de informação ignorada pelo outro, era difícil resistir à tentação de se comportar como se tivesse acesso direto a Deus. Adam fez uma bola de suas roupas verdes e a arremessou na cesta de roupa suja meio cheia, no canto.

– Que diabos significa isso? Bergstrom receberá um rim de sua gêmea, certo?

– A gêmea não tem certeza se quer doar.

– Meu Deus. – Ele puxou sua roupa branca do escaninho e enfiou as calças que, reparou, estavam ficando sujas e teriam de ser substituídas por um par limpo no dia seguinte.

Meomartino saiu enquanto ele atava os cordões dos sapatos. Adam estava com vontade de fumar, mas o pequeno monstro eletrônico no seu bolso de cima deu um suave rosnado. Quando ele foi telefonar, recebeu a notícia de que o pai de Susan Garland estava à sua espera, e por isso subiu imediatamente.

Arthur Garland mal tinha entrado nos engordativos quarenta, com inseguros olhos azuis e incipiente calvície no seu cabelo castanho. Um distribuidor de artigos de couro, lembrou-se Adam.

– Eu não queria ir embora sem antes falar com você.

– Sou apenas um membro da equipe da casa. Talvez fosse melhor o senhor falar com o Dr. Kender.

– Acabei de falar com o Dr. Kender. Ele me disse que tudo saiu tão bem quanto se podia esperar.

Adam fez que sim com a cabeça.

– Bonnie... minha mulher... insistiu que eu viesse falar com o senhor... Ela me disse que o senhor tem sido muito compreensivo. Gostaria de agradecer.

– Não há de quê. Como está a Sra. Garland?

– Mandei-a para casa. Tem sido duro, e o Dr. Kender disse que não poderíamos ver Susan durante dois dias.

– Quanto menos contato ela tiver, mesmo com gente que a ama, menores serão as chances de contrair uma infecção. Os remédios que estamos usando para evitar que o corpo dela rejeite o rim também enfraquecem sua resistência.

– Compreendo – disse Garland. – Dr. Silverstone, está tudo dando certo?

Ele tinha certeza de que Garland já havia perguntado isso ao Dr. Kender. Diante da necessidade que o sujeito tinha de um presságio positivo, um sinal cabalístico de que tudo estava sob perfeito controle, ele teve a aguda consciência da impotência real deles.

– A operação correu tranquila – respondeu ele. – Era um bom rim. Temos muita coisa a nosso favor.

– E o que farão em seguida?

– Vamos observá-la.

Garland balançou a cabeça. – Uma lembrancinha. – Ele tirou uma carteira do bolso. – Crocodilo. Minha firma distribui a linha.

Adam ficou constrangido.

– Também dei uma ao Dr. Kender. Nem pense em *me* agradecer. Vocês estão me dando de volta minha menina. – Os olhos azuis acuados tornaram-se brilhantes, líquidos, transbordantes. Envergonhado, o sujeito desviou os olhos para a parede vazia.

– Sr. Garland, o senhor está cansado pra burro. Se não se importa, deixe-me dar-lhe uma receita de sedativo e vá para casa.

– Está bem. Por favor. – Ele assoou o nariz. – O senhor tem filhos?

Adam sacudiu a cabeça.

– Não deveria perder essa experiência. Nós a adotamos, sabe?

– Sim. Sim. Eu sei.

– Briguei com Bonnie por causa disso. Durante cinco anos. Eu tinha vergonha. Mas então finalmente a pegamos, com seis semanas de idade... – Garland pegou a receita, começou a dizer outra coisa, sacudiu a cabeça e foi embora.

* * *

O transplante fora realizado na sexta-feira. Lá pela quarta-feira seguinte, Adam sentiu intimamente que haviam alcançado a meta com sucesso.

A pressão de Susan Garland ainda estava alta, porém o rim funcionava como se fosse feito sob medida.

– Eu jamais pensei que meu coração batesse mais forte porque alguém pediu uma comadre – disse-lhe Bonita Garland.

Levaria ainda algum tempo até que sua filha se sentisse confortável. A incisão a incomodava e ela se achava enfraquecida pelos remédios que lhe administravam para evitar que seu organismo rejeitasse o rim. Estava deprimida. Reagia asperamente a comentários bem-intencionados e chorava à noite. Na quinta, ela ficou alegre durante uma visita de Howard, que se revelou um rapaz magricela, de dolorosa timidez.

Foi o efeito de Howard sobre ela que deu a Adam a ideia.

– Quem é o disc-jóquei predileto dela?

– Acho que J. J. Johnson – respondeu sua mãe.

– Por que não liga para ele, pedindo que dedique algumas músicas para ela sábado à noite? Podemos convidar Howard para vir visitá-la. Ela não poderá dançar, nem sequer sair da cama, mas, diante das circunstâncias, acho que será um substituto razoável.

– Você devia ser psiquiatra – comentou a Sra. Garland.

– Meu baile *particular*? – dissera Susan quando lhe contaram a respeito. – Preciso lavar o cabelo. Está orduroso. – E seu ânimo mudou tão drasticamente que Silverstone, levado pelo entusiasmo, ligou encomendando um pequeno buquê, gastando com rosas-vermelhas um dinheiro que ele separara para outros gastos e ditando um cartão:

Divirta-se pra valer, amor.

Na sexta, o moral dela estava bom, mas declinou à medida que a noite se aproximava. Quando Adam chegou, no decorrer de sua visita, descobriu que ela fizera uma lista de reclamações à enfermeira.

– Qual o problema, Susie?

– Sinto dor.

– Onde?

– Em todo canto. Na minha barriga.

– Bem, você tem de esperar algo assim. Afinal de contas, passou por uma operação importante. – Ele sabia que se podia cair na armadilha da superproteção. Verificou a cicatriz cirúrgica, onde não havia nada de anormal. Seus batimentos cardíacos estavam um pouco acelerados, mas quando ele garroteou o braço dela e tomou-lhe a pressão, sorriu satisfeito. – Normal, pela primeira vez. Que tal essas maçãs?

– Ótimas.

Sorriu desbotadamente.

– Agora vá dormir, para poder se divertir amanhã na sua festa.

Ela balançou a cabeça e ele saiu apressadamente.

Seis horas mais tarde, quando a enfermeira do andar entrou no quarto com a medicação, descobriu que a menina morrera de hemorragia durante o sono, nas horas quietas da madrugada.

– O Dr. Longwood quer que esse caso seja discutido na próxima reunião do comitê da morte – afirmou Meomartino no dia seguinte, durante o almoço.

– Não acho isso justo – disse Adam.

Estavam sentados, junto com Spurgeon Robinson, a uma mesa próxima à parede. Ele estava remexendo o terrível ensopado que o hospital servia todo sábado. Spurgeon comia sem vontade, enquanto Meomartino devorava-o literalmente. Como é que se firmara a porra do clichê de que os ricos possuem estômago delicado?, perguntou-se Adam.

– Por que não?

– O transplante de rim mal saiu de sua fase experimental. Como é que podemos atribuir responsabilidades num terreno onde ainda nos falta adquirir controle sobre uma porrada de coisas?

– Esse é o problema – disse Meomartino calmamente, limpando a boca. – *Já* saiu da fase experimental. Existem hospitais no país inteiro onde se faz com sucesso essa operação. Se formos empregá-la clinicamente, é preciso que assumamos a responsabilidade por isso.

Ele podia falar assim, pensou Adam: o único papel que representara no caso fora o de remover o rim do cadáver.

– Ela parecia estar perfeitamente bem quando você a viu na noite passada? – perguntou Spurgeon Robinson.

Adam fez que sim com a cabeça e olhou duramente para o interno. Em seguida, obrigou-se a relaxar; Spurgeon, ao contrário de Meomartino, não tinha nenhum interesse pessoal na questão.

– Acho que não deveriam deixar que o Dr. Longwood presidisse essa reunião – comentou Robinson. – Ele não está bem de saúde. Dirige essas reuniões sobre mortalidade como se fossem a Inquisição e ele, Torquemada.

Meomartino deu um sorriso.

– Sua saúde não tem nada a ver com isso. O velho filho da mãe sempre dirigiu a reunião sobre mortalidade desse jeito.

Eles podiam aniquilar com as oportunidades futuras de alguém numa dessas reuniões, pensou Adam. Descansou o garfo e afastou sua cadeira.

– Diga-me uma coisa – disse a Meomartino, sentindo uma súbita necessidade de contestação. – Você é o único no serviço que não chama Longwood de o Velho. Este termo lhe parece desrespeitoso demais?

Meomartino sorriu.

– Pelo contrário. É simplesmente porque sempre acreditei que fosse um apelativo afetuoso – respondeu tranquilamente. E continuou a comer com uma satisfação inquebrantável.

Logo antes de largar o plantão naquela noite, lembrou-se do buquê de rosas.

– Flores? Sim, chegaram, Dr. Silverstone – disse a enfermeira atrás do balcão. – Mandei-as para a casa da família Garland. É o que sempre fazemos.

Divirta-se pra valer, amor...

Eu poderia pelo menos ter lhes poupado aquilo.

– Fiz bem, não fiz?

– Certo.

Ele se dirigiu à pequena sala do sexto andar e lá sentou-se, fumando quatro cigarros, um depois do outro, flagrando-se a roer as unhas, um hábito que ele pensara ter abandonado há muito tempo.

Pensou no seu pai, de quem não tinha notícias, cogitando ligar para ele em Pittsburgh, resolvendo em seguida e com alívio deixar as coisas como estavam.

Depois de um longo período, deixou a sala, desceu e saiu para a rua deserta. O Maxie's estava fechado e na escuridão. As lâmpadas da rua desenhavam um caminho no escuro como balas tracejantes, interrompido no meio do quarteirão por alguma lâmpada que os moleques haviam provavelmente quebrado a pedradas.

Ele começou a andar.

Em seguida, a correr.

Dobrando a esquina, e sentindo os golpes da calçada de concreto contra seus pés.

Virando a esquina.

Na avenida, acelerando.

Um carro passou zunindo, tocaram a buzina, uma mulher gritou algo seguido de risadinhas. Ele sentiu a pequena sensação de asfixia surgir no peito e correu mais depressa, apesar da pontada de dor que o fisgou do lado direito.

Dobrando a esquina.

Passando pelo pátio da ambulância. Vazio. O quebra-luz verde da enorme luz amarela sobre a entrada da ambulância balançava na brisa noturna, espalhando sombras dançantes, enquanto ele passava correndo.

Passando pela plataforma do armazém ao lado, onde um vagabundo – percebido fugazmente no escuro como uma forma, um borrão, uma sombra, seu pai – bebia as últimas gotas de uma garrafa, jogando a garrafa vazia no desconhecido, em sua direção, enquanto ele disparava, mexendo com os braços depressa, perseguido por uma dor nas costas e o ruído de vidro a se espatifar.

Virando a esquina.

Penetrando na parte mais escura, o outro lado da lua. Passando pelos casebres de olhos vazios, da favela de olhos vazios dos pretos do outro lado da rua, felizmente a dormir.

Passando o carro estacionado onde as figuras que se contorciam não interromperam seu ritmo, apenas a garota relanceou por cima dos ombros do amante, através do vidro, para o espectro sacolejante que passava a galope.

Passando pelo beco, onde o barulho de seus passos atemorizou algo pequeno e vivo, cujas garras rasparam a terra bem socada enquanto fugia cada vez mais para dentro do túnel.

Dobrando a esquina.

Novamente as lâmpadas da rua. Seus pulmões a arder, sem poder respirar, a cabeça inclinada para trás, uma dor aguda no peito, esforçando-se para tocar na fita de chegada com a ausência completa dos aplausos e gritos da multidão, ele alcançou o Maxie's, tropeçou e parou.

Meu Deus.

Lutava pelo ar, engolia ar, sabia que iria vomitar, arrotou alto e percebeu que não.

Estava com as axilas úmidas, e também entre as pernas, e com o rosto molhado. Um tolo. Encostou-se ofegante à janela do Maxie's, que estalou sinistramente, e foi escorregando contra ela, até que seu traseiro descansou contra o pequeno peitoril de madeira vermelha que sustentava a vidraça.

O peitoril parecia sujo de terra, debaixo de seu peso. Que se danasse, suas roupas brancas já estavam sujas.

Inclinou a cabeça para trás e perscrutou o céu sem estrelas.

Eles não têm direito de rezarem por mim, disse ele. Por que não lhe pedem promessas?

Baixou seu ângulo de visão em alguns graus, e percebeu a presença do edifício apenas um pouquinho mais baixo que o céu, distinguindo os velhos tijolos vermelhos escurecidos pela sujeira e a fumaça da cidade que crescera em volta deles, sentindo a teimosa paciência da sua gasta fachada.

Lembrou-se da primeira vez em que vira o hospital há apenas alguns meses e milhares de anos atrás.

LIVRO UM
VERÃO

ADAM SILVERSTONE

1

As estrelas haviam se encolhido lentamente até se esconderem no céu que empalidecia. À medida que o caminhão asmático deixou o trevo de Massachusetts e avançou em meio ao barulho de seu escape pelos arredores desertos, a longa fileira de lâmpadas à beira-rio piscou duas vezes e se apagou na penumbra. O dia quente estava por vir, mas a perda da fileira iluminada à frente emprestou ao amanhecer breve e ilusória friagem e desolação.

Ele olhava fixamente através do para-brisa empoeirado enquanto Boston surgia, pensando: eis a cidade que modelara, derrubara e pulverizara seu pai.

Vocês não vão fazer a mesma coisa comigo, disse ele aos prédios, ao céu e ao rio que passavam.

– Não parece ser uma cidade tão dura assim – comentou ele.

O motorista de caminhão olhou-o surpreso. A conversa deles evoluíra para um silêncio cansado cem quilômetros atrás, entre Hartford e Worcester, depois de uma tensa e tersa discordância a respeito da John Birch Society. Agora o sujeito disse algo indistinto no meio do ronco do motor do caminhão.

Adam sacudiu a cabeça.

– Desculpe. Eu não entendi.

– Qual o problema? Você é surdo?

– Um pouquinho. Só do meu ouvido esquerdo.

O homem franziu a testa, suspeitando de um deboche.

– Eu disse, você tem um emprego a sua espera?

Adam fez que sim com a cabeça.

– Para fazer o quê?

– Sou um cirurgião.

O motorista olhou-o desdenhosamente, certo agora de que suas suspeitas haviam sido confirmadas.

– Está bem, seu beatnik vagabundo. E eu sou um astronauta.

Ele abriu a boca para explicar, mas pensou, que se dane, fechando-a de novo e se concentrando na paisagem. Furando a escuridão na margem oposta do rio Charles, ele podia ver pontas brancas de torres; Harvard, com certeza. Em algum lugar lá fora ficava a universidade de Radcliffe e Gaby Pender a dormir como uma gatinha, pensou ele, calculando quanto tempo levaria para telefonar para ela. Será que ela se lembraria dele? Veio-lhe à cabeça uma citação, sem ser convidada – algo sobre a frequência com que um homem precisa ver a mulher – sendo que uma vez é suficiente, mas duas pode virar uma coisa crônica.

Dentro de seu crânio, o pequeno computador informou-lhe quem era o autor dessas linhas. Como sempre, sua habilidade em recordar uma referência não médica encheu-o de um amargo descontentamento, em vez de orgulho. Um perdulário com as palavras, podia ele ouvir seu pai a dizer. Adamo Roberto Silverstone, seu filho da mãe acomodado, disse ele aos seus botões, eu quero ver onde fica seu dom de recordar na hora de atacar alguma coisa na *Anatomia cirúrgica* de Thorek, ou na *Obstrução intestinal* de Wangensteen.

Dentro em breve, o sujeito girou o volante e o caminhão deixou pesadamente a Storrow Drive, desceu uma rampa e de repente surgiram janelas acesas de armazéns, caminhões, carros, gente, uma zona de mercados. O motorista enfiou o caminhão por uma rua calçada de pedras, passou por um restaurante cujo anúncio de neon ainda piscava, e subiu outra longa rua calçada de pedras, parando diante de Benj. Moretti & Sons Produce. Em resposta a sua buzinada, surgiu um homem que os perscrutou de uma plataforma de carregamento. Robusto e demonstrando início de calvície, vestido no seu macacão branco, ele não deixava de ter semelhança com um dos patologistas do hospital na Geórgia onde Adam fizera seu estágio e primeiro ano de residência. *Ei, paisano*.

– O que você traz?

O motorista deu um arroto, fazendo um ruído igual ao de um tapete rasgando.

– Melões. Persas. – O sujeito vestido de branco balançou a cabeça e sumiu.

– Fim da linha, cara. – O motorista abriu a porta e desceu pesadamente da cabine.

Adam enfiou a mão atrás do assento, pegou a valise gasta e foi juntar-se ao outro, no chão.

– Posso ajudá-lo a descarregar?

O motorista amarrou a cara, de suspeita.

– *Eles* fazem isso – disse ele, fazendo um gesto de cabeça em direção ao armazém. – Quer um trabalho, peça a eles.

A oferta tinha sido feita por gratidão, e Adam percebeu com alívio que ela era desnecessária.

– Obrigado pela carona – disse ele.

– Humm.

E voltou pela rua, carregando a valise até o restaurante, lutando com ela, um homem pequeno de pernas tortas, grande demais para ser jóquei, mas não suficientemente robusto para praticar outros esportes, a não ser o mergulho, que para ele deixara de ser um esporte havia cinco anos. Era em ocasiões como essa que ele sentia não ser mais parecido com seus fortudos tios maternos. Detestava ficar à mercê de qualquer coisa ou qualquer um, especialmente de uma bagagem.

Lá de dentro emanavam cheiros loucamente tentadores e ruídos peculiares de restaurante: conversas, risos, o barulho ressonante de panelas batendo, vindo da janelinha que comunicava com a cozinha; o ruído consistente das canecas de café contra o balcão de mármore branco, coisas chiando na grelha. Coisas caras, concluiu ele.

– Café, puro.

– Passa um café – disse à garota de cabelo cor de palha. Ela era bem desenvolvida, de carnes rijas, com uma pele leitosa e clara, mas teria um problema de obesidade antes dos trinta anos. Sob seu seio esquerdo, vestido de branco, duas manchas vermelhas de geleia destacavam-se como estigmas. O café transbordou pela borda da caneca quando ela a empurrou na direção dele, aceitou emburrada seus dez centavos e afastou-se com um requebrar agressivo.

Muuu.

O café estava quentíssimo e ele o bebeu lentamente, tendo de vez em quando a grande coragem de dar uns goles, sentindo-se vitorioso ao ficar evidente que não queimara a língua. A parede atrás do balcão era coberta por um espelho. Fitando-se, refletido nele, via-se um vagabundo, barba por fazer, cabelo desgrenhado, usando uma camisa de trabalho azul, suja e gasta. Quando acabou o café, levantou-se e carregou a valise até o banheiro dos homens. Experimentou as torneiras: tanto da Quente quanto da Fria, só saía água fria, uma situação que deixou de surpreendê-lo. Voltou para o restaurante e pediu à garota uma xícara de água pelando.

– Para sopa ou para chá?

– Só pela água mesmo.

Com um ar de paciente desdém, ela o ignorou. Finalmente ele entregou os pontos e pediu chá. Quando veio, ele pagou, tirou o saquinho de chá do pires e o depositou no balcão. Levou a xícara de água quente para o banheiro dos homens. O piso estava coberto por camadas de sujeira e, a julgar pelo cheiro, urina seca. Ele colocou a xícara na borda da pia suja e, equilibrando a valise em cima do aquecedor, abriu-a para tirar seus artigos de toalete. Juntando água fria da torneira na palma da mão em concha, e acrescentando água quente da xícara, conseguiu ensaboar a barba e molhar o rosto com água suficientemente quente para amolecer as cerdas. Terminada a barba, o rosto que o fitava do espelho manchado estava muito mais civilizado. Dr. Silverstone. Olhos castanhos. Nariz grande que ele preferia descrever como romano, na realidade não tão exagerado assim, apenas realçado pela sua baixa estatura. Boca grande, como um lanho cínico no rosto magro. Um rosto de pele inegavelmente clara, apesar do bronzeado e de ser encimado por cabelos castanhos desgrenhados. De um castanho tão sem graça, insípido. Ele pegou uma escova da valise e começou a escovar os cabelos. Sempre se sentira ligeiramente culpado por causa de sua cor. *Uma criança devia ter cor de azeitona, e não de limão ou de moeda*, ouvira ele certa vez sua mãe dizer. Ele tinha cor de moeda, um compromisso entre seu pai louro e sua mãe italiana.

Sua mãe era morena, uma mulher com incríveis olhos negros e pesadas pálpebras, olhos domésticos de uma santa terrena. Ele mal podia recordar seu rosto, mas, para evocar à vontade os olhos dela, bastava que fechasse os seus. Nas noites em que seu pai chegava em casa de porre – o apóstata Myron Silberstein, afogado na Strega que ele adotara junto com as expressões italianas para demonstrar o caráter democrático de seu casamento, lançando seus gritos de socorro recendendo a anis (*O puttana nera! O troia scura! O donna! Oi, nafkeh!*) –, o garoto ficava acordado no escuro, tremendo diante do surdo impacto dos punhos de seu pai contra a carne de sua mãe, da bofetada que ela dava no rosto dele, dos ruídos que muitas vezes viravam outros ruídos, frenéticos, fogosos, líquidos e ofegantes, que o faziam jazer petrificado na cama, detestando a noite.

Quando ele estava no ginásio e já fazia quatro anos da morte de sua mãe, descobriu a história de Gregor Johann Mendel e as ervilhas, pondo-se a trabalhar no traçado do próprio quadro genético, na esperança inconfessa de que seus olhos e cabelos castanhos fossem uma impossibilidade genética: de que a lourice do pai deveria lhe ter sido transmitida, e que talvez ele fosse, afinal de contas, um bastardo, produto de sua bela e falecida mãe com algum homem desconhecido, dono de todas as nobres virtudes de que tanto carecia o sujeito que ele chamava de papai.

Mas os livros de biologia revelaram que a combinação do luar e da sombra produzia cor de sêmola.

Ah, bem.

De qualquer modo, a essa altura atavam-no a Myron Silberstein liames amorosos, além dos laços de ódio.

Para prová-lo, seu idiota, disse ele à imagem no espelho, você consegue juntar duzentos dólares e aí deixa que ele o convença a se desfazer deles, de quase todos eles. Qual fora o brilho nos seus olhos quando suas mãos – aquelas mãos de violinista e zelador judeu, como os nós dos dedos encardidos de poeira de carvão – se fecharam sobre o dinheiro?

Amor? Orgulho? A promessa da melhor surpresa da vida, um porre inesperado? Será que o velho ainda perseguia o amor? Duvidoso. A impotência na meia-idade tão comum aos alcoólatras. Mais cedo ou mais tarde certas peias tolhiam todo mundo, até mesmo Myron Silberstein.

Somente uma pessoa, a avó, sua *vecchia*, fora capaz de intimidar seu pai. Rosella Biombetti era uma pequenina mulher da Itália meridional, com os cabelos brancos presos num coque, e é claro que tudo o mais preto: sapatos, meias, vestido, lenço, frequentemente até mesmo o ânimo, como se estivesse de luto pelo mundo. Havia marcas de bexiga no seu rosto cor de azeitona, feitas quando ela tinha quatro anos de idade na aldeia de Petruro, no Avellino, quando todos os oito irmãos, filhos de seus pais, tinham adoecido com o *vaiolo*, a temível varíola. A doença não levou ninguém, mas deixou marcas em seis das crianças e acabou com a sétima, um garoto de oito anos chamado Muzi, cujos miolos viraram cinzas pela ação da altíssima febre, que o deixou como uma Coisa, e que finalmente se transformou num velho calvo, na zona de East Liberty, em Pittsburgh, Pensilvânia, a brincar o dia inteiro com suas colheres e tampinhas de garrafa, vestido num suéter esfarrapado mesmo quando as ondas do calor de julho tremeluziam sobre a Larimer Avenue.

Uma vez ele perguntou a sua avó por que o velho tio-avô era assim. – *L'Arlecchino* – dissera ela.

Ele aprendera logo que o Arlequim era o medo interno que dominava a vida de sua avó, o mal universal, uma herança da Europa de dez séculos atrás. Morre uma criança do súbito ataque de uma doença inesperada? Ela foi levada pelo Arlequim, que cobiça crianças. Torna-se uma mulher esquizofrênica? O esguio e demoniacamente belo amante a seduziu e fugiu com sua alma. Murcha um braço de paralisia, definha alguém lentamente sob os estragos da tuberculose? O Arlequim está arrancando a vitalidade da vítima, saboreando a essência viva, como um doce.

Na tentativa de excluí-lo, ela fez com que se tornasse um membro da família. Quando as primas de Adam começaram a fazer experiências com batom e com sutiãs pontudos e altos, a velha gritava que elas haveriam de atrair o Arlequim, que roubava a virgindade durante a noite. Pouco a pouco, ao ouvir *la vecchia* durante anos, Adam juntou os detalhes. O Arlequim usava culotes e um casaco de retalhos multicoloridos e era invisível, a não ser sob o luar da lua cheia, que transformava seu traje de bufão num brilhante traje de luzes. Ele era mudo, mas sua presença podia ser detectada pelo tilintar dos guizos do seu chapéu de bufão. Levava uma espada mágica de madeira, uma espécie de bengala de palhaço, que usava como uma vara de condão.

O garoto às vezes pensava que deveria ser uma maravilhosa aventura ser o Arlequim, tão onipotente, tão deliciosamente mau. Quando ele tinha 11 anos, e suas primeiras poluções noturnas sonhando com a estonteante Lucy Sangano, de 13, ele decidiu, no Dia das Bruxas, que seria o espírito do mal. Enquanto os outros garotos corriam de porta em porta em busca de brindes ou guloseimas, ele perambulava pela escuridão agora tornada subitamente confortável, visualizando cenas picantes, nas quais ele batia nas tenras nádegas de Lucy Sangano com sua espada de ripa de caixote, mandando silenciosamente: *Mostre-me tudinho.*

Rosella afastava o mau espírito com quatro expedientes, dos quais Adam só considerava dois inofensivos: a aspersão com água benta e o comparecimento diário à missa. O costume que ela tinha de esfregar alho na maçaneta das portas ele achava terrível, porque, além de melar as mãos, era fonte de constrangimento no colégio, devido ao cheiro forte, embora ele apreciasse em segredo seus vestígios na palma suada de sua mão, quando a levava ao nariz, tarde da noite.

A mais poderosa proteção ela conseguia dobrando os dois dedos médios sob o polegar, esticando o indicador e o dedo mindinho para simular os chifres do demo e fingindo cuspir entre eles, seguido das palavras próprias: desmancha o mau-olhado, *scutta mal occhio*, pu-pu-pu. Rosella cumpria esse ritual muitas vezes por dia, outro motivo de constrangimento; para alguns colegas de Adam, esse sinal com os dedos constituía um gesto secreto de outro tipo, uma afronta, um aviltante símbolo de descrença que podia ser resumido numa rápida e feia palavra. Para aqueles não iniciados era engraçado ver a vovó de Damo Silverstone empregando o gesto vulgar e secreto deles. Ela lhe custou seu primeiro nariz sangrando e um grande ressentimento.

Seu jovem espírito vivia dilacerado entre a superstição devota da velha e seu pai, que por alguma razão secreta e importante permanecia sóbrio durante todo Yom Kippur, e assim podia ir pescar. As superstições e a religião dela possuíam seus atrativos, mas grande parte do que dizia era obviamente tolice. Na maior parte das vezes, ele dava seu voto secreto ao pai, talvez porque buscasse com tanta intensidade algo naquele homem que pudesse admirar.

E no entanto, quando ele tinha 15 anos e ela, aos oitenta, começou a adoecer e dar sinais de cansaço, sentiu uma profunda dor por ela. Quando o longo Packard preto do Dr. Calabrese começou a estacionar com crescente regularidade em frente ao prédio de apartamentos na Larimer Avenue, ele começou a rezar por ela. Quando ela morreu numa manhã com um sorriso meio faceiro nos lábios, ele chorou por ela e percebeu finalmente a verdadeira identidade do Arlequim. Ele não desejou mais representar o papel do namorado bufão que era a morte; em lugar disso, resolveu que um dia haveria de dirigir um carro longo e novo como o Dr. Calabrese e lutar contra *L'Arlecchino* em toda a linha.

Ele se despediu da velha no mais belo enterro que seu seguro dos Filhos da Itália pôde lhe oferecer, mas ela jamais o abandonou por completo. Anos mais tarde, quando se tornara médico e cirurgião e vira e fizera coisas com que ela jamais sonhara em Petruro, ou mesmo em East Liberty, sua primeira reação ao infortúnio era a procura instantânea e subconsciente do Arlequim. Se uma de suas mãos estivesse no bolso, ela formaria involuntariamente o gesto dos chifres. Seu pai e sua avó haviam lhe legado um incessante conflito interno: besteira, desdenhava o homem de ciência, enquanto o garotinho sussurrava: *Scutta mal occhio*, pu-pu-pu.

No banheiro masculino do restaurante, ele agora guardou seus artigos de toalete, e a seguir, como uma desajeitada garça, primeiro numa perna levantada, depois noutra, para evitar o perigo nojento do terrível piso, despiu o jeans e a camisa azul de operário. O terno e a camisa que ele conseguiu tirar da valise estavam algo amarrotados, porém apresentáveis. A gravata não dava a mesma bela impressão que dera 18 meses atrás, quando de segunda mão, mas quase nova, foi comprada de um estudante de terceiro ano que era péssimo jogador de pôquer. Os sapatos pretos, que substituíram os esportivos, mantinham ainda um certo brilho.

Quando ele atravessou o restaurante de volta, a vaca atrás do balcão tirou a bunda do assento e o olhou fixamente, como se tentasse concluir onde o vira antes.

Lá fora estava mais claro. De um táxi estacionado na calçada vinha cantarolar tranquilo de uma canção mecânica, o motorista perdido atrás de um prospecto de turfe, a sonhar o eterno sonho do azarão que ganha. Adam perguntou se o hospital geral do condado de Suffolk podia ser alcançado a pé.

– O hospital do condado? Certo.

– Como chego lá caminhando?

O motorista permitiu que um breve sorriso aflorasse aos lábios.

– Suando. Tem de atravessar a porra da cidade toda. É cedo demais para o ônibus, e não há metrô por perto. – O sujeito largou o prospecto de turfe, confiante numa corrida.

Quanto tinha na sua carteira? Menos de dez, ele sabia. Oito, nove. E faltava um mês para o pagamento.

– Me leva por um dólar?

Um olhar de desdém.

Ele pegou a valise e desceu a rua, alcançando Benj. Moretti & Sons Produce, quando o táxi emparelhou com ele e parou.

– Entre no banco traseiro – disse o taxista. – Irei rodando o tempo todo, se eu apanhar alguém, você desce. Por um dólar.

Ele entrou, grato. O táxi avançou devagar pelas ruas e ele olhava pela janela aberta, percebendo que tipo de hospital seria. As ruas eram antigas e tristonhas, ladeadas de cortiços com escadarias quebradas e latas de lixo transbordantes, vizinhança de gente pobre agrupada num bolsão de pobreza. Haveria de ser um hospital cujos bancos de espera do setor clínico amanheceriam todo dia cheio dos doentes e aleijados oriundos da armadilha que a própria sociedade criara.

É duro para vocês, disse ele silenciosamente para as vítimas que dormiam atrás de janelas vazias, enquanto o táxi passava rodando. Mas bom para mim, um hospital de ensino, onde talvez eu possa aprender um pouco de cirurgia. O complexo hospitalar avultava como um monolito à luz do amanhecer, grandes lâmpadas de estacionamento ainda a brilhar amarelamente no pátio da ambulância.

Dentro, a entrada era antiquada e triste. Um homem já meio velho, de faces enrugadas e pelancudas, e um cabelo preto retinto a desafiar a lei da probabilidade, estava sentado atrás do balcão de recepção. Adam consultou a carta que recebera do administrador quatro semanas atrás e perguntou pelo cirurgião visitante Dr. Meomartino. Ah, italianos do mundo inteiro, nós somos onipresentes.

O sujeito consultou uma lista do hospital.

– Quarto Serviço de Cirurgia. Ele talvez esteja dormindo – respondeu ele, hesitantemente. – Quer que ligue para ele?

– Santo Deus, não. – Agradeceu e foi dar uma volta lá fora. Do outro lado da rua brilhava a luz de um café e, ao caminhar em sua direção, ele pôde distinguir um homem moreno atarracado botando água numa cafeteira; mas a porta estava fechada e o homenzinho não levantou o olhar quando ele a sacudiu. Voltou ao hospital e perguntou ao homem de cabelo tingido como chegar à enfermaria do Quarto Serviço de Cirurgia.

– Desça o hall, passe a Emergência e suba a segunda escadaria, um andar. Enfermaria Quincy. É impossível errar.

Ao aproximar-se do ambulatório de emergência chegou a pensar em oferecer seus serviços como voluntário. Felizmente esse impulso passou, antes mesmo de ele relancear para a grande sala e constatar que ela estava vazia de pacientes. Um interno lia escarrapachado numa cadeira. Do outro lado da sala, uma enfermeira observava seu tricô entre olhos semicerrados. Numa maca, no canto, jazia deitado um servente, como um urso adormecido, com a boca ligeiramente aberta.

Ele subiu as escadas até a Enfermaria Quincy, passando nos corredores vazios só por um interno magricela e louro, cuja gola pendia sob o queixo marcado de acne, como uma bandeira num dia de calmaria.

A não ser pelas luzes noturnas, a enfermaria estava na escuridão. Os pacientes jaziam em fileiras, alguns parecendo montes, mas outros inquietos, com o sono atormentado por demônios.

Fostes chamado de, ó sono!, amigo do pesar, mas foram os felizes que assim te fizeram chamar. Southey, disse o computador.

De uma das camas veio o ruído de mulher a chorar. Ele estacou.

– O que é? – perguntou com delicadeza. O rosto dela estava oculto.

– Estou cheia de medo.

– É desnecessário – respondeu ele. Dê o fora daqui imediatamente, disse ele para si mesmo com fúria. Pelo que sabia, talvez fosse muitíssimo necessário.

– Quem é você?

– Um médico.

A mulher fez que sim com a cabeça.

– E Jesus também era.

Aproveitou a pausa que surgira para se afastar.

No posto de enfermagem, ele encontrou uma enfermeira diplomada acostumada a novos médicos. Ela lhe serviu café e rosquinhas frescas com manteiga da cozinha, deliciosamente gratuitas.

– Só do que o senhor precisa, doutor, e um condado rico. Sou Rhoda Novak. – E riu de repente. – Tem sorte de Helen Fultz não estar de plantão esta noite. Ela não abre a mão nem para dar bom-dia.

Ela saiu antes de ele acabar a rosquinha. Queria outra, mas se sentiu agradecido pelas pequeninas coisas. Um homem enorme, trajando as vestes verdes regulamentares, chegou ao posto e suspirou, enquanto fazia sumir uma cadeira debaixo de seus quadris. Ele tinha cabelo ruivo, que aparecia sob a touca cirúrgica, e apesar de seu tamanho, tinha um rosto suave e imaturo, um rosto de menino. Ele fez um gesto de cabeça em direção a Adam e estendeu a mão para pegar o bule, no exato momento em que o bipe no seu uniforme tocou.

– Ah – disse ele. Foi até o telefone de parede e ligou, falou umas palavras rápidas e saiu depressa.

Adam deixou o resto do café e seguiu o enorme vulto verde por uma série labiríntica de corredores, até a ala cirúrgica.

A ala cirúrgica no hospital da Geórgia era limpa, bem iluminada, desobstruída e desentulhada. A iluminação era fraca, na melhor das hipóteses. Os corredores pareciam depósitos de sobras de mobília, macas, estantes e peças aleatórias de equipamento; durante as horas mais movimentadas, eles provavelmente também armazenavam ali pacientes do pré e do pós-operatório. As portas de vaivém das salas de operação estavam gastas seis centímetros de cada lado, onde as beiradas de inúmeras macas haviam batido e raspado, descobrindo sucessivas camadas de madeira laminada, como marcas do tempo, como os anéis no cerne de uma árvore.

Havia uma escada, e ele subiu por ela até a galeria da assistência, que estava escura e cheia de um estranho e alto ruído de respiração. O som era da respiração ofegante do paciente transmitida pelo sistema de comunicação, que fora deixado ligado num volume alto demais. Sem conseguir encontrar o interruptor, ele abriu caminho às apalpadelas até uma cadeira na fileira da frente e se deixou cair nela. Pelo vidro, podia distinguir o sujeito na mesa, meio calvo e com ar de quem fora apanhado numa armadilha, com cerca de quarenta anos e obviamente sentindo dor, a observar a enfermeira arrumando os instrumentos. Os olhos dele estavam mortiços; devia ter recebido um sedativo antes de chegar, e provavelmente escopolamina. Dentro de alguns minutos, o garoto gordo que andara bebendo café na cozinha entrou na SO, de luvas e desinfetado.

– Doutor – disse a enfermeira.

O menino gordo balançou a cabeça sem grande interesse e começou a anestesiar. Seus dedos gordos como salsichas brincavam com o braço esquerdo, encontrando a veia antecubital sem o menor problema e enfiando o cateter intravenoso. Ele colocou garrotes no outro braço e começou a medir várias vezes a pressão.

– Isso aí a gente não esperava – disse a enfermeira.

– Uma coisa que a gente podia muito bem dispensar – disse o menino gordo. Ele administrou o relaxante muscular junto com uma dose hipnótica de Pentotal, intubando a seguir a traqueia do paciente, substituindo seu trabalho respiratório pelo respirador.

Entrou o interno, aquele alto e de aspecto relaxado que Adam vira no ambulatório. Nem o anestesista nem a enfermeira tomaram conhecimento de sua presença. Ele começou a preparar o abdome, esfregando-o com desinfetante. Adam assistia com interesse, querendo ver como ali se faziam as coisas. Parecia que o interno usava só uma solução. No hospital da Geórgia, eles primeiro tinham de lavar o campo operatório com éter, em seguida com álcool, e depois, uma terceira vez, com Betadine.

– Espero que tenham reparado como o Sr. Peterson foi bem barbeado – disse o interno. – O bumbum de um bebê é, em comparação, uma verdadeira floresta.

– Richard, como cirurgião até que você é um bom barbeiro – disse o menino gordo.

Aquele que se chamava Richard acabou de limpar a barriga do paciente e começou a cobri-la com compressas esterilizadas, deixando expostos apenas trinta centímetros quadrados de pele, emoldurados por uma extensão de gaze.

Entrou um cirurgião. Meomartino, o cirurgião visitante, supôs Adam, mas sem ter certeza, porque ninguém o saudou. Um sujeito grande com um nariz quebrado, aquilino, e uma velha e quase invisível cicatriz na face, que bocejou e se espreguiçou, trêmulo.

– Eu estava sonhando tão bem – disse ele. – Como é que está nossa úlcera perfurada? Está sangrando?

– Acho que não, Rafe – disse o menino gordo. – Frequência cardíaca de 96. Respiratória, 30.

– Qual é a pressão?

– Onze por seis.

– Vamos agir. Aposto que será como um buraco feito por cigarro lá dentro.

Adam viu-o pegar o bisturi da enfermeira e fazer a incisão paramediana correta, uma divisão proposital do tecido que criou dois beiços onde antes existia gordura abdominal. Meomartino cortou a pele e o tecido subcutâneo amarelo e orduroso, e Adam reparou com interesse que o interno havia sido treinado para estancar a hemorragia com esponjas, em vez de grampos, utilizando ao mesmo tempo a pressão da esponja para alargar a borda do corte, de modo que a envoltura cinza e brilhante da aponevrose ficasse à mostra. Isso é um bocado eficiente, pensou ele; nunca tinha lhes ocorrido fazer assim na Geórgia. Pela primeira vez sentiu um lampejo de felicidade; há coisas aqui que posso aprender.

Meomartino fizera a incisão com lenta cautela, mas agora cortara a aponevrose com um gesto rápido e preciso. Para poder fazer assim, com um golpe seguro que não cortasse o músculo reto logo abaixo, esse homem devia ter tido muita prática, reconhecia Adam. Durante um breve e tolo instante, Adam permitiu-se invejar o sujeito, pela sua facilidade técnica. Ele pôs-se meio de pé para assistir, mas o imbecil do interno enfiou a cabeça e os ombros na frente do campo operatório e assim ele não conseguiu ver mais nada.

Recostou-se na cadeira e fechou os olhos no escuro, imaginando o que o cirurgião lá embaixo estaria fazendo: ele levantaria a aponevrose e a solaparia com o lado afiado da lâmina do bisturi, para soltá-la em seguida com o lado cego, expondo a junção mediana do reto. Então ele levantaria o músculo, o afastaria para o lado, cortaria o peritônio e penetraria no abdome.

No abdome. Para alguém com planos de se dedicar à cirurgia geral, em que tantos casos são abdominais, esse era o nome da brincadeira.

– Vamos lá, Richard. Aqui está ela – disse o cirurgião dentro de pouco tempo. Sua voz era grave. Seu inglês um pouco preciso demais, pensou Adam, como se ele o tivesse aprendido depois da língua materna. – Perfurando completamente a parede anterior do duodeno. Que faremos agora?
– Costurar, costurar, costurar?
– E aí?
– Vagotomia?
– Ah, Richard, Richard, eu não posso acreditar. Você tão jovem, tão inteligente e acertando tudo pela *metade*, meu filho. Uma vagotomia e uma drenagem. Aí ela fechará que é uma beleza. Um marco digno de ser registrado.

Eles trabalharam em silêncio depois disso, e Adam sorriu lá em cima no escuro, sentindo o constrangimento do interno relaxado, como ele mesmo já sentira seu constrangimento em tantas situações parecidas. Estava quente na galeria, que tinha a mesma cor do útero. Ele tirou um cochilo e teve um velho pesadelo das duas fornalhas que abastecera no seu ano de calouro, com ódio das duas bocas alaranjadas que pediam mais carvão do que ele podia transportar.

Sentado na escuridão da galeria, deu um gemido durante o sono e acordou sobressaltado, tenso e se sentindo infeliz, sem ter momentaneamente certeza de por que seu humor mudara tanto. E então ele se lembrou, lambeu os lábios e deu um sorriso; a porra daquele sonho de novo. Há muito, muito tempo que não o tinha, devia ser o novo hospital, o ambiente estranho.

Abaixo dele, a equipe cirúrgica ainda trabalhava.

– Ajude-me a fechar o abdome, Richard – disse o chefe da residência. – Eu costuro, você dá o nó. Quero que fique apertado e bem-feito.

– Vai ficar tão apertado quanto sua namorada de infância – acrescentou Richard, dirigindo-se a Meomartino, mas olhando para a enfermeira, que não deu sinal de ter ouvido.

– Quero que fique muito mais apertado que isso, doutor – disse Meomartino.

Quando ele finalmente balançou a cabeça e se afastou da mesa, Adam deixou a galeria e desceu correndo a tempo de pegar o outro homem saindo da sala de operação.

– Dr. Meomartino.

O cirurgião visitante estacou. Ele era mais baixo do que visto de cima. Podia ser filho de minha mãe, pensou Adam tolamente, enquanto se apressava a seu encontro. Mas italiano não, concluiu. Talvez espanhol. Cor de azeitona, olhos escuros, tez morena, apesar da costumeira palidez hospitalar, os cabelos sob a touca operatória escurecidos pela umidade, mas quase totalmente grisalhos. Esse sujeito é mais velho do que eu, pensou ele.

– Sou Adam Silverstone – falou, ligeiramente ofegante. – O novo chefe da residência. – Enquanto um olhar perscrutador o assimilava, ele apertou uma mão que parecia um pedaço de madeira.

– Você chegou um dia antes. Estou vendo que será páreo para mim – disse Meomartino, com um ligeiro sorriso.

– Vim de carona. Calculei que levasse mais um dia, mas na realidade não levei.

– Ah? Tem onde ficar?

– Aqui. A carta dizia que o hospital fornecia um quarto.

– Geralmente o residente-chefe só o usa nas noites de plantão. Prefiro morar longe daqui. Você e eu ficaríamos por demais disponíveis se morássemos aqui.

– Pois eu ficaria disponível. Estou duro.

Meomartino balançou a cabeça, sem demonstrar surpresa.

– Não tenho autoridade para lhe ceder um quarto. Mas posso ajudá-lo a encontrar um canto para cochilar. Pelo pouco que resta da noite.

O elevador era velho e lento. *No caso de emergência, aperte três vezes*, avisava um letreiro perto da campainha. Adam pensou como seria ficar à espera dos rangidos desse monstro durante uma emergência e teve dúvidas.

Finalmente ele chegou e os levou ao sexto andar. O saguão era especialmente escuro e estreito. Quanto ao número do quarto, 6-13, não poderia ser um presságio, disse ele aos seus botões. O teto era inclinado; o quarto ficava debaixo do beiral do velho prédio. As cortinas estavam fechadas. Na luz fraca, ele distinguiu uma temível rachadura numa das paredes de gesso, que pareciam cor de fezes. Sob a rachadura e defronte às duas camas, havia uma cadeira de madeira, ladeada por uma cômoda e uma escrivaninha, todas elas da cor de mostarda velha. Numa das camas, um sujeito vestido de branco estava estatelado, com o *New England Journal of Medicine* aberto sobre o peito e abandonado em favor do sono.

– Harvey Miller. Dando um giro aqui, vindo daquela instituição bacana do outro lado da cidade – disse Meomartino, sem a menor tentativa de falar baixo. – Não é um mau *hombre* para aquele lugar. – Seu tom de voz fazia pouco de todos os forasteiros. A bocejar, fez um gesto e saiu pela porta fora.

O ar dentro do quarto estava pesado. Adam foi até a janela e a suspendeu uns dez centímetros. Imediatamente a veneziana começou a bater; ele a suspendeu emparelhando-a com a janela e a bateção acabou. O sujeito na cama mexeu-se, mas não acordou.

Ele retirou o *New England Journal* de Harvey Miller e se deitou. Tentou lembrar da aparência de Gaby Pender, mas descobriu que não conseguia recapitular as partes; lembrava-se apenas de um bronzeado profundo e de um sinal maravilhoso no rosto dela, e que o todo pertencia a uma garota de quem ele gostara muito. O colchão era fino e cheio de calombos, rejeitado das enfermarias. Vindo na aragem que entrava pela sua janela aberta, um ruído de dor fazia-se ouvir da janela aberta embaixo, mais que um gemido, menos que um grito. Harvey Miller pôs a mão na sua virilha, sem saber que sua privacidade fora violada.

– Alice – disse ele claramente.

Adam folheou os classificados da revista, fantasiando a respeito de um futuro que lhe ofereceria todas as coisas da vida que ele nunca pudera comprar, e também bastante dinheiro para que a mão de pedinte de Myron Silberstein deixasse de ameaçar sua sobrevivência. Certos anúncios ele pulava, ou lia com desdém, os convites aos postulantes a estudos pós-doutorais, com despesas pagas e pequeno ou nenhum estipêndio; os anúncios de bolsas de pesquisa da ordem de sete mil dólares por ano; o posto de instrutor universitário que pagava consideráveis dez mil; as descrições enganosamente atraentes de clínicas baratas à venda nos grandes centros médicos de Boston, Nova York, Filadélfia, Chicago, Los Angeles, onde havia médicos bem estabelecidos, capazes de amarrar as mãos de um novato e mandá-lo, de pires na mão, procurar biscates nas companhias de seguro a seis dólares a hora.

De vez em quando, um anúncio o obrigava a lê-lo várias vezes:

POLICLÍNICA DE DEZ SÓCIOS,
empresa, necessita de cirurgião geral. Local, norte de Michigan, no centro da região de caça e pesca. Prédio novo, plano de participação nos lucros. Salário inicial US$ 20.000. Participação acionária depois de dois anos. Nível dos salários de acionistas de US$ 30.000 a US$ 50.000. Endereço: F-213, *New Eng. J. Med.* 13-2t

Ele sabia que haveria de precisar daqui a um ano de uma região afastada da intoxicante atmosfera médica dos hospitais de ensino, longe da competição de sempre. A situação ideal seria um velho cirurgião num ambiente remoto, disposto a embolsar um livro gradativo, ao mesmo tempo que ia entregando progressivamente sua clínica a um jovem sócio. Esse tipo de negócio valeria 35 mil desde o início, não sendo impossível que alcançasse 75 mil por ano, no ápice.

Nas raras vezes em que ele parara para analisar o que sentia pela medicina, percebera que queria ser tanto o terapeuta quanto o capitalista, Jesus Cristo e os mercadores do Templo, todos juntos. Bem, por que não? As pessoas que podiam pagar suas contas adoeciam tanto quanto os indigentes. Ninguém lhe pedira para fazer voto de pobreza. E já estava farto dela, sem o voto.

SPURGEON ROBINSON

2

Filhinho! Sussurrava a mãe de Spurgeon, a voz de uma seda. Spurgeon, filhinho, repetiu ela, com a voz um pouco mais carregada, mas subindo na escala, como um passarinho que invadisse o quarto adejando.

Seus olhos estavam fechados, mas ele podia distingui-la. Ela estava inclinada sobre sua cama como um pessegueiro abarrotado de frutas, com o corpo embrulhado na camisola de flanela gasta, cheia de barrigas e superfícies duras, com os dedões dos pés descobertos, retorcidos como raízes sob os troncos deteriorados das pernas. Teve vergonha de que a mãe se aproximasse dele desse modo, porque sabia que sob o cobertor fino ele estava com uma ereção, fruto de seus sonhos. Talvez, pensou ele, se eu fingir que estou dormindo, ela irá embora, mas naquele momento o sono não era mais possível, devido a um ligeiro baque metálico do mecanismo que disparava seu despertador. O relógio tocou, um som familiar, quase consolador, que o vinha acordando religiosamente há anos, e ele acordou imediatamente, ainda que levasse um momento para se lembrar de que era um homem adulto, e o que ele era.

Doutor Robinson, lembrou-se ele.

E *onde* – num hospital todo esculhambado de Boston. Seu primeiro dia como interno.

No banheiro, no final do corredor, alguém estava na ponta dos pés, diante do espelho manchado, raspando o queixo com uma navalha.

– Bom-dia. Sou Spurgeon Robinson.

O branco empregou com perícia sua toalha e depois estendeu uma boa mão de cirurgião, que não era grande, mas forte, com um aperto firme, porém afável.

– Adam Silverstone. Só me faltam cerca de três raspadas para uma barba completa.

– Não tem pressa – disse Spurgeon, embora ambos soubessem que tinha. O piso do banheiro era de tábuas e a tinta das paredes estava descascando. Na porta de um dos dois reservados, algum filantropo escrevera: "Rita Leary é uma enfermeira que faz aquilo como uma terna coelhinha ASpinwall 7-9910." Era o único material de leitura no recinto e ele acabou de lê-lo depressa, dando um olhar de relance automático, para ver se o branco notara que ele o lera.

– Que tal o residente-chefe? – perguntou ele casualmente.

A navalha prestes a ser passada deteve-se a um centímetro do queixo.

– Às vezes gosto dele. Às vezes detesto – respondeu Silverstone.

Spurgeon balançou a cabeça, resolvendo calar a boca e deixar que o sujeito fizesse a barba. Esperar assim faria com que se atrasasse no primeiro dia, pensou ele. Dependurou seu roupão, despiu a cueca e entrou no chuveiro, sem ousar entregar-se a um demorado prazer, mas incapaz de resistir depois da longa noite no calor do pleno verão, que se acumulava no quarto sob o telhado.

Quando saiu, Silverstone já tinha ido embora.

Spurgeon fez a barba com cuidado, porém com rapidez, inclinando-se como um tenso ponto de interrogação negro sobre a única e antiquada pia; no seu primeiro dia num novo hospital, havia que estabelecer alguns precedentes. Um deles, pensou ele, seria não ser o último a chegar na sala do chefe da residência para correr as enfermarias de manhã.

No seu quarto, ele enfiou-se na sua roupa branca tão engomada que estalou, meias brancas limpas e nos sapatos que engraxara na noite anterior. Só tinha poucos minutos. Café da manhã, pensou ele desolado, estava fora de cogitação. O elevador era lento, levaria muito tempo para que ele se acostumasse ao ritmo arrastado do velho carro diante da premência dos compromissos. A sala do chefe da residência, no segundo andar, estava repleta de jovens de uniforme branco, sentados, esperando sem fazer nada, próximos, de pé, alguns tentando parecer entediados, e uns poucos conseguindo.

O chefe da residência estava sentado atrás de sua mesa, lendo *Surgery*. Era Silverstone, percebeu ele constrangido. Um ator, ou um filósofo, pensou ele, zangado consigo mesmo pela inabilidade de ter perguntado a um total estranho qual era sua opinião sobre um chefe que ele ainda não conhecia. Deixou que seu olhar deslizasse por todos os rostos presentes na sala. Todos branquelos. Por favor, Deus, não deixe que eu estrague tudo, disse em silêncio a oração há anos empregada por ele antes de qualquer exame.

Ele ficou em pé, transferindo o peso de um pé para outro. Finalmente chegou o último sujeito, um residente de primeiro ano que havia sido transferido, seis minutos atrasado, os primeiros seis minutos de sua residência.

– Qual é seu nome? – perguntou Silverstone.

– Potter, doutor. Stanley Potter.

Silverstone fitou-o longamente, sem pestanejar. Os recém-chegados ficaram à espera de um sinal, uma revelação, um aviso prévio.

— Dr. Potter, o senhor nos fez ficar esperando pelo senhor. Agora as enfermeiras e os pacientes estão esperando por nós.

O residente balançou a cabeça, dando um sorriso de constrangimento.

— Compreendeu?

— Sim.

— Esse é um serviço clínico e educativo, e não um show organizado para seu lazer adolescente, a que o senhor possa chegar atrasado ou a qualquer hora. Se o senhor pretende ficar nesse serviço, comporte-se, aja e pense como cirurgião.

Potter sorriu desconsolado.

— Compreendeu?

— Sim.

— Ótimo. — Silverstone deu um olhar lento em volta de toda a sala. — Vocês todos me compreenderam?

Vários novatos fizeram que sim com a cabeça de modo quase satisfeito, trocando entre si olhares dissimulados de grande expressão, a pergunta deles tendo sido respondida.

Um filho da puta, é o que seus olhares diziam um para o outro.

Silverstone ia à frente, seguido de uma longa fileira de internos e residentes. Parava apenas em determinados leitos, conversando um pouquinho com os pacientes, fazendo um resumo do seu caso clínico, saindo-se com uma ou duas perguntas num tom de voz sonolento, quase indiferente, para então passar adiante. O grupo circulava pelo perímetro da grande enfermaria.

Num dos leitos, uma mulher negra, com os cabelos pintados de vermelho por alguma tintura barata, fitou-o no momento em que ele parava diante dela e ela se via cercada por uma muralha silenciosa de jovens vestidos de branco.

— Oi — disse Silverstone.

Ela parecia demais com qualquer uma da meia dúzia de viciadas do seu antigo bairro, pensou Spurgeon.

— Esta é... — Silverstone conferiu o cartão — ... a Srta. Gertrude Soames. — Ele passou a ler por alguns instantes. — Gertrude já foi internada antes no hospital devido a uma variedade de sintomas que podem ser atribuídos ao fato de ela ter tido um início de cirrose, o que deve ser atribuído a sua causa habitual. Parece haver algo palpável aqui.

Ele puxou o lençol e levantou a camisola de algodão grosseiro, expondo duas pernas magras que subiam até uma melancólica moita e uma barriga marcada por duas velhas cicatrizes de cirurgias. Apertou o abdome dela primeiro com a ponta dos dedos de uma das mãos, e em seguida de ambas, enquanto ela agora lhe dirigia o olhar. Spurgeon pensou num cachorro furioso, mas sem coragem para morder.

– Bem aqui – disse Silverstone, pegando a mão de Spurgeon e colocando-a em cima.

Gertrude Soames olhou para Spurgeon Robinson.

Você é igual a mim, disseram seus olhos. Ajude-me.

Ele desviou o olhar, antes que seus olhos pudessem dizer: não posso ajudá-la.

– Está sentindo? – perguntou Silverstone. Ele fez que sim com a cabeça.

– Gertrude, vamos ter de fazer algo chamado biópsia do fígado – disse o chefe da residência, animado.

Ela sacudiu a cabeça.

– Sim.

– Não – disse ela.

– Não podemos fazê-la se você não quiser. Você tem de assinar um papel. Mas há alguma coisa errada com seu fígado, e nós não saberemos como ajudá-la se não fizermos esse exame.

Ela ficou calada de novo.

– É só uma agulha. Enfiamos a agulha e, quando a retirarmos, ela virá com um pedacinho de fígado, quase nada, mas o bastante para aquilo que precisamos, para fazermos o exame.

– É uma coisa que dói?

– Dói só um pouquinho, mas não há escolha. É algo que precisa ser feito.

– Eu não sou nenhuma porra de cobaia de vocês.

– Não queremos uma cobaia. Queremos ajudá-la. Você está a par do que pode acontecer se a gente não fizer isso? – perguntou ele com delicadeza.

– Dizendo como vocês estão dizendo, eu compreendo. – O rosto dela permaneceu impassível, mas os olhos embotados brilharam de repente, e surgiram lágrimas que escorreram em direção a sua boca. Silverstone pegou um lenço de papel da mesa de cabeceira e esticou o braço para secar o rosto dela, mas ela afastou com violência a cabeça.

Ela repôs a camisola e ajeitou o lençol.

– Pense nisso por algum tempo – disse ele, dando uma palmadinha no joelho dela, e seguiram adiante.

No setor masculino da enfermaria, um homem grande, tão largo que parecia não caber no leito, jazia recostado em três travesseiros e os olhava defensivamente se aproximarem.

– O Sr. Stratton aqui é motorista de caminhão e trabalha para uma firma de refrigerantes – disse Silverstone, com os olhos na ficha. – Há umas duas semanas, um engradado de madeira caiu do caminhão e atingiu-o abaixo do joelho direito. – Ele afastou o lençol e revelou a perna do sujeito, grossa, porém branca e com uma aparência doentia, com uma ulceração feia de cerca de oito centímetros de diâmetro.

– Sente frio na perna, Sr. Stratton?
– O tempo inteiro.
– Já foram tentados infusões e antibióticos, mas não está sarando direito e a perna perdeu sua coloração – disse Silverstone. E virou-se para o residente que havia fustigado pelo atraso. – Dr. Potter, o que acha?

Potter sorriu de novo, com uma aparência desconsolada, mas não disse nada.

– Dr. Robinson?
– Um arteriograma.
– Primeiro da turma. Onde injetaria o corante?
– Artéria femoral – respondeu Spurgeon.
– O quê? Vou precisar ser operado?
– Não estamos falando de operação, pelo menos por enquanto – respondeu Silverstone. – Sente frio na perna porque o sangue não está circulando como devia. Precisamos descobrir por quê. Vamos injetar um corante numa artéria de sua virilha e depois tirar umas chapas.

O rosto do Sr. Stratton ficou vermelho.

– Não vou concordar com nenhuma merda dessas – protestou ele.
– O que quer dizer?
– Por que não continua simplesmente as infusões, como o Dr. Perlman vinha fazendo?
– Porque o Dr. Perlman experimentou isso e não adiantou nada.
– Tente mais um pouco.

Houve um longo instante de silêncio.

– Onde está o Dr. Perlman? – perguntou o sujeito. – Quero falar com o Dr. Perlman.
– O Dr. Perlman não é mais chefe da residência aqui – informou Silverstone. – Estou sabendo que ele agora é o capitão Perlman, a caminho do Vietnã. Sou o Dr. Silverstone, o novo chefe da residência.
– Eu não conseguia nem tomar as injeções quando estava na marinha mercante – disse o homem. Alguém deu um risinho na extremidade do grupo em volta de sua cama, e Silverstone virou-se e deu um olhar fixo e seco. – Parece engraçado, um cara do meu tamanho com medo de vocês, seus filhos da mãe – disse Stratton. – Mas não tem graça nenhuma, podem crer. O primeiro cara que puser as mãos em mim, eu mato de porrada. – Silverstone colocou a mão de leve, quase distraído, no peito do paciente. Eles olharam

um para o outro. Inacreditavelmente, os olhos do Sr. Stratton brilharam de umidade.

Ninguém deu risinhos. O rosto dele, pensou Spurgeon, ficou com a mesma expressão de temor agudo que talhara as feições da prostituta envelhecida do outro lado da enfermaria, expressões tão parecidas que ela poderia ser sua irmã.

Dessa vez Silverstone não se esticou para apanhar lenços de papel.

– Agora, escute aqui – disse ele, como um homem falando com uma criança em falta. – Preste atenção. Você não pode se dar ao luxo de desperdiçar tempo. Se causar problema para a gente – *qualquer* problema na hora de examinar você –, a gente nunca mais vai ter de se preocupar com suas porradas. Você jamais poderá dar porrada nem numa orfãzinha, amigo. Terá apenas uma perna, ou estará morto. Você me compreende?

– Açougueiros – sussurrou o Sr. Stratton.

Silverstone deu meia-volta e prosseguiu adiante, seguido de 14 sombras vestidas de branco.

Eles se agruparam no anfiteatro cirúrgico para a reunião sobre a mortalidade. – Que diabo é essa reunião sobre a mortalidade? – cochichou Jack Moylan, o interno ao lado de Spurgeon, depois de ter passado os olhos no programa mimeografado do primeiro dia.

Spurgeon sabia. Eles tinham organizado reuniões sobre mortalidade em Nova York, embora como estudante ele não pudesse assistir.

– Um lugar onde seus erros voam direto para o poleiro – respondeu ele.

Moylan ficou perplexo.

– Você vai acabar chamando-a de comitê da morte, como todo mundo. Toda a equipe cirúrgica se reúne para passar em revista as mortes ocorridas no serviço e resolver se elas eram evitáveis – e se a resposta for sim, por que motivo não foram evitadas. É um método de incessante aprendizado e de controle de qualidade cirúrgica. Um atribuidor de responsabilidades, uma espécie de cole-o-rabo-no-burro profissional.

– Meu Deus! – exclamou o outro interno.

Sentaram-se nos bancos contínuos e em degraus, bebendo café ou Pepsi em copos de papel. Uma das enfermeiras passava pratos de biscoitos. Na frente da sala, Silverstone e Meomartino estavam sentados em lados opostos de uma pequena mesa cheia de pilhas de casos clínicos. Por motivos administrativos e didáticos, os profissionais da casa eram divididos em dois grupos, o time azul e o time vermelho. Os casos que diziam respeito ao time vermelho eram resolvidos por Meomartino, enquanto o time azul era supervisionado por Silverstone.

Ao lado de uma cadeira vazia na primeira fileira, o chefe adjunto dos serviços cirúrgicos, Dr. Bester Caesar Kender ("Se estiver com problema, venha ver Kender"), um ex-coronel da força aérea que adorava charutos e obtivera fama nacional como cirurgião nefrologista do serviço e pioneiro dos transplantes de rim, estava contando um caso picante para o Dr. Joel Sack, chefe da patologia. Eles eram um exemplo de compleições contrastantes, Kender, grandalhão, hirsuto, de feições coloridas e guardando ainda o sotaque arrastado das suas origens da região de plantadores de batatas do Maine; Sack, calvo e afobadinho, parecido com um esquilo esquisito.

Sentados juntos, estavam os dois chineses da equipe, o Dr. Lewis Chin, nativo de Boston e cirurgião convidado, e o Dr. Harry Lee, com sua cara de lua, terceiranista como residente, de Formosa; e, como para consolar, duas mulheres, a Dra. Miriam Parkhurst, outra convidada, e a Dra. Helena Manning, uma garota calma, segura, fazendo o primeiro ano de residência.

Todo mundo se ergueu quando o cirurgião-chefe entrou na sala, e Spurgeon derramou refrigerante nas pernas de suas calças imaculadamente brancas.

O Dr. Longwood balançou a cabeça e eles se sentaram obedientemente.

– Senhores – disse ele.

"Bem-vindos aqueles que chegaram agora ao hospital geral do condado de Suffolk.

"Esta é uma instituição municipal ocupadíssima que lhes oferece uma brutal carga de trabalho e lhes pede em troca muita dedicação. Nosso padrão é alto. Espera-se nada menos que cada um de vocês cumpra a promessa que representa.

"Esta reunião prestes a começar é a reunião sobre a mortalidade. Trata-se da parte mais importante da semana para seu subsequente desenvolvimento profissional. Depois que vocês deixam a sala de operação, a cirurgia que realizaram torna-se parte do passado. Nesta reunião, as suas e as minhas falhas serão destacadas e examinadas à luz da atenção de nossos pares. O que acontece aqui, talvez até mais do que aquilo que acontece na sala de operação, é o que os tornará cirurgiões.

Ele pegou um punhado de biscoitos, acomodou-se na primeira fila e fez um gesto de cabeça para Meomartino.

– Pode começar, doutor.

À medida que o cirurgião visitante lia os detalhes, ficava aparente que o primeiro caso era um caso de rotina, um homem de 59 anos de idade com carcinoma adiantado do fígado que só pedira auxílio tarde demais.

– Evitável ou inevitável? – perguntou o Dr. Longwood, limpando-se das migalhas. Cada membro mais antigo votou inevitável, e o chefe concordou.

– Já tinha passado há muito tempo do ponto crítico – disse ele. – Exemplifica a necessidade de um diagnóstico precoce.

O segundo caso era de uma mulher que morrera de parada cardíaca enquanto suas lesões gástricas eram tratadas clinicamente no ambulatório. Não havia nenhum sinal de cardiopatia anterior, e a autópsia revelara que as lesões eram de fato benignas. Novamente, cada cirurgião declarou que a morte havia sido inevitável.

– Concordo – disse o Dr. Longwood –, mas quero registrar que se ela não tivesse morrido de doença coronariana, nós a estaríamos tratando errado. Ela deveria ter sido submetida a uma cirurgia exploratória. Um artigo interessante, que saiu no *Lancet* há dois meses, frisa que a taxa de sobrevivência de cinco anos para tumores gástricos tratados clinicamente – não importa se benignos ou malignos – representa 10 por cento. Mas quando se explora o paciente para saber exatamente o que está acontecendo lá dentro, a taxa de sobrevivência de cinco anos aumenta até chegar a 50-70 por cento.

Isto é uma sala de aula, pensou Spurgeon, relaxando e começando a se divertir; apenas uma sala de aula.

O Dr. Longwood apresentou a Dra. Elizabeth Hawkins e o Dr. Louis Solomon. Spurgeon sentiu uma pequena mudança na atmosfera, reparando no Dr. Kender, o homem dos transplantes de rim, que se inclinava para a frente, sacudindo nervosamente algo na sua mão de presunto.

– Estamos contentes porque a Dra. Hawkins e o Dr. Solomon aceitaram nosso convite para estarem conosco hoje – disse o Dr. Longwood. – São residentes do serviço de pediatria, onde estavam no final de seu período como internos na época da ocorrência do próximo óbito a ser discutido.

Adam Silverstone leu a respeito de Beth-Ann Meyer, de cinco anos, que sofrera queimaduras numa área de 30 por cento do seu corpo, devido a água fervente. Depois de dois enxertos de pele, ela vomitara mais tarde no ambulatório da pediatria, às três da madrugada, e o vômito obstruíra sua traqueia. Um anestesista residente levara 16 minutos para responder ao chamado. Ao chegar, a pequena paciente morrera.

– Não há desculpa para a demora do anestesista em atender ao chamado, claro – disse o Dr. Longwood. – Mas diga-me – seus olhos frios passaram da Dra. Hawkins, para o Dr. Solomon –, por que vocês não fizeram uma traqueotomia?

– Aconteceu muito depressa – disse a garota.

– Não havia kit de traqueotomia – disse o Dr. Solomon.

O Dr. Kender ergueu, seguro entre o polegar e o indicador, o objeto que ele estava sacudindo com o punho.

– Vocês sabem o que é isto?

O Dr. Solomon pigarreou.

– Um canivete.

– Nunca ando sem um deles – disse tranquilamente o cirurgião de rins. – Eu poderia abrir uma traqueia com um desses num trem elétrico.

Nenhum dos residentes em pediatria respondeu. Spurgeon não conseguia tirar os olhos do rosto pálido da moça. Estão botando pra quebrar com esse pessoal, pensou. Estão dizendo para eles: Vocês – *vocês* – mataram essa criança.

O Dr. Longwood olhou de relance para o Dr. Kender.

– Evitável – disse o chefe adjunto, sem tirar o charuto da boca. Na vez do Dr. Sack.

– Evitável.

Na do Dr. Paul Sullivan, um cirurgião convidado. – Evitável.

Na da Dra. Parkhurst.

– Evitável – disse ela.

Spurgeon ficou ali sentado, enquanto aquela palavra passava como uma pedra gelada em volta da sala, sem conseguir mais olhar para os residentes em pediatria.

Meu Deus, pensou, não deixe nunca que isso aconteça comigo.

Ele foi designado para a Enfermaria Quincy com Silverstone, e foram ambos caminhando até lá. Era um horário ocupadíssimo para as enfermeiras, hora do trabalho pesado, de trocar curativos simples, de tomar as temperaturas, de servir sucos e carregar as comadres, de dar os remédios e completar as fichas. Eles permaneceram no corredor, enquanto o residente estudava as anotações que ele fizera na ronda da manhã e Spurgeon observava duas estudantes de enfermagem que faziam as camas aos risinhos, até que finalmente o Dr. Silverstone levantou os olhos.

E o Senhor falou, pensou Spurgeon, dizendo...

– Harold Krebs, pós-operatório de prostactomia, quarto 304, precisa de duas unidades de sangue completo. Comece uma intravenosa em Abraham Batson, no 310. E pegue um kit para fazer incisões e colocaremos um cateter central venoso em Roger Cort, no 308.

Havia uma velha seca, com o cabelo fininho, e a fita de enfermeira-chefe pregada no chapéu, sentada no posto de arquivos. Spurgeon resmungou uma desculpa e esticou a mão por cima dela para pegar o telefone.

– A senhora tem o número do banco de sangue? – perguntou-lhe. Sem olhar para ele, ela lhe entregou um catálogo telefônico. Quando discou, o número estava ocupado.

Uma enfermeira morena, muito bonita, com um belo corpo entrevisto por trás de um uniforme de náilon, chegou ao posto e começou a escrever um recado no quadro-negro: "Dr. Levine, por favor telefone para W Ayland, 872-8694."

Ele discou novamente para o banco de sangue.

– Merda.

– Posso ajudá-lo, doutor? – perguntou a jovem enfermeira.

– Estou tentando ligar para o banco de sangue.

– É o número mais difícil de se conseguir no hospital. A maioria dos internos desce e pega o sangue. A pessoa que deve procurar lá embaixo é Betty Callaway.

Ele agradeceu, e ela saiu apressada do posto. Ele inclinou-se novamente por cima da enfermeira-chefe e repôs o telefone no gancho. Velha bruxa branquela, pensou ele; por que não me disse? Diabo, eu nem sequer sei como encontrar a porra do banco de sangue, percebeu ele perplexo.

Inclinou-se e examinou a tarja de identificação da enfermeira-chefe.

– Srta. Fultz – disse ele. Ela continuava a preencher suas fichas. – A senhorita poderia me ensinar o caminho do banco de sangue?

– Porão – respondeu ela, sem levantar os olhos.

Ele o achou depois de mais três pedidos de informação, e pediu o sangue a Betty Callaway, esperando com impaciência enquanto ela consultava o tipo sanguíneo de Harold Krebs. Subindo de novo no elevador lento, ele se xingou de imbecil, a lutar contra os senhorios como se fosse uma versão de lata de Stokely, quando devia ter perambulado pelo hospital para se situar.

Do jeito que as coisas iam, não seria surpresa se o paciente do 304 tivesse veias invisíveis, mas Harold Krebs revelou-se um sujeito com o sistema venoso bem definido, próprio para aceitar cateteres, e ele iniciou a transfusão sem problemas.

Agora a intravenosa para o 310. Mas onde guardavam as seringas intravenosas? Ele não podia perguntar à Srta. Fultz, pensou, mudando rapidamente de opinião; por que deixar que a velha bruxa o intimidasse? – Armário do corredor – disse ela, com a cabeça ainda inclinada. Sua velha, olhe para mim, disse ele silenciosamente. É só pele negra, não vai machucar seus olhos. Ele pegou a intravenosa e, evidentemente, Abraham Batson, do 310, demonstrou ser exatamente o que ele esperava do 304, um homenzinho seco, de veiazinhas finas como cabelo e cheias de picadas para mostrar que outros haviam tentado e falhado. Teve de dar oito espetadas, no meio de olhares, gemidos e murmúrios por parte da alfineteira, e então conseguiu fugir.

Meu Deus, o kit de fazer incisões.

– Onde poderei encontrar um kit de incisões?

– Terceira porta à esquerda.

Ele o pegou e foi encontrar Silverstone na ala feminina da enfermaria.

– Meu Deus, estava prestes a mandar tocar o alarme – disse o residente.

– Eu me perdi a maior parte do tempo.

– Eu também. – Foram juntos ao quarto 308.

Roger Cort tinha carcinoma intestinal. Se alguém olhasse com bastante atenção, pensou Spurgeon, poderia ver o anjo pousado no ombro direito de Roger Cort.

– Já fez uma incisão?

– Não.

– Observe com atenção. Da próxima vez, você mesmo fará.

Ele observou enquanto Silverstone esterilizava o tornozelo, injetava novocaína, vestia luvas esterilizadas e fazia uma incisão mínima anterior ao maléolo médio. Deu dois pontos, um acima e outro abaixo, enfiou a cânula e prendeu-a com o segundo ponto, e dentro de alguns segundos a glicose gotejava dentro da circulação de Roger Cort. Nas mãos de Silverstone parecia fácil. Serei capaz de fazer isso, pensou Spurgeon.

– Qual é o seu próximo desejo? – perguntou ele.

– Café – respondeu Silverstone, e saíram em busca dele. A bela enfermeira morena os serviu.

– O que acha da nossa enfermaria? – perguntou ela.

– Qual é o mal secreto que atormenta sua enfermeira-chefe? – perguntou o chefe da residência. – Ela passou a manhã inteira a grunhir para mim.

A garota riu.

– Ah, ela é lendária no hospital. Não fala com os médicos, a não ser que goste deles, e gosta de pouquíssimos. Alguns médicos convidados já a conhecem há trinta anos e ainda recebem grunhidos da parte dela.

– Que herança! – disse Silverstone, desconsolado.

Pelo menos, pensou Spurgeon, não é minha cor que ela detesta. Detesta todo mundo. De alguma maneira, esse pensamento o alegrou. Ele acabou seu café, deixou Silverstone e trocou vários curativos sem precisar perguntar à Srta. Fultz onde estavam as coisas. É melhor eu começar a explorar este lugar, pensou, imaginando de repente o que faria se alguém tivesse uma parada cardíaca. Não sabia onde ficava o desfibrilador ou o ressuscitador. Uma enfermeira descia apressada pelo corredor.

– Será que pode me informar onde fica guardado o equipamento do código 99? – perguntou ele.

Ela estacou, como se tivesse batido numa parede de vidro.

– Está com um código 99?

– Não.

– Bem, eu estou com uma mulher botando as tripas para fora de tanto vomitar – disse ela indignada, afastando-se correndo.

– Sim, senhora – retrucou ele, mas ela já se fora. Com um suspiro, ele deu início a sua pesquisa, explorador numa terra estranha e exótica.

Às oito e meia da noite, 36 horas depois de ter iniciado sua carreira de interno, Spurgeon abriu a porta de seu quarto no sexto andar e piscou os olhos, enquanto um bafo de calor veio ao encontro dele.

– Uau – disse ele baixinho.

Ele dormira ali apenas algumas horas na noite anterior, já que os internos eram chamados primeiro, sendo que os residentes só eram amolados com problemas de certa seriedade. Fora acordado oito ou nove vezes para receitar drogas que induzissem nos pacientes o sono negado a seu interno.

Descansou a sacola de papel que carregava e escancarou a janela. Tirou os sapatos sem desamarrar os cadarços, despiu a roupa branca e arrancou uma camiseta úmida. Da sacola, pegou uma caixa de seis latas de cerveja, e puxando a argola de alumínio de uma delas, bebeu um terço de seu conteúdo num longo gole refrescante. Em seguida, deu um suspiro e foi até o armário pegar a guitarra.

Sentado na cama, acabou a lata de cerveja, começando a tanger as cordas e a cantar suavemente a parte de tenor de um madrigal:

> *Há uma rosa no meu jardim*
> *Que tem um espinho danado,*
> *E nele me espeto*
> *Pelo menos duas vezes ao dia.*
> *E peço depressa*
> *Ao depressa sangrar:*
> *Que o sangue enxugue*
> *Da rosa*
> *No meu jardim...*

Deus do céu, não, pensou desconsolado, o estado de espírito estava totalmente deslocado naquele ambiente.

Sua obra sempre carecera de uma plateia simpática, de uma bela gata a lhe dizer "Spurgeon malandro" com seu olhar, fazendo uma ligeira e promissora pressão com seu joelho a sentar-se ao seu lado no banco do piano, e gente descolando drinques para ele como se fosse Ellington e lhe pedindo que tocasse essa ou aquela canção.

Aquela canja ele perdera, percebeu.

— Culpa sua, tio Calvin — desabafou em voz alta.

O tio Calvin tinha certeza de que ele acabaria tocando piano em alguma espelunca do Harlem, esfalfando-se em troca de uma ninharia, ou pior ainda. Ele deu um sorriso, abriu outra lata e bebeu em homenagem ao padrasto cujo dinheiro possibilitara sua formatura como médico, não obstante a recusa de Spurgeon a aprender o necessário para substituir o velho no seu negócio, a cujo sucesso ele dedicara o suor da vida inteira. E em seguida bebeu em homenagem a si mesmo, nadando no próprio suor, dentro do pequeno forno daquele quarto.

— Tio Calvin — admitiu ele em voz alta —, isso não é exatamente a minha ideia de sucesso.

Foi até a janela e observou as luzes que começavam a brotar à medida que a cidade escurecia. É preciso escapar desse armário de roupas, disse consigo mesmo. Em algum lugar lá embaixo existia algum apê confortável onde ele pudesse talvez ter um piano de segunda mão.

— Seus filhos da puta — dirigiu-se ele à cidade.

Ele se hospedou três dias no Statler às voltas com classificados de apartamentos no *Herald* e no *Globe*. Os corretores reagiam com entusiasmo aos telefonemas do Dr. Robinson, mas sempre que aparecia para ver o apartamento, ele acabara de ser alugado.

— Já ouviu falar de Crispus Attucks? — perguntou ele ao último corretor.

— Quem? — perguntou o sujeito nervoso.

— Ele era preto como eu. O primeiro americano morto na porra da revolução de vocês.

O homem balançava a cabeça compreensivamente, dando um sorriso de alívio quando ele fora embora.

Devia haver prédios simpáticos já integrados, pensou.

Bem, disse consigo mesmo, talvez ele andasse procurando apartamentos *bons* demais. O negócio era que ele podia bancar um bom lugar. Receberia um cheque mensal do tio Calvin, mesmo depois de ter explicado que agora seria pago pelo hospital. Tinha discutido bastante, até que ele compreendesse que na terceira terça-feira de cada mês, ao assinar aquele cheque, Calvin estaria dando duas coisas: dinheiro, que valorizava porque em certa época de sua vida lhe faltara, e amor, a coisa mais maravilhosa de sua vida.

Velho tio, pensou ele com ternura. Por que nunca fui capaz de chamá-lo de meu pai?

Houve uma época, que ele recordava nitidamente, mas como se fosse um pesadelo, em que eles eram pretos pobres, antes de sua mãe ter se casado com

Calvin, quando então se tornaram pretos ricos. Ele já dormira num pequeno catre ao lado da cama de sua mãe num pequeno e melancólico quarto na West 172nd Street. Era forrado de papel de parede marrom desbotado, com manchas de água na extremidade superior de uma das paredes, causadas por um vazamento qualquer, ou no cano de aquecimento do andar acima. Ele sempre imaginara aquelas marcas como manchas causadas por lágrimas, porque quando chorava sua mãe lhe dizia que se ele não parasse com o berreiro suas bochechas ficariam manchadas como o papel de parede. Ele se lembrava de uma cadeira de balanço que rangia, com uma almofada gasta de tecido escocês, o fogão a gás de duas bocas que funcionava tão mal que a água levava um tempão para ferver, a pequena mesa de jogo em que não se podia deixar dormir nenhuma sobra de comida por causa dos seres famintos que surgiam das paredes à noite.

Ele só lembrava dessas coisas quando não conseguia fugir de suas recordações. Preferia se lembrar da mãe, e como ela tinha sido quando jovem.

Quando ele era pequeno, sua mãe deixava-o todo dia com a Sra. Simpson, que morava em três quartos no andar abaixo e tinha três filhos e uma pensão, em vez de um marido e um emprego. Mamãe não recebia pensão. Ela trabalhava como garçonete numa série de restaurantes quando ele era criança, trabalho que a deixou com as pernas inchadas e os pés cansados. Mesmo assim, era extraordinariamente bonita. Ela o tivera quando ainda jovem, e encimando as pernas doentes, seu corpo amadurecera, mas permanecendo esbelto e firme.

Mamãe chorava às vezes ao dormir e vivia esfregando desinfetante no assento da privada que dividiam com os Henderson e os Catlett. De noite, depois de ter rezado, ele às vezes ficava repetindo sem parar o nome dela na escuridão. Roe-Ellen Robinson... Roe-Ellen Robinson...

Quando ele era pequeno e ela o ouvia repetir seu nome, deixava que ele viesse ficar na cama dela. Punha os braços em volta dele e o abraçava e apertava até ele gritar, coçava suas costas e cantava para ele:

Ah, é largo e fundo o rio, aleluia!
Leite e mel na margem oposta...

– e lhe contava que boa vida teriam quando alcançassem a terra do leite e do mel, e ele deitava a cabeça no seu colo macio e avantajado e adormecia feliz, feliz, feliz.

Ele frequentou a escola do bairro, um velho prédio de tijolos aparentes, cujas vidraças eram quebradas com mais rapidez do que a administração municipal conseguia substituí-las, um pátio externo de recreio de concreto e miasmas especiais lá dentro, compostos principalmente do cheiro de gás e carvão e de corpos desacostumados a banhos e à água quente. Quando ele começou a alfabetização, sua mãe lhe disse para fazer tudo para aprender a ler, porque o pai dele fora um sujeito dado à leitura, com o nariz sempre metido num livro. Assim, Spurgeon aprendeu e veio a gostar de ler. Quando ele alcançou as séries mais adiantadas, a quarta, a quinta, a sexta, ficou mais difícil ler no colégio porque sempre havia alguma bagunça, mas a essa altura descobrira a biblioteca pública e vivia levando livros para casa.

Gostava de andar com dois garotos em particular, Tommy White, que era preto retinto, e Baleia McKenna, que era amarelo-claro e muito magricelo, daí seu apelido de Baleia. De início, o que o atraía neles eram seus nomes, mas decorrido algum tempo ficaram seus amigos. Todos gostavam de uma garota chamada Fay Hartnett, que sabia cantar como Louis Armstrong e simular com os lábios o peidar de um pistom de jazz. Na maior parte do tempo, ficavam à toa nas vizinhanças da West 171st Street, jogavam beisebol, elogiavam os Giants e criticavam os Yankees e seus horríveis professores branquelos. Uma vez ou outra, surrupiavam alguma coisa, dois deles prendendo a atenção do dono da loja, enquanto o terceiro afanava, geralmente alguma coisa comestível. Em três noites de sábado, haviam depenado bêbados, Tommy e Spurgeon torcendo cada um os braços do sujeito, enquanto o Baleia, que se achava parecido com Sugar Ray, se desincumbia da parte truculenta.

Eles observaram de perto as mudanças que vinham ocorrendo no corpo de Fay Hartnett, e certa noite no telhado do prédio do Baleia ela lhes mostrou como fazer umas coisas que alguns garotos mais velhos lhe tinham ensinado. Eles contaram vantagens para o mundo inteiro ouvir e duas noites depois ela fez o mesmo serviço para eles e um grupo maior de seus amigos e conhecidos. Dois meses depois ela largou a escola e de vez em quando eles a viam na rua e davam risinhos escondidos porque a barriga dela começava a crescer como se ela tivesse engolido uma bola de basquete e alguém a estivesse enchendo de ar. Spurgeon não sentiu culpa nem responsabilidade; na primeira vez, ele fora o segundo, e na segunda, o sétimo ou oitavo – bem na rabeira da fila. E quem sabia quantas outras festas tinham acontecido, sem que ele tivesse sido convidado. Mas às vezes sentia falta dela a cantar como Louis.

Ele não conseguia imaginar mamãe fazendo aquela coisa de mulher tal como Fay fizera, abrindo as pernas e se contorcendo toda molhada e excitada assim, e no entanto ele sabia, bem profundamente dentro dele, que ela provavelmente também fazia aquilo, às vezes. Roe-Ellen sempre tivera muitos conhecidos masculinos e uma vez ou outra pagava à Sra. Simpson para que Spurgeon dormisse na casa dela, com seus dois filhos, Petey e Ted. Um sujeito em particular, Elroy Grant, um homem grande e bem-apessoado que explorava uma lavanderia de lavagem a seco na Amsterdam Avenue, vivia rondando mamãe. Ele cheirava a uísque forte e não prestava a menor atenção em Spurgeon, que o detestava. Dava em cima de muitas mulheres e um dia Spurgeon descobriu Roe-Ellen a chorar em cima da cama, e quando ele perguntou à Sra. Simpson qual era o problema, ela respondeu que Elroy se casara com uma viúva, dona de um bar em Borough Hall, fechara a lavanderia e se mudara para o Brooklyn. Mamãe ficou apática durante semanas depois disso, até que finalmente saiu da fossa e declarou a Spurgeon que ele teria de se comportar agora como um adulto, porque ela se inscrevera num curso de secretariado depois do expediente e passaria quatro noites por semana na Patrick Henry High School, na Broadway de cima. Nas noites em que ela não frequentava o curso, ele sempre fazia questão de ficar em casa; tornaram-se seus feriados.

Roe-Ellen frequentou as aulas durante dois anos e quando acabou podia datilografar 72 palavras por minuto e grafar centenas de palavras por minuto no sistema Gregg de estenografia. Ela esperava ter de dar duro para arranjar emprego, mas duas semanas depois de ter começado a procurar foi contratada para o departamento de secretárias da companhia de seguros de vida American Flag. Toda noite ela voltava para casa com os olhos brilhando e cheia de casos de maravilhas recém-descobertas, o elevador veloz, as garotas maravilhosas do departamento, a quantidade de cartas que batera naquele dia, as horas da madrugada, a alegria de poder descansar as pernas depois de um dia inteiro de trabalho.

Um dia, ela voltou para casa parecendo quase amedrontada.

– Querido, hoje eu vi o presidente.

– Eisenhower?

– Não. O Sr. Calvin J. Priest, presidente da companhia de seguros de vida American Flag. Puxa, querido, ele é *negro*!

Não fazia sentido.

– Você deve ter se enganado, mamãe. Ele provavelmente é um branco extremamente moreno.

– Estou lhe dizendo que ele é tão negro quanto você. E se Calvin J. Priest foi capaz de algo maravilhoso, como chegar a ser presidente da companhia de seguros de vida American Flag, por que Spurgeon Robinson não poderia? Filho, filho, ainda veremos a terra do leite e do mel. Eu te prometo!

– Acredito em você, mamãe.

O meio de chegarem à terra do leite e de mel era, é claro, o tio Calvin.

Ao chegar à idade adulta, Spurgeon já *conhecia* Calvin Priest, tal como ele era depois de tê-lo conhecido, e antes. Foi capaz de reunir essa informação porque Calvin era um homem comunicativo que usava sua voz para fazer contato, empregando as palavras com Roe-Ellen e seu filho como se fossem mãos estendidas. Os fragmentos de sua vida foram recolhidos por Spurgeon no decorrer de um longo período, durante muitas conversas, depois de ouvir intermináveis reminiscências e casos cheios de divagações, até formar o retrato inteiro do homem que era seu padrasto.

Ele nascera durante uma tempestade tropical, no dia 3 de dezembro de 1907, na cidade de Justin –, região de cultivo de pêssegos da Geórgia. A abreviatura em seu nome representava Justin, o nome da família fundadora da localidade, em cuja casa a avó materna de Calvin, Sara, trabalhara como empregada e escrava.

O último sobrevivente da família Justin, Sr. Osborne Justin – promotor, escrivão, dado a brincadeiras de mau gosto na velhice, e também herdeiro de determinados papéis tradicionais –, oferecera dez dólares à velha Sara se sua filha batizasse o bebê com o nome de Judas, mas a velha era por demais orgulhosa e esperta. Ela batizou o bebê com o sobrenome da família branca, apesar – ou talvez por causa – do fato de que, de acordo com os boatos locais, a relação deles durante a juventude extrapolara a de garota escrava com o filho do seu senhor, e 100 por cento ciente de que a tradição mandava que o velho branco desse o presente à criança de qualquer maneira, como reconhecimento à homenagem feita ao nome de sua família.

Calvin cresceu como preto da roça. Enquanto permaneceu na Geórgia, nunca deixou de ser identificado com uma ênfase no nome do meio – Calvin *Justin* Priest – e foram talvez seus laços com uma origem privilegiada e o presságio de um futuro de que poderia se orgulhar que lhe abriram a oportunidade de ter um ensino prolongado. Ele era um garoto religioso que apreciava a dramaticidade dos encontros de orações e durante longo tempo pensou em se tornar pregador. Foi uma infância feliz, não obstante terem ambos os pais falecido na epidemia de gripe que se infiltrou no campo a partir das cidades em 1919, tardia, mas nem por isso menos mortífera. Três anos mais tarde, Sara percebeu que, embora o Senhor lhe tivesse abençoado com uma vida intensa e longa, estava perto do fim. Ditou uma carta a Calvin, que a transcreveu cuidadosamente e a postou para Chicago, o lugar da liberdade e oportunidade. Oferecia o estipêndio para o enterro de Sara, 170 dólares, a uns ex-vizinhos chamados Haskins, caso eles acolhessem seu neto em sua casa e nos seus corações. Ela tinha certeza de que Osborne Justin cuidaria de seu funeral; era a oportunidade de mais uma brincadeira a sua custa.

A resposta veio sob a forma de um cartão-postal barato onde alguém havia escrevinhado a lápis:

MANDE O GAROTO.

Antes de retornar à Geórgia, ele já era um homem.

Moisés Haskins revelou-se um animal truculento que espancava Calvin e os próprios filhos com regular imparcialidade, e ele fugiu antes de completar um ano de convívio com a família Haskins. Foi jornaleiro do *Chicago American*, engraxate, em seguida mentiu a respeito de sua idade e trabalhou num matadouro e frigorífico. O trabalho era duro pra valer – quem imaginaria que animais abatidos pesassem tanto? – e no início achou que não aguentaria, mas seu corpo se fortaleceu e o salário era bom. Ainda assim, dois anos depois, quando surgiu a oportunidade de ser um pau para toda obra de um parque de diversões itinerante, com salário menor, ele a pegou com entusiasmo. Viajou o vasto mundo com o show, aproveitando tudo, todas as glórias, os locais culminantes e os vales remotos, a diversidade das pessoas. Fazia de tudo um pouquinho, na hora em que costas fortes eram necessárias; embrulhava e desembrulhava a lona, armava e desarmava as tendas, alimentava e dava água aos pobres bichos: alguns felinos sarnentos, alguns macacos, um bando de cachorros ensinados, um velho urso, uma águia de asas cortadas que vivia acorrentada a seu poleiro, perdendo as penas brancas do rabo. A águia morreu em Chillicothe, Ohio.

Depois de Calvin ter passado dez meses no parque de diversões, este rumou para o sul, e no dia em que chegaram a Atlanta, ele ajudou a armar as tendas e disse ao gerente que tinha de sair por alguns dias, pegou um ônibus e foi sentado na traseira até que ele chegasse a Justin.

Sara morrera há vários anos e ele já chorara sua morte, mas queria ver onde estava enterrada. Mas não conseguiu achar o túmulo da avó. Quando foi procurar o pregador à noite, o sujeito resmungou que estava cansado do dia inteiro que levara colhendo pêssegos, mas pegou uma lanterna e acompanhou Calvin, e procuraram até achar a sepultura, pequena e sem inscrição, no canto dos indigentes – algo que Sara nunca fora em vida.

No dia seguinte, Calvin contratou um sujeito para ajudá-lo. Não havia terreno livre ao lado de sua mãe, mas havia um lote não muito distante e ele e o outro sujeito cavaram uma sepultura. Transladaram sua avó. O caixão em que fora enterrada cedeu um pouco ao ser levantado, mas estava em condições surpreendentemente boas depois de dois anos dentro daquele barro vermelho úmido. Lá ficou ele naquela tarde, enquanto o pastor lançava as belas frases bíblicas ao céu que escurecia. Em algum ponto no alto, bem alto, pairava um pássaro. Uma águia, imaginou ele, mas totalmente diversa do bicho preso que morrera no parque de diversões. Essa cortava o próprio ar com tanta liberdade que, ao observá-la, ele começou a chorar. Percebeu que ao dar à velha negra um enterro de indigente, Osborne Justin, promotor, escrivão da cidade, trocista e herdeiro de determinados papéis tradicionais, rira por último, afinal. Calvin deixou dinheiro com o pregador para que erigisse uma lápide e pegou então um ônibus de volta ao parque. Nunca mais usou de novo seu nome do meio. Daquele dia em diante, virou simplesmente Calvin J. Priest.

Quando a economia americana desmoronou, ele tinha 22 anos. Conhecera o país, de cabo a rabo, as gigantescas cidades e os sonolentos lugarejos, e descobriu que o amava desesperadamente. Sabia não se tratar de um país que realmente lhe pertencia, mas 1.700 dólares dele, sim, guardados com toda precaução na meia marrom.

O crack da Bolsa aconteceu quando o parque de diversões estava iniciando sua turnê de outono ao sul, e enquanto negócios faliam e empresas ruíam, a marcha da Depressão podia ser lida nas plateias cada vez menores a cada apresentação, até que em Memphis, Tennessee, o show se apresentou a 11 espectadores e faliu.

Ele alugou um quarto ali e passou o outono especulando o que faria em seguida. De início, ele apenas ficou à toa. O verão fora seco e ele passava muitos dos seus dias a pescar com um forcado e um saco de aniagem, arte que lhe fora ensinada por um peão do Missouri. Ele descia ao leito exposto do rio seco, cavava a lama rachada de cima até encontrar a camada úmida subjacente, onde os bagres tinham se enterrado como joias pretas e encorpadas, até a chegada das chuvas de inverno. Ele os colhia como se fossem batatas e carregava o saco cheio de peixes chifrudos para casa, onde ajudava sua senhoria a descamá-los e limpá-los, e ela fritava aquela gostosa carne branca, que a pensão inteira comia, tecendo loas a sua habilidade com o anzol. De noite, ele ficava na sua cama, lendo nos jornais casos de brancos que deixaram de ser milionários e pulavam pelas janelas dos arranha-céus, enquanto ele punha a mão no bolso e acariciava o dinheiro, como um sujeito que pegasse distraído no seu membro, tentando decidir se iria para o norte.

A senhoria tinha uma vagabunda de uma filha chamada Lena, com olhos como poços claros no meio de seu rosto escuro, cabelo alisado e uma boca quente que se aproveitava do corpo dele, e uma noite ele estava no quarto com a garota, tentando amá-la em cima do colchão sob o qual estava escondido o dinheiro, quando o ato amoroso deles foi atrapalhado pelos ruídos de alguém com o coração partido.

Quando ele perguntou à garota quem estava chorando, ela respondeu que era sua mãe.

Quando ele perguntou por quê, ela disse que o banco dos brancos onde sua mãe guardava o dinheiro para seu enterro acabara de falir, e ela estava chorando por causa do funeral que jamais teria.

Depois que a garota foi embora, ele se lembrou da velha Sara e do dinheiro para o enterro que ela certa vez prendera com um alfinete na roupa de baixo. Lembrou-se da terrível cova de indigente em Justin, Geórgia.

Na manhã seguinte, deu um passeio a Memphis. Em seguida, depois do almoço, pegou carona e deixou a cidade, passando pelos arredores e entrando no campo de verdade. Depois de cinco dias de procura, decidiu-se por um terreno cansado, de pouco menos de um hectare, plano, aninhado entre uma moita de pinheiros e um rio de margens irregulares. Custou-lhe seis notas de cem dólares e suas mãos tremiam ao entregar o dinheiro e pegar o documento, porém nada o poderia ter impedido, porque já planejara tudo e sabia que isso era algo que ele haveria de fazer.

Custou-lhe mais 21 dólares e cinquenta cents um belo e grande cartaz, em preto e branco, que dizia: *Cemitério Flor da Sombra*. Ele tirou esse nome do verso do Livro de Jó que era o predileto de Sara, *Nasce como a flor e murcha; foge como a sombra e não permanece.*

Encontrou sua senhoria na cozinha da pensão fervendo uma grande vasilha de roupas, com os olhos vermelhos a chorar no vapor da barrela. Havia um jarro de leite desnatado e ele se sentou e bebeu três copos sem dizer nada; em seguida, colocou três moedas na mesa para pagar o leite e começou a falar. Contou sobre seus projetos do Flor da Sombra, sobre os belos lotes, maiores do que os de qualquer branco, sobre os pássaros que cantavam nos pinheiros, e até mesmo sobre os grandes bagres no rio que, apesar de ele não tê-los visto, sabia não poderem deixar de existir.

– Não adianta, rapaz – disse ela. – Meu dinheiro para o enterro já foi embora.

– Você deve ter *algum* dinheiro. Tem hóspedes.

– Mas não um dinheiro que possa gastar. Nem mesmo para meu enterro.

– Bem. – Ele botou a mão nas moedas que deixara na mesa. – Tem isto aqui.

– Três moedas? Você vai me dar uma sepultura por três moedas?

– Deixe lhe dizer uma coisa – disse ele. – Apareça com três moedas como essas toda semana, sem falta, e a sepultura é sua agora.

– Puxa – disse ela –, e se eu morrer dentro de três semanas, a partir deste exato momento?

– Seria uma verdadeira perda.

– E se eu *nunca* morrer?

Ele deu um sorriso.

– Então ficaremos ambos satisfeitos, irmã. Mas você sabe que todo mundo tem de morrer um dia. Não está certo?

– Certíssimo – respondeu ela.

Ele vendeu-lhe mais dois lotes, um para cada uma de suas filhas.
– Tem amigas que perderam suas economias para o enterro quando os bancos faliram, igual a você?
– Claro que sim. Uma sepultura por duas moedas! Eu mal posso acreditar.
– Dê-me o nome delas e eu irei procurá-las – disse Calvin. Era o começo da companhia de seguros de vida American Flag.

Spurgeon se lembrava do dia em que mamãe trouxera Calvin para casa. Ele estava sentado no quarto, fazendo seu dever de casa, quando a chave fez barulho na porta trancada e ele sabia que tinha de ser sua mãe. Ele levantou-se para recebê-la e, quando a porta se abriu, havia um homem com ela que não era alto, meio careca, com óculos de aros prateados, olhos castanhos curiosos que olhavam diretamente para ele, avaliando-o, julgando-o e evidentemente gostando do que viam, porque o homem deu um sorriso e apertou a mão de Spurgeon, num aperto firme e seco.
– Sou Calvin Priest.
– O presidente?
– O quê? Ah! – riu ele. – Sim. – Ele relanceou lentamente o olhar pelo quarto, percebendo o teto manchado de água, o papel de parede encardido, a mobília barata quebrada.
– Você não pode mais morar aqui – disse-lhe ele.
Com a voz entrecortada, ela respondeu num sussurro:
– Sr. Priest, o senhor tem uma ideia errada a meu respeito. Sou apenas uma moça preta comum. Nem chego a ser realmente uma secretária. O que fui a maior parte da minha vida foi garçonete.
– Você é uma dama – retrucou ele. Quando Roe-Ellen contou o caso de novo, e de novo, pelo resto da vida, ela sempre dizia que suas palavras exatas foram – Você é *minha* dama –, como Dom Quixote para Dulcineia.
Nem Spurgeon nem Calvin jamais a contradisseram.
Já na semana seguinte, ele os havia instalado no apartamento em Riverdale. Ela deve ter-lhe contado uma porção de coisas a respeito deles. Ao chegarem lá, uma garrafa grande de Borden's Grade-A estava em cima da mesa de jantar, dentro de um balde de champanhe cheio de gelo, ao lado de uma tigela de mel Gristede.
– Quer dizer que chegamos lá, mamãe? É isso? – perguntou Spurgeon.
Roe-Ellen não conseguia responder, mas Calvin acariciou a cabeça lanuda.
– Você atravessou o rio, filho – disse ele.
Casaram-se uma semana depois e foram passar um mês nas ilhas Virgens. Uma mulher gorda, satisfeita, chamada Bessie McCoy, ficou tomando conta de

Spurgeon. Ela passava o dia inteiro fazendo palavras cruzadas, cozinhava muito bem e não o amolava, salvo por uma indagação esporádica sobre palavras esotéricas que ele nunca conseguia responder.

Quando os recém-casados chegaram, Calvin dedicou várias semanas à tarefa de encontrar um bom colégio particular para ele, decidindo-se finalmente por Horace Mann, um ótimo colégio liberal cujo campus não ficava distante do prédio de apartamentos em Riverdale, e depois de fazer provas e passar por entrevistas, Spurgeon teve o grande alívio de ser aceito.

Era bom seu relacionamento com Calvin, mas certa vez perguntou a seu padrasto por que ele não ajudava mais as pessoas de sua cor.

– Spurgeon, o que posso fazer? Se você pegasse todo o meu dinheiro e o dividisse entre os irmãos de apenas um bloco de casas de cômodo no Harlem, mais cedo ou mais tarde não haveria um deles que não voltasse a ficar duro. Você tem de compreender que os homens são todos iguais. Lembre-se disso, menino: *todos são iguais*. Não importa a cor deles, a linha divisória é entre os preguiçosos doentes e os trabalhadores.

– Não é possível que acredite nisso – disse Spur, com amargura.

– É claro que acredito. Ninguém será capaz de ajudá-los se eles não tirarem a bunda do lugar e batalharem por si mesmos.

– Sem educação e bastante oportunidades, como poderão batalhar por si mesmos?

– Eu consegui, não consegui?

– Você. A probabilidade é uma em um milhão. Para o resto da gente, você é um caso excepcional, será que não percebe?

Na sua inabilidade juvenil, isso revelava mais um elogio, mas o amargo desespero na sua voz traduziu-se como desprezo para seu interlocutor. Meses depois desse incidente, e apesar de suas mútuas tentativas, ainda havia uma parede de vidro entre eles. Naquele verão – Spur tinha então 16 anos –, ele fugiu e embarcou no mar, dizendo a si mesmo que estava tentando descobrir como era seu finado pai, marinheiro, mas na realidade competindo com a lenda sobre a precoce independência de seu padrasto. Ao retornar naquele outono, ele e Calvin puderam voltar às boas. O antigo carinho estava presente, e nenhum deles jamais ousou estragá-lo com outras discussões sobre a própria raça. Finalmente o motivo para discutir extinguiu-se na cabeça do rapaz, e ele passou a encarar os habitantes de lugares como a Amsterdam Avenue da mesma maneira como encarava gente branca.

Passaram a ser "aquelas pessoas".

Por último, a vida com Calvin vinha lhe confundindo bastante. Em Riverdale, de pele negra, mas num ambiente branco, ele não sabia quem era, nem o tipo de homem que esperavam que fosse. Tinha consciência hoje em dia do orgulho racial que proporcionara a Calvin (nem mesmo os Justin de Justin, Geórgia, jamais tiveram um médico na família). Mas anos depois de ter deixado Riverdale, Spur lembrava-se logo do prédio de apartamentos com o porteiro branco, quando ouvia a velha piada dos negros ricos que, informados da presença de um crioulo emboscado na vizinhança, gritavam e reviravam os olhos, berrando com grande desespero: "Onde! Onde? *Onde?*"

No pequeno quarto sob o telhado do hospital fazia um calor intolerável e ficava igualmente distante, tanto da Amsterdam Avenue quanto do confortável ar-condicionado de Riverdale. Ele se levantou e olhou pela janela; o sexto andar do hospital, distinguiu, era recuado. Logo abaixo, o telhado do quinto andar se projetava cerca de três metros, e passado um instante ele pegou um travesseiro e um cobertor e jogou-os fora pela janela. Em seguida, carregando a guitarra e a caixa de cerveja, escalou o peitoril da janela.

Havia uma ligeira brisa salgada, e ele se deitou agradecido sobre o telhado, com o travesseiro encostado na parede. Lá embaixo estavam as luzes fantásticas da cidade, e além, à direita, começava a larga tira escura do oceano Atlântico, e bem distante, um piscar amarelo contínuo, como uma alegre piscadela, um farol.

Pela janela aberta do quarto ao lado do seu, ouviu Adam Silverstone abrir a porta, entrar e em seguida sair. O som de uma moeda caindo no receptáculo do telefone de parede do vestíbulo foi ouvido, e depois Silverstone perguntou a alguém se podia falar com Gabrielle.

Não se trata de ficar bisbilhotando, pensou ele; qual a minha alternativa, pular do telhado?

– Alô, Gaby? Adam. Adam Silverstone. Lembra de mim, de Atlanta?...

Ele riu.

– Eu *disse* a você que ia aparecer. Sou residente no hospital municipal...

– Ah? Tenho esse problema de escrever. É verdade. Não escrevo para ninguém...

– Eu também fiz. Foi maravilhoso. Pensei muito em você.

Ele parecia muito jovem, pensou Spurgeon, e sem a segurança que demonstrava como médico. Tomou um gole da lata de cerveja, pensando que tipo de vida aquele rapaz branco deve ter levado. Judeu, pensou, é um nome judeu. Provavelmente pais superprotetores, bicicleta nova, aulas de dança, sinagoga, casa colonial, Adam fique de castigo no seu quarto, essa palavra não se diz, traga-a aqui em casa, querido, queremos conhecê-la.

– Olha, gostaria de te ver. Que tal amanhã à noite?...

– Ah – disse ele desanimado, e Spurgeon na escuta, que riu sozinho no escuro.

— Não, estarei novamente na enfermaria a essa altura, 36 horas de serviço por 36 de descanso. E nas próximas vezes em que tiver folga, terei de fazer um bico, para arranjar alguma grana...

— Bem, acabarei te vendo no final — disse ele. — Sou um sujeito paciente. Te telefono na próxima semana. Comporte-se.

Ouviu-se o som do fone sendo reposto no gancho e passos lentos de volta ao quarto.

O rapaz branco estava pregado. Residente-chefe ou não, seu primeiro turno neste lugar foi provavelmente tão duro quanto o meu, pensou Spurgeon.

— Ei! — gritou ele. Teve de fazê-lo duas vezes antes que Silverstone olhasse pela janela.

Adam avistou Robinson sentado no telhado, vestido de branco, com os joelhos dobrados como um Buda preto, e deu um sorriso.

— Venha aqui. Tem cerveja.

Ele veio e Spurgeon deu-lhe uma lata suada. Ele se sentou de cócoras, bebeu e deu um suspiro, fechando os olhos.

— Foi uma iniciação e tanta que nós tivemos — disse Spurgeon.

— Amém. Meu Deus. Vai levar dias para que a gente saiba onde situar tudo aqui dentro. Eles poderiam ao menos ter dado um giro de aprendizado conosco.

— Ouvi dizer não sei onde que a maior taxa de mortalidade nos hospitais é na primeira semana de julho, coincidindo com a chegada dos novos internos e residentes.

— Não me surpreenderia nada — respondeu Adam. Ele deu outro gole e sacudiu a cabeça. — Aquela Srta. Fultz.

— Esse Silverstone.

— Que tal o residente-chefe? — disse Silverstone baixinho.

— Às vezes gosto dele, às vezes não gosto.

Viram-se de repente a dar gargalhadas.

— Gosto da sua maneira de lidar com os pacientes — disse Spurgeon. — Você se safa muito bem.

— Há muito tempo que venho me safando — respondeu Silverstone.

— Stratton permitiu que fizéssemos seu arteriograma. Não há mais problema.

— Aquela moça negra se deu alta do hospital essa tarde — disse Adam. — Se suicidou.

Talvez não tivesse motivo suficiente para viver, cara, disse Spur silenciosamente. Restavam duas latas de cerveja. Ele deu uma para Adam e guardou a última para si mesmo.

— Está um pouco quente — desculpou-se.

— Essa cerveja é boa. A última que tomei era uma Bax.

— Nunca ouvi falar.

— Espuma de sabão e mijo de cavalo. É importante lá no Sul.

— Você não tem sotaque sulista.

— Sou um cara da Pensilvânia. Pitt, faculdade Jefferson. E você?

— De Nova York. Universidade de Nova York, de cabo a rabo. Onde foi interno?

— Geral de Filadélfia. Peguei a primeira parte de minha residência no cirúrgico de Atlanta.

— Na clínica de Hostvogel? — perguntou Spurgeon, a contragosto impressionado. — Chegou a conviver bastante com o grande homem?

— Eu era residente de Hostvogel.

Spurgeon deu um assobio mudo.

— O que te trouxe aqui? O projeto de transplante renal?

— Não. Vou me dedicar à cirurgia geral. O negócio do transplante é apenas um enfeite. — Ele deu um sorriso. — Ser residente de Hostvogel não foi tão bom quanto parece. O grande homem adora operar. Os subalternos lá quase nunca chegam a segurar um bisturi.

— Meu Deus.

— Ah, ele não faz isso por mesquinhez. É só que se houver necessidade da faca, ele não consegue abrir mão. Talvez seja isso que o mantém como mestre da cirurgia.

— Ele é realmente bom? Tão bom quanto dizem?

— É bom mesmo — disse Silverstone. — É tão bom que é capaz de tomar pulsos onde ninguém mais consegue, porque são inexistentes. E as estatísticas foram inventadas de encomenda para ele. Lembro de uma reunião da sociedade médica, quando ele afirmou que por causa de uma técnica cirúrgica de sua invenção, apenas três em cada mil prostatectomias deram problemas, e um velho cirurgião de pescoço vermelho, que tinha usado o método, levantou-se e disse naquele sotaque arrastado: "É verdade, e todas as três foram em meus pacientes." — Ele sorriu. — Tremenda reputação, professor infame. Depois de passar a maior parte do meu tempo só olhando, eu mandei aquilo às favas e vim para aqui aprender cirurgia, em vez de floreios. Longwood não pode se comparar ao brilho de Hostvogel, mas é um professor fantástico.

— Ele meteu um medo danado em mim na reunião sobre mortalidade.

— Bem, de acordo com as fofocas, isso não é nenhum feito. Aquele residente chinês, Lee?, me contou que essa tradição neste hospital vem de muitos anos, quando o antecessor de Longwood, Paul Harrelmann, estava disputando o cargo de chefe de serviço com Kurt Dorland. A maneira de eles competirem era no comitê. Desafiavam um ao outro, debatiam, mandavam farpas, questionavam, exigiam justificações de técnicas. Harrelmann finalmente ganhou o cargo e Dorland foi embora para vir a se tornar famoso em Chicago, é claro. Mas eles haviam demonstrado que o comitê de mortalidade podia servir para manter a equipe praticando a melhor cirurgia possível. – Silverstone sacudiu a cabeça. – Não é um grupo afável. Mas eu nunca esperei nada desse gênero.

Spurgeon encolheu os ombros.

– Isso não é exclusivo. Mesmo sem alguém como Longwood para atropelar, em muitos lugares não são apenas os calouros que têm de se sentar bem eretos durante as reuniões. Os velhos profissionais sabem muito bem espetar uns aos outros. – Ele olhou para Silverstone com curiosidade. – Parece novidade para você. Não havia uma reunião sobre mortalidade lá embaixo, na terra das tortas de pêssego e de Lester Maddox?

– Ah, sim. Talvez fizessem uma autópsia *pro forma* com fins didáticos. Um cara chamado Sam Mayes. O segundo em comando de Hostvogel, que se sentava junto com dois ou três médicos, contava como o garoto de Jerry Winters conseguira entrar na faculdade de medicina na Flórida, talvez maldissesse as forças da medicina socializada lá em Washington e comentasse sobre a bunda perfeita de alguma enfermeira nova. Em seguida, bocejavam e alguém diria: "Que pena a perda dessa boa alma, morte inevitável, é claro", e eles todos balançariam a cabeça e iriam para casa dar uma bimbada em suas mulheres.

Ficaram calados por um momento.

– Eu prefiro como é aqui – confessou finalmente Spurgeon. – É menos confortável. Na realidade, me dá um tremendo cagaço, mas na certa nos manterá afiados, garantia talvez de que não ficaremos iguais à noção que o público está começando a ter dos médicos.

– E qual é ela?

– Você sabe. Donos de Cadillacs. Carrões. Burguesões.

– Foda-se o público.

– Mais fácil dizer do que fazer.

– O que sabem eles sobre o esforço necessário para que alguém se obrigue a ingressar na medicina? Estou com 26 anos. Sou completamente duro há 26 anos. Falando pessoalmente, estou louco pelo Cadillac mais comprido, mais caro, mais luxuoso que o dinheiro possa comprar. E uma porção de outras coisas, coisas *materiais*, que hei de obter com o dinheiro ganho como cirurgião.

Spurgeon olhou para ele.

– Que diabo, se o que você quer são essas coisas, não precisa amargar uma longa residência. Já foi interno. Podia sair amanhã mesmo e ir ganhar um bom dinheiro.

Adam sacudiu a cabeça, sorrindo.

– Ah, aí está o equívoco. *Bom*, mas não *bastante*. O que garante realmente um bom orçamento neste mundo é um certificado dado por uma instituição. Isso leva tempo para se conseguir. Por isso estou cumprindo o prazo. Para mim, o ano que vem representará a maior autotortura, os últimos momentos de fazer força antes do orgasmo.

Spurgeon foi obrigado a sorrir diante da comparação.

– Se você for convocado por esse comitê de mortalidade algumas vezes, pode ir tratando de ingressar num mosteiro – disse ele.

Beberam de novo, e a seguir Adam apontou a lata de cerveja para a guitarra.

– Você toca esse negócio?

Spur pegou-a e tirou alguns arpejos. *Oh, I wish I was in the land of cotton...* Adam deu um sorriso.

– Seu mentiroso danado. – A alguns quarteirões de distância uma sirene de ambulância uivava, o som lúgubre e solitário crescendo à medida que se aproximava deles.

Quando tinha amainado, Spurgeon deu uma risadinha.

– Estive hoje conversando com um motorista de ambulância, um cara malandro e simpático, com uma pança de bebedor de cerveja, chamado Meyerson. Morris Meyerson. Chame-me de Maish – disse ele.

"Bem. No mês passado mandaram-no, no início da madrugada, buscar um pobre sujeito em Dorchester. Parece que o paciente sofria de insônia, e uma noite não conseguia dormir. O ruído de uma torneira vazando na cozinha estava levando-o à loucura, por isso ele saiu da cama e foi lá embaixo consertá-la.

Ele deu um arroto.

– Desculpe. Agora preste atenção.

"Ele é desses tipos que só dormem com a parte de cima do pijama. Sem a parte de baixo, entende? Então ele vai no porão pegar sua chave inglesa, ou algo assim, e no porão é onde eles prendem seu velho, enorme e feroz bichano. De volta à cozinha, ele se esquece de fechar a porta do porão, e quando está de quatro sob a pia, desligando a água – sem a parte de baixo, lembra –, o velho bichano chega com seus passos macios, avista aquele estranho objeto e... – A mão preta se ergue, com os dedos transformados em garras, e então cai.

"Bem, o sujeito dá um pulo enorme para cima e bate com a cabeça com uma terrível força contra o fundo da pia. Sua mulher acorda com a barulheira, desce correndo do quarto, encontra-o desmaiado e chama o hospital. Trata-se apenas de uma leve concussão, e quando Meyerson e seu interno chegam, o sujeito já tinha recuperado a consciência. Estão removendo-o da casa quando Meyerson pergunta a ele como aconteceu, e quando o sujeito conta, Maish ri com tanto entusiasmo que a maca escapole de suas mãos, o sujeito cai e quebra o quadril. Agora ele está processando a municipalidade.

Foi a fadiga de ambos, mais do que a piada, que os fez se excederem. Gargalharam juntos, se sacudiram, casquinaram, choraram, e teriam rolado na sua tolice, não estivessem próximos da beirada do telhado. A súbita e inesperada alegria surgiu lá dentro de suas entranhas, soltando a corda esticada pela tensão das últimas 36 horas. Com a face molhada, Adam deu um chute de alegria, seu pé atingindo uma das latas que tinham sido postas fora de combate. A lata vazia roçou a cobertura de piche e sumiu pela beirada.

Caiu.

E caiu.

E finalmente foi bater no pátio de cimento embaixo.

Esperaram em silêncio, voltando a respirar no mesmo momento.

– É melhor eu olhar – sussurrou Adam.

– Deixa que eu olho. Estou camuflado pela natureza. – Ele se arrastou para a frente e avançou a cabeça alguns centímetros além da beira do telhado.

– O que vê?

– Não tem nada acontecendo lá embaixo, a não ser uma lata de cerveja – respondeu ele. E ficou deitado com a face contra a beira do telhado, com as telhas ainda quentes do longo dia ensolarado, com a cabeça a girar de cansaço, do riso e excesso de cerveja. Este lugar talvez funcione a contento, disse consigo mesmo.

Mais tarde, naquela noite, ele ficou menos otimista. Fazia mais calor, a escuridão riscada por relâmpagos, mas sem chuva. Spur permaneceu deitado nu na sua cama, com saudades de Manhattan. Quando qualquer som ou movimento cessou ao lado e ele teve certeza de que Silverstone adormecera, pegou sua guitarra e começou a tocar baixinho no escuro, de início de brincadeira, mas a seguir improvisando a melodia mais fluente que ele jamais ouvira, mas que traduzia aquilo que estava sentindo, uma mistura de solidão e esperança. Levou dez minutos antes que parasse de tocar.

– Ei – disse Silverstone. – Como é o nome desse troço?

Ele não respondeu.

– Ei, Robinson – chamou Silverstone. – Cara, isso estava demais. Toque de novo, está bem?

Permaneceu deitado em silêncio. Ele não poderia tocá-lo de novo, nem que quisesse. Que lugar, pensou ele; nenhuma privacidade, mas excelente acústica. Relampejava, acompanhado de um trovão murmurante. Por duas vezes mais ouviram-se os uivos da ambulância. Um som fantástico para se pôr num trecho de música, pensou ele. Você teria de usar metais.

Finalmente, sem se dar conta, ele conseguiu conciliar o sono.

HARLAND LONGWOOD

3

No início de agosto, depois de seus advogados terem estabelecido a procuração irrevogável que ele determinara, Harland Longwood telefonou para Gilbert Greene, presidente do conselho diretor do hospital, pedindo-lhe que fosse até seu escritório para rever os termos de seu testamento, de que fora nomeado testamenteiro.

Sentiu que a procuração fora bem planejada. A renda de uma carteira de ações altamente rentáveis financiaria uma nova cadeira para Kender na escola de medicina. O salário de Longwood como cirurgião-chefe era mais do que satisfatório para suas necessidades imediatas, mas ele tinha a aversão dos habitantes da Nova Inglaterra a mexer no capital.

O grosso de seus bens não entraria na procuração senão depois de sua morte, quando então seria nomeado um conselho para administrar essa renda em prol da escola de medicina.

– Espero que esse conselho não precise ser formado por muito tempo – disse Greene, depois de ter lido os documentos.

O comentário foi a coisa mais próxima a uma declaração emocionada que ele já ouvira da boca do banqueiro.

– Obrigado, Gilbert – disse ele. – Posso lhe oferecer um drinque?

– Um pouquinho de conhaque.

O Dr. Longwood abriu o bar portátil atrás de sua mesa e serviu a bebida de uma das velhas garrafas azuis. Só um copo, nenhum para ele.

Ele tinha uma estima especial pelo barzinho, todo ele de belo mogno escuro e prata antiga. Comprara-o certa tarde num leilão de antiguidades na Newbury Street, apenas duas horas depois de ter votado a favor da inclusão de Bester Kender na equipe do hospital. Kender já tinha fama de inovador de transplantes renais em Cleveland, e naquela tarde Harland Longwood tomou consciência do surgimento de sujeitos mais jovens e brilhantes no seu mundo. Ele pagou mais do que o justo valor pelo bar antigo, em parte porque sabia que Frances o teria apreciado e em parte porque, disse consigo mesmo fazendo humor negro, se os jovens turcos o obrigassem a se aposentar, poderia encher as garrafas com sua bebida predileta e anestesiar a passagem das longas tardes.

Agora, dez anos depois, ele ainda era *chefe da cirurgia*, recordou ele com alguma satisfação. Kender atraíra outros jovens gênios para a equipe, mas cada um deles derramava seu brilho sobre uma faixa estreita do terreno. Ainda fazia falta um velho e grisalho cirurgião-geral para costurar todas as partes e administrar aquele negócio como um serviço de cirurgia.

Greene fungou, deu um pequeno sorvo, deixou o conhaque banhar seu palato, engoliu devagar.

– É um presente generoso, Harland.

Longwood encolheu os ombros. Compartilhavam a mesma dedicação ao hospital e à escola de medicina. Apesar de Greene não pertencer à medicina, seu pai fora chefe de clínica e ele fora nomeado quase automaticamente logo que sua posição no mundo financeiro o transformara numa vantagem para o hospital. Longwood sabia que do testamento de Gilbert constavam cláusulas que iriam beneficiar o hospital mais ainda do que as suas.

– Tem certeza de que não se deixou levar pela lealdade que tem por esta instituição a ponto de lesar os demais beneficiários? – perguntou Greene. – Notei que só existem mais duas doações de dez mil dólares cada uma, à Sra. Marjorie Snyder, do Newton Centre, e à Sra. Rafael Meomartino, de Back Bay.

– A Sra. Snyder é uma velha amiga – disse o Dr. Longwood.

Greene, que conhecera Harland Longwood a vida inteira e pensava conhecer todos os seus velhos amigos, fez que sim com a cabeça, demonstrando a falta de surpresa de quem já lera muitos testamentos surpreendentes.

– Ela possui uma renda anual confortável e nenhuma delas precisa nem deseja ajuda financeira da minha parte. A Sra. Meomartino é minha sobrinha, Elizabeth, a garota de Florence – acrescentou ele, lembrando-se que durante certa época Gilbert fora meio apaixonado por Florence.

– Com quem ela é casada?

– Com um dos nossos cirurgiões. Ele está bem de vida. A família tem fortuna.

– Devo conhecê-lo – disse Greene relutantemente. Longwood reparara que Gilbert detestava ter de admitir que não conseguia identificar o pessoal mais jovem do hospital, como se ele ainda fosse uma pequena e aconchegante instituição.

– Não tem mais ninguém – disse o Dr. Longwood. – É por isso que eu queria fazer a doação para a cadeira de Kender sem mais delongas. Já vem com muito atraso.

– A cadeira Frances Sears Longwood – anunciou o Dr. Longwood.

Greene balançou a cabeça. – É muito bonito. Frances teria gostado disso.

– Não tenho certeza. Acho que talvez a deixasse constrangida – afirmou ele. – Quero que você e os demais compreendam que isso não vai diminuir a verba do departamento, Gilbert. Não é esse absolutamente o intuito da doação. Quero utilizar uma parte da verba que será liberada por esse motivo.

– De que maneira? – perguntou Greene, de modo circunspecto.

– Para financiar uma nova atividade de ensino de cirurgia, por exemplo. Nós não temos feito com que nosso pessoal da faculdade progrida. Acho que devemos começar, e logo, puxa.

Greene balançou pensativamente a cabeça. – Para mim, isso parece ótimo. Tem algum candidato em vista?

– Para ser sincero, não. Tem Meomartino, mas não sei ainda se isso lhe interessa. E um rapaz chamado Silverstone, que acabou de ingressar e parece muito bom. Não há necessidade de resolvermos agora. Isso é tarefa para o departamento. Podemos manter os olhos abertos e deixar que o comitê de nomeação nos arranje o melhor candidato disponível a tempo para julho próximo.

Greene levantou-se para partir.

– Como está você realmente, Harland? – perguntou ele ao apertarem as mãos.

– Estou ótimo. Eu lhe informarei quando não estiver – respondeu ele, ciente de que Greene estava recebendo relatórios sobre seu estado de saúde.

O presidente do conselho diretor balançou a cabeça. Hesitou.

– Estava pensando outro dia naquelas tardes de sábado que costumávamos passar lá na fazenda – disse ele. – Boa época aquela, Harland. Realmente esplêndida.

– Sim – respondeu espantado o Dr. Longwood. Devo estar com um aspecto muito pior do que eu pensei, disse consigo mesmo, para arrancar tanta emoção de Gilbert.

Ele voltou a se enterrar na cadeira depois que Greene se fora, pensando nas tardes de verão, quando ainda era um jovem cirurgião convidado que, depois de fazer a ronda da tarde, levava três carros cheios de gente – médicos da casa, membros administrativos, um provedor ocasional para a fazenda em Weston, onde jogariam um engraçadíssimo beisebol num prado desigual, inclinado, até chegar a hora do jantar de sábado, composto de salsichas, feijão-branco e pão integral, que Frances preparara.

Foi em seguida a uma dessas tardes de sábado que ela ficara doente. Ele percebeu de imediato tratar-se de apendicite, e que havia muito tempo para que ele a levasse a seu hospital.

– Você mesmo vai tirá-lo? – perguntara ela, sorrindo, não obstante a dor e a náusea, porque era tão engraçado ser um dos seus pacientes.

Ele sacudiu a cabeça.

– Harrelmann. Eu estarei presente, querida. – Ele jamais quis operá-la. Nem mesmo de apendicite.

No hospital, entregou a preparação operatória dela a um jovem interno porto-riquenho, chamado Samirez.

– Minha mulher é alérgica à penicilina – lembrou ele, no caso de ela esquecer de dizer.

Ele o repetira duas vezes, antes de beijá-la e ir correndo atrás de Harrelmann. Mais tarde, descobriram que o rapaz quase não sabia inglês. Ele não fizera uma anamnese nela porque não conseguia formular as perguntas, nem compreender as respostas. Obviamente a única palavra que pudera ser claramente transmitida era "penicilina", e ele aplicara devidamente 400 mil unidades dela por via intramuscular. Antes que Harland conseguisse sequer localizar o Dr. Harrelmann, Frances tivera um choque anafilático e morrera.

Não obstante seus amigos terem tentado mantê-lo afastado da reunião sobre mortalidade, ele comparecera, insistindo de modo calmo quanto à presença de um intérprete, para que o Dr. Samirez fosse capaz de compreender cada palavra. Debaixo do olhar observador e analítico de Harrelmann, ele tratara o rapaz com consideração e autocontrole. Porém, fora inflexivelmente exigente. Um mês depois de o comitê ter declarado a morte evitável e o Dr. Samirez ter renunciado a seu lugar de interno e voltado para sua ilha de origem, o Dr. Harrelmann convidara Harland para almoçar, persuadindo-o a chefiar o departamento por ocasião de sua aposentadoria.

Tivera de abandonar sua clínica particular, mas nunca se arrependera disso. Ele rompeu o máximo possível com a rotina da vida que costumavam levar. Vendeu a fazenda no outono seguinte, abrindo mão de cinco mil dólares a mais da parte de um contador de Worcester chamado Rosenfeld, para entregá-los a um advogado de Framingham, chamado Bancroft. Rosenfeld e sua mulher pareciam boa gente e ele nunca contou a nenhum de seus amigos sobre a oferta deles. Ele sabia que isso era o tipo de coisa que deixaria Frances furiosa com ele, mas, no entanto, não podia suportar a ideia da fazenda que ela amava ser usada para o lazer de pessoas tão diferentes dela.

Ele sacudiu a cabeça e repôs a garrafa de conhaque no seu lugar, depois de uma breve batalha consigo mesmo.

Jamais gostara muito de beber, mas por último sucumbira a um pequeno e agradável vício, alimentado pela racionalização de que o conteúdo alcoólico do conhaque era quase completamente metabolizado e podia, portanto, ser considerado uma espécie de remédio que ele autorreceitava.

Diante dos primeiros sintomas, ele suspeitara de um aumento da próstata. Tinha 61 anos, justamente a idade quando isso seria provável.

A ideia de se submeter a uma prostatectomia era desagradável; significava que ele teria de suspender suas atividades durante certo tempo, logo agora que estava começando um projeto que acalentara durante anos, a elaboração de um novo livro didático sobre cirurgia geral.

Mas em breve tornou-se evidente que não era sua próstata.

– Teve inflamação de garganta recentemente? – perguntara-lhe Arthur Williamson, quando ele finalmente se submetera ao exame do clínico. Era exatamente a pergunta que ele esperara e por isso o aborrecera.

– Sim. Durou só um dia. Há umas duas semanas.

– Fez exame de cultura?

– Não.

– Tomou antibiótico?

– Não era estreptococo.

Williamson fitara-o.

– Como você sabe?

Mas ambos suspeitaram que era, e ele de certo modo tomou consciência, com uma curiosa e resignada certeza, mesmo antes de fazerem os exames, que a infecção lesara seus rins. Williamson despachou-o imediatamente para Kender.

Eles tinham enfiado uma agulha arteriovenosa numa veia e numa artéria de sua perna.

Desde o início ele fora um péssimo paciente, lutando contra o rim artificial, irracionalmente, do momento em que conectaram seu tubo à agulha. O aparelho era barulhento e impessoal e durante o processo de purificação sanguínea, que levava 14 horas, ele permanecia agitado na cama, sofrendo violentas dores de cabeça, e tentando ineficazmente trabalhar com os cartões onde fichara o material para o primeiro capítulo de seu livro.

– Acontece com frequência os rins reagirem e voltarem a funcionar depois de algumas sessões no rim artificial – disse-lhe animadoramente Kender.

Mas ele passou pelo ritual obsceno com a porra da máquina duas vezes por semana, durante um mês, e era óbvio que seus rins não estavam reagindo, e só o aparelho o manteria vivo.

Marcaram, como rotina, sessões para ele toda segunda e quinta à noite, às oito e meia.

Abandonou toda a sua programação cirúrgica. Pensou em se aposentar, chegando à conclusão, de modo frio, assim esperava, que era por demais valioso como administrador e professor. Continuou a fazer diariamente suas rondas.

Na quinta-feira de sua sexta semana de rim artificial, no entanto, sem ter premeditado nada, ele simplesmente não compareceu ao laboratório. Deixou um recado para porem outro paciente em seu lugar.

Achou que Kender talvez tentasse persuadi-lo a voltar para o rim artificial, mas no dia seguinte o especialista não fez nenhuma tentativa de contatá-lo.

Duas noites mais tarde, notou seus tornozelos inchados. Passou a maior parte da noite acordado e de manhã, pela primeira vez em muitos anos, ligou para sua secretária dizendo que ficaria o dia inteiro ausente.

Duas cápsulas permitiram-lhe dormir até duas horas. Acordou sentindo-se nervoso e irritado, preparou um pouco de sopa enlatada que, na verdade, ele não tinha vontade de tomar, em seguida tomou outra dose do remédio e voltou a dormir até cinco e meia.

Na falta de algo melhor para fazer, tomou banho, fez a barba e vestiu algumas roupas. Então sentou-se na sala de estar que escurecia, sem acender nenhuma lâmpada. Dentro em pouco foi até o armário do vestíbulo e tirou de uma prateleira uma garrafa de Château Mounton-Rothschild 1955, que lhe fora dado há três anos por um paciente agradecido com o conselho de guardá-lo para alguma ocasião especial. Ele abriu-a apenas com uma ligeira dificuldade e encheu um copo, voltando à sala de estar, onde ficou sentado na penumbra, sorvendo o vinho, quente, escuro.

Pensava com grande lucidez. Continuar assim simplesmente não valia a pena. Não se tratava tanto da dor, mas da humilhação.

As cápsulas do sonífero eram, na verdade, muito fracas e teria de tomar muitas, mas havia mais do que o suficiente no pequeno frasco.

Tentou evocar situações na vida em que ele fizesse falta.

Liz tinha Meomartino e seu filhinho, e, Deus do céu, ele jamais pudera ajudar com seus problemas.

Marge Snyder sentiria sua falta, mas há anos que eles vinham se dedicando muito pouco um ao outro. Ela perdera seu marido logo antes de Frances morrer e foram amantes num período de grande carência mútua, mas isso já passara há muito tempo. Ela sentiria sua falta apenas como um velho amigo, e tinha uma vida regrada, em que ele não deixaria nenhum vazio.

No hospital, talvez houvesse uma lacuna, mas, apesar de Kender preferir ser um especialista de transplantes, teria a obrigação de assumir as responsabilidades de cirurgião-chefe, e Longwood sabia que ele seria ótimo, na certa até mesmo brilhante, no papel.

Isso só deixava faltando o livro.

Foi até o escritório e olhou para dois fichários gastos de quatro gavetas, abarrotados de casos clínicos, e para as pilhas de cartões de anotações em cima da mesa.

Haveria de ser a grande contribuição imaginada por ele?

Ou estava ele, afinal de contas, cedendo ao último alento de uma vaidade que já fora vital, ansioso apenas que os estudantes de medicina tivessem a oportunidade de consultar Longwood em vez de Mosely ou Dragstedt?

Pegou o frasco de pílulas para dormir e o colocou no bolso.

Como um desafio, tomou outro copo de vinho e em seguida deixou o apartamento. Pegou o carro e rodou pela escuridão nebulosa do começo da noite até Harvard Square, pensando em ir talvez a um cinema, mas estavam exibindo um velho Bogart e ele passou direto pela praça, notando que Frances não a teria reconhecido, cheia de gente barbuda, de pés descalços, de coxas à mostra.

Deu a volta no pátio e estacionou perto da capela Appleton. Sem saber por que, saiu do carro e entrou na capela, silenciosa e deserta; tal como a religião sempre se lhe afigurara.

Logo surgiram passos.

– Posso ajudá-lo?

Longwood não sabia se o delicado rapaz era o capelão, mas reparou que era pouco mais velho que um interno.

– Creio que não – respondeu ele.

Saiu novamente e entrou no carro. Dessa vez sabia aonde ia. Rodou até Weston e ao alcançar a fazenda tirou o carro da estrada, para ficar estacionado defronte ao prado onde eles costumavam jogar beisebol.

Não conseguia distinguir grande coisa no escuro, mas parecia não ter mudado. A alguns metros do carro se erguia uma faia cinza-prateada; ficou satisfeito por ela ter sobrevivido.

Quase inacreditavelmente, sentiu uma pressão que já fora comum, aumentando na sua bexiga.

Talvez tivesse sido o vinho, pensou ele com crescente entusiasmo. Saiu do carro e caminhou até um ponto a meia distância entre o carro e a árvore. De frente para o velho muro de pedra, abriu a braguilha, tirou o membro e se concentrou.

Depois de algum tempo surgiram duas gotas, que caíram como se fossem de uma torneira fechada.

Apareceram faróis que se aproximavam, e ele guardou depressa o membro dentro das calças, como um menininho surpreendido por uma porta que se abre. O carro passou com um clarão e ele permaneceu trêmulo, um idiota, um *idiota*, pensou indignado, tentando mijar no escuro em cima de um canteiro de lírios-do-vale que ele plantara ali há um quarto de século.

Uma gota de chuva fria beijou-lhe a testa.

Ficou especulando se, quando chegasse a hora, o comitê de mortalidade haveria de concluir que o fracasso de Harland Longwood fora evitável ou inevitável.

Se, por algum truque de reencarnação, ele pudesse presidir aquele encontro, responsabilizaria diretamente o Dr. Longwood, pensou ele.

Por tantas decisões erradas.

Pasmo, enxergou com lucidez perfeita.

A vida toda era uma reunião sobre mortalidade.

O caso clínico começava com o primeiro instante de existência responsável.

E mais cedo ou mais tarde – de início se aproximando lentamente e, em seguida, com estonteante rapidez – todo homem chegava aos preâmbulos do fim. E era obrigado a se confrontar com a soma de seus desempenhos imperfeitos.

E tão vulnerável, tão terrivelmente vulnerável. Senhores, vamos tratar do caso Longwood. Evitável ou inevitável?

Quando voltou para o carro a chuva caía firme, como se fosse arrancada do céu pelos seus músculos pélvicos.

Ao virar o carro, a luz dos faróis iluminou a placa no final do caminho de entrada e ele percebeu que os Bancroft haviam vendido o lugar para uma gente chamada Feldstein.

Esperava que os Feldstein fossem tão simpáticos quanto os Rosenfeld. Dentro de pouco tempo ele começou a rir, e logo ria com tanta força que teve de parar o carro e estacioná-lo novamente ao lado da estrada.

Ah, Frances, disse ele para ela, como fui capaz de me transformar sem saber neste velho burro e doente?

Ao recordar, sentiu-se ainda intimamente como aquele rapaz que se ajoelhara nu diante dela na primeira vez que se amaram.

E depois de ter cultuado durante toda a sua vida aquele altar, pensou ele, não seria agora que começaria a crer num Deus salvador, simplesmente porque precisava ser salvo.

Tampouco, percebeu ele com súbita e atemorizante lucidez, poderia agora, depois de toda uma vida lutando contra a morte, ajudar-se a morrer.

Quando chegou ao hospital, encontrou Kender ainda no setor renal, examinando chapas de raios X com o jovem Silverstone.

– Eu gostaria de voltar para o rim artificial – disse ele. Kender levantou os olhos para uma chapa.

– Estão ocupados pelo resto da noite – respondeu ele. – Só posso conectá-lo de manhã.

– A que horas?

– Ah, digamos, às dez horas. Quando você acabar com o rim artificial, quero que faça uma transfusão de sangue.

Era uma afirmação, e não um pedido; Kender falava a um paciente, percebeu ele.

– Não achamos que o rim artificial seja a resposta definitiva para o seu caso – dizia Kender. – Vamos tentar arranjar outro rim para você.

– Sei como é difícil escolher receptores de rim – disse o Dr. Longwood, secamente. – Não quero receber nenhum favor especial.

O Dr. Kender deu um sorriso.

– Não é favor nenhum. Seu caso foi escolhido por seus méritos didáticos pelo comitê de transplantes, mas o seu tipo sanguíneo é raro, e, é claro, talvez tenhamos de esperar bastante tempo para encontrar um doador morto. Nesse meio-tempo, você tem de ser responsável, e aparecer aqui duas vezes por semana para o rim artificial.

O Dr. Longwood fez que sim com a cabeça.

– Boa-noite – desejou ele.

Fora do laboratório, as portas fechadas isolavam o barulho dos rins artificiais e havia silêncio. Ele quase alcançara o elevador, quando ouviu o barulho da porta se abrindo e fechando, e de passos apressados.

Distinguiu, ao virar-se, que era o Dr. Silverstone.

– O senhor esqueceu isso na mesa do Dr. Kender – disse Adam, estendendo a mão com o frasco das pílulas para dormir.

Longwood procurou sinais de pena no olhar do rapaz, mas encontrou apenas um interesse atento. Ótimo, pensou, este aqui talvez dê um bom cirurgião.

– Obrigado – disse ele ao pegar o frasco. – Foi muito descuido da minha parte.

ADAM SILVERSTONE

4

Os turnos de 36 horas faziam com que os dias e as noites se confundissem curiosamente, de modo que, durante um período de trabalho excessivo, se Silverstone não olhasse pela janela, não saberia com certeza se estava claro ou escuro lá fora.

Ele concluiu que o hospital geral do condado de Suffolk era algo que vinha procurando há muito tempo sem saber.

O hospital era velho e carcomido, nem tão limpo quanto ele gostaria que fosse; a pobreza suja dos pacientes era de arrebentar os nervos; a administração poupava centavos de maneira mesquinha, como, por exemplo, não fornecendo ao pessoal de casa roupa branca limpa com a necessária frequência. Mas no serviço se praticava um tipo tremendamente excitante de cirurgia universitária. Operou com frequência, desde o início, casos mais interessantes durante o primeiro mês do que encontrara em meio ano na Geórgia.

Ele tivera uma sensação de abatimento ao ouvir pela primeira vez que Rafe Meomartino era casado com a sobrinha do Velho, mas se viu obrigado a admitir que os casos interessantes eram divididos com imparcialidade entre os dois. Percebeu que havia uma inexplicável frieza entre Meomartino e Longwood, chegando à conclusão de que Rafe na realidade poderia estar em desvantagem devido ao parentesco.

A única parte desagradável de sua existência ocorria quando se encontrava no sexto andar, que, num momento de burrice e falta de atenção, ele transformara num local frio e solitário.

O pior de todo o episódio do sabão era que ele realmente gostava de Spurgeon Robinson.

Ele entrara no banheiro certa manhã, enquanto o interno fazia a barba, e conversaram sobre beisebol ao mesmo tempo que ele despia suas roupas e entrava no chuveiro.

– Diabo – murmurou ele.

– Qual o problema?

– Não trouxe a porra do sabonete.

– Use o meu.

Adam olhara para o sabonete branco na mão de Robinson e sacudira a cabeça.

– Não, obrigado.

Ele relaxara sob a ducha quente e alguns minutos depois – sem pensar? – pegara o pedaço fininho de sabonete usado na saboneteira e ensaboara seu corpo com ele.

Quando Robinson saía, olhou de relance para o chuveiro.

– Ah, estou vendo que conseguiu arranjar um pedaço – disse ele.

– Sim – respondeu Adam, de repente constrangido.

– Foi esse pedaço que usei ontem para lavar minha bunda preta – dissera Spur com toda a simpatia.

A falta de dinheiro deixara de ser uma ameaça imediata. Arranjara um segundo emprego à noite por meio dos bons ofícios do anestesista residente gorducho, que as enfermeiras da sala de operação haviam apelidado de O Alegre Gigante Verde, a quem ele sempre tivera na conta de um Bolão, mas cujo nome, acabou sabendo, era simplesmente Norman Pomerantz. Um dia, Pomerantz entrou sem mais nem menos na sala do pessoal e, enquanto se servia de café, perguntou se havia alguém interessado em cuidar várias noites por semana da sala de emergência de um hospital da comunidade a oeste de Boston.

– Não me importa porra nenhuma onde possa ficar – disse Adam, antes que mais alguém pudesse responder. – Se pagar alguma coisa, eu pego.

Pomerantz deu uma risada.

– É em Woodborough. Você recebe pelo seguro de hospitalização.

Assim, ele leiloou seu sono e não ficou nada satisfeito com a troca. Na primeira noite de folga no hospital geral do condado de Suffolk, ele tomou o elevado até Park Square e um ônibus até Woodborough, que acabou sendo uma aldeia barroca e fabril da Nova Inglaterra, recentemente transformada numa populosa, espraiada e suburbana cidade-dormitório. O hospital era bom, porém pequeno, e o trabalho, dificilmente estimulante – escoriações generalizadas, cortes de todo tipo; o caso mais complicado que encontrou foi uma fratura de pulso tipo Colle –, mas o dinheiro era maravilhoso. Na noite seguinte, sentado no ônibus para Boston, percebeu com espanto que ele era economicamente viável. E, claro, tinha que suar o couro; não deitara numa cama há sessenta horas – 36 horas de plantão no Suffolk e mais 24 horas em Woodborough –, mas a súbita sensação de afluência valia a pena. Quando voltou para seu quarto no hospital, dormiu oito horas e acordou com a cabeça vazia, um gosto de cabo de guarda-chuva na boca e curiosamente rico.

Ele fazia a viagem de ônibus para Woodborough toda vez que ficava de folga. À medida que a exaustão tomou conta de seu corpo, passou a tirar gulosamente pequenos cochilos – em macas, sentado na sala dos médicos, certa vez até mesmo recostado na parede de um corredor, valorizando os instantes de sono como uma criança a saborear uma bala gostosa.

Sentia-se mais solitário do que nunca. Uma noite, deitado na cama, ficou escutando Spurgeon Robinson tocar guitarra de um modo inacreditável para ele. Achou que aquela música revelava muita coisa sobre o interno. Dentro de pouco tempo, levantou-se e foi lá embaixo até uma mercearia, onde comprou uma caixa de meia dúzia de cervejas. Robinson abriu a porta quando ele bateu, e ficou ali um instante calado, olhando para ele.

– Ocupado?
– Não. Entre.
– Tive uma ideia de a gente sair de novo para o telhado e tomar uma cerveja.
– Ótimo.

Como um perfeito anfitrião, abriu a janela e pegou a sacola, deixando que Adam pulasse primeiro pelo peitoril da janela.

Beberam e jogaram conversa fora, e então de repente a conversa morreu e houve um mal-estar, até que Adam arrotou e deu um olhar penetrante.

– Porra – disse ele. – Eu peço desculpas. Você e eu não podemos andar por aí emburrados um com o outro, como garotinhos. Somos profissionais. Há pessoas doentes que dependem da nossa capacidade de comunicação.

– Eu fiquei puto e falei o que estava na minha cabeça – disse Spurgeon.

– Ora, porra, você fez bem. Não gosto de usar sabonete de *ninguém*... – Spurgeon deu um sorriso.

– Eu não usaria o seu nem morto.

– ... Mas quanto mais penso no assunto, percebo que não foi por isso que deixei de aceitar o *seu* sabonete – disse delicadamente.

Spurgeon ficou só olhando para ele.

– Eu nunca cheguei a conhecer muito bem nenhum cara de cor. Quando eu era garoto, num bairro italiano em Pittsburgh, havia turmas de garotos negros que vinham brigar com a gente. Até hoje, isso constitui a parte mais autêntica dos meus contatos inter-raciais.

Spurgeon ainda não fizera nenhum comentário, e Adam esticou a mão para pegar outra cerveja.

– Você conheceu muita gente branca?

– Durante os últimos 12 anos, cara, estive cercado e sobrepujado em número por eles.

Ambos passaram a vista por cima dos telhados vizinhos.

Robinson estendeu o braço e ele foi pegar, pensando que fosse uma cerveja, mas descobriu uma mão.

Que ele apertou.

Do seu contracheque, pago pelo seguro de hospitalização, ele tirou o dinheiro para pagar o adiantamento que pegara com o hospital no dia de sua chegada; quando veio o segundo contracheque, foi até um banco e abriu uma poupança. Em Pittsburgh havia o velho, calado por enquanto, mas que no fim haveria com certeza de dar-lhe uma facada. Ele jurou resistir: toda minha fortuna na hora de acudir a uma calamidade, mas nem um centavo para a bebida. Apesar de não ter tirado o dinheiro e começado a namorar as agências de carros usados, teve pela primeira vez na vida o desejo de gastar a rodo. Queria possuir um veículo para poder estacioná-lo e agarrar alguém dentro dele, talvez Gaby Pender.

Eram passadas seis semanas e ele ainda não a vira. Falara com ela várias vezes ao telefone, mas deixara de convidá-la para sair, sentindo-se impelido a ir a Woodborough para aumentar seu pequeno capital.

Quando *de fato* saíssem, disse consigo mesmo, ele estaria em condições de gastar alguma coisa.

Mas na outra extremidade da linha ela ficava evidentemente perplexa e cada vez mais fria a cada chamada, e ele finalmente resolveu que teria de contar-lhe como andava dispondo de seu tempo livre.

– Mas você morrerá de exaustão – disse ela, horrorizada.

– Estou quase pronto para diminuir o ritmo.

– Prometa-me que tirará folga no próximo fim de semana.

– Prometo se você sair comigo. Domingo à noite.

– Você vai *dormir*.

– Depois de ver você.

– Está bem – respondeu ela, após uma pequena hesitação. Ela parecia feliz em ceder, pensou ele otimisticamente.

– Noite de arromba na cidade.

– Escuta – disse ela. – Tenho uma ideia de uma noite incrível. A Sinfônica de Boston está tocando esta noite no rádio em Tanglewood. Trarei meu rádio portátil, podemos esticar um cobertor na grama da Esplanada e ouvir música.

– Você está tentando fazer com que eu economize dinheiro. Tenho recursos para uma noite melhor do que essa.

– Mais cara, mas não melhor. Por favor. Teremos oportunidade de conversar. – Ela concordou que estaria pronta às seis, para disporem de mais tempo.

– Você é louca – disse ele, amando a parte do cobertor.

Pela tarde de domingo, sua expectativa estava no auge. Fazia um dia tranquilo. Prevenido, ele cuidou cedo de todos os detalhes do trabalho de rotina, de modo que não surgisse nenhum aborrecimento que o prendesse. Havia um grande e velho relógio por cima do posto das enfermeiras, cujos ponteiros marcavam 25 minutos para as cinco, como as mãos de um dançarino de charleston, imediatamente paralisadas depois de cruzarem seus joelhos. Oitenta e cinco longos minutos, pensou ele. Tomaria um banho, trocaria de roupa e deixaria o hospital protegido por todos os lados, com um sorriso Colgate, banhado, desodorizado, barbeado, rosto cheio de loção de barba, sapatos engraxados, cabelo gomalinado e com o moral alto, para apanhar Gaby Pender.

Recostou-se na cadeira e fechou os olhos. O prédio enorme dormia como um cão; conseguindo tirar uma soneca, satisfeito, porém mais cedo ou mais tarde...

O telefone ronronou.

O velho filho da puta já acordara, pensou ele com uma careta, e atendeu: emergência com três queimados.

– Já vou – respondeu ele, e foi. Dentro do elevador, começou a se preocupar, no caso de vir a ser algo que o fizesse se atrasar para seu compromisso.

O cheiro de incêndio veio a seu encontro no vestíbulo.

Era um homem e duas mulheres. Ele percebeu que as mulheres não estavam tão mal assim e já haviam sido sedadas; dois pontos a favor do residente da sala de emergência, aquele garoto chamado Potter, que precisava do crédito. Ele fizera uma traqueotomia no homem, provavelmente a sua primeira (acrescentar um ponto pela coragem e em seguida tirar cinco pontos: nesse caso, ele deveria ter esperado mais alguns minutos para fazer a coisa na sala de operação), e estava tremulamente empenhado em mexer com um cateter de aspiração, tentando aspirar secreções.

– Chamaram Meomartino?

Potter sacudiu a cabeça, e Adam ligou para o cirurgião visitante.

– Nós gostaríamos de contar com o seu auxílio aqui embaixo, doutor. – Meomartino hesitou.

– Será que você não pode resolver isso sozinho? – respondeu secamente.

– Não – disse ele, deixando o fone cair de volta no gancho.

– Meu Deus, olhe só para esse troço que estou tirando dos pulmões – disse Potter.

Adam olhou e o empurrou para o lado.

– Isso é o conteúdo do estômago. Não percebeu que ele aspirou? – exclamou, indignado. E começou a cortar qualquer pedaço de roupa que era possível arrancar dos tecidos cauterizados.

– Como aconteceu?

– O chefe dos bombeiros está investigando, doutor – disse Maish Meyerson da porta. – Foi numa delicatéssen. Até onde podemos deduzir, houve uma explosão de uma fritadeira de alta temperatura. O negócio deles estava fechado para pintura e reparos. Pelo cheiro, no entanto, eles tinham uma mistura de querosene e óleo de cozinha na fritadeira. Provavelmente pegou fogo antes de derramar em cima deles.

– Sorte dele não ser uma pizzaria. Nada pior que queimaduras de terceiro grau provocadas por mussarela – disse Potter, tentando recuperar o sangue-frio.

O homem gemeu e Adam certificou-se de que ele não fora sedado, aplicando-lhe então 5mg de morfina e mandando Potter limpá-los o máximo possível, o que, nas atuais circunstâncias, não podia ser grande coisa; incêndios eram um negócio muito sujo.

Meomartino apareceu, de cara amarrada, mas relaxando ligeiramente ao ver que mais ajuda era realmente necessária, e tirou sangue das mulheres para as determinações e tipagem do laboratório, enquanto Adam tirava do homem. Em seguida, deram aos pacientes os primeiros coloides e eletrólitos pelas agulhas com que haviam tirado o sangue. Quando chegaram a transportar todo aquele espetáculo para a SO-3, uma enfermeira já examinara a carteira do paciente masculino, obtendo um nome e uma idade, Joseph P. – de Paul – Grigio, 48. Meomartino supervisionava Potter a cuidar das mulheres, enquanto Adam colocava um cateter urinário no Sr. Grigio, fazendo em seguida uma incisão na longa veia safena do tornozelo, inserindo uma cânula de polietileno, que ancorou no lugar por pontos de fio de seda, para assegurar a via vital intravenosa.

Ele sofrera queimaduras de profundidade variável em 35 por cento da superfície corporal – no rosto (pulmões?), peito, braços, virilhas, uma pequena parte das costas e das pernas. Já havia sido musculoso, mas agora só se via flacidez. Quanta reserva de força haveria naquele corpo de meia-idade?

Adam notou subitamente que Meomartino o olhava enquanto avaliava o paciente.

– Chance nenhuma. Não estará conosco amanhã – disse o cirurgião visitante, tirando as luvas.

– Acho que estará – disse Adam sem querer.

– Por quê?

Ele deu de ombros.

– Só uma intuição. Já vi muitos queimados. – Imediatamente irritou-se consigo mesmo: ele mal podia ser qualificado como um especialista em queimaduras.

– Em Atlanta?

— Não, na Filadélfia; trabalhei como ajudante no necrotério, enquanto cursava medicina.

Meomartino fez uma careta.

— Não é exatamente a mesma coisa do que trabalhar com eles vivos.

— Eu sei. Mas sinto que esse cara vai se recuperar — respondeu ele obstinadamente.

— Espero que sim, mas não *acho* que sim. Ele é todo seu. — Meomartino virou-se para ir embora, mas em seguida estacou. — Deixa eu te dizer uma coisa. Se ele se recuperar, pago o café no Maxie's durante uma semana.

Porra de aposta, pensou Adam, observando-o partir com as mulheres.

Ele aplicou uma vacina antitetânica como profilaxia e em seguida acompanhou o sujeito enquanto ele era levado para a enfermaria. Aplicando a regra de Evans para avaliar a quantidade de fluido necessário para fazer a reidratação de um paciente masculino de 77 quilos, chegou ao resultado de 2.100cm^3 de coloide, 2.100cm^3 de solução salina e 2.000cm^3 de água para excreção urinária. Metade disso teria de ser dada gota a gota na veia durante as primeiras oito horas, sabia ele, junto com doses maciças de antibiótico para lutar contra as bactérias que se estabeleceriam em toda a superfície suja e queimada da área afetada.

Ao empurrarem a maca para sair do elevador no segundo andar, ele viu as horas com uma súbita sensação de desalento.

6:15

Ele deveria estar se aprontando para ver Gaby. Em vez disso, tinha ainda pela frente mais vinte minutos antes que pudesse deixar seu paciente.

O quarto 218 estava vazio, e ele colocou o Sr. Grigio ali, em isolamento, concentrando-se a seguir em como tratar a queimadura topicamente, imaginando o que Meomartino estaria usando na outra paciente na enfermaria de mulheres.

A Srta. Fultz estava sentada no posto das enfermeiras trabalhando nos seus eternos apontamentos, com sua colossal caneta-tinteiro preta. Como sempre, ele poderia ser a sombra de um mosquito. Cansado de esperar que levantasse os olhos, deu um pigarro.

— Onde posso encontrar uma bacia grande esterilizada? E preciso de algumas outras coisas.

Uma enfermeira novata passava depressa.

— Srta. Anderson, dê-lhe o que precisa — disse a enfermeira-chefe tranquilamente, sem interromper um movimento sequer da caneta.

— Joseph P. Grigio está no 218. Vai precisar de enfermeiras extras durante pelo menos três turnos.

— Não há extras disponíveis — disse ela para sua mesa.

– E por que diabos não? – desabafou ele, mais irritado com a recusa dela a lhe falar do que com o problema.

– Por algum motivo, as moças não estão mais querendo ser enfermeiras.

– Teremos de transferi-lo para a UTI.

– O tratamento na Unidade Intensiva não é tão intensivo assim. Está superlotado há uma semana, desde terça-feira – respondeu ela, a grande lança de sua caneta fazendo pequeninos círculos no ar antes do mergulho para fixar um ponto no papel.

– Faça um pedido de extras. Comunique-me assim que souber algo, por favor.

Ele aceitou uma bacia esterilizada da Srta. Anderson e misturou sua poção de bruxa. Cubos de gelo para esfriar e anestesiar a queimadura e controlar ao máximo a inchação. Solução salina, porque água pura agiria como um ladrão dos eletrólitos corporais. Fisohex para a limpeza; este se precipitava em círculos à medida que ele mexia a mistura. Só o que faltava era sangue de dragão e língua de tritão.

Ele começou a pegar compressas de gaze do armário e então, ao reparar nos tampões sanitários numa prateleira mais alta, pegou três caixas de Kotex, ideal para a tarefa.

– Ah... será que você não estaria disponível para ajudar um pouco esse paciente?

– Não, doutor. A Srta. Fultz me mandou fazer três coisas, inclusive passar as comadres pela enfermaria inteira.

Ele balançou a cabeça, com um suspiro.

– Poderia me fazer só um favor? Dar um telefonema rápido? – Ele escreveu o nome de Gabrielle Pender e o número do telefone num papel de receituário, que arrancou. – Diga-lhe que sinto muito, mas vou chegar um pouco atrasado.

– É claro. Ela vai esperar. Eu esperaria. – A garota sorriu e se foi, deixando-o a especular sobre a atração que as escandinavas de bunda pequena tinham, mas não por muito tempo. Ele levou a bacia cuidadosamente ao quarto 218, só derramando um pouquinho no corredor lustroso, e jogou as compressas dentro da infusão. Uma pequena espremida para eliminar o excesso de líquido, e em seguida ele colocou cada compressa molhada em cima do tecido queimado, começando pela cabeça e descendo, até que o Sr. Grigio parecia estar metido num terno maluco de Kotex encharcado. Quando cobrira as canelas, começou tudo de novo, substituindo as velhas compressas aquecidas pelo ar, por outras frias e molhadas.

O Sr. Grigio dormia, numa onda de ópio. Há dez anos, não havia dúvida de que seu rosto fora belo, o rosto de um espadachim italiano, porém a boa-pinta mediterrânea fora minada pelo aumento das entradas e pela papada. Amanhã de manhã, sabia Adam, o rosto seria um grotesco balão.

O sujeito queimado mexeu-se.

– *Dove troviamo i soldi?* – gemeu ele.

Ele estava imaginando onde arranjar dinheiro. Não da companhia de seguros, pensou Adam silenciosamente. Pobre Sr. Grigio. O óleo e o querosene haviam sido colocados no forno e, agora com o interesse do chefe do corpo de bombeiros, o Sr. Grigio estava frito.

O sujeito se mexeu espasmodicamente, murmurando um nome, talvez o da mulher, torturado por sua consciência ou pela premonição da dor por vir, caso sobrevivesse. Adam mergulhava as compressas na bacia gelada, torcia-as e as aplicava, com o relógio de pulso que ele prendera mais alto no braço a girar zombeteiramente.

Logo depois de ter usado e enchido a bacia pela quarta vez, fez uma pausa e notou que a Srta. Fultz estava a seu lado, estendendo-lhe uma pesada caneca.

Espantado, aceitou o chá.

– Acho que consegui arranjar uma enfermeira extra para esta noite – disse a Srta. Fultz. – Ela deve chegar às 11, e eu estou perfeitamente livre de agora até lá. É apenas uma hora. Pode ir.

– Eu *tinha* um compromisso – disse ele, redescobrindo sua capacidade vocal.

– Dez horas e cinco minutos!

No telefone mais próximo, discou o número de Gaby e se viu falando com uma voz feminina divertida.

– Será o Dr. Silverstone?

– Sim.

– Sou Susan Haskell, companheira de quarto de Gaby. Ela esperou um bocado. Há mais ou menos uma hora ela me pediu para lhe dizer, quando você telefonasse, que era para encontrá-la na Esplanada.

– Ela foi *sozinha* me esperar na beira do rio? – perguntou ele, imaginando um assalto, um estupro.

Houve uma pausa.

– Você não conhece Gaby muito bem, não é? – disse a voz.

– *Onde* na Esplanada?

– Perto daquele coreto parecido com uma concha, sabe?

Ele não sabia, mas o motorista de táxi sim.

– Hoje não tem concerto – comentou o taxista.

– Eu sei, eu sei.

Ao sair do táxi, afastou-se de Storrow Drive e mergulhou na escuridão, pisando na grama macia. Durante um pequeno período achou que ela não estivesse lá, mas em seguida avistou-a sentada bem distante sob um poste, como se fosse sob a proteção de um pinheiro.

Quando se deixou cair ao seu lado no cobertor, foi recebido por todo calor do sorriso dela, esquecendo que estava cansado.

– Foi alguma coisa calamitosa que te obrigou a quase me dar bolo?

– Só acabei agora. Tinha certeza de que você não ia esperar. – Ele mostrou sua roupa branca. – Nem tive tempo de trocar.

– Que ótimo que você pôde finalmente vir. Está com fome?

– Morrendo.

– Eu dei seus sanduíches.

Ele olhou para ela.

– Você não apareceu. Chegaram uns estudantes e não me violentaram, nem me fizeram nada disso. Um deles era simpaticíssimo e deixou escapar que não tinham dinheiro para comer. Tem um pêssego.

Ele aceitou e o comeu, porque não conseguia inventar nada de charmoso para dizer. Era constrangedoramente suculento. Sentiu-se sujo e por baixo e querendo impressionar aquela garota, mas percebeu de repente que, embora estivesse doido para revê-la, sua colega de quarto tinha toda a razão, ele não a conhecia em absoluto; de fato, só ficara três horas com ela, uma das quais passada no meio de uma festa muito concorrida na sala de visitas da irmã de Herb Shafer, em Atlanta.

– Foi uma pena você ter perdido a Sinfônica – disse ela. – Isso é algo que costuma acontecer com frequência?

– Não com tanta frequência – respondeu ele, não querendo amedrontá-la.

Ele se deitou no cobertor e lembrava mais tarde ter conversado sobre música com ela, e sobre seu curso de psicologia, e a seguir de ter fechado os olhos, e ao abri-los de novo, ter percebido que dormira, mas sem saber por quanto tempo. Ela estava sentada, contemplando o rio, pacientemente à espera. Ele se perguntou como conseguira esquecer aquele rosto. Se o nariz fosse fruto de uma plástica, ela teria ganhado algo mais do que pagara. Os olhos eram castanhos, agora plácidos, mas muito vivos. Sua boca era talvez um pouco larga, com o lábio superior descarnado, indicando gênio ruim, e o inferior generosamente cheio. O cabelo louro-escuro, brilhoso sob a luz do poste, tinha mechas clareadas pelo sol. O sinal ficava sob o olho esquerdo, realçando as maçãs do rosto. Suas feições não eram suficientemente regulares para fazer dela uma garota realmente bonita. Era bastante baixa, mas o excesso de atração sexual impedia que ela pudesse ser chamada de engraçadinha. Um pouquinho magra demais, concluiu ele.

– Há muito tempo não vejo um bronzeado tão escuro. Você deve viver na praia – disse ele.

– Tenho uma lâmpada de bronzear. Três minutos por dia, o ano inteiro.

– Mesmo no verão?

– Claro. Tenho mais privacidade no meu quarto.

Não haveria manchas brancas ou marcas de alças. Ele sentiu os joelhos tremerem.

– Um dos caras da faculdade diz que minha paixão pelo calor físico é porque venho de uma família desunida. Adoro dias quentes.

– Vocês ficam analisando uns aos outros nas aulas de psicologia? – Ela deu um sorriso.

– Depois das aulas. O tempo todo. – E deitou-se ao lado dele no cobertor. – Você está com um forte cheiro de secreções masculinas – comentou ela – e como se tivesse presenciado um incêndio.

– Meu Deus, é tão ruim assim? Programei vir te encontrar cheirando a flores.

– E quem quer um homem cheirando a flores?

As cabeças deles estavam muito próximas no cobertor e custou-lhe pouco esforço para beijá-la.

Beijou o sinal.

O rádio portátil dela transmitia baixinho o tema de *Nunca aos domingos*.

– Sabe hasapiko?

– Gostaria de aprender – respondeu ele maliciosamente.

– A dança grega.

– Ah, isso. Não.

Ele levantou-se desconsoladamente quando ela insistiu em dar-lhe uma demonstração. Tinha um ritmo natural de bom mergulhador e aprendeu logo os passos principais. Dançaram de mãos dadas ao ritmo dolente e em seguida num frenesi, à medida que a toada do rádio chegava a um crescendo. Zorba e sua mulher na grama macia da Esplanada, mas é evidente que ele errou um passo e os dois caíram, rindo e ofegantes, e ele tornou a beijá-la, sentindo na boca e entre seus braços o calor dela.

Era agradável. Permaneceram lá deitados, calados e com uma bela sensação de privacidade, enquanto o tráfego circulava pela Storrow Drive às suas costas, e defronte, o rio bastante escuro até as luzes do Memorial Drive, do lado de Cambridge; no meio, uma vela branca meio indistinta. Eles estavam, é claro, sob a luz direta do poste.

A vela se mexia.

– Eu gostaria de um passeio de barco – disse ele.

– Existem alguns barcos a remo no clube, bem atrás da concha acústica.

Ele estendeu a mão, que ela segurou, e correram até o cais. Não havia remos, mas ele a ajudou a entrar num barco, mesmo assim.

– Podemos fingir que sou Ulisses – disse ele, ainda sentindo-se um heleno. – Você é uma sereia.

– Não. Sou apenas Gabrielle Pender.

Sentaram na popa, olhando para a margem remota e para as luzes que deveriam estragar o espetáculo, mas não estragaram; a Cambridge Electric, a Electronic Corporation of America e todas as demais. Ele tornou a beijá-la e, quando parou, ela disse:

– Ele era casado.

– Quem?

– Ulisses. Não se lembra da pobre Penélope esperando em Ítaca?

– Há vinte anos que ele não a *via*. Mas está bem, serei outra pessoa. – Ele mergulhou o rosto no cabelo dela. Meu Deus, como cheirava bem. Sua respiração, antes mal perceptível, acelerou-se quando ele beijou seu pescoço e seu pulso fino transmitia pequeninos golpes aos lábios dele. O barco subia e descia sobre pequenas ondas que chegavam a eles da foz do rio, a alguns quilômetros de distância, e vinham quebrar sob o cais.

– Ah, Adam – disse ela entre beijos. – Adam Silverstone, quem é você? Quem é você realmente?

– Descubra e depois me diga – disse-lhe.

Os mosquitos os obrigaram a voltar para a terra. Ele a ajudou a dobrar o cobertor, que guardaram no carro dela, um Plymouth azul 63, conversível, bem cansado, estacionado na Storrow Drive. Foram caminhando até um café na Charles Street e se sentaram a uma mesa encostada na parede, onde tomaram café.

– Foi um caso que te prendeu no hospital?

Ele contou sobre Grigio. Ela sabia escutar bem; fazia perguntas inteligentes.

– Não tenho medo de incêndio nem de afogamento – disse ela.

– Isso quer dizer que de *alguma* coisa você tem medo.

– Tivemos muitos casos de câncer. De ambos os lados da família. Minha avó acabou de morrer disso.

– Que pena. Que idade ela tinha?

– Oitenta e um.

– Já me bastaria.

– Bem, a mim também. Mas minha tia Luísa, por exemplo. Uma mulher jovem, bela. Eu detestaria morrer antes de atingir a velhice – disse ela. – Muitos pacientes no hospital morrem? A taxa é alta, quero dizer?

— Numa enfermaria como a nossa, uns poucos por mês. No nosso serviço, se passar um mês sem que haja uma morte, o chefe da residência ou cirurgião visitante dão uma festa.

— Vocês dão uma porção de festas?

— Não.

— Eu não poderia fazer o que você faz — confessou ela. — Não poderia assistir a tanta dor e às mortes.

— Há muitas maneiras de morrer. Tem de se testemunhar muita dor na psicologia, não é?

— Verdade, na clínica. É por isso que vou acabar fazendo testes para simpáticos menininhos, para descobrir por que não querem sair de baixo da cama.

Ele balançou a cabeça, sorrindo.

— Como é assistir alguém morrendo?

— Lembro da primeira vez... Eu era estudante. Havia um sujeito... Bem, eu costumava vê-lo nas minhas rondas. Ele estava simplesmente ótimo, rindo, brincando. Enquanto eu ajeitava sua seringa para a injeção intravenosa, seu coração parou. Tentamos tudo que era possível para ressuscitá-lo. Lembro-me de olhar para ele e me perguntar: para onde tinha ido? O que havia sumido? O que o havia transformado de uma *pessoa*... naquilo?

— Meu Deus! — exclamou ela. E em seguida: — Tenho esse caroço.

— O quê? — perguntou ele.

Ela sacudiu a cabeça.

Mas ele ouvira.

— Onde?

— Prefiro não dizer.

— Pelo amor de Deus — disse ele. — Sou médico, lembra?

Provavelmente no seio, pensou ele.

Ela desviou o olhar.

— Sinto muito ter mencionado isso. Tenho certeza de que não é nada. Sou do tipo que vive preocupada.

— Então por que não marca uma consulta com um médico para fazer um exame?

— Farei.

— Promete?

Ela balançou a cabeça, sorriu para ele e mudou de assunto, passando a contar a sua vida. Pais divorciados: pai casado de novo e tocando uma pousada nos Berkshires, a mãe casada com um criador de gado de Idaho. Ele lhe contou que sua mãe era italiana e já morta, e seu pai, judeu, mas evitou com cautela contar qualquer outra coisa a seu respeito, percebendo que ela notara e não quisera atropelá-lo.

Depois de terem terminado de tomar três xícaras de café cada um, ela insistiu em levá-lo até o hospital. Ele não se despediu dela com um beijo, em parte porque a entrada do hospital não era nada resguardada, e em parte porque ele estava cansado demais para se lembrar de ser Ulisses, ou Zorba ou porra nenhuma, a não ser uma figura adormecida na cama do quarto J no último andar.

Mesmo assim, ele parou o elevador no segundo andar e caminhou, como se atraído por um ímã, até o quarto 218. Só uma checada rápida, prometeu-se ele, e iria para a cama.

Helen Fultz estava inclinada rigidamente sobre Joseph Grigio.

– O que está fazendo?

– A enfermeira das 11 às sete nunca apareceu.

– Bem, eu estou aqui. – A culpa dele manifestou-se como irritação. – Vá dormir, por favor. – Que idade ela teria, imaginou ele. Ela parecia escangalhada, com alguns fios do cabelo grisalho cobrindo seu rosto enrugado, de lábios apertados.

– Eu não vou a lugar nenhum. Há muito tempo que não pratico um pouquinho da velha enfermagem. Trabalhar só com o papel transforma você numa burocrata. – O tom dela não admitia contradição, porém ele argumentou. No fim, chegaram a um meio-termo. Passava da meia-noite. Ele disse que ela poderia ficar até uma hora.

A presença de uma segunda pessoa, descobriu ele, fazia uma grande diferença. Ela manteve seu silêncio neurótico, mas o café que fazia era mais quente do que a carne de Gaby, mais preto do que a de Robinson. Eles se revezavam na aplicação das compressas quando suas mãos protestavam contra a repetida imersão no líquido salino gelado.

Joseph Grigio continuava a respirar. O velho terror, essa bruxa silenciosa e grisalha, essa velha cansada mantivera-o vivo. Agora, com a ajuda de um cirurgião, ele ainda poderia se recuperar e se revelar uma besta. Shakespeare.

Às duas da madrugada, ele a enxotou do quarto, enfrentando seus olhares. Sozinho era mais difícil. Suas pálpebras pesavam. Uma pequena dor surgiu nos músculos contraídos de suas costas. A perna esquerda de sua calça que já tinha sido branca estava fria e úmida no lugar onde solução salina pingara das compressas molhadas.

Fazia silêncio no hospital.

Silêncio.

A não ser por pequenos ruídos ocasionais. Gemidos de dor, o tamborilar surdo da urina caindo na comadre, dos saltos de borracha sobre os pisos de linóleo, misturando-se ao fundo, como o cricri dos grilos e os cantos dos pássaros no campo, percebidos, mas não ouvidos de fato.

Por duas vezes cochilara um pouco, acordando estremecido para trocar as compressas geladas.

Sinto muito, Sr. Grigio, disse ele silenciosamente à forma em decúbito na cama.

Se eu não estivesse faminto por dinheiro, estaria mais descansado agora, com melhor disposição para tratar do senhor. Mas tenho bons motivos para essa fome de dinheiro e precisava do dinheiro desse bico. Realmente precisava.

Só me faça o favor de não morrer se eu adormecer.

Meu Deus, não deixe que isso aconteça comigo. Não deixe que aconteça a ele.

Suas mãos mergulharam no líquido gelado.

Torceram o pano molhado.

Aplicaram a compressa gelada.

Pegaram o absorvente destinado às virilhas quentes das mulheres, aquecido agora pelo fogo absorvido por tecido masculino queimado, e o mergulharam novamente na bacia para resfriá-lo.

Ele repetiu esse gesto incessantemente enquanto Joseph Grigio dava pequenos gemidos inconscientes ao respirar, choramingando esporadicamente frases ininteligíveis em italiano. Seu rosto e corpo queimados estavam perceptivelmente inchados agora.

Escute, disse-lhe Adam.

Haverá um problema danado se você morrer. Você não vai morrer nas minhas mãos, seu pobre incendiário filho da puta.

É melhor não, ameaçou ele.

Uma vez pensou ter escutado o Arlequim caminhando pelos corredores da enfermaria.

– Vá embora daqui – disse em voz alta.

Scutta mal occhio, pu-pu-pu.

Repetindo essa litania enquanto mergulhava suas mãos no líquido frio.

Perdeu a noção das horas, mas deixou de ser uma luta manter-se acordado. Sofria ataques de dor que o obrigavam a uma inclinação pela consciência. Às vezes quase chorava de dor ao pôr a mão na bacia, que ele tornara a encher de gelo por mais três vezes durante a noite. Suas mãos tornaram-se azuladas e encarquilhadas, os dedos dobrando-se com dificuldade, suas pontas insensíveis e inchadas.

Certa vez, durante sua agonia, ele esqueceu do paciente, abandonando-o. Levantou-se, esfregou as mãos, espreguiçou-se, arqueou as costas, dobrou os dedos, pestanejou, foi andando até o banheiro dos homens e se aliviou, lavando as mãos com uma maravilhosa água quente.

Quando voltou ao quarto 218, as compressas no Sr. Grigio estavam quentes, por demais quentes. Torceu com fúria outras, aplicou-as, mergulhando as usadas na bacia.

O Sr. Grigio gemeu e ele respondeu com um próprio gemido.

– Você não passou a noite inteira aqui? – perguntou Meomartino.
Ele não respondeu.
– Cristo. E óbvio que você fará qualquer coisa para ganhar café de graça...
Ele ouvia a voz como se ela estivesse sendo transmitida pelo telefone, apesar de o cirurgião visitante estar perto dele.

Era de manhã, percebeu ele.
O Sr. Grigio ainda respirava.
– Vá lá pra cima dormir, porra.
– Uma enfermeira? – pediu.
– Eu arranjo alguém, Dr. Silverstone – disse a Srta. Fultz. Ele não percebera que ela estava em pé na porta.

Levantou-se.
– Mando levar o café da manhã para o senhor? Ou só café? – perguntou a Srta. Fultz.

Ele sacudiu a cabeça.
– Vamos, irei com você – disse Meomartino.
Ao entrarem no elevador, Helen Fultz falou com ele de novo. – Tem alguma instrução especial, Dr. Silverstone?

Ele sacudiu a cabeça.
– Acorde-me se ele tiver problemas – viu-se ele obrigado a dizer muito lentamente.
– Ela *me* chamará – disse Rafe Meomartino indignado.
– Certo, Dr. Silverstone. Durma bem – disse ela, como se Meomartino não estivesse presente.

Meomartino avaliou-o com um ar estranho enquanto o elevador subia. Há quanto tempo está aqui? Seis, sete semanas? Não chega a dois meses. E ela está falando com você. Comigo levou dois *anos*. Alguns caras nunca chegaram lá. Seis semanas é o tempo mínimo de que já ouvi falar.

Adam abriu a boca para dizer algo, mas aquilo transformou-se num bocejo.

Ele mergulhou no sono às sete e quinze e foi acordado mais ou menos depois de onze e meia por batidas na sua porta. Meyerson, o motorista da ambulância, estava lá fora olhando-o com amistoso desdém.

– Recado do escritório, doutor. Você não respondeu ao mensageiro.

Sua cabeça latejava.

– Entre – sussurrou, esfregando as têmporas. – Porra de um sonho.

Meyerson olhou-o agudamente, com interesse renovado.

– Era sobre o quê?

Ele e Gaby Pender haviam morrido. Simplesmente cessaram de existir, mas não tinham ido para lugar nenhum; ele não percebera mudança nenhuma, vida após a morte, ou a inexistência dela.

Meyerson escutou com interesse.

– Não sonhou com números? – Adam sacudiu a cabeça.

– O que deseja com números?

– Sou místico.

Um místico?

– O que acontece com a alma depois da morte, Maish?

– Até que ponto você conhece o seu Talmude?

– O Velho Testamento?

Meyerson olhou-o com estranheza.

– Não, Deus do céu, *onde* você frequentou a escola rabínica?

– Não frequentei.

O motorista da ambulância deu um suspiro.

– Não sei muito, mas pelo menos isso eu sei. O Talmude é o livro das velhas leis. Diz que as almas boas são postas sob o trono de Jeová. – Ele deu um sorriso. – Imagino que deve ser um trono imenso ou então pouquíssimos de nós somos bons. Ou uma coisa ou outra.

– E os que têm alma má? – perguntou ele a contragosto.

– Dois anjos ficam em cada canto oposto do mundo e brincam de arremesso de bola com os caras maus.

– Você está brincando comigo.

– Não. Atiram os pobres filhos da mãe para cá e para lá. – Meyerson lembrou-se de seu recado. – Olha, disseram que receberam uma ligação a cobrar de Pittsburgh. Se quiser aceitar, chame a telefonista... – ele consultou um pedaço de papel – ... 284.

– Ah, meu Deus.

– Obrigado. Ei! – Chamou-o de volta. – Tem troco para umas notas de um dólar?

– É só minha grana elástica.

– O quê?

– Meu capital de aposta, dinheiro para o pôquer.

– Ah, me arranja um pouco? – Ele entregou duas notas e recebeu moedas. – Só você e a perua no sonho? Nenhum número?

Ele sacudiu a cabeça.

– São duas pessoas. Vou jogar no 222. Sinuquinha. Quer que eu faça uma fezinha de meio dólar para você?

Belo místico.

– Não.

– Talvez 284, o número da telefonista?

– Não.

Maish deu de ombros e foi embora. A cabeça de Adam doía e sua boca estava seca, quando ele se encaminhou para o telefone de parede no vestíbulo.

Finalmente acontecera, pensou ele.

Ele acabara caindo de uma ponte. Ou pulando.

Ou talvez esteja hospitalizado, talvez queimado como o Sr. Grigio. Acontece o tempo todo. A garotada incendeia os bêbados.

Mas a chamada era de seu pai, disse a telefonista. Cinco moedas de 25 centavos, uma de cinco e uma de dez.

– Adam? É você, filho?

– Pai, qual o problema?

– Bem, estou precisando de uns duzentos. Queria que você me arranjasse.

Alívio e raiva, uma espécie de gangorra emocional.

– Eu te dei dinheiro na última vez em que te vi. Por causa disso, tive de vir para cá como um mendigo. Eu mesmo tive de pedir dinheiro emprestado, um adiantamento do hospital.

– Sei que você não *tem*. Disse para você *arranjar* para mim. Escuta, pegue outro empréstimo.

– Por que você precisa?

– ... Ruim de saúde como um velho sem-teto.

De repente era fácil. Ele devia estar bêbado naquela hora, senão não estaria representando aquele jogo de maneira tão burra. Sóbrio, era esperto e perigoso.

– Vá à faculdade de medicina e diga a Maury Bernhardt, o Dr. Bernhardt, que eu te mandei ir lá. Ele vai me telefonar e eu lhe direi para cuidar de qualquer tratamento que precise.

– Preciso de dinheiro, *do* dinheiro.

Já houve tempo, pensou ele, quando eu poria algo no prego só para te arranjar a quantia.

– De mim não arranca mais nada.

– Adam.

— Se você já bebeu duzentos, e parece que sim, cure-se do porre e arranje um trabalho. Vou lhe mandar dez dólares, que é para comer.

— Adam, não faça isso comigo. Seja misericordioso, filho... — Os soluços vieram de encomenda. Ele era inteligente; podia simplesmente chorar enfrentando a realidade. Simular com bastante empenho o *riso* é que era difícil.

Adam esperou até os soluços passarem, cedendo apenas um pouquinho:

— Acrescentarei cinco. Quinze dólares. Mas isso é tudo.

Pagando taxa de interurbano, seu pai assoou tranquilamente o nariz em Pittsburgh. Quando falou de novo, a velha arrogância do gentleman-entre-caipiras voltou à sua voz:

— Tenho uma citação para a sua coleção, você que gosta de jogar palavras fora.

— Pai... — Mas em seguida pôs-se à espera, desconfiadamente.

Que pena você ser mais sabido,
Que pena ser mais alto...

— Compreendeu?

Adam repetiu.

— Sim — disse Myron Silberstein, e desligou, ah, o velho filho da mãe, um homem que acalentava o sucesso.

Deixou-se ficar ali com o fone no ouvido, sem saber se chorava ou ria, com os olhos fechados para se defender do martelar constante na sua cabeça, que aumentara. Para pagar seus pecados, sentiu-se agarrado pelo anjo, levantado, arremessado através da escuridão gelada, apanhado pelas terríveis mãos à espera e novamente arremessado. Ao repor o fone no gancho, este tocou imediatamente e ele obedeceu ao pedido da telefonista por mais trinta centavos.

Voltou para a cama, mas toda a esperança de poder dormir se fora. Ele não sabia a citação. Cedendo afinal, vestiu-se e foi até a biblioteca do hospital para consultar o *Bartlett's*. Era de autoria de Aline Klimer, cujo marido, Joyce, fora morto quando jovem e presumivelmente ainda amável. Havia mais dois versos:

Pena você ser mais sabido,
Pena ter mais altura;
Gostava mais de você quando era tolo,
E mais de você em miniatura.

Apesar de tudo, sentiu-se ferido pela farpa, como seu pai sabia que se sentiria. Eu devia simplesmente me esquecer dele, pensou, apagá-lo da minha vida.

Em vez disso, sentou-se, escreveu um breve bilhete e anexou 15 dólares, enviando-os com um selo de via aérea que roubara do posto das enfermeiras, enquanto Helen Fultz fingia não reparar.

Gaby Pender.
Ela o tinha hipnotizado, com seu bronzeado completo e suculento pêssego. Ele pensava nela constantemente, telefonava para ela com demasiada frequência. Ela fora ao sistema de saúde estudantil, contou-lhe, quando ele perguntou; o caroço acabara não sendo nada, nem mesmo um caroço, apenas músculo e sua imaginação. Felizmente, puderam conversar sobre outras coisas. Ele queria vê-la de novo o mais breve possível.

Susan Garland se interpôs entre eles, morrendo. Salvar a vida de Joseph Grigio não compensou a tarefa de Susan Garland: ele descobriu que na medicina não existe nada parecido com ir à forra.

Seu espírito viu-se contagiado por uma melancolia que o deixou amedrontado, mas ele não conseguia livrar-se dela. Talvez o medo que Gaby tinha de morrer o tivesse tornado mais sensível do que seria desejável, pensou ele. Pois fosse lá qual fosse o motivo, descobriu dentro dele um profundo movimento de fúria diante da impotência deles em lidar com o desperdício de belas vidas.

Pela primeira vez desde que deixara a faculdade de medicina, sentiu-se em dúvida, enquanto dava sua volta pela enfermaria. Descobriu-se a buscar confirmação de opiniões profissionais, a eximir-se de tomar decisões independentes, que há poucas semanas não lhe teriam provocado nenhuma hesitação.

Voltou sua raiva para dentro, buscando defeitos em tudo que dizia respeito a Adam Silverstone.

Seu corpo, por exemplo.

Os velhos dias de farra haviam passado, mas ele ainda era jovem, disse a si mesmo rabugentamente, olhando-se ao espelho e pensando nas tenras larvas brancas que seu tio Sam costumava arrancar com a pá quando revolvia o solo para sua horta de tomates.

Quando ficou de cueca e olhou para baixo, pôde observar uma pequena pança roliça, o tipo de barriga que ficava bem numa mulher no início da gravidez.

Adquiriu um par de tênis e um training na Harvard Coop, e começou a correr com frequência, meia dúzia de vezes em volta do quarteirão sempre que terminava um período de plantão. À noite, a escuridão garantia sua privacidade, mas, quando corria de manhã, tinha às vezes de galopar entre um corredor polonês de enfermeiras aos risinhos.

Certa manhã, um menininho negro, de seis ou sete anos, que remexia poeira na sarjeta, levantou os olhos.

– Cara, quem está atrás de você? – gritou ele delicadamente.

Na primeira vez, para não perder o fôlego, Adam não respondera. Mas, quando a pergunta foi feita de novo, cada vez que ele contornava o quarteirão, atirou respostas que eram miniconfissões:

– Susan Garland.
– Myron Silberstein.
– Spurgeon Robinson.
– Gaby Pender.

Sofria a compulsão de responder veridicamente à pergunta. Portanto, na sua última volta ao quarteirão, levantando bem as pernas e balançando os braços, jogou para trás, em direção ao menino:

– Estou atrás de mim mesmo!

Na manhã em que discutiram o caso de Susan Garland, ele descobriu uma novidade a respeito da reunião sobre mortalidade.

Aprendeu que quando estava pessoalmente envolvido num caso sob exame pelo *comitê da morte*, a coisa mudava de figura.

Era como se fosse a diferença entre brincar com um gato doméstico e um leopardo.

Ele bebericava um café, que logo lhe deu azia, enquanto Meomartino apresentava o caso clínico, e o Dr. Sack fez o relatório *post-mortem*.

A autópsia revelara a inexistência de algum problema com o rim transplantado, o que livrou imediatamente a cara de Meomartino.

Não tinha havido também problema com as anastomoses ou com outro fator relativo à técnica de transplante do Dr. Kender.

Isso deixava sobrando apenas um, percebeu Adam.

– Dr. Silverstone, a que horas examinou-a pela última vez? – perguntou o Dr. Longwood.

Teve a súbita consciência dos olhares de todo mundo presente à reunião.

– Um pouquinho antes das nove da noite – respondeu.

Os olhos do Velho pareciam maiores do que o normal, porque a perda de peso fizera com que seu longo e feio semblante parecesse quase macilento. O Dr. Longwood passou pensativamente os dedos pelo seu cabelo branco e ralo.

– Não havia sinal de infecção?
– Absolutamente nenhum.

A enfermeira a encontrara morta às 2:42 da madrugada.

O Dr. Sack deu um pigarro.

– A hora é irrelevante. Ela teria tido uma hemorragia até morrer durante um período relativamente curto. Talvez uma hora e meia.

O Dr. Kender sacudiu as cinzas da ponta do charuto.

– Ela se queixou de alguma coisa?

Ela queria que lavassem seu cabelo, pensou Adam como um idiota.

– Mal-estar geral – respondeu. – Um pouco de dor abdominal.

– Quais eram os sintomas?

– O pulso dela estava ligeiramente acelerado. Sua pressão estivera alta, mas estava normalizada quando a verifiquei.

– Qual a informação que esse fato lhe transmitiu? – perguntou o Dr. Kender.

– Na hora, pensei que fosse um bom sinal.

– E o que isso lhe indica agora, com os conhecimentos que possui? – disse o Dr. Kender, sem ser agressivo.

Eles estavam sendo tolerantes com ele, percebeu Adam; talvez um sintoma do bom conceito em que o tinham. Mesmo assim, sentiu vertigens. – Imagino que ela já estava tendo uma hemorragia quando a examinei, o que explica a pressão ter baixado.

O Dr. Kender balançou a cabeça.

– Você simplesmente ainda não viu uma quantidade suficiente de pacientes transplantados. Não pode ser culpado por isso. – Ele sacudiu a cabeça. – Quero que fique claro, no entanto, que quando você defrontar no futuro com algo inexplicável em algum de meus pacientes, chame um dos membros da equipe. Qualquer cirurgião visitante deste serviço teria compreendido imediatamente o que estava acontecendo. Poderíamos ter feito uma transfusão, uma intervenção relâmpago para tentar consertar a artéria, posto um dreno profundo atrás do rim e entupido de antibióticos. Mesmo se o rim não tivesse jeito, nós o teríamos removido.

E Susan Garland estaria viva agora, pensou Adam. Ele tinha uma vaga ciência de estar andando por aí com a informação subconsciente de que deveria ter chamado um cirurgião visitante naquela noite. Razão pela qual andava consultando ultimamente os visitantes até mesmo sobre coisas de rotina.

Ele fez que sim com a cabeça em direção a Kender.

O especialista de transplante deu um suspiro.

– A porcaria do fenômeno de rejeição ainda é coisa que nos persegue. Somos mecânicos cirúrgicos com competência para transplantar qualquer coisa, fisicamente – corações, membros ou rabos de cachorrinhos. Mas aí o sistema de defesa imunitário do paciente se põe a trabalhar para rejeitar o transplante, e para evitar isso envenenamos esse sistema com drogas, deixando o paciente sem defesa nenhuma contra infecções.

– Quando fizer o próximo transplante, o rim para a Sra. Bergstrom, você planeja utilizar doses mais baixas dessas drogas? – perguntou o Dr. Sack.

O Dr. Kender encolheu os ombros.

– Teremos de voltar para o laboratório. Faremos mais testes com animais e aí decidiremos.

– Vamos voltar ao caso Garland – disse calmamente o Dr. Longwood. – Como classificariam essa morte?

– Ah, poxa, evitável – declarou o Dr. Parkhurst.

– Evitável – disse o Dr. Kender, chupando o charuto.

– Sem dúvida – disse o Dr. Sack.

Quando chegou a vez de Meomartino, ele teve a gentileza de apenas balançar a cabeça, calado.

O Velho cravou em Adam aqueles enormes olhos.

– Neste serviço de cirurgia, Dr. Silverstone, sempre que um paciente morre de hemorragia, presume-se que essa morte poderia ter sido evitada.

Adam balançou novamente a cabeça. Não parecia fazer sentido dizer qualquer coisa.

O Dr. Longwood levantou-se e a reunião estava encerrada.

Adam afastou sua cadeira da mesa e deu o fora depressa do anfiteatro.

Quando ele saiu do plantão naquela noite, localizou o Dr. Kender no laboratório animal, e foi achá-lo organizando uma nova série de experiências com drogas nos cachorros.

Kender saudou-o de modo afável.

– Pegue uma cadeira, filho. Você parece ter sobrevivido ao teste da primeira batalha.

– Mas sem deixar de ter saído chamuscado – disse Adam.

O homem mais velho encolheu os ombros.

– Você merecia ter a bunda chamuscada, mas foi um erro que a maioria de nós teria cometido se tivéssemos a mesma falta de experiência com os transplantes. Você está indo muito bem. Sei, por acaso, que o Dr. Longwood está de olho em você.

Ele viu-se borbulhando de alívio e satisfação.

– É claro que eu não confiaria muito nisso se você *começar* a se submeter à reunião sobre mortalidade com muita frequência – disse Kender pensativamente, puxando uma orelha.

– Isso não acontecerá.

– Acho que não. Bem, o que posso fazer por você?

– Achei melhor aprender alguma coisa de todo esse processo aqui deste lado – disse Adam. – Há alguma coisa que eu possa fazer?

Kender lançou-lhe um olhar interessado.

– Quando você estiver aqui há tanto tempo quanto eu, aprenderá a nunca dizer não quando alguém se apresentar para trabalhar como voluntário. – Ele foi até um armário e tirou uma bandeja cheia de pequenos frascos. – Quatorze drogas novas. Recebemos às carradas do pessoal do câncer. No mundo inteiro pesquisadores estão descobrindo agentes químicos para lutar contra o câncer. Descobrimos que a maioria deles que se revela eficaz contra os tumores também manda para o beleléu a capacidade do corpo de rejeitar ou lutar contra tecido estranho. – Selecionou dois livros na sua estante e deu-os para Adam. – Se estiver realmente interessado, leia-os. E aí torne a aparecer.

Três noites depois Adam estava de volta ao laboratório animal, desta vez para assistir Kender fazer um transplante de um rim de cachorro e para trocar dois livros por um terceiro. Sua próxima visita foi retardada pela cobiça e pela oportunidade de vender seu tempo livre em Woodborough. Mas uma semana depois, ao deixar o plantão uma noite, viu-se a caminhar em direção ao laboratório e a empurrar a velha porta de tinta descascada. Kender recebeu-o com uma saudação, sem revelar surpresa, e com um café, e conversou com ele sobre toda uma nova série de experiências animais que ele queria iniciar.

– ... Acha que compreende tudo isso? – perguntou ele afinal.

– Sim.

Ele sorriu e foi pegar seu chapéu.

– Que beleza. Então irei para casa dar um susto na minha mulher.

Adam olhou para ele.

– Quer que eu comece isso sozinho?

– Por que não? Um estudante de medicina chamado Kazandjian estará aqui dentro de meia hora. Ele trabalha aqui como técnico e sabe onde tudo se encontra. – Ele pegou um livro de anotações da prateleira e bateu com ele na mesa. – Tome notas escrupulosamente. Se ficar confuso, toda a *josta* estará esboçada aqui.

– Beleza – disse Adam com voz fraca.

Ele se enterrou na cadeira, lembrando que estava na sua agenda cobrir a sala de emergência em Woodborough no dia seguinte.

Na hora em que o estudante de medicina chegou, ele já estudara o livro de anotações e estava contente por estar ali. Ao ajudar Kazandjian a preparar uma cadela chamada Harriet, de sangue Collie preponderante, olhos castanhos brilhantes e um hálito terrível, ela lambeu a mão dele com sua língua quente e áspera. O desejo dele foi comprar um osso e escondê-la no quarto do sexto andar, mas lembrou-se de Susan Garland, endureceu-se, e a anestesiou com uma boa dose de Pentotal. Ele se desinfetou e se preparou do mesmo modo que faria para um paciente humano e, enquanto Kazandjian preparava um pastor-alemão chamado Wilhelm, ele removeu um rim de Harriet, e enquanto Kazandjian passava o rim de Harriet por uma perfusão, ele removeu um rim de Wilhelm, e daquele momento em diante esqueceu que eram cachorros. As veias eram veias e as artérias eram artérias, e ele só sabia que estava fazendo seu primeiro transplante de rim. Trabalhou com muito zelo e precisão, e quando finalmente Harriet era dona de um dos rins de Wilhelm, e Wilhelm dono de um dos rins de Harriet, já era quase uma hora da madrugada, mas ele pôde sentir o respeito silencioso de Kazandjian, o que o agradou mais do que se ele o tivesse dito com palavras.

Deram a Harriet uma dose mínima de Imuran e a Wilhelm, uma máxima; não era um dos novos medicamentos – na realidade, era o que fora usado em Susan Garland –, mas Kender queria testar primeiro as drogas aceitas, de modo que ficasse preparado para o transplante vindouro na Srta. Bergstrom. Kazandjian fez algumas perguntas inteligentes sobre a supressão do sistema imunológico, e depois de terem posto os cachorros de volta nas suas jaulas, o estudante fez café num bico de Bunsen, enquanto Adam explicava como os anticorpos no sistema do recipiente eram como soldados de defesa, reagindo ao tecido transplantado como se ele fosse um exército invasor, e como a função da droga imunossupressora era infligir um golpe suficientemente sério nas forças defensivas, de modo que se tornassem incapazes de reagir ao órgão estranho.

Quando voltou para seu quarto já eram quase duas horas. Ele deveria ser capaz de se jogar na cama e dormir como uma pedra, mas, pelo contrário, à medida que perseguia o sono, o sono fugia dele. Ele estava excitado pelas experiências de transplantes e perseguido pela terrível compulsão de ligar para Arthur Garland, desculpando-se.

Somente depois das quatro é que finalmente adormeceu. O despertador de Spurgeon Robinson acordou-o às sete. Sonhara com Susan Garland.

Divirta-se pra valer, amor.

Lá pelas oito horas, ele resolveu se levantar, dar uma pequena corrida e em seguida tomar um prolongado banho, combinação que às vezes achava poder substituir o descanso.

Vestiu seu training, calçou os tênis e desceu, começando a corrida lenta. Quando virou a esquina e chegou até a favela dos negros, viu que o menininho já tinha fugido do barraco ocupado por sua família.

O menino estava de cócoras na sarjeta, mexendo com a poeira. Seu rosto escuro iluminou-se ao ver Adam aproximar-se dele, resfolegante.

– Cara, quem está atrás de você? – sussurrou ele.

– O comitê da morte – respondeu Adam.

LIVRO DOIS
OUTONO E INVERNO

RAFAEL MEOMARTINO

5

Os únicos ruídos na sala de Rafe Meomartino eram a voz da mulher e o silvo do ar comprimido vazando da tubulação que circulava pelo teto do pequeno cômodo. O zumbido encheu-o de uma sensação de agradáveis saudades, inexplicáveis, até que certa manhã percebeu tratar-se de sensação idêntica à que ele já sentira num mundo diverso, numa outra vida, enquanto permanecia sentado na varanda de um clube – El Ganso de Oro, um dos refúgios de seu irmão Guillermo no Prado – aturdido então pelo excesso de bebida, mas com o vento quente de Cuba a gemer rascante entre as palmeiras, fazendo um barulho semelhante ao que ele agora ouvia dos canos de ar do hospital.

Ela parecia cansada, pensou ele, mas algo mais do que a fadiga diferenciava as feições das duas irmãs. A mulher no quarto 211 tinha uma boca macia, quase mole, ligeiramente fraca talvez, mas também muito feminina. A boca da gêmea era... de *fêmea*, mais do que feminina, concluiu ele. Não havia fraqueza nenhuma. Se as feições bem-talhadas deixavam passar alguma coisa pela maquiagem, era a insinuação de um frágil verniz defensivo.

Ao observá-la, seus dedos tocaram nos pequeninos anjos gravados em baixo-relevo na pesada caixa de prata do relógio de bolso em cima de sua mesa. Brincar com o relógio era uma fraqueza, um tique nervoso que só o dominava quando estava sob tensão; ao tomar consciência dele, abandonou-o.

– Onde foi que finalmente conseguimos te pegar? – perguntou ele.

– No Harold's, em Reno. Eu estava prestes a completar duas semanas.

– Há três noites você estava em Nova York. Peguei-o no show de Sullivan.

Ela sorriu pela primeira vez.

– Não, o segmento do show foi gravado semanas atrás. Eu estava trabalhando, por isso nem cheguei a vê-lo.

– Foi muito bom – disse ele, sinceramente.

– Obrigada. – O sorriso ficou automaticamente mais brilhante e a seguir se apagou. – Como está Melanie?

— Precisando de um rim. — Exatamente como o Dr. Kender falou ao telefone, pensou ele, até você insinuar-lhe que não seria um dos seus. — Planeja ficar em Boston por muito tempo?

Ela percebeu a verdadeira pergunta.

— Não tenho certeza. Se precisar falar comigo, estou no Sheraton Plaza. Registrada como Margaret Weldon — acrescentou ela, como se tivesse quase esquecido. — Prefiro que ninguém aqui saiba da presença de Peggy Weld.

— Compreendo.

— Por que precisa ser o meu?

— Não precisa — respondeu ele.

Ela olhou para ele, mantendo suspenso seu alívio.

— Poderíamos transplantar o rim de um morto para a Sra. Bergstrom, mas não teríamos uma compatibilidade imunológica tão grande como entre você e sua irmã.

— É porque somos gêmeas?

— Se fossem gêmeas idênticas, a compatibilidade entre os tecidos de vocês seria perfeita. Mas, conforme Melanie nos disse, vocês são gêmeas fraternas. Se isso for verdade, a compatibilidade não será perfeita, mas mesmo assim seus tecidos serão mais bem aceitos pelo corpo de sua irmã do que quaisquer outros que possamos encontrar. — Ele encolheu os ombros. — Daria a ela aquela chance a mais.

— Uma garota só tem dois rins — disse ela.

— Nem todas.

Ela se calou. Abriu os olhos e olhou para ele.

— Você só precisa de um rim para viver. Há uma porção de gente que nasce só com um rim e vive até uma idade madura.

— E tem gente que dá um rim e aí acontece algo errado com o outro. E morre — disse ela num tom tranquilo. — Sei a minha lição na ponta da língua.

— Isso é verdade — admitiu ele.

Ela pegou um cigarro na bolsa e o acendeu distraída, antes que ele pudesse esboçar um gesto.

— Não podemos minimizar os riscos. Nem seria ético pressioná-la a fazê-lo. Trata-se de uma decisão inteiramente pessoal.

— Há muita coisa envolvida nisso — disse ela, cansada. — Devo partir para a Costa Oeste para fazer um filme sobre a era das grandes bandas. É algo pelo qual sempre esperei.

Dessa vez ele permaneceu calado.

— Você não compreende o que se passa entre certas irmãs — disse ela. — Pensei muito a respeito no avião na noite passada. — Ela riu sem jovialidade. — Sou a irmã mais velha, sabia?

Ele deu um sorriso e sacudiu a cabeça.

– Dez minutos. Parece até que eram dez anos, pela maneira como minha mãe chateava. Melanie era a boneca de nome bonito, e Margaret era a irmã mais velha, responsável. Durante toda a minha vida, fui eu quem tomou conta *dela*. Na época em que completamos 16 anos, já cantávamos em espeluncas onde tínhamos medo de usar o banheiro, e eu tinha de ficar vigiando para que ela não se escondesse atrás do estrado da banda com algum trumpetista vagabundo qualquer. Seis anos disso. E depois de urna boa temporada no show de TV de Leonard Rathbone, começamos a emplacar e fomos contratadas para aparecer no Blinstrub, e nosso agente a apresentou a seu primo de Boston. E assim terminou o espetáculo das gêmeas.

Ela se levantou, foi até a janela e contemplou o pátio de estacionamento.

– Olha, fiquei feliz por ela. Seu marido é um sujeito bom e quadrado. Formou-se, cava bem a vida. Trata-a como a uma rainha. Eu não liguei a mínima quanto ao espetáculo. Comecei tudo de novo, solo.

– Você se saiu muito bem – comentou Meomartino.

– Mereço cada pedacinho. Significou ter de começar tudo de novo, voltar às mesmas decrépitas espeluncas, sempre na estrada. Significou ter de viajar todo verão com a United Service Organizations na Groenlândia, no Vietnã, na Coreia, Alemanha e sabe-se lá onde, na esperança de ser notada por alguém. Significou uma série de outras coisas também. – Ela olhou para ele de maneira franca. – Você é médico, não deve ser novidade para você que uma mulher sinta falta de uma vida sexual.

– Novidade nenhuma.

– Bem, significou também uma porção de encontros de uma noite só, porque eu nunca permanecia bastante tempo num lugar só, para que pudesse consolidar laços com alguém.

Ele balançou a cabeça como sempre, vulnerável a uma mulher sincera.

– Finalmente tive sorte, gravei uns dois discos com umas novidades que todos os bestalhõezinhos compraram. Mas quem consegue adivinhar que tipo de disco eles comprarão no ano que vem, ou, aliás, no mês que vem? Meu agente diz a todo mundo que tenho 26 anos, mas tenho 33.

– Não chega a ser velhice.

– É velhice demais para estar fazendo um primeiro filme. E é velhice demais para estourar pela primeira vez na TV e nas boates. Esse sucesso eu devia ter alcançado dez anos atrás. Minha silhueta está cada vez mais difícil de conservar e dentro de alguns anos terei rugas no pescoço. Se eu não fizer força agora, estará tudo terminado. Por isso, o que me pede não significa apenas doar-lhe um rim. Está pedindo que eu lhe dê algo que eu nunca mais quis lhe dar.

– Não estou pedindo que lhe dê nada – disse Meomartino.

Ela esmagou o cigarro.

– Bem, não faça isso – disse ela. – Tenho minha vida para viver.

– Gostaria de vê-la?

Ela fez que sim com a cabeça.

Sua irmã dormia quando entraram no quarto.

– É melhor não a acordarmos – disse Meomartino.

– Então vou sentar aqui e esperar.

Mas ela abriu os olhos.

– Peg – disse.

– Alô, Mellie. – Ela inclinou-se e a beijou. – Como está Ted?

– Ótimo. Que coisa maravilhosa acordar e encontrar você aqui!

– E os dois suequinhos?

– Estão ótimos. Viram você no Ed Sullivan. Ei, estava ótimo. Eu fiquei tão orgulhosa. – Ela levantou os olhos para a irmã e se sentou na cama. – Ah, Peg, não. Não.

Botou os braços em volta da sua gêmea, acariciando seus cabelos.

– Por favor, Peggy. Peggy, querida, não faça isso...

Rafe voltou para sua sala. Sentou-se à sua mesa e tentou se livrar do trabalho burocrático.

Você não sabe o que se passa entre certas irmãs.

Mas sei o que se passa entre certos irmãos, pensou ele.

O ar comprimido continuava a gemer na tubulação. A contragosto, estendeu a mão para pegar o relógio de bolso, seus dedos tocando nervosamente os anjos entalhados na tampa de prata luzidia, até que abriu o relógio e seu olhar atravessou o mostrador antiquado de algarismos romanos, mergulhando em acontecimentos que desesperadamente ele não queria recordar.

O padrão fora estabelecido quando Rafael tinha cinco anos e Guillermo, sete.

Leo, o factótum da família – um grande e trôpego animal que o adorava –, tentou contar-lhe um dia, depois de ter pegado Rafael prestes a se lançar de uma janela do segundo andar, equipado com asas de papel que Guillermo prendera a seus ombros.

– Ele será a tua desgraça, esse pequeno filho da mãe, que tua mãe me perdoe – desabafou Leo, cuspindo pela janela aberta. – Jamais lhe dê ouvidos, lembre-se do que eu disse.

Mas Guillermo era sempre tão interessante de se ouvir.

Semanas depois:

– Eu tenho uma coisa – disse ele.
– Deixe-me ver.
– É um lugar.
– Me leva.
– É um lugar para garotos grandes. Você ainda mija nas calças.
– Não – respondeu Rafe acaloradamente, temendo cair no choro, sentindo naquele instante aquela pressãozinha na virilha, lembrando que só fazia três dias que ele não conseguira chegar ao banheiro a tempo.
– É um lugar maravilhoso. Mas não meta na cabeça que você já é um garoto suficientemente grande para que eu o leve. Se você mijar nas calças lá, a velha vai te pegar. Ela vira o bicho que quiser. E aí, adeus.
– Você está me enganando.
– Não estou não. É um lugar legal.
Rafael ficou calado.
– Você já a viu? – perguntou finalmente.
– Eu não. Eu nunca mijo nas calças. – Guillermo lançou-lhe um olhar furioso.
Foram brincar. Dentro em pouco entraram no quarto dos pais. Guillermo ficou em pé na cama para alcançar a gaveta de cima do armário, tirando a caixa de veludo vermelho onde seu pai guardava toda noite o relógio, e de onde o tirava toda manhã.
Abriu-a e fechou, fazendo barulho, abriu-a e fechou, o ruído lhe era agradável.
– Olha o castigo – disse Rafael.
Guillermo fez um ruído grosseiro.
– Posso pegá-lo porque ele será meu. – O relógio passava ao filho mais velho como herança, tal como fora explicado aos meninos. Contudo, ele o recolocou na gaveta e voltou para seu quarto. Rafael foi grudado atrás.
– Leve-me, Guillermo. Por favor.
– O que me dará em troca?
Rafael encolheu os ombros. Seu irmão escolheu os brinquedos que ele sabia falarem mais de perto ao coração do menorzinho: um soldado vermelho, um livro de estampas sobre um palhaço triste, um ursinho chamado Fábio, corcunda de tanto ele apertá-lo de noite na cama.
– O urso não.
Guillermo deu-lhe um olhar tão duro quanto uma bola de gude, e em seguida concordou.
Naquela tarde, quando deveriam estar na sesta, Guillermo guiou-o por uma trilha pela floresta de pinheiros-anões atrás da casa. Levaram dez minutos

percorrendo o velho e sinuoso caminho, até alcançarem a pequena clareira. O defumadouro era uma caixa grande sem janelas. Não sendo pintada, sua madeira fora clareada pelo sol e prateada pela chuva.

Dentro, era escuro como breu.

– Vá em frente – mandou Guillermo. – Estou bem atrás.

Mas ao entrar, abandonando o mundo do verde e da luz, a porta às suas costas bateu e fechou, e o ferrolho foi empurrado.

Ele se esgoelou.

Mas em breve parou.

– Guillermo – chamou ele, rindo. – Não me pregue peças.

Se ele abrisse ou fechasse os olhos, a luz continuava fechada atrás de suas pálpebras. Sombras roxas balançaram perto dele, para cima dele, passando por ele, formas que não desejava reconhecer, da cor do grande porco que estivera ali dependurado. Por várias vezes seu pai o levara para assistir ao abate. Lembrava-se dos cheiros e do sangue, dos grunhidos, dos olhos desesperados querendo saltar das órbitas.

– Guillermo – gritou ele –, pode ficar com Fábio!

O silêncio era escuro.

Chorando, atirou-se para a frente, colidindo inesperadamente com a parede invisível que julgara ficar bem além. Uma grande dor tomou imediatamente o lugar de seu nariz. Ao dobrarem-se seus joelhos, um prego saliente rasgou sua face macia, errando por pouco o olho direito. Surgiu algo molhado em seu rosto, que doía, doía; e no canto da boca, sal. Ao desabar na frieza do chão de barro, sentiu apavorado uma quentura morna se espalhar e escorrer pelo lado de dentro de suas coxas.

No canto escuro, folhas farfalharam e algo pequeno fugiu.

– Eu serei um garoto grande! Eu serei um garoto grande! – berrava Rafael.

Cinco horas mais tarde, depois de o pessoal da busca ter passado gritando seu nome incessantemente, alguém – o factótum Leo – teve a ideia de abrir a porta do defumadouro e olhar lá dentro.

Naquela noite, sedado, banhado com carinho, o rasgão no rosto suturado e com o nariz, apesar do aspecto grotesco, tratado, ele dormiu nos braços da mãe.

Leo contara que o defumadouro fora trancado pelo lado de fora. Descobriram Fábio na cama do sequestrador. Guillermo confessou e levou a merecida surra. Na manhã seguinte, apareceu diante do irmão e recitou umas desculpas eloquentes e contritas. Dez minutos depois, para o espanto de seus pais, os garotos brincavam juntos e Rafael ria pela primeira vez em 24 horas.

Mas ele tinha um QI de 147, e mesmo na tenra idade de cinco anos, era bastante inteligente para perceber que aprendera alguma coisa.

Sua vida fora modelada para evitar o irmão.

Os Meomartino homens estudavam no estrangeiro; quando Guillermo elegera frequentar a Sorbonne, um ano depois Rafael tornou-se calouro de Harvard. Foi colega de quarto durante uns bons quatro anos de um garoto de Portland, Maine, chamado George Hamilton Currier, herdeiro magricela de um império de feijão enlatado, cujos produtos eram obrigatórios em três de cada dez armários de cozinha americanos. Beany Currier deu-lhe o primeiro e único apelido – Rafe – e a oportunidade de conviver constantemente com seus pontos de vista sobre o caráter glorioso de uma carreira em medicina. Guillermo decidira cursar direito na Universidade da Califórnia – fazia parte da tradição da ala masculina dos Meomartino se formar em uma das profissões liberais, embora passassem a vida trabalhando na gerência de seus interesses açucareiros –, e quando Rafe deixou Cambridge com uma distinção de segundo grau, decidiu quase casualmente estudar medicina em Cuba. Seu pai morrera de derrame vários anos antes. O mundo de sua mãe, que sempre girara em torno do caloroso brilho do marido, mantinha agora sua estabilidade por uma órbita semelhante ao redor de seu caçula. Era uma bela mulher, com um doce e preocupado sorriso, uma antiquada senhora cubana, cujas longas e esguias mãos faziam renda com hábil facilidade, mas uma mulher bastante moderna para colecionar arte abstrata e ir consultar imediatamente o médico de família quando descobrira o caroço no seu seio direito. A palavra terrível jamais fora pronunciada na sua presença. O seio foi removido urgentemente e com palavras animadoras.

Os anos de Rafe em La Facultad de Medicina de la Universidad de la Habana foram bons, do tipo que só acontecem uma vez na vida; combinação de juventude, imortalidade e confiança em tudo que acreditava. Desde o início, o cheiro do hospital era mais embriagador do que o cheiro enjoado do bagaço da cana-de-açúcar. Havia uma garota, uma colega de turma chamada Paula, morena, pequena, calorosa, ligeiramente dentuça, pernas ainda longe de atingirem a perfeição, mas com um traseiro parecendo uma pera e um apartamento perto da universidade, e uma perfeita confiabilidade clínica quanto ao controle de natalidade. Ela ficava vermelha e perdia o interesse à menção de Batista, por isso ele aprendeu a não mencionar esse nome, o que mal chegava a ser um problema. Às vezes chegava ao apartamento dela e surpreendia um pequeno grupo, nunca mais do que meia dúzia de homens e mulheres que falavam depressa e se calavam de maneira estranha quando ele entrava no quarto, ocasião em que saía de imediato e de bom grado.

Ele não se importava nem um pouco com as teias que ela tecia na ausência dele, durante reuniões secretas, a conspiração servindo apenas para acrescentar mais um ingrediente ao tempero chamado Paula. Quanto às reuniões, sempre existiram reuniões secretas em Cuba, por que haveria alguém de ficar nervoso por causa de reuniões? Sonhar e planejar um futuro que jamais viria fazia parte da atmosfera, como o sol, os amantes na grama, como *jai alai*, as brigas de galo, as manchas estranhas deixadas nas calçadas de mármore do Prado quando se pisava nas frutinhas azuis caídas das árvores bem podadas. Ele cuidava do que era de sua conta e ninguém se dava ao trabalho de convidá-lo para as reuniões, já que ele era um Meomartino, uma família que dava dinheiro aos que estavam no poder, não importa a periódica e inevitável mudança de governo.

Guillermo voltou para casa quando Rafael estava no último ano da faculdade de medicina, ano de fazer estágio como interno no El Hospital Universitario General Calixto García. Guillermo dependurara o diploma de advogado na parede de um escritório da usina de açúcar e passava o tempo fingindo elaborar gráficos que estabelecessem uma relação entre a cana-de-açúcar, o açúcar preto e o melaço. Muitas vezes a pena tremia em sua mão, devido à sua predileção apaixonada por bebidas bi e tridestiladas, nacionais e estrangeiras. Rafael o via muito pouco, já que seu estágio preenchia quase todas as suas horas, evaporando-se o tempo sob o calor do trabalho em demasia, doentes em demasia e muito poucos médicos.

Dois dias depois de ter recebido o diploma de *Doctor en Medicina*, seu tio Erneido Pesca veio fazer uma visita. O irmão de sua mãe era um homem alto, magro, de postura ereta, com um bigode que já fora grisalho num rosto empapuçado e cheio de rugas, e um pendor por charutos Partagás e ternos de linho branco bem passados. Ele tirou o panamá, revelando a juba azul-acinzentada, deu um suspiro, pediu um drinque – o que significava rum – e olhou o sobrinho com desagrado ao vê-lo servir-se de uma dose de uísque.

– Quando entrará para a firma? – perguntou afinal.

– Pensei – respondeu Rafael – talvez em me dedicar à medicina.

Erneido suspirou.

– Seu irmão – disse ele – é um idiota, um fraco, um farrista. Talvez até pior.

– Eu sei.

– Então você precisa entrar para a firma. Eu não vou durar para sempre.

Discutiram em voz baixa, porém acaloradamente.

No final, um meio-termo. Ele ficaria com o escritório vizinho ao de Guillermo na usina de açúcar. Mas também disporia de um laboratório na faculdade de medicina. Erneido cuidaria disso. Três dias por semana na usina, dois dias por semana na faculdade de medicina; isto era o máximo que Erneido estava disposto a ceder como chefe da família e sucessor do pai dele.

Rafe concordou, resignado. Era mais do que ele esperara.

O reitor, um veterano acadêmico, hábil em conseguir doações, foi pessoalmente mostrar-lhe o grande, porém decrépito, laboratório, cheio de tantos equipamentos que poderiam servir para três pesquisas, e não uma, e cedido a Rafe junto com o título de pesquisador adjunto.

Ele ficou orgulhoso quando mostrou o laboratório a Paula, como um menininho mostrando um novo brinquedo. Ela olhou para ele espantada, com um ar malicioso.

– Você nunca falou em pesquisa – disse ela. – Por que todo esse interesse agora? – Ela arranjara um cargo no serviço de saúde do governo e estava de partida para assumir o cargo de médica numa pequena aldeia montanhesa na província de Oriente, na Sierra Maestra.

Porque estou até aqui no bagaço de cana, porque não quero me afogar em açúcar, pensou ele.

– É preciso – respondeu ele, sem conseguir se convencer, nem a ela.

Ocupando o laboratório vizinho ao seu, havia um bioquímico chamado Rivkind, que viera para Cuba da Universidade Estadual de Ohio com uma pequena bolsa da Cancer Foundation. O motivo por que estava ali, confessou ele, era por ser a vida em Havana mais barata que em Columbus. A única vez em que Rivkind puxara conversa foi para reclamar amargamente da universidade que não queria lhe comprar uma porcaria de centrífuga de 270 dólares. Rafe tinha uma no seu novo laboratório, fato que o deixou constrangido demais para poder mencioná-lo. Não se tornaram amigos. Toda vez que Rafe entrava no minúsculo e abarrotado cubículo de Rivkind, o americano parecia estar trabalhando.

Em desespero, procurou ele mesmo trabalhar.

Tornou-se escritor. Escreveu uma lista:

"Leptospirose, um viadinho safado.
Lepra, um mendigo em farrapos.
Icterícia, um filho da puta amarelo.
Malária, algo que faz suar.
Demais doenças febris, muitos problemas quentes.
Elefantíase, um grande problema.
Doenças desinteriformes, uma grande merda.
Tuberculose, podemos tossir?
Parasitas, vivendo da escassez da terra."

Ele andou carregando a lista dobrada no bolso durante dias, tirando-a para ler até que ficasse esgarçada e acabasse.

Em que problema se concentrar primeiro?

Tornou-se um leitor. Tirava grande quantidade de livros da biblioteca e, na segunda e terça de cada semana, sentava-se em seu laboratório particular cercado de pilhas de livros e lia, tomando copiosas notas, algumas das quais conseguiu preservar. Na quarta, quinta e sexta, ia para seu escritório na usina de açúcar e colecionava outro tipo de leitura. *Podridão das raízes e ferrugem causada por pítio na cana-de-açúcar*, *Gênese e prevenção das listras cloróticas*, relatórios sobre o mercado, publicações do Departamento de Agricultura dos EUA, tratados sobre vendas, relatórios confidenciais, toda uma biblioteca sobre açúcar reunida para ele com carinho pelo tio Erneido. Isso ele lia com menos interesse. Lá pela terceira semana, passou a ignorar completamente a literatura açucareira, trazendo um livro de medicina na pasta para o escritório da usina de açúcar e lendo como um ladrão, de porta fechada.

Acontecia várias vezes no final da tarde alguém bater de leve na porta.

– Sssst. Vamos sair esta noite e mudar nossa sorte – diria Guillermo, num tom de voz já rouco pelo uísque. Era um convite que ele sempre fazia, e que Rafe recusava, num espírito que esperava fosse de carinho fraterno. Poderia Pasteur ter fundado a microbiologia? Poderia Semmelweis ter estudado a febre puerperal? Poderia Hipócrates ter escrito a porra do juramento, se passassem o tempo todo dando fugidinhas para trepar? Ele passava suas noites no laboratório, tomando seu tempo, fazendo experiências, quebrando retortas de vidro, cultivando fungos, olhando para suas sobrancelhas no espelho do microscópio.

Paula veio a Havana uma tarde, lá da pequena aldeia na Sierra Maestra onde fora nomeada médica.

– Em que está trabalhando? – perguntou ela.

– Lepra – respondeu ele, escolhendo alguma coisa.

Ela sorriu para ele com ceticismo.

– Não voltarei a Havana durante muito tempo – disse ela.

Ele compreendeu que ela estava se despedindo.

– Existem tantos doentes assim que dependam de você? – Essa ideia encheu-o de inveja.

– Não é isso, é algo pessoal.

Pessoal? O que era pessoal? Discutiam sobre as regras dela como se fossem resultados de beisebol. A única coisa pessoal na vida dela era a política. Fidel Castro estava em algum ponto daquelas montanhas pintando esporadicamente o sete.

– Não se meta em encrencas – disse ele, estendendo a mão para tocar no cabelo dela.

– Você se importa? – Os olhos dela cheios de lágrimas causaram-lhe uma surpresa.

– Claro – respondeu ele. Dois dias depois, ela tinha deixado a vida dele. Nunca mais pensaria seriamente nela até a última e única vez em que ainda ouviria sua voz.

Tendo dito que trabalhava sobre a lepra, passou uma porção de tempo debruçado sobre o *Index Medicus*, compilou longas listas de material de pesquisa, pegou novas pilhas de revistas na biblioteca e se preparou para ler mais.

Não o levou a nada.

Ficava simplesmente sentado em seu caro laboratório, a contemplar partículas de poeira flutuando num raio de sol que filtrava pelas janelas algo sujas, tentando inventar um programa de pesquisa.

Se tivesse sido capaz de inventar algo ruim, não teria ficado tão apavorado.

Não apareceu com resultado nenhum.

Finalmente livrou-se de todo temor. Contemplou seu reflexo no espelho, e crítica, porém sinceramente, admitiu pela primeira vez que o que ele via não era a imagem de um pesquisador.

Andando para cima e para baixo no corredor, às vezes subindo três andares, distribuiu suas coisas correndo, o Papai Noel cubano da medicina moderna – todo o pequeno equipamento portátil, todas as retortas, todo o belo material não usado. Pegou a centrífuga e a carregou para o pequeno laboratório de Rivkind. O microscópio, um objeto útil no serviço de saúde pública, empacotou com carinho e enviou a Paula nas agrestes montanhas onde ela desempenhava o papel de médica de verdade. Em seguida, deixou sua chave e uma breve porém grata carta de demissão na caixa de correspondência do reitor, e fugiu do prédio com o coração aos pulos, pulos que de tão grandes eram quase visíveis.

Então.

Ele não era um pesquisador médico.

Escutaria a voz dos genes paternos e seria um homem do açúcar.

Comparecia todo dia ao escritório da *Central*.

Sentava-se à esquerda de tio Erneido (Guillermo à direita) nas reuniões de vendas, reuniões de produção, contratações-chave, demissões-chave, reuniões de cronogramas, reuniões sobre transporte.

Não mais um menino crescido demais, bancando o homem de ciência.

Agora, percebeu ele, um menino crescido demais bancando o homem de negócios.

Toda noite, ao deixar o escritório, ia a um dos vários bares, tudo já combinado com Guillermo, que dentro em pouco aparecia com as mulheres, a maior parte semiprofissionais, mas às vezes, como um tempero extra, não; até elas cruzarem a sala para chegar aonde ele estava, Rafe brincava de adivinhação, e muitas vezes errava. Uma dupla que ele classificara de garotas de programa revelou ser duas professoras de Flint, Michigan, às voltas com sua necessidade de se sentirem culpadas e usadas.

Guillermo, ele logo notou, era de segunda categoria também nesse terreno, como nos outros. Os lugares que frequentavam faziam o gênero maldito, cassinos onde se vendiam drogas, espetáculos pornôs, lugares bem banais, clichês que os *Habaneros* mais espertos e informados desdenhavam como armadilhas para os turistas ianques ingênuos, eternos caçadores de Hemingway. Viu-se à deriva rumo a um futuro de beberrão. Podia se imaginar dentro de dez anos, de olhar embotado e insensível, mamando nas tetas do açúcar e trocando anedotas pornográficas com Guillermo nos bares ao longo do Prado. Mas, mesmo assim, sentia-se impotente para se libertar daquilo, como se fosse uma figura hindu, paralisada à força e posta para figurar numa frisa erótica, a praguejar contra o escultor.

Mais tarde, dissipou-se para sempre de sua mente qualquer dúvida de não ter sido salvo por Fidel Castro.

Por alguns dias ninguém saiu de casa. Houve alguns quebra-quebras e saques motivados pela indignação, lugares como o cassino Deauville, onde Batista levava a metade junto com a turma americana do jogo.

Os homens de Castro estavam em toda parte, usando uma grande variedade de roupas imundas. Seu uniforme consistia nas braçadeiras pretas e vermelhas com *26 de Julio*, os rifles municiados e as barbas que faziam alguns parecerem Jesus Cristo, e outros apenas uns bodes. As execuções por fuzilamento começaram no palácio de esportes de Havana, prosseguindo diariamente, às vezes até com matinês.

Certa tarde, sentado no Jockey Club semideserto, Rafe recebeu um recado chamando-o ao telefone. Não dissera a ninguém aonde fora. Alguém deve ter me seguido, pensou.

– Alô.

A mulher do outro lado da linha se denominou "uma amiga". Ele reconheceu de imediato a voz de Paula.

– Esta semana agora é uma boa semana para viajar.

Crianças brincando de novela, pensou, mas sentindo também, a contragosto, o sorrateiro bafejar do medo. O que escutara ela?

– Minha família?

– Também. Deve ser uma viagem longa.
– Quem é? – perguntou por caridade.
– Não faça perguntas. Outra coisa, seus telefones em casa e no escritório estão grampeados.
– Recebeu o microscópio? – perguntou ele, afastando a caridade.
Agora ela estava chorando muito, aos soluços, tentando falar.
– Eu te amo – disse ele, detestando-se por tê-lo dito.
– Mentiroso.
– Não – mentiu ele.

A ligação foi interrompida. Ele permaneceu ali, segurando o telefone, sentindo-se aturdido e grato, imaginando o que perdera ao excluí-la tão meticulosamente das coisas que lhe eram necessárias. Em seguida, repôs o fone no gancho e correu para ver seu tio.

Não dormiram naquela noite. Levar a terra, os prédios, as máquinas, os longos e bons anos, não podiam. Mas havia valores negociáveis, joias, os quadros mais valiosos de sua mãe, que eram como dinheiro no banco. Julgados pelo padrão dos Meomartino, seriam considerados pobres, mas julgados pelo padrão da maioria, teriam uma vida confortável.

O barco que Erneido arranjou não era nenhum barco pesqueiro. Tratava-se de uma lancha de grande potência, uma Chris-Craft de 57 pés, com dois motores gêmeos de 320 da General Motors, um camarote, um salão atapetado e cozinha: um barco veloz e confortável construído para atender os caprichos dos ricaços. Ele deu a sua mãe uma cápsula de Nembutal ao deixarem a praia em Matanzas na meia-noite seguinte. Ela dormiu profundamente.

Ele e sua mãe só ficaram dez dias em Miami. Guillermo e o tio Erneido, programando uma ação legal que esperavam poder de algum modo conservar as propriedades dos Meomartino *in absentia*, instalaram sua residência e quartel-general em dois quartos do Holiday Inn. Consideraram a decisão de Rafe de ir para o norte uma aberração temporária.

Sua mãe gostou da viagem de trem para Boston a bordo do East Coast Champion. Foram diretamente para o Ritz, cortando o ar fresco como uma limonada da primavera na Nova Inglaterra. Durante várias semanas, viveram como turistas, à cata dos mundos de Paul Revere e George Apley, a saúde de sua mãe declinando como serragem a escapar do calcanhar arrebentado de uma boneca.

Quando ela começou a ter uma febre baixa, ele foi buscar o auxílio de um famoso cancerologista no Massachusetts General Hospital e permaneceu a seu lado até a febre sumir. Em seguida, recomeçou sua busca desorientada – de quê? – sem ela.

Era março, frio, cruel. Os lilases e magnólias ao longo da Commonwealth Avenue não passavam de caroços duros e fechados, marrons e pretos, mas no jardim público do outro lado da rua, defronte ao Ritz, canteiros de tulipas criadas em estufa manchavam de cor o solo adormecido.

Ele fez uma rápida viagem a Cambridge; caminhando pelo pátio, olhando os estudantes de faces coradas, alguns de barbas castristas, e a observar as robustas e sérias meninas de Radcliffe, com suas mochilas de feltro verde, sem nenhuma sensação de estar de volta ao lar.

Encontrou-se com Beanie Currier, que fazia agora o segundo ano de residência em pediatria no Boston Floating Hospital for Infants and Childrens. Por intermédio de Beanie, encontrou outros jovens médicos da instituição, bebendo cerveja com eles no Jake Wirth e escutando o que eles tinham a dizer. Percebeu satisfeito, certa manhã, que estava longe de ter riscado a medicina do mapa. Começou a avaliar o terreno sob novos ângulos, devagar e com cuidado. Passou a estudar hospitais e departamentos de cirurgia. Passou noites inteiras a percorrer os corredores das enfermarias do Hospital Geral de Massachusetts, do Peter Bent Brigham, do Carney, do Beth Israel, do da cidade de Boston, do centro médico da Nova Inglaterra. Mas no momento em que avistou o hospital geral do condado de Suffolk, sentiu um estranho borboletear no estômago, como se acabasse de ver uma garota que desejara muito. Era um enorme e velho monstro de hospital, abarrotado de indigentes. Ele não internaria sua mãe ali, mas sabia ser o tipo de lugar onde era possível aprender cirurgia com o bisturi na mão. Atraiu-o, esquentou seu sangue com seus cheiros e ruídos.

O Dr. Longwood, chefe da cirurgia, foi muito pouco cordial. – Não sei se posso encorajar sua pretensão – disse ele.

– Por que não?

– Desejo ser sincero, doutor – disse ele com um sorriso gelado. – Tenho motivos pessoais e profissionais para desconfiar de médicos formados no estrangeiro.

– Os motivos pessoais do senhor não são da minha conta – respondeu Rafe criteriosamente. – Será que se importa de expor os profissionais?

– Tal como inúmeros hospitais em todo o país, tivemos alguns problemas com médicos estrangeiros contratados.

– Que tipo de problemas?

– Os aceitamos como uma resposta a nossa carência de médicos. E descobrimos que nem sempre sabem fazer uma anamnese direito. E é comum não conseguirem falar suficientemente inglês para compreender o que é necessário numa emergência.

– Creio que verá que sou capaz de fazer uma anamnese adequada. Falei inglês fluentemente durante toda a minha vida, mesmo antes de frequentar

Harvard – disse ele, reparando num diploma de Harvard dependurado na própria parede da sala do Dr. Longwood.

– As faculdades de medicina do exterior não cobrem as mesmas extensas áreas com a meticulosidade das faculdades americanas.

– Não sei como será daqui para a frente, mas minha faculdade sempre foi aprovada neste país. Tem um passado de mérito.

– Teria de fazer de novo seu período como interno aqui.

– Isso não seria problema – respondeu calmamente Rafe.

– E teria de ser aprovado no exame do Conselho Educacional para Diplomados por Faculdades de Medicina Estrangeiras. Posso acrescentar que fui eu um dos responsáveis pela criação desse exame.

– Está bem.

Submeteu-se ao exame na assembleia pública, na companhia de um nigeriano, dois irlandeses, um bando desgraçado e misturado de suados porto-riquenhos e latino-americanos. Era um exame simplíssimo sobre os princípios básicos da medicina e da língua inglesa, quase um insulto a quem se diplomara com distinção máxima da universidade.

De acordo com as exigências, submeteu seu diploma de *La Facultad de Medicina de la Universidad de la Habana* à American Medical Association, acompanhado de uma tradução juramentada. No dia primeiro de julho, de jaleco branco e novamente como interno, apresentou-se ao serviço do hospital. Descobriu que Longwood o tratava do mesmo modo que ele costumava tratar os leprosos da beira do cais de Havana, polidamente, porém com uma tolerância forçada. Não possuía nenhum grande laboratório e ninguém sonharia em comprar-lhe uma centrífuga, ou qualquer outra coisa: descobriu que ainda se sentia bem com um bisturi na mão, desconhecendo o temor, e tinha fé que melhoraria com o passar do tempo; percorria o linóleo marrom polido dos corredores com longas e felizes passadas, reprimindo seu impulso de gritar.

Foi no Hospital Geral de Massachusetts. Sua mãe estava esperando numa sala do oitavo andar do Warren Building para fazer seu exame semanal e receber um novo estoque de esteroides, que ajudavam a ganhar tempo. Ele entrou no café no térreo do prédio Baker e pediu uma xícara de café a uma moça num desses vestidos azuis com a palavra *Volunteer* cerzida em vermelho sobre o seio esquerdo. Ela era louro-escura, atraente de um modo tranquilo, sofisticado, e pálpebras pesadas, que geralmente não fazia seu tipo, talvez porque se assemelhasse exatamente àquilo que excitava Guillermo nas mulheres, uma leve insinuação de um passado dúbio.

Ele estava no meio do café, quando a garota deixou o balcão e veio até sua mesa carregando uma bandeja com uma revista, uma xícara de chá e um prato de sobremesa com um folheado dinamarquês.

– Posso?

– Claro – respondeu ele.

Ela se pôs à vontade. Era uma mesa pequena e sua revista, grande. Quando a abriu na mesa, bateu no pires dele, fazendo o café balançar, porém sem derramá-lo.

– Sinto muito!

– Bobagem, não houve estragos.

Ele bebeu, contemplando o corredor através das paredes envidraçadas. Ela lia, sorvia o chá, mordiscava o folheado. Ele tomou consciência de um perfume sutil, certamente caro, de almíscar e rosas, concluiu. Involuntariamente, fechou os olhos e aspirou. Perto dele, ela virou uma página.

Ele arriscou um rápido olhar de soslaio e foi apanhado – olhos cinza sinceros, de profunda força, indícios de pés de galinha nos cantos, marcas de dor ou amor? Em vez de desviar o olhar, e para seu constrangimento, não moveu a cabeça, e sim cerrou novamente e com força as pálpebras, como se fossem alçapões cheios de culpa.

Ela riu como uma criança.

Quando ele abriu os olhos de novo, percebeu que ela tirara um cigarro da bolsa e estava tateando lá dentro por um fósforo. Ele acendeu um, seguro, consciente de que suas mãos de cirurgião não tremeriam, e a seguir, quando as extremidades dos dedos dela roçaram sua mão procurando guiar a chama até ao cigarro, vendo que elas tremeram. Aquele momento deu-lhe chance de olhar para ela. Seu cabelo louro não era natural, uma tintura cara, mas mesmo assim perceptível. A pele dela era bonita: o nariz ligeiramente proeminente, meio curvo, apaixonado; a boca, um pouquinho larga, mas cheia.

Ambos perceberam ao mesmo tempo que ele estava com os dedos cravados nela. Ela deu um sorriso, e ele se sentiu como um conquistador.

– Está aqui acompanhando um paciente?

– Sim – respondeu ele.

– É um excelente hospital.

– Eu sei. Sou médico. Interno no hospital geral do condado de Suffolk.

Ela entortou a cabeça.

– Em que serviço?

– Cirurgia. – Ele estendeu a mão. – Meu nome é Rafe Meomartino.

– Elizabeth Bookstein. – Por algum motivo, ela riu, fato que o deixou aborrecido. Não a imaginara como uma mulher tola. – O Dr. Longwood é meu tio – disse ela ao apertar a mão dele.

Cristo.

— Sim — reafirmou ela. Parara de rir, mas observava o rosto dele com um sorriso. — Ah, meu Deus, você não gosta de meu tio. Nem um pouco.

— É — respondeu ele, devolvendo o sorriso. Ele ainda segurava a mão dela. Ela teve o mérito de não fazer mais perguntas.

— Dizem que é um bom professor — disse ela.

— É, sim — respondeu Rafe. A resposta pareceu satisfazê-la. — Seu nome. Como arranjou o Bookstein?

— Sou uma senhora divorciada.

— Uma senhora divorciada que pertence a alguém em particular? — Ela retirou a mão, permanecendo, porém, o sorriso.

— A ninguém em particular.

Ele avistou a mãe passando pela porta, parecendo muito menor que a recordação que tinha dela no dia anterior, e andando muito mais devagar do que já andava.

— Mamãe — disse ele, levantando-se. Quando ela chegou, ele as apresentou. E em seguida despediu-se polidamente da garota e deixou lentamente o café, acompanhando o passo da mãe.

Ao fazerem visitas posteriores ao hospital, ele procurou por ela, mas ela não estava no café; as voluntárias tinham horários imprevisíveis, pegando mais ou menos à vontade no serviço. Ele poderia ter descoberto o número do telefone dela — nem sequer se deu ao trabalho de consultar o catálogo —, mas estava trabalhando muito no hospital e a piora da doença da mãe pesava-lhe mais a cada dia que passava. A carne dela parecia ter emagrecido e se tornado transparente, mais esticada sobre sua delicada estrutura óssea. A pele dela adquirira uma luminosidade que ele haveria de reconhecer imediatamente e pelo resto da vida, toda vez que defrontava com pacientes cancerosos.

Ela falava mais de Cuba. Às vezes, ao voltar para casa, encontrava-a sentada em seu quarto, no escuro, contemplando o tráfego a escorrer lá embaixo silenciosamente pela Arlington Street.

O que veria ela, perguntou-se ele; águas cubanas? Florestas cubanas e campos cubanos? Rostos de fantasmas, gente que ela jamais conhecera.

— *Mamacita* — disse ele certa noite, incapaz de manter-se inteiramente calado. Ele beijou a parte de cima da cabeça dela. Queria estender os braços, acariciar seu rosto, abraçá-la com carinho, pôr os braços em volta dela para que nada pudesse lhe fazer mal, sem primeiro ter de passar por ele. Mas teve medo de atemorizá-la, por isso não fez nada.

Dentro de sete semanas, aspirina e codeína não funcionavam mais. O cancerologista substituiu-as por Demerol.

Onze semanas depois, ele voltou com ela para o excelente e ensolarado quarto em Phillips House, no Hospital Geral de Massachusetts. Enfermeiras simpáticas injetavam regularmente o dom das papoulas nas suas veias.

Dois dias depois de sua mãe ter entrado em coma, o cancerologista lhe disse delicada, porém naturalmente, que poderia continuar fazendo uma porção de coisas para prolongar o funcionamento agônico de seus órgãos vitais, mas que também poderia deixar de fazê-lo, e neste caso ela morreria bastante depressa.

– Não estamos falando de eutanásia – disse o médico mais velho. – Estamos falando em deixar de sustentar uma vida que não tem mais chances de continuar adequadamente; a não ser, talvez, por períodos intermitentes de terrível dor. Eu nunca tomo essa decisão sozinho quando há parentes. Pense nisso. É uma decisão que terá de enfrentar incontáveis vezes como médico.

Rafe não levou muito tempo para pensar.

– Deixe-a partir – disse ele.

No dia seguinte, ao entrar no quarto de hospital de sua mãe, distinguiu um vulto escuro inclinado sobre ela, um padre alto, magricela, cujo rosto infantil e sardento e os cabelos vermelhos encimando a sotaina eram uma piada.

O óleo já reluzia nas pálpebras de sua mãe, refletindo a cintilação da luz.

– ... Que o Senhor te perdoe por qualquer pecado cometido – dizia o sacerdote, mergulhando o polegar e fazendo o sinal da cruz sobre sua boca crispada, num sotaque abominável, o pior tipo de sotaque do sul de Boston.

Você, jovem enfermiço e ajuizado, que pecados sérios *ela* poderia ter cometido?, especulou Rafe. O polegar juvenil mergulhou novamente.

– Por este santo óleo...

– Ah, Deus, como dizem, você está morto. Mas se existisse, por que foderia com a gente assim? Eu te amo. Não morre. Eu te amo. *Por favor*.

Mas nada disso foi dito em voz alta.

Pairava ao pé da cama de sua mãe, sentindo de repente a solidão, o horrível isolamento, ciente de que ele não passava de titica de galinha no meio daquele terrível, terrível vazio.

Dentro em pouco, ele pôde observar clinicamente a ausência de respiração. Aproximou-se dela, afastando involuntariamente a mão do padre, apertando-a em seus braços.

– Eu te amo. Eu te amo. Por favor. – Sua voz soava alto no silêncio do quarto.

Sua mãe foi enterrada num caro, porém solitário esplendor. Rafe fez questão de flores em abundância. O caixão era como um Cadillac cor de cobre, com estofamento de veludo azul. A última coisa que ele fez por ela foi pagar adiantado uma missa fúnebre solene na igreja de Sta. Cecília. Guillermo e tio Emeido vieram de avião de Miami. A governanta e a arrumadeira do andar do Ritz compareceram na última fila. Um bêbado trêmulo, falando sozinho e ajoelhando nos momentos errados, sentou-se sozinho num canto, a quatro assentos de distância do zelador da igreja. Não fosse por isto, a igreja de Sta. Cecília estaria completamente vazia, com um eco redondo cheirando a incenso e a cera de piso.

À beira do túmulo, em Brookline, estavam sós, tremendo de dor e de medo, no frio que fazia doer os ossos. Ao voltarem para o Ritz-Carlton – Erneido desculpou-se pela dor de cabeça, recolhendo-se ao leito com umas pílulas. Rafe e Guillermo foram até o saguão, onde se sentaram, bebendo uísque. Era como nos velhos e desagradáveis tempos, bebendo sem escutar o que Guillermo dizia. Finalmente, por um estupor alcoólico, percebeu que Guillermo estava lhe dizendo algo de suma importância.

– ... Dando-nos armas, aviões, tanques, treinando-nos. Vão lutar lado a lado conosco; aqueles fuzileiros são combatentes maravilhosos! Teremos cobertura aérea. Precisaremos de todo oficial que pudermos arranjar; você terá de entrar em contato com todo mundo que conhece. Eu sou capitão. Você também será na certa capitão.

Ele se concentrou para perceber o que o irmão falava, em seguida riu sem nenhuma jovialidade.

– Não – respondeu. – Muito obrigado.

Guillermo parou de falar e olhou para ele.

– O que quer dizer?

– Não preciso de invasão nenhuma. Planejo ficar aqui. Vou dar entrada num processo de naturalização.

Sessenta por cento de horror, 30 por cento de ódio, 10 por cento de desprezo, concluiu, diante do olhar esgazeado dos Meomartino que seu irmão lhe deu.

– Não acredita em Cuba?

– Acreditar? – Rafe deu uma risada. – Deixe-me lhe dizer a verdade, irmãozão. Eu não creio em *nada*, desse modo aí como você fala. Acho que todos os movimentos, todas as grandes instituições deste mundo são mentiras em proveito de *alguém*. Acredito, acho eu, que as pessoas deveriam fazer o menos mal possível a seus semelhantes.

– Que nobre. O que você quer de fato dizer é que não tem colhões.

Rafe deu-lhe um olhar duro.

– Você nunca teve colhões. – Guillermo enxugou a bebida de um gole e estalou os dedos para fazer outro pedido. – Eu tenho bastante colhões para todos os Meomartino. Eu amo Cuba.

– Você não está falando de Cuba, *alcahuete*. – Eles falavam espanhol; de repente, não se sabe por que motivo, Rafe percebeu que voltara a falar inglês: – Você está falando é de açúcar, como fingir que não? Que ajuda isso trará para os pobres palermas que realmente *são* Cuba, se dermos um chute nas *nalgas* de Fidel e recuperarmos todas as nossas bolinhas de gude? – Ele tomou um gole de uísque com fúria. – Seja lá qual for o substituto que pusermos lá, será que vai tratá-los de maneira diferente?

– Nunca! – exclamou ele, respondendo à própria pergunta. E ficou aborrecido ao perceber que estava tremendo.

Guillermo esperou com sangue-frio que ele terminasse.

– Pouca gente no nosso movimento está ligada a interesses do açúcar. Temos alguns dos melhores – disse ele, como se estivesse falando com uma criança.

– Talvez sejam todos patriotas. Mas mesmo assim os motivos deles são na certa tão ruins quanto os seus.

– Como é bom ser onisciente, seu covarde filho da mãe.

Rafael encolheu os ombros. A seu modo, Guillermo fora um filho carinhoso. Rafe sabia que o insulto impensado lhe fora dirigido, e não à mãe deles. Pelo menos, pensou com um estranho alívio, estamos nos xingando em voz alta, com os palavrões que sempre mantivemos encobertos.

Ainda assim, Guillermo se arrependeu obviamente das palavras que empregara.

– Mamãe – disse ele.

– O que ela tem a ver com isso?

– Acha que ela pode descansar em paz numa sepultura coberta de neve? Deveria ser levada de volta para dormir em Cuba.

– Por que não vai para o inferno? – exclamou furiosamente Rafe. Levantou-se sem acabar o drinque e foi embora, deixando o irmão a olhar o próprio copo.

Guillermo e tio Erneido partiram aquela noite depois de se despedirem como estranhos.

Quatro dias depois, o último noroeste da primavera atingiu a Nova Inglaterra, depositando dez centímetros de neve ao longo da costa, de Portland a Block Island. No final daquela tarde, Rafe pegou um táxi até o cemitério de Hollywood. A tempestade passara, mas o vento soprava demônios de neve, que giravam, giravam e penetravam pelas mangas de seu casaco e colarinho. Caminhou até a sepultura, sujando os sapatos de neve. O monte de terra ainda estava abaulado: apesar do vento, veios de neve aprisionada destacavam-se entre os torrões de terra gelados. Ele permaneceu ali até não aguentar mais, até seu nariz começar a pingar e seus pés ficarem gelados. Quando voltou a seu quarto, sentou-se no escuro junto à janela, do mesmo modo que ela fazia, contemplando o tráfego que continuava a fluir pela Arlington Street. Na certa, alguns automóveis seriam os mesmos; máquinas levam mais tempo para morrer do que gente.

Mudou-se do Ritz para uma pensão num prédio antigo, reformado, de pedra marrom, a um quarteirão do hospital. Do outro lado do vestíbulo, moravam dois delicados estudantes, talvez em pecado. Em cima havia uma garota vesga, que ele cismava ser viciada, embora ela não desse nenhum sinal de jamais ter recebido a visita de qualquer namorado.

Passava a maior parte de seu tempo livre no hospital, aumentando a reputação de competência e zelo e assegurando sua escolha como residente no ano seguinte, mas se recusando a morar ali oficialmente, porque não queria admitir para si mesmo que precisava de um refúgio.

A primavera pegou-o vulnerável e de surpresa. Esqueceu de cortar o cabelo; ficou cismado com a hipótese de uma vida depois da morte, concluindo, na sua sabedoria, que no além não havia nada; passou a considerar a psicanálise, até ler um artigo de Anna Freud afirmando que o indivíduo apaixonado, ou de luto, estava fora do alcance do analista.

A invasão da baía dos Porcos o sacudiu e o tirou desagradavelmente de sua letargia. Ouviu as notícias pela primeira vez num rádio portátil na ala feminina da enfermaria. O boletim era otimista quanto ao sucesso da invasão, porém superficial, sem dar nenhuma informação importante, a não ser que a invasão ocorrera na baía dos Porcos.

Rafe lembrava-se bem dela, um balneário aonde às vezes seus pais o levavam quando criança. Toda manhã, enquanto seus pais dormiam, ele e Guillermo iam à praia e juntavam um montão de tesouros marítimos, que à noite fediam, e pequenas pedras lisas e brancas, parecidas com ovos petrificados de passarinho.

A cada boletim as notícias pioravam.

Tentou fazer uma chamada direta para Guillermo em Miami, sem êxito, mas conseguindo alcançar finalmente tio Erneido.

— Não há como dizer onde ele está. Está em algum lugar lá. Parece que a coisa foi muito mal. Esta porra de país, que parecia ser nosso amigo...

O velho não conseguia continuar.

— Informe-me assim que souber qualquer coisa — pediu Rafe.

Dentro de poucos dias foi possível reconstruir parte da tragédia e imaginar o resto: a enormidade da derrota, a magnitude do despreparo da brigada invasora, a obsolescência do equipamento, a ausência de cobertura aérea, a intervenção arrogante da CIA, a evidente ansiedade do jovem presidente americano, a invisibilidade dos fuzileiros navais norte-americanos na hora em que eram tão desesperadamente necessários.

Rafe passou muito tempo a imaginar como deveria ter sido, com o mar pelas costas, o pântano e a milícia de Fidel Castro, armada pelos russos, por toda a parte. Os mortos, a pobreza de recursos para tratar os feridos.

Ao percorrer lentamente o hospital, ele *enxergou* pela primeira vez certas coisas.

Um ressuscitador, um marcapasso. Uma máquina de sucção.

Leitos que aqueciam e ofereciam conforto aos pacientes em estado de choque, para que descansassem.

As *fantásticas* acomodações das salas de operação.

Meu Deus, o banco de sangue. Todos os Meomartino possuíam tipos sanguíneos raros.

Ele jamais escondera o fato de ser cubano; alguns membros da equipe e alguns pacientes murmuraram algumas palavras de apoio, mas a maioria evitou o assunto. Em várias ocasiões, a conversa havia se transformado num súbito silêncio culpado, quando ele entrava num grupo.

De repente, ele descobriu que conseguia dormir à noite; assim que batia na cama, caía num sono profundo, anestesiado, sono de alguém que procurava fugir.

Um dia, em maio, o pesado relógio de prata com os anjos na tampa chegou registrado pelo correio, como uma pena branca da parte de tio Erneido. O bilhete que o acompanhava era breve, mas continha um certo número de mensagens:

"*Meu sobrinho,*
Como sabe, este relógio de família faz parte da herança dos Meomartino. Foi guardado com honra até ele ser transmitido. Conserve-o da melhor maneira possível. Que você consiga transmiti-lo a muitas gerações de Meomartino.
Não sabemos como seu irmão morreu, mas ouvi das melhores fontes que ele pereceu, e que se comportou bem antes do fim. Tentarei obter mais informações com o passar do tempo.
Não tenho esperança de que venhamos a nos encontrar no futuro próximo. Sou um velho, e quaisquer energias que me restem saberei empregá-las da melhor maneira que puder. Espero e acredito que sua carreira médica vá bem.

Não tenho mais esperanças de ver minha Cuba libertada. Não existem muitos patriotas com sangue de macho a lhes correr nas veias, para arrancar de Fidel Castro aquilo que de direito lhes pertence.

*Seu tio,
Erneido Pesca."*

Ele pôs o relógio em sua escrivaninha e saiu para o hospital. Quando voltou, quarenta horas depois, e abriu a gaveta, lá estava ele a sua espera. Contemplou-o fixamente, em seguida vestiu o casaco e deixou a pensão. Lá fora estava uma tarde indecisa entre o final da primavera e o começo do verão, com acúmulo de nuvens que indicavam chuva. Ele percorreu as calçadas de Boston, quarteirão após quarteirão, durante muito tempo no calor da tarde.

Na Washington Street, sentindo a súbita surpresa de uma pontada de fome, entrou num bar à sombra do elevado. O Herald Traveler de Boston ficava a um quarteirão dali. Era uma boa taberna, um bar de trabalhadores, cheio do pessoal da imprensa, comendo ou bebendo, alguns deles ainda usando os chapéus quadrados de folhas de jornal para proteger os cabelos da graxa e da tinta.

Sentado no último banco, pediu costeleta de vitela à la parmegiana. Um aparelho de televisão colocado acima do espelho despejava um boletim de notícias, a última avaliação sobre o desastre da baía dos Porcos.

Poucos invasores haviam sido evacuados.

Grande porcentagem deles morrera.

Todos os sobreviventes haviam sido virtualmente feitos prisioneiros.

Quando a vitela chegou, nem se deu ao trabalho de cortá-la.

– Um uísque duplo.

Bebeu aquele e mais outro, o que lhe fez se sentir melhor, e em seguida um terceiro, o que lhe fez se sentir muito mal. Sentindo falta de ar, deixou cair uma nota no balcão de mogno e se afastou com as pernas cansadas.

Lá fora, o céu da noite que acabara de cair estava escuro e baixo, o vento parecia uma série de toalhas molhadas que vinham sopradas do mar. Procurava abrigo, quando parou um táxi.

– Leve-me a qualquer bar que seja bom. E, por favor, fique esperando.
– Park Square. O nome do lugar era The Sands. A luz era escassa, mas o uísque não era positivamente batizado. Ao sair, lá estava o táxi, fantasmagórico corcel que o levava a galope, com o tique-taque do velocímetro a rodar, aos paraísos de prazer de neon, frequentados pelos vivos. Seguiram caminho rumo ao norte, parando frequentemente. Ao desembarcar diante de uma taberna na Charles

Street, e se sentindo grato pela fidelidade demonstrada, botou uma nota na mão do motorista, só percebendo seu erro quando o táxi foi embora.

Ao deixar o lugar na Charles Street, todos os objetos não passavam de borrões, alguns mais nítidos do que outros. O vento que soprava do rio Charles era agressivo e molhado. A chuva tamborilava e assobiava ao redor de seus pés ao longo da calçada. Sua roupa e seu cabelo absorveram-na ao máximo, passando então a pingar como o resto do mundo. A chuva fria e cortante golpeava seu rosto, deixando-o incrivelmente enjoado.

Passou pelo Massachusetts Eye Infirmary e pela silhueta molhada do Hospital Geral de Massachusetts. Ele não tinha certeza da hora em que as lágrimas dentro dele brotaram para se porem em sintonia com a chuva lá fora, mas percebeu de repente que chorava, um choro que vinha lá do fundo, lá do fundo.

Por si mesmo, certamente.

Pelo irmão que tanto detestava, mas que nunca mais veria.

Pela sua mãe morta.

Pelo pai que mal lembrava.

Pelo tio que perdera.

Pelos dias e locais de sua infância.

Pela merda deste mundo.

Chegara até um toldo iluminado, do lado de fora de um paraíso cheio de luzes, onde fontes artificiais chapinhavam na chuva.

– Vá se mandando – disse o porteiro do Charles River Park, *sotto voce*, pondo-se de lado para deixar duas mulheres passarem, que deixaram no ar um perfume de rosas esmagadas. Uma das mulheres entrou no táxi. A outra voltou e estendeu os braços como se quisesse tocá-lo.

– Doutor? – perguntou ela incredulamente.

Lembrando-se dela de algum lugar, ele tentou falar.

– Doutor – disse ela. – Não me lembro de seu nome. Nós nos encontramos na cafeteria do hospital geral. Você está bem?

Sou um covarde, disse ele, mas não saiu som algum.

– *Elizabeth* – chamou a outra mulher de dentro do táxi.

– Posso ajudá-lo de alguma maneira?

Agora a outra saíra do táxi.

– Já *estamos* atrasadas – reclamou ela.

– Não chore – disse Elizabeth. – Por favor.

– Elizabeth – disse a outra garota –, o que você *acha* que está fazendo? Quanto tempo calcula que aqueles sujeitos *vão* esperar?

Liz Bookstein colocou o braço em volta da cintura dele e começou a guiá-lo pelo toldo atapetado de vermelho, cor de sangue, em direção à entrada do hotel.

– Diga-lhes que sinto muito – respondeu ela, sem se virar.

Da primeira vez que ele acordou, distinguiu à luz fraca do abajur que ela dormia na cadeira perto da cama, ainda de vestido, mas com as meias, a liga e os sapatos jogados no chão, e sentada sobre seus pés desnudos, como se para protegê-los do frio. Na segunda vez, havia a luz cinzenta do início do amanhecer no quarto, ela estava acordada, a olhá-lo com aqueles olhos de que ele se lembrava agora sem a menor dificuldade, séria, só olhando, e dentro em breve, a contragosto, ele tornou a adormecer. Ao acordar completamente, o sol forte do meio da manhã entrava pelas janelas, e ela continuava na mesma cadeira, ainda com o mesmo vestido, a cabeça caída para um lado, estranhamente vulnerável e muito bela no seu sono.

Não se lembrava de terem-no despido, mas, quando saiu da cama, estava nu. Para seu constrangimento, tinha uma gigantesca ereção, e se encaminhou depressa para o banheiro. Era um péssimo bêbado, refletiu desolado, ao purgar o corpo de seus venenos.

Dentro em pouco, ela bateu na porta.

– Tem uma escova de dentes nova no armário dos remédios.

Ele deu um pigarro.

– Obrigado.

Achou-a perto de um barbeador, choque que ele neutralizou dizendo a si mesmo com firmeza que era para raspar as pernas dela. No chuveiro, descobriu que o sabonete estava impregnado do perfume de rosas esmagadas, mas encolheu os ombros e resolveu assumir o papel de sibarita. Permitiu-se fazer a barba e abriu, então, uma fresta na porta, enquanto dava os toques finais com a toalha.

– Pode me dar minhas roupas?

– Estavam imundas. Mandei-as para lavar; tudo, menos seus sapatos. Num instante estarão de volta.

Ele embrulhou a parte de baixo de seu corpo na toalha úmida e saiu.

– Bem, você parece estar melhor.

– Desculpe por ter ocupado sua cama – disse ele. – Na noite passada, quando você me encontrou...

– Não faça isso – disse ela.

Ele se sentou na cadeira e ela agora foi em sua direção, de pés descalços.

– Não peça desculpas por ser o tipo de homem que chora – disse ela. Tudo lhe voltou à memória num átimo, e ele fechou os olhos. Os dedos dela tocaram sua cabeça e ele se levantou e a apertou com força nos seus braços, sentindo plenamente as palmas e os dedos esticados das mãos dela nas suas costas nuas. Sabia que ela sentia o que estava por trás da toalha, mas não se afastou.

– Tudo que eu queria fazer era tirar você da chuva.

– Acho que não.

– Você já me conhece tão bem. Talvez seja aquele a quem ando procurando com tanto empenho.

– Tem procurado? – perguntou ele desolado.

– Você é por acaso algum latino-americano? – perguntou ela dentro de instantes.

– Não, cubano.

– Por que será que tenho de me envolver sempre com as minorias? – disse ela, com a boca encostada em seu peito.

– Talvez porque seu tio seja tão filho da puta em relação a esse assunto.

– Está bem, mas seja bom. Por favor, não seja mau. Eu não poderia aguentá-lo.

Ela ergueu a cabeça e ele descobriu que tinha de dobrar a sua para beijá-la na boca, já mole e ativa. Ele mexeu desajeitadamente atrás do pescoço dela para desabotoar seu vestido amarrotado. Quando finalmente desistiu, ela se afastou para fazê-lo, a toalha escorregando do seu corpo, as peças de roupa caindo uma a uma para fazer-lhe companhia no tapete azul. Os seios dela libertos eram pequenos, mas muitos anos além do estágio de floração, sendo de fato ligeiramente maduros demais, com bicos parecidos com a extremidade dos dedos. Usava meias escuras cobrindo seus pés bem-talhados e carnudos, e suas pernas belas porém musculosas – jogadora de tênis? –, de coxas cheias, que lembravam um comitê de boas-vindas.

E, não obstante, descobriu horrorizado alguns momentos mais tarde que parecia repetir-se o que acontecera na noite anterior, quando, faminto, pedira uma refeição e se vira na impossibilidade de comê-la.

– Não se preocupe – disse ela finalmente, empurrando-o com delicadeza até ele se esticar no colchão, de olhos fechados, enquanto as molas estalavam quando ela se levantou.

Ela era muito competente.

Dentro em pouco, quando ele abriu os olhos, o rosto dela cobria seu universo, um rosto muito sério de menina preocupada com algum problema; havia um indício de brilho causado pelo suor onde as narinas se alargavam no canto do nariz cruel e curvo; os olhos cinza estavam muito abertos, as íris escuras como breu, as pupilas calorosas e líquidas, tudo abarcando; os olhos se arregalaram mais, acoplando-se com os seus e atraindo seu olhar, até que ele o deixou mergulhar no olhar dela, lá no fundo, fundo, com uma ternura que era estranha e nova.

Talvez, Deus, pensou ele fugazmente. Estranho momento de receber o dom da religião.

Meses depois, quando foram pela primeira vez capazes de formular aquela manhã em palavras – isso bem antes de ela se tornar novamente inquieta e ele sentir o amor dela escapar-lhe como areia entre os dedos –, ela lhe contou que ficara envergonhada de sua experiência, triste de não poder oferecer-lhe o dom da inocência.

– E quem pode? – perguntou ele.

Agora os gemidos do ar preso na tubulação transformaram-se em assobios cavos. Aborrecido, Meomartino abandonou qualquer tentativa de se concentrar no trabalho burocrático, afastando sua cadeira da mesa.

Peggy Weld surgiu na porta, com os olhos vermelhos e a cara lavada. Sua máscara deve ter derretido, disse ele consigo mesmo. – Quando pretende tirar meu rim?

– Não sei exatamente. Existem muitas preliminares. Exames, essas coisas.

– Quer que eu me mude para o hospital?

– Provavelmente, mas não já. Nós lhe avisaremos quando.

Ela balançou a cabeça.

– É melhor esquecer a história de me alcançar no hotel. Vou ficar em Lexington com meu cunhado e as crianças.

Ela era infinitamente mais bonita de cara lavada, pensou Meomartino.

– Vamos botar as coisas para funcionar – disse ele.

SPURGEON ROBINSON

6

Spur vivia no meio exato de uma ilha deserta que ele carregava consigo para onde quer que fosse. Alguns pacientes pareciam sentir gratidão pelo auxílio que ele lhes prestava, porém tinha consciência de outros que não conseguiam despregar os olhos da cor roxa de suas mãos contrastando com a brancura da pele deles. Uma polonesa muito velhinha chegou a afastar três vezes os dedos dele de sua barriga encarquilhada, antes de deixá-lo apalpá-lo.

– Você é médico?
– Sim, senhora.
– Médico de verdade? Fez faculdade, tudinho?
– Sim.
– Bem... eu não sei...

Com os pacientes negros era em geral mais fácil, mas nem sempre, pois alguns deles o rotulavam automaticamente de espertinho. Se estou aqui de cama, negro fodido, sentindo uma dor terrível, com os caras me futucando e machucando o tempo inteiro, o que está você fazendo aí em cima, nesse jaleco branco, gozando uma boa vida?

Ele jamais se sentira à vontade na pele do profissional negro cercado de brancos por todos os lados, ao contrário, por exemplo, dos orientais da equipe, que encaravam com naturalidade sua total aceitação. Um dia, na SO, ele viu o Dr. Chin e o Dr. Lee à espera de atuar como assistentes do Dr. Kender, enquanto o cirurgião-chefe adjunto vestia seu jaleco. Alice Takayawa, uma das enfermeiras anestesistas nissei, acabara de puxar um banco para sentar-se bem à cabeceira do paciente. As feições do Dr. Chin encheram-se de amabilidade, enquanto ajeitava as luvas para o Dr. Tyler calçar.

– O senhor conhece bem o time azul e o time vermelho?

O Dr. Kender ficou à espera.

– Então conheça o time amarelo.

Aquilo provocou uma grande gargalhada e foi repetido pelo hospital inteiro, servindo para que os médicos chineses se tornassem ainda mais populares do que já eram antes. Tratava-se do tipo de comentário sobre a própria cor que Spur jamais poderia fazer, em seu juízo perfeito, a um branco hierarquicamente superior a ele. Salvo por sua amizade com Adam Silverstone, nunca pôde detectar claramente durante aquelas primeiras semanas como era visto a cada momento pelo resto da equipe.

Ao perambular sozinho lá pelas três da madrugada, durante um descanso para o café, ele viu Lew Holtz e Ron Preminger pararem um terceiro interno chamado Jack Moylan no corredor. Trocavam cochichos, mexendo muito com os ombros e dando olhadelas furtivas em direção à emergência. De início, Moylan fez uma careta, como se estivesse sentindo um fedor, mas depois sorriu e se dirigiu para a emergência.

Holtz e Preminger continuaram a descer o corredor, sorrindo rasgadamente, ambos cumprimentando-o. Holtz fez menção de parar e dizer alguma coisa, mas Preminger puxou-o pela manga e prosseguiram caminho.

Spurgeon dispunha ainda de dez minutos. Foi pessoalmente à emergência.

Um rapaz negro – provavelmente de 16 anos – estava sentado sozinho no banco de madeira do corredor mal iluminado. Olhou para Spurgeon.

– Você é especialista?
– Não, apenas um interno.
– De quantos médicos vão precisar? Espero que corra tudo bem com ela.
– Tenho certeza de que cuidarão bem dela – disse ele com cautela. – Acabei de chegar aqui para tomar um café. Quer um?

O rapaz sacudiu a cabeça.

Ele enfiou a moeda de dez centavos na máquina, retirou a xícara cheia e se sentou no banco ao lado do rapaz.

– Acidente?
– Não... eh, foi particular. Expliquei ao médico lá dentro como aconteceu.
– Ah. – Spurgeon fez um gesto com a cabeça. Bebeu devagar o café. Alguém deixara um *Daily Record* no banco. O tabloide estava só um pouquinho amarrotado devido ao atrito com os traseiros, e ele o apanhou e leu as reportagens sobre beisebol.

Jack Moylan saiu da emergência, duas portas além de onde eles estavam sentados. Spurgeon teve a impressão de que ele estava rindo ao se afastar pelo corredor. Tinha certeza de tê-lo visto sacudindo a cabeça.

– Lembre-se que sou médico – disse Spurgeon. – Se me contasse o que aconteceu, talvez eu pudesse ajudar.

– Existem muitos médicos negros aqui?
– Não.

— A gente estava parado no carro, sabe? — confessou o rapaz, resolvendo confiar nele.

— Sim.

— A gente estava fazendo aquilo. Sabe o que quero dizer?

Spurgeon fez que sim com a cabeça.

— Era a primeira vez que ela fazia. Para mim, não. A, hã, a coisa escapuliu de mim e ficou presa dentro dela.

Spurgeon balançou de novo a cabeça, mantendo o olhar grudado na xícara.

Começou a explicar sobre duchas vaginais, mas o rapaz o interrompeu:

— Você não está compreendendo. Já li sobre tudo isso. Só que a gente não conseguia sequer pegar o negócio para tirá-lo de dentro dela. Ela ficou, uau, histérica. A gente não podia tampouco procurar meu irmão ou a mãe dela. Matariam a gente. Por isso vim direto para cá. O médico lá dentro está há uma hora chamando um especialista.

Spurgeon deu um gole final no café e largou com cuidado a xícara em cima do jornal. Levantou-se e entrou na emergência.

Eles estavam numa sala de exames, com as cortinas fechadas. A garota mantinha os olhos fechados. Com o rosto virado para a parede, encontrava-se na posição de cistotomia, os pés apoiados nos estribos. Potter, que espiava por um espelho de otorrino preso na cabeça, cobrindo um olho, utilizava a luz fraca de uma lanterna como indicador e dava uma aula completa a um interno colocado atrás da cabeça da garota. Era um interno de anestesiologia. Spurgeon não sabia seu nome. Estava todo crispado, devido ao riso contido.

Potter pareceu atemorizar-se quando a cortina se abriu, mas, reconhecendo Spurgeon, sorriu.

— Ah, Dr. Robinson, ainda bem que se acha livre para dar consulta. Foi o Dr. Moylan quem o mandou?

Spurgeon pegou um bico de pato e, sem olhar para nenhum dos demais sujeitos, encontrou e removeu o corpo estranho, deixando-o cair na cesta de lixo.

— Seu amigo está esperando para levá-la para casa — disse ele. Ela foi embora muito depressa.

O interno de anestesiologia parara de rir. Potter ficou ali, olhando para ele por aquele estúpido espelho redondo na testa.

— Foi uma coisa inofensiva, Robinson. Apenas uma brincadeira.

— Seus filhos da puta.

Por um instante, preparou-se para alguma reação violenta, mas é claro que não houve nenhuma, deixando a emergência para voltar à enfermaria, apenas ligeiramente trêmulo.

Se fosse preciso fazer um inimigo na equipe, Potter teria sido a pessoa indicada; uma calamidade pública. Escalado para demonstrar a um interno como se retirava uma veia varicosa, passou antes por um ensaio supervisionado por Lew Chin, para aprender a técnica. Quando o cirurgião visitante foi chamado à SO vizinha para ajudar no caso de uma parada cardíaca, Potter prosseguiu sozinho, retirando parte da artéria femoral, em vez da veia. O Dr. Chin ficou tão aborrecido que mal conseguia falar, tentando consertar o estrago, procurando substituir a artéria vital por um enxerto de náilon. Mas foi um desastre; o enxerto não era viável, e uma mulher que entrara na sala de operação para uma intervençãozinha simples voltou para a enfermaria após sofrer uma amputação. O Dr. Langwood comentara incisivamente o caso durante um painel de discussão dos problemas semanais. Porém, menos de uma semana depois, Potter, numa das mais triviais correções de hérnia, suturara o conduto espermático junto com a bolsa hernial. Com a irrigação sanguínea da região totalmente afetada, o sujeito perdera irreparavelmente dentro de poucos dias a função de um dos testículos. Dessa vez, o Velho comentara o problema num tom mais agressivo, lembrando à equipe que a medicina ainda não chegara à loucura de ter um estoque de peças de reposição.

Spurgeon ficara com pena de Potter, mas a arrogante burrice do residente inviabilizara qualquer simpatia mais permanente, e agora tinha a satisfação de ser ignorado com desprezo toda vez que cruzava com Potter no corredor.

Somente uns poucos haviam se envolvido naquilo e a maioria de seus colegas continuava a tratá-lo como sempre. Ele e Silverstone tinham abolido qualquer barreira racial no sexto andar. Mas exceto isso, vivia a sós na sua ilha, preferindo, raras vezes, até sua solidão.

Em meados de setembro, houve alguns dias frios seguidos de um período de grande calor, mas ele podia sentir na brisa que entrava toda manhã pela sua janela a estranha mistura de maresia com fedor de poluição, que até o veranico de outono estava prestes a acabar. No seu próximo dia de folga, um domingo, tirou a coberta da cama, pegou seu calção de banho e foi na sua velha Kombi até Revere Beach, uma praia melhor do que a de Coney, é óbvio, mas sem chegar aos pés da de Jones. Estava quase deserta quando ele chegou às dez e meia, mas depois do almoço, que no seu caso se resumiu a um cachorro-quente e uma garrafa de Miller's, chegaram as pessoas.

Ele pegou a coberta e resolveu dar uma olhada nas coisas, caminhando devagar pela beira da água, até deixar a praia municipal. Os serviços ali ainda eram públicos, mas mal conservados. A areia era cinza e esparsa, em vez de ter sido substituída por areia branca e profunda, e havia longos trechos de pedra que agrediam os pés. Mas tinha menos gente. Próximo dele, quatro halterofilistas com corpo de Charles Atlas faziam pose, cheios de si e de músculos; um sujeito gordo de barriga branca estava deitado na areia, parecendo um cogumelo, com a cabeça coberta por uma toalha; duas crianças corriam, pulando como dois dançarinos pela beira espumante das ondas, a gritar como animais, e uma garota negra jazia estendida, tomando sol.

Ele passou pela garota para ter mais tempo de observá-la, voltando a seguir para um ponto a cerca de quatro metros de distância de onde ela estava deitada de costas, com os olhos fechados. Havia bons pedaços de areia alhures e pedras, e foi aí que ele estendeu sua coberta: elas espetaram seu corpo ao sentar-se.

Ela era mais clara do que ele, chocolate em relação ao preto-roxo de sua pele. Usava um maiô inteiriço de tricô, muito branco, talhado para proteger seu pudor, mas destinado ao fracasso, em virtude do corpo da garota. O cabelo dela era encaracoladinho e preto, cortado tão curto que parecia um belo solidéu a adornar sua cabeça. Ela era algo que garota branca alguma nem sequer poderia aspirar a ser.

Depois de algum tempo, três dos halterofilistas se cansaram de ficar retesando certos músculos e mergulharam no Atlântico. O quarto, que parecia ter sido gerado por Johnny Weissmuller em Isadora Duncan, cobriu num trote desdenhoso o terreno difícil e foi se agachar junto à toalha da garota. Ah, ele era só músculos, até na cabeça: falou do tempo, das marés, ofereceu-lhe generosamente uma Coca-Cola. Aceitando finalmente a derrota, retirou-se compungido para retesar um bíceps que parecia maior que um seio de mulher amamentando.

Spurgeon foi ficando, satisfeito só de olhar, prevenido que aquela não era uma mulher fácil de se abordar.

Passado algum tempo, ela pôs sua touca, levantou-se e entrou no mar. Como observador treinado na clínica, notou com interesse que observá-la fazia-o padecer fisicamente.

Ele deixou a coberta e fez uma longa caminhada de volta à Kombi azul, andando depressa, mas contendo-se para não correr. A guitarra estava onde ele a deixara, no chão embaixo do segundo banco. Levou-a para a coberta, queimando terrivelmente as solas dos pés nas pedras quentes. Ele tinha certeza de que ao voltar ela já teria partido para sempre, mas estava sentada na sua toalha, tendo evidentemente nadado por um bom tempo e, apesar da touca, molhado um pouco o cabelo. Tirara a touca e estava sentada inclinada para trás, apoiada nos braços, vez por outra sacudindo a cabeça, enquanto os cabelos secavam ao sol.

Ele se sentou e começou a arranhar as cordas. Nas festas e compromissos pagos, ele já tentara várias vezes o expediente de tentar conquistar uma garota pela música, sem usar palavras. Às vezes funcionara, às vezes fracassara. Desconfiava que quando funcionava era porque tudo tinha mesmo de dar certo; por olhares, sinais de fumaça, um telegrama cantado ou sacudindo um dedo torto.

Mesmo assim, quaisquer armas eram válidas.

A guitarra falava a ela timidamente, com sincera, corajosa e assexuada malícia.

> *Quero ser seu amigo, garota sem nome.*
> *Quero ser como um irmão para você.*
> *Podes crer.*

A garota fitava o mar ao longe.

> *Quero conversar contigo sobre as ilusões de Schopenhauer.*
> *Quero discutir contigo sobre os melhores filmes de arte.*
> *Quero assistir TV com você numa tarde chuvosa, e te dar metade de meus biscoitos de aveia.*

Ela deu um rápido olhar de esguelha, obviamente perplexa.

> *Quero rir de teus trocadilhos, não importa quão infames.*
> *Quero rir com gosto de todas as tuas piadas, mesmo quando não fazem o menor sentido para mim.*

Os dedos dele galopavam, fazendo arpejos e criando pequenos acordes de sons hilariantes, e ela virou a cabeça... ah, e sorriu!

> *Quero beijar essa divertida boca africana.*

Vá com jeito, pérfida guitarra.

> *Você é um broto negro que só eu descobri nesta maravilhosa praia de areia cinza-escura.*

Agora mal se poderia dizer que a música era assexuada. Sussurrava, acariciante.

Mas o sorriso se apagou. Ela agora virara o rosto, fugindo do olhar dele.

Preciso enterrar meu rosto no marrom redondo de seu ventre. Agora sonho dançar pelado com você, seu traseiro na palma da minha mão.

A garota se levantou. Pegou a toalha sem dobrar e deixou apressada a praia, porém incapaz de refrear ou estragar seu maravilhoso rebolado.

Merda de guitarra tesuda.

Parou de tocar, reparando pela primeira vez numa floresta de horrendos joelhos. Os quatro malhadores, o cara gordo, as duas crianças e vários estranhos se encontravam em volta de sua coberta, extasiados.

– Uu-ii – sussurrou ele, olhando na direção dela.

As 36 horas seguintes não foram boas. Naquela noite ele preparou quatro pessoas para serem operadas, tarefa que detestava; raspar a barriga ou o saco de um paciente, com verrugas ou sinais inesperados e insuspeitos passíveis de serem cortados, e folículos pilosos perversos que iludiam até a mais afiada gilete, era muito diferente de fazer a barba no nosso próprio e familiar – embora desajeitado – rosto. Ele atuou fielmente como assistente de Silverstone numa apendicectomia na manhã de segunda-feira, recebendo como recompensa permissão para garrotear e cortar fora um par maléfico de amígdalas infeccionadas.

Entrou de folga às 8:00, e às 10:30 já estava na praia. A manhã se mostrava meio encoberta e ventosa, e havia muito pouca gente quando ele chegou. Ficou observando as gaivotas e aprendeu muita coisa de aerodinâmica. Lá pelas 11:30 o sol apareceu e ele deixou de sentir tanto frio e, ao voltar do almoço, algumas pessoas haviam começado a chegar, mas o tempo permanecia ventoso e nem sinal da garota.

Passou o começo da tarde pulando por cima de pernas, em busca de um par que fosse sensual e marrom. Mas não achou o par certo e por isso treinou seu crawl e seu estilo de braçadas laterais, e deu cochiladas, acordando periodicamente assustado. Finalmente, ele se enturmou com uma garotinha de seis anos chamada Sonia Cohen, e construíram uma Jerusalém de areia, projeto ecumênico destruído por uma onda romana às 16:07. A menininha sentou à beira d'água e chorou.

Ele deixou a praia na última hora, voltando ao hospital só a tempo de tomar uma chuveirada a jato e se apresentar para o serviço na enfermaria, com o cabelo ainda cheio de grãos de areia caídos da pá de Sonia.

A escala da enfermaria era fácil de tolerar. A essa altura ele já tinha aceitado o fato de que jamais veria de novo a garota, e se convencido de que ela não poderia ser tão espetacular quanto imaginara. Na quinta à noite, Potter, aquele cretino, fez um autodiagnóstico de virose, o que provavelmente queria dizer que ele tinha outra coisa, e baixou à cama. Adam remanejou a escala de serviço e como resultado coube a Spurgeon quatro horas de sala de emergência.

Ao chegar, encontrou Meyerson sentado num banco, entediado, lendo jornal.

— O que é preciso que eu saiba, Maish?

— Muito pouco, doutor — informou o motorista da ambulância. — Lembre-se apenas que, se chegar alguém com cara de quem vai bater as botas, interne-o *rápido* em uma das enfermarias. É uma velha regra não escrita.

— Por quê?

— Durante as horas de mais movimento, este troço fica entupido. Às vezes os pacientes têm de esperar muito. Muito mesmo. Se circula um boato de que alguém fechou o paletó na emergência, a primeira coisa que uma porção deles vai pensar é que *qualquer um* corre o risco de morrer nesta porra de lugar, antes de ser atendido.

Isso fê-lo se enrijecer para enfrentar o suadouro que viria, mas passaram-se quatro horas tranquilas, em nada parecidas com a atividade frenética que ele esperava. Leu três vezes o boletim no quadro de avisos.

PARA: Todos os profissionais.
DE: Emmanuel Brodsky, R.N., Ph. B., Farmacêutico-chefe.
ASSUNTO: Receituários faltando.

O departamento de farmácia teve sua atenção despertada para o fato de que vários blocos de receituários foram dados como perdidos em diversos serviços no decorrer das últimas duas semanas. Neste verão, também se descobriu que uma quantidade de barbitúricos e anfetaminas estava faltando. Devido ao aumento do problema de drogas, o departamento de farmácia sugere que *não se deixem nem receituários nem drogas em lugares onde possam cair em mãos irresponsáveis.*

De manhã cedinho, Maish trouxe uma mulher alcoólatra que contou, sem convencê-lo, que seu tão sofrido corpo se tornara um monte de contusões ao cair da escada. Ele sabia que alguém — seu marido, um amante? — a espancara. Os raios X foram negativos, mas esperou, para dar-lhe alta, que o residente-chefe descesse, obedecendo às determinações hospitalares que diziam que apenas residentes veteranos podiam tomar resoluções definitivas sobre pacientes no setor de acidentados. Adam estava de folga aquela noite, trabalhando em Woodborough. Meomartino chegou finalmente e mandou a mulher para casa, instruindo-a a tomar banhos quentes. Era exatamente o que ele teria feito há vinte minutos, pensou Spurgeon, se tivesse desobedecido às regras do hospital.

Um casal negro chamado Sampson chegou logo depois das dez da noite, com seu filho de quatro anos chorando e pingando sangue da palma da mão toda cortada. Levou meia dúzia de pontos, depois de removidos os cacos de vidro; o garoto arranjara um jeito de cair da pia do banheiro com um frasco de remédio na mão.

– O que continha o frasco?

A mulher piscou.

– Só alguma coisa antiga. Não me lembro. Era avermelhado. Estava guardado há muito, muito tempo.

– Vocês tiveram sorte. Ele poderia ter engolido o remédio. A essa altura, talvez estivesse morto.

Eles sacudiram a cabeça, como se estivessem isolados dele por línguas diferentes.

Essa gente, pensou ele.

Tudo que estava a seu alcance fazer era dar-lhes um frasco pequeno de ipecacuanha e esperar que se o garoto tivesse ingerido algo venenoso, mas não corrosivo, eles o medicassem imediatamente, provocando vômitos, enquanto esperavam a chegada do médico.

Se chamassem o médico, pensou ele.

Logo depois da meia-noite, uma patrulha da polícia trouxe a Sra. Therese Donnelly, abalada, porém furiosa.

– Tenho uma adivinhação para você. Em que se transforma um irlandês depois de virar policial?

– Desisto – respondeu ele.

– Num inglês. – O oficial a seu lado mantinha o rosto cuidadosatnente isento de qualquer expressão.

A Sra. Donnelly tinha 71 anos. Seu carro trombara com uma árvore. Ela batera com a cabeça no impacto, mas insistia que estava bem. Era apenas o terceiro acidente que sofrera depois de 38 cautelosos anos de volante, frisou ela.

– Os outros dois foram *pequenininhos*, você compreende, sem que eu tivesse culpa em nenhum deles. Os homens revelam sua verdadeira índole, imbecis, quando se sentam atrás de um volante. – Exalava, junto com sua indignação, vagos vestígios de vapores etílicos.

– Tenho uma adivinhação para a senhora – disse ele, conseguindo não se sabe como lembrar-se de uma piada que devia ter com certeza lido há muitos anos numa revista de quadrinhos, há muito tempo incinerada: – Se a Irlanda afundasse, o que boiaria?

Tanto o policial quanto a velha senhora se concentraram, mas não disseram nada.

– Cork* – respondeu ele.

Ela deu gritos de prazer.

– Qual a maior parte de um cavalo?

Por cima da cabeça dela, ele e o policial trocaram sorrisos, como se fosse a senha secreta de alguma sociedade estudantil.

– Não, seus imundos! A resposta é a crina.**

Senilidade, ponderou ele? Ela tinha suficiente energia para se mostrar difícil no decorrer de todo o exame clínico, que aliás não revelou grande coisa.

Pediu radiografias do crânio e estava examinando as chapas molhadas quando o filho dela chegou. Arthur Donnelly era corado e estava visivelmente ansioso.

– Ela está bem?

As chapas não haviam revelado nenhuma fratura do crânio.

– Parece que sim. Mas na idade dela, não acho sábio deixá-la dirigir.

– Sei, sei. Mas é um dos seus maiores prazeres. Desde a morte de meu pai, a única coisa que lhe dá prazer é ela mesma dirigir o carro para ir visitar algumas amigas. Jogam bridge a três. Talvez tomem um golinho.

Ou dois, pensou Spurgeon.

– Ela parece estar ótima – disse ele. – Mas levando em consideração o fato de ela ter 71 anos, talvez nós a mantenhamos aqui uma noite, sob observação.

A Sra. Donnelly amarrou a cara diante dessa insinuação.

– O que é um tolo? – perguntou ela.

– Eu desisto – respondeu ele, vencido.

– Alguém que não consegue entender que, depois de tudo que passei, quero é dormir na minha cama.

– Olha, a gente conhece este lugar – disse o filho dela. – Meu irmão Vinnie o conhece, Vincent Y. Donnelly, o deputado?

– Não – respondeu Spurgeon.

Donnelly pareceu aborrecido.

– Bem, ele é um dos provedores do hospital, e eu sei que ele desejaria que ela fosse para casa.

---

* *Cork*, cidade irlandesa; significa cortiça. (N. do T.)
** Trocadilho entre *mane* – crina – e *main* – principal. (N. do T.)

— Podemos dar a sua mãe aqui todos os cuidados de que ela necessita, Sr. Donnelly — disse Spurgeon.

— Isso não importa. Nós *conhecemos* este lugar. Não é nenhum mar de rosas. Vocês já têm gente demais sob sua responsabilidade para cuidar de mais uma velhinha. Seja um cara legal e me deixe levá-la para casa, para sua cama. Chamaremos o Dr. Francis Delahanty, que a conhece há trinta anos. Contrataremos até enfermeiras particulares. Por quanto tempo vocês quiserem.

Ele ligou para Meomartino, que escutou com impaciência enquanto ele resumia os fatos.

— Estou dando assistência a uma parada cardíaca, entre outras coisas — disse Meomartino. — Ainda não preguei no sono esta noite. Você realmente precisa de mim aí embaixo?

Era um voto de confiança implícito, na melhor das hipóteses, e ele o aceitou.

— Posso resolver — respondeu. E mandou a velhinha para casa, começando a se sentir como um médico.

O resto da noite foi tranquilo. Ele fez sua visita noturna especial, tarde da noite, medicou um pouco, trocou alguns curativos, deu boa-noite ao velho e estranho prédio, conseguindo até três horas de sono contínuo até de manhã, quando voltou para sua cama no final do plantão e dormiu até o meio-dia.

A meio caminho do refeitório dos médicos de casa, mudou de ideia de forma súbita, e sem se dar ao trabalho de ir buscar suas roupas de banho lá em cima, deixou o hospital e se dirigiu de carro à Revere Beach.

Sonia Cohen não estava em nenhum lugar à vista, mas a garota estava ali deitada, no mesmo lugar em que ele primeiro a vira, a observá-lo enquanto ele se aproximava, enchendo seus sapatos de camurça marrom de areia.

Ele achou ter vislumbrado algo — um breve lampejo de espontânea alegria — antes que ela o encarasse como se nunca o tivesse visto antes. — Posso sentar com você?

— Não — respondeu ela.

Ele caminhou pesadamente com os sapatos cheios de areia até as pedras não muito longe, local dos admiradores silenciosos, onde estendera sua coberta no primeiro dia. O calor das pedras passou pela sua calça cáqui, queimando seu corpo ao sentar-se.

Ficou ali como um pateta, observando-a. O sol estava muito quente.

A garota tentava se comportar como se estivesse sozinha na praia, locomovendo-se de vez em quando com uma graça espontânea para entrar na água, e nadando com um prazer que parecia genuíno, natural, saindo em seguida do mar e voltando a se sentar na velha coberta da marinha americana, no meio do calor faiscante.

Era o tipo de dia do início de outono que parecia ter caído diretamente dos trópicos sobre a Nova Inglaterra. Ele ficou torrando sob o sol e sentiu o suor escorrer de seus poros até seu cabelo encarapinhado, cortado muito curto, ficar úmido, e rolar como pingos de chuva pelo rosto, fazendo com que sua roupa grudasse no corpo.

Ele esquecera de almoçar. Lá pelas três horas sentia a cabeça leve e vazia, como uma cinza levíssima, calcinada pelo sol implacável. Seus olhos ardiam do próprio suor salgado. Agora, quando ele os mantinha abertos, via três garotas que se moviam em graciosa simetria, como uma elegante equipe de balé moderno. Estrabismo periódico, disse consigo mesmo, pensando como eram em geral maravilhosamente eficientes os músculos oculares.

Logo depois das três e meia, ela desistiu e fugiu, como fizera no dia anterior. Desta vez, porém, ele a seguiu.

Ele estava esperando do lado de fora do vestiário quando ela saiu, trajando agora um vestido de algodão amarelo e carregando duas roupas de banho e a coberta. Ele foi a seu encontro.

– Olha – disse ela.

Ele notou que ela estava com medo.

– Por favor – disse ele. – Não sou nenhum pervertido, ou gigolô, ou nada desse tipo. Meu nome é Spurgeon Robinson. Sou respeitável, extremamente – até enfadonhamente, mas não ouso arriscar a possibilidade de nunca te encontrar de novo. Não existe ninguém aqui que possa nos apresentar.

Ela começou a se afastar andando.

– Você estará aqui amanhã? – perguntou ele, seguindo-a. Ela não deu resposta. – Pelo menos me diga seu *nome*.

– Eu não sou a pessoa pela qual procura – foi a resposta. Ela estacou e o encarou, e ele apreciou o desdém duro no seu olhar. – Você deseja uma garotinha de programa para animar um dia tedioso na praia. Eu não tenho nenhum programinha para lhe oferecer, cara. Por que não vai procurar em outro canto?

Ela só virou o rosto de novo quando atingiu os primeiros degraus do elevado.

– Por favor, só me diga seu nome – pediu ele educadamente.

– Dorothy Williams.

Ficar ali parado, olhando para cima, enquanto ela escalava a escada íngreme, não era exatamente uma coisa respeitável, mas ele não conseguia desgrudar os olhos, até ela entregar o tíquete na roleta em cima e desaparecer pela porta giratória.

Dentro em breve um trem que fez a terra tremer como um dragão tapou a luz em cima, e quando se foi, ele também partiu.

O sol brilhava, mas o calor passara, sem dúvida para sempre. Vestia assim mesmo seu calção de banho e de certo modo não se deixou surpreender ao encontrá-la lá quando chegou. Saudaram-se timidamente e ela não opôs nenhuma objeção quando ele estendeu sua coberta ao lado dela, onde a areia era mais macia.

Conversaram.

– Gastei minha vista de tanto procurá-la a semana inteira.

– Eu estava no colégio. Ontem foi minha primeira folga.

– Você é estudante?

– Professora. De arte. Sétima e oitava séries do secundário. Você é músico?

Ele fez que sim com a cabeça, consciente de que não era mentira e não querendo contar ainda o resto, só querendo saber tudo sobre *ela*.

– Você pinta, esculpe pedra, faz coisas de barro?

Ela balançou a cabeça.

– Qual dessas coisas? – perguntou ele. – Quero dizer, qual é a sua especialidade?

– Sou mais ou menos competente em todas, mas boa mesmo em nenhuma delas. É por isso que ensino. Se eu tivesse talento mesmo, se conseguisse fazer meu trabalho como você toca, eu me dedicaria a isso em tempo integral.

Ele sorriu e sacudiu a cabeça.

– Isso é papo de amador. "Criatividade ou morte para vocês que são donos de um tremendo talento, enquanto pobres de nós ficamos a assistir no maior conforto."

– Você não tem direito de me acusar de hipocrisia – disse ela. Até sua zanga o agradava.

– Não estou fazendo isso. Mas minha primeira impressão é que você não é uma garota que goste de se arriscar.

– Uma garota tipo tia solteirona.

– Que diabo, eu não disse isso.

– Eu *sou* uma espécie de solteirona mesmo – admitiu ela.

– De quantos anos?

– Vinte e quatro, em novembro passado.

Ele ficou surpreso; ela tinha apenas um ano menos do que ele.

– Você acha isso, que já está murcha demais para esse negócio de casamento?

– Ah, não tem nada a ver com casamento. Estou falando a respeito de determinada mentalidade. Estou ficando muito conservadora.

– Uma moça de cor não tem direito de ser conservadora.

– Você se liga emocionalmente nos problemas políticos?

— Dorothy, sou negro — respondeu ele. Era a primeira vez em que ele a chamava pelo nome; isso, ou a resposta dele, aparentemente lhe agradara.

Ele começou a construir castelos de areia, e a garota se ajoelhou e começou a cavar na praia para conseguirem areia molhada do fundo; em seguida, ela mesma começou a utilizar a areia molhada, modelando um rosto, com seus olhos fitando as feições esculpidas e seus longos e delicados dedos acariciando a areia de um modo que os ossos dele pareciam se derreter todos. Ela estava certa a respeito do próprio talento, pensou ele, olhando para o rosto de areia, que não demonstrava grande semelhança ao seu.

Finalmente, quando estavam todos lambuzados de areia, ela se levantou inesperadamente e correu até a água, e ele a seguiu por uma brisa gelada, descobrindo com alívio que a água recobria sua pele como uma seda morna, comparada ao ar mais frio. Ela foi nadando direto para o fundo, e ele foi chapinhando com valentia para poder segui-la. Logo antes de ser obrigado a desistir, ela se virou e ambos ficaram boiando de pé, na água, com os corpos próximos, mas sem se tocarem.

— Você é uma exímia nadadora — resfolegou ele, com o peito doendo.

— Moramos perto de um lago. Eu vivo dentro d'água.

— Só aprendi a nadar com 16 anos, na Riviera. — Ele percebeu que ela achou que ele estava brincando. — Não, é verdade.

— O que você estava fazendo lá?

— Eu nunca cheguei a conhecer meu pai. Ele era da marinha mercante, trabalhava em petroleiros. Minha mãe casou de novo quando eu tinha 12 anos, com um cara maravilhoso. Meu tio Calvin. Quando perguntei sobre meu pai de verdade, só me disseram que ele tinha morrido. Por isso, no verão em que fiz 16 anos, resolvi tentar ver o mundo da perspectiva *dele*. Bem, parece uma coisa meio burra, mas acho que de certo modo eu achava que poderia encontrá-lo. Pelo menos, *compreendê-lo*.

Ela boiava mexendo muito pouco os pés, com o maiô branco submerso, apenas seus ombros lisos e marrons acima da superfície da água, parecendo nus e lindos.

— Não parece burrice — disse ela.

No seu lábio superior, acima de sua boca larga e rosada, uma levíssima camada de pó branco surgira, à medida que a água do mar evaporara ao sol. Ele teria preferido dissolvê-la com sua língua, mas estendeu um polegar molhado e o passou com delicadeza sobre o lábio dela.

— Sal — explicou ele, diante do recuo dela. — Bem, eu não podia arranjar um trabalho num petroleiro, o que foi sorte minha. Mas eu disse a eles que tinha 18 anos e embarquei no *Île de France* como pianista. Na primeira noite, no Havre, tinha um nevoeiro pesado, e eu fiquei apenas perambulando pelas ruas, olhando as coisas, recusando as prostitutas, tentando imaginar que eu era mais velho, casado e com um filho novinho me esperando na América, mas é claro que não adiantou. Eu não conseguia sequer começar a imaginar como teria sido a vida para meu pai.

– Meu Deus. É a coisa mais triste que eu já ouvi.

Ele resolveu tirar vantagem da tristeza dela, aproximando-se como um leão-marinho desajeitado na hora da corte, tentando alcançar sua boca. Ela começou a recuar, mas em seguida, mudando de ideia, colocou suas mãos nos ombros dele, e colou delicadamente por um breve momento seus lábios nos lábios dele, um beijo com gosto de mar, faltando paixão, mas com uma grande dose de ternura.

– Eu me lembro de coisas muito mais tristes do que isso – disse ele, querendo novamente pegá-la, mas ela pôs à mostra seus belos dentes brancos, colocou ambos os pés no seu peito e empurrou. Não foi exatamente um chute, mas o bastante para fazê-lo afundar e beber a água do mar e, quando ele parou de tossir, concordaram ambos que era hora de deixar a água.

Voltaram nadando e depois foi uma tremedeira e um arrepio danados, ele se oferecendo para esquentá-la com a fricção da toalha, e ela recusando. Ela deu uma corrida na praia para esquentar e ele percebeu depressa que era até melhor do que segui-la a passo. Pena ter acabado tão cedo, e eles voltaram para a coberta, onde ela abriu o que ele pensava ser uma bolsa de costura, dividindo com ele um excelente almoço.

– Mas você ainda não explicou como aprendeu a nadar – disse ela.

– Ah! – Ele engoliu um bocado do sanduíche de pão preto com salada de atum. – Eu fiz a viagem de ida e volta durante todo o verão. Manhattan a Southampton, ao Havre, com dois dias de parada e fazendo novamente o caminho de volta. É um barco classudo e eu estava juntando dinheiro, mas só via o mar. Eu estava tão amedrontado que nem pegava o barco noturno que levava a Paris. Então, exatamente nessa época do ano, o navio ancorou no Havre para uma semana inteira de revisão.

"Havia um assistente do comissário de bordo, um cara chamado Dusseaulut. Sua mulher tinha uma butique para enganar os trouxas em Cannes, e ele me ofereceu carona se eu o ajudasse a dirigir seu Peugeot. A viagem levou trinta horas. Enquanto ele namorava a mulher, eu ficava todo dia sentado na praia admirando os biquínis. Um bando pequeno de adolescentes franceses me adotou, por assim dizer. E uma menina me ensinou a nadar em três dias.

– Você foi para a cama com ela? – perguntou ela dentro em pouco.

– Era uma garota branca. Eu tinha nítidas recordações da Amsterdam Avenue. Naquele tempo, eu preferiria cortar a garganta.

– E agora?

– Agora? – Durante anos aquela francesinha desempenhara um papel principal nas suas fantasias sexuais e sociais. Perguntava-se repetidamente o que teria acontecido se ele tivesse ficado, viesse realmente a conhecê-la, a cortejasse, casasse com ela, virasse europeu. Às vezes o sonho perdido o deixava aturdido de desejo e remorso; na maior parte, porém, chegava à conclusão de que redundaria em desastre. A belíssima garota viraria com o tempo uma megera, as pessoas perderiam seu daltonismo, a serpente abriria rastejando seu caminho até o paraíso. – Agora... Bem, acho que você faz perguntas demais – respondeu ele.

Ele a convidou para jantar e ela recusou:
– Meus pais estão me esperando.
– Eu a levo em casa.
– É longe demais – disse ela. Mas ele insistiu. Ela riu ao ver a Kombi. – Você não é músico coisa nenhuma. É uma espécie de entregador.
– O líder de uma banda *é* um entregador. Você transporta um baixista, dois metais, uma palheta e um cara agarrado a uma bateria inteira.

Ela se calou.
– Qual o problema?
– Nada – respondeu ela.
– Você age como se estivesse com medo.
– Como saber quem você é? – desabafou ela. – Um cara que eu deixei que me abordasse numa praia pública. Você poderia ser um traficante. Ou algo muito pior.

Seu riso veio transbordante.
– Sou um rato de praia – disse ele. – Vou te levar para uma ilha deserta e encher seu cabelo de jasmins. – Ele quase confessou o negócio de ser médico ali e agora, mas estava se divertindo e seu humor era bastante espontâneo para reassegurá-la; o estado de espírito dela mudou, tornando-se loquaz e quase alegre. Ele estava tendo prazer apenas na companhia dela, e antes de se dar conta, a Kombi já deixava lentamente a autoestrada de Massachusetts, num lugar chamado Natick. A casa ficava apenas a poucos minutos da estrada de pedágio, um bangalô minuciosamente limpo de telhas de madeira curtidas pelo tempo, numa vizinhança predominantemente branca. A mãe era magra e seca, com feições angulosas que insinuavam um estupro há muito esquecido nas mãos de um branco. O pai era um homem pardo e tranquilo, que parecia passar todas as horas de folga cuidando da grama, podando cercas, lançando olhares ansiosos de comparação aos gramados e arbustos anglo-saxônicos e semitas dos vizinhos.

Os pais cumprimentaram-no meio inseguros, mas obviamente satisfeitos porque a garota tinha trazido alguém para casa. Havia uma criança, uma garotinha de três anos chamada Marion, com o cabelinho encaracolado e cor de café com leite. Viu-se involuntariamente a olhar de um rosto para outro, notando as feições reproduzidas.

Filha dela, disse consigo mesmo.

A Sra. Williams tinha uma fina sensibilidade intuitiva.

– Nós a chamamos de Pequetita – disse ela. – Porque é tão pequena, sabe. Filha da minha caçula, Janet.

Levaram-no para se sentar na pérgula atrás da casa, um lugar muito sombreado, com o perfume de uvas, mas cheio de mosquitos. Enquanto Spurgeon se estapeava, o Sr. Williams servia cerveja que ele mesmo ajudara a fabricar.

– Controle de qualidade. Experimentar o produto no decorrer do processo. Fazer exames químicos e bacteriológicos em cada partida durante a fermentação. – Ele começara a trabalhar na cervejaria como varredor, e em seguida trabalhara seis anos como expedidor, confidenciou ele, enquanto sua mulher e a filha se mantinham caladas com uma paciência obviamente adquirida por uma longa prática. Ele tivera de passar por uma bateria de testes antes de conseguir o cargo. E então o suprassumo:

– Derrotando três brancos!

– Que maravilha – comentou Spurgeon.

– A *educação* é que é maravilhosa – disse o Sr. Williams. – É por isso que fico satisfeito em ver que Dorothy é professora, ajudando no que pode os jovens. – Ele entortou o pescoço.

– E você, o que faz, meu filho?

Ele e a garota responderam ao mesmo tempo:

– Ele é músico.

– Sou médico.

Os pais dela ficaram obviamente espantados.

– Sou médico – disse ele. – Interno do serviço de cirurgia do hospital geral do condado de Suffolk.

Olharam para ele, os pais admirados, a garota furiosa.

– Gosta de empadão de galinha? – perguntou a Sra. Williams, ajeitando seu avental. Ele gostava, do modo como foi servido, pelando e contendo mais pedaços de carne magra de galinha do que legumes, com abóbora fresca e pequeninas batatas que ele acreditava terem eles mesmos cultivado na grande horta atrás da casa. A sobremesa foi uma compota gelada de ruibarbo e maçã, seguida de chá gelado com limão. Enquanto as damas tiravam a mesa, o Sr. Williams tocou antigos discos de Caruso, arranhados, mas interessantes.

– Ele podia estilhaçar vidro só com sua voz – disse o Sr. Williams. – Há alguns anos, antes de eu me tornar controlador de qualidade, costumava arranjar um dólar ou dois durante o fim de semana, sabe? Numa manhã de sábado, lá estava eu limpando uma garagem em Framingham Centre, quando chegou uma madame toda metida e jogou uma pilha enorme de discos de Caruso no lixo.

– "Minha senhora", eu disse, "a senhora está jogando fora um pedaço da sua cultura." Ela só me fuzilou com o olhar, por isso botei a pilha de discos no banco traseiro do meu carro.

Ficaram ouvindo a bela voz morta alçar voo, a menininha leve como um floco de neve no joelho de Spurgeon, enquanto da cozinha vinham ruídos de louça sendo lavada a mão. Depois do Caruso, Spurgeon passou em revista a pilha de discos, à procura de dixieland ou jazz moderno, mas sem achar nada bom. Havia um velho piano de armário, gasto porém repintado, mas de boa sonoridade quando ele tocou a escala.

– Quem toca?
– Dorothy frequentou algumas aulas.

As damas haviam acabado de voltar.

– Tive exatamente oito aulas. Toco três melodias infantis de cabo a rabo, mais um punhado de fragmentos. Spurgeon toca como um profissional – disse ela com malícia para os pais.

– Ah, toque alguns hinos para a gente – suplicou a mãe dela.

Que diabo, pensou. Sentou-se no banquinho giratório do piano e tocou *Steal Away, Go Down Moses, Rock of Ages, That Old Rugged Cross* e *My Lord, What a Morning*. Não havia uma única voz decente entre os quatro, e qualquer canalha branco que insiste em dizer que os negros já nascem com ritmo precisa ouvir o pai dela. Mas ele estava à escuta da garota, não do modo como escutaria uma cantora profissional, mas como uma pessoa escutando outra, e ao ouvir sua voz aguda, com um som de palheta, emocionada, a cantar assim junto com seu pai e sua mãe, sentiu-se como um peixe que brincava com a isca e que de repente sente o anzol já na guelra.

Eles disseram uma série de coisas afáveis a respeito de sua interpretação, e ele murmurou uma série de hipocrisias a respeito de sua cantoria, e em seguida os pais dela foram botar a menina para dormir e fazer café. Logo que ficaram a sós, ela o tratou como se ele fosse indigno de ser pisado por ela.

– Por que teve de mentir?
– Não menti.
– Você disse a eles que era médico.
– E sou.
– Você disse a *mim* que era músico.
– E sou. Era músico antes de virar médico, mas agora sou médico.

– Não acredito.

– Pior para você.

O pai dela voltou, e em seguida a mãe carregando uma bandeja. Tomaram café e comeram pão de banana. Ele percebeu que já estava escuro lá fora e disse que precisava ir embora.

– Você é de frequentar igreja? – perguntou a mãe dela.

– Não, senhora. Acho que só fui à igreja uma meia dúzia de vezes nos últimos 15 anos.

Ela se calou por um instante.

– Admiro-o por dizer a verdade – disse ela afinal. – Que igreja frequenta, quando vai?

– Minha mãe é metodista – disse ele.

– Nós somos Unitários. Se quiser nos dar o prazer de ir conosco amanhã de manhã, será muito bem-vindo.

– Ouvi dizer que um Unitário é alguém que acredita que Deus é Pai, que o homem é irmão do homem, e que todos vivemos nas cercanias de Boston.

Henry Williams jogou a cabeça para trás e deu vazão em voz alta à sua hilaridade, mas Spurgeon notou os lábios apertados da Sra. Williams e percebeu que ele estava fazendo papel de um tolo completo.

– Estarei de plantão no hospital durante os próximos dois domingos. Eu gostaria muito de me sentar ao lado de Dorothy na igreja dentro de três semanas, se o convite ainda estiver de pé.

Ele viu que os pais olhavam para ela.

– Não tenho ido à igreja – disse ela nitidamente. – Tenho frequentado o Templo Onze de Boston.

– Você é muçulmana?

– Não, ela não é – disse depressa sua mãe. – Ela está apenas muito interessada no movimento deles.

– Algumas coisas nessa religião fazem sentido – disse Henry Williams, constrangido. – Sem dúvida.

Ele lhes agradeceu e se despediu deles, e a garota foi acompanhá-lo até a varanda da frente.

– Gostei de seu pai e de sua mãe – disse ele.

Ela se encostou na porta da frente, fechando os olhos. – Meu pai e minha mãe são o Pai Tomás e sua velha senhora. E você – disse ela abrindo agora os olhos e olhando para ele – botou-os na palma da mão como um camelô. A mim você diz que é determinado tipo de homem, e a eles outro.

– Venha à praia comigo no próximo fim de semana.

– Não – respondeu ela.

— Acho que você é uma garota muito bonita. Mas não vou implorar. Obrigado por ter me trazido à sua casa.

Ele chegou ao portão antes que a voz dela o fizesse parar.

— Spurgeon.

O branco dos olhos dela brilhava no pórtico tapado por uma trepadeira.

— Também não imploro. Mas venha antes do almoço e traga um suéter quente. Vamos dar um passeio. — Ela sorriu. — Eu gelei minha bunda esperando por você naquela praia terrível.

O hospital estava exatamente como ele o tinha deixado. O mesmo cheiro de pobreza doente pairava pesado e sombrio sobre o ambiente. O elevador tremeu e estalou ao subir devagar. Obedecendo a um impulso, ele desceu no quarto andar e foi ver como andava a enfermaria. Havia profissionais de menos, pois algumas enfermeiras haviam baixado à cama com o mesmo vírus *Coxsackie* que abatera Potter e vários outros membros da equipe.

— Por favor — dizia uma voz. Atrás de uma cortina cerrada, a polonesa muito velhinha, com membros como gravetos, cobertos de feridas suadas, jazia morrendo em meio ao terrível cheiro de seus dejetos corporais. Ele a limpou, lavou-a com carinho, deu-lhe um decigrama de esquecimento, ajustou sua sonda urinária, acelerou o soro e a deixou morrendo de uma maneira mais doce do que ela estava morrendo antes.

Ao passar pela sala de Silverstone, de volta ao elevador, a porta se abriu.

— Spurgeon.

— Como vai, patrão?

— Entre, por favor.

Ele estava novamente se sentindo bem, já tendo se esquecido da velhinha cuja vida se esvaía, lembrando-se da jovem mulher cuja vida amadurecia.

— O que que há, cara?

— Você atendeu uma noite dessas uma paciente na emergência chamada Sra. Therese Donnelly?

A velha das adivinhações. Um pequeno nó de apreensão formou-se no seu peito.

— Sim, claro. Eu me lembro do caso.

— Ela voltou para o hospital seis horas atrás.

O nó cresceu, apertou.

— Quer que eu vá dar uma olhada nela?

O olhar de Adam foi direto e incisivo.

— Talvez seja uma boa ideia ambos assistirmos à necrópsia por cima dos ombros do legista, amanhã — disse ele.

ADAM SILVERSTONE

7

No mundo interno de Adam Silverstone, os patologistas mereciam grande respeito, mas escassa inveja. Fizera o importante trabalho deles muitas vezes para saber que requeria a sabedoria do cientista junto com a habilidade do detetive, porém num nível emocional ele jamais compreendia como alguém pudera escolher aquele ofício pela vida inteira, em detrimento da prática da medicina com os vivos.

Depois desse tempo todo, ele ainda detestava necrópsias.

O cirurgião acabava encarando o corpo humano como uma maravilhosa máquina feita de carne, embrulhada num notável pacote epidérmico. A coisa toda pulsava por meio de múltiplos processos. Seus fluidos e suas fibras, a terrível complexidade de sua maravilhosa substância, pulsavam de vida e de constante transformação. Agentes químicos reagiam a enzimas; as células se substituíam, às vezes criminalmente; os músculos moviam alavancas, e os membros se mexiam em juntas sobre esferas; bombas, válvulas, filtros, câmaras de combustão, redes neuronais mais complexas do que os circuitos eletrônicos de um computador gigante – tudo *funcionava* à medida que o médico tentava antecipar as necessidades de todo o organismo integrado.

Em contraposição, o patologista trabalhava em cima de objetos em decomposição, em que nada funcionava.

O Dr. Sack entrou, atormentado pela vontade de tomar seu café da manhã.

– O que te traz aqui? – saudou ele a Adam. – Sede de conhecimento? Ela não era sua paciente, era? – Ele fez café para si mesmo numa enorme caneca verde lascada com a inscrição MÃE.

– Não, mas ela foi tratada no meu serviço.

O Dr. Sack grunhiu.

Depois de ter bebido todo o café, acompanharam-no até a sala de autópsia, ladrilhada de branco. O corpo da Sra. Donnelly jazia na mesa. Os instrumentos prontos, à espera.

Adam olhou em volta satisfeito.

— Você deve ter um bom assistente — disse ele.

— Claro que sim — disse o Dr. Sack. — Está comigo há 11 anos. O que você entende de assistentes de necrópsia?

— Trabalhei como assistente quando era estudante. Para o patologista em Pittsburgh.

— Para Jerry Lobsenz? Que Deus tenha pena de sua alma, ele era um bom amigo meu.

— Meu também — emendou Silverstone.

O Dr. Sack não tinha muita pressa em começar. Sentou-se na cadeira singela da sala, lendo lenta e cuidadosamente o caso clínico, enquanto eles esperavam.

Finalmente, deixou a cadeira e se encaminhou até o cadáver. Segurando a cabeça com as suas mãos, girou-a para cada lado.

— Dr. Robinson — disse ele depois de um instante —, quer fazer o obséquio de vir aqui, por favor?

Spurgeon foi, seguido de Adam. O Dr. Sack girou novamente a cabeça. Na sua máscara de morte, a velha parecia estar negando obstinadamente alguma coisa.

— Vocês estão ouvindo?

— Sim — respondeu Spurgeon.

Em pé ao lado dele, Adam foi capaz de ouvir o pequeno ruído de atrito.

— O que é?

— Logo saberemos com certeza — respondeu o Dr. Sack. — Ajude-me a virá-la. Acho que encontraremos uma fratura do odontoide — disse ele a Spurgeon. — Para resumir, a pobre velhinha fraturou o pescoço quando bateu com a cabeça no acidente de automóvel.

— Mas não sentia dor quando eu a examinei — afirmou Spurgeon. — Dor nenhuma.

O Dr. Sack encolheu os ombros.

— Não teria de haver dor necessariamente. Ela tinha ossos velhos e quebradiços, que se quebrariam com facilidade. O odontoide é apenas uma coisinha, uma protuberância óssea na segunda vértebra cervical. Seu filho contou que ela estava se sentindo muito bem na noite passada, que tinha até comido com bastante apetite, isto é, exatamente uma hora antes de sua morte. Ela estava de cama, apoiada numa pilha de três travesseiros. Ao escorregar para a frente, ela se jogou pouco irritadamente para trás. Aposto que o impacto, mais o fato de ter virado parcialmente a cabeça e os ossos do pescoço, enterrou o fragmento solto na medula, provocando a morte quase que instantaneamente.

Ele executou a laminectomia, cortando atrás do pescoço para expor as protuberâncias da espinha, dissecando com habilidade o músculo vermelho e os ligamentos esbranquiçados.

— Está reparando na dura-máter da coluna, Dr. Robinson?

Spurgeon fez que sim com a cabeça.

— Igualzinha à membrana que envolve o cérebro. — Com a ponta do dedo enluvado e o bisturi, ele manteve a incisão aberta para que eles pudessem observar a região da hemorragia e a medula esmagada pelo fragmento ósseo, instrumento letal.

— Aí está — disse ele alegremente. — Você não pediu raios X do pescoço, Dr. Robinson?

— Não.

O Dr. Sack apertou os lábios e sorriu.

— Aposto que pedirá da próxima vez.

— Sim, senhor — respondeu Spurgeon.

— Vire-a de novo — mandou o Dr. Sack. Olhou para Silverstone. — Vamos ver o que você aprendeu com o velho Jerry — disse ele. — Acabe esse negócio para mim.

Sem hesitar, Adam aceitou o bisturi das suas mãos e executou a profunda incisão em forma de Y sobre o esterno.

Ao levantar os olhos alguns minutos depois, constatou a satisfação no olhar do Dr. Sack. Mas olhou de relance para Spurgeon, e toda a sua sensação de prazer morreu ali. O olhar do interno estava concentrado no bisturi de Adam, mas suas feições pareciam contraídas e desfiguradas pelo sofrimento.

Fosse lá o que ele estava vendo, era algo muito distante do pequeno grupo em volta da mesa.

Adam nutria simpatia por Spurgeon. Mas o impacto que ele teve ao saber que fora o único responsável por não ter evitado aquela morte era um osso do ofício com que se deparava todo médico, mais cedo ou mais tarde, e ele sabia intuitivamente que o interno precisava de tempo para enfrentá-lo a seu modo.

Ele tinha seus problemas no laboratório de cirurgia experimental.

O pastor-alemão chamado Wilhelm, o primeiro cachorro a quem ele administrara uma grande dose de Imuran, exibira um padrão clínico em tudo semelhante ao que matara Susan Garland. Dentro de três dias, Wilhelm morrera de infecção.

A cadela vira-lata chamada Harriet, a quem ele administrara uma dose mínima da droga imunossupressora, rejeitara o rim transplantado um dia antes da morte de Wilhelm.

Ele operou uma longa série de cães, alguns velhos e feios, e alguns quase filhotes e tão bonitos que ele tinha de endurecer seu coração para não recordar os anúncios nos jornais dos grupos antivivisseccionistas, que prefeririam sacrificar crianças para salvar os animais. No decorrer do trabalho, foi chegando a dosagens mais eficientes, baixando as máximas e aumentando as mínimas, registrando cuidadosamente os resultados no livro de anotações de Kender, manchado de café.

Três dos cachorros que haviam recebido grandes quantidades da droga tiveram infecções e morreram.

Quatro dos animais que receberam doses menores rejeitaram o rim transplantado.

Reduzido o leque de opções, era evidente que a faixa de dosagens eficientes e também seguras era um fio de cabelo, com a rejeição do rim transplantado num extremo e, no outro, um convite aberto à infecção.

Ele prosseguiu testando outras drogas e havia completado experiências animais com nove delas quando o Dr. Kender internou Peggy Weld no hospital para fazer exames pré-operatórios.

Kender estudou com cuidado o livro de anotações do laboratório. Juntos, converteram o peso dos animais para a escala humana e calcularam proporcionalmente as doses dos remédios.

– Qual o imunossupressor que vai usar na Sra. Bergstrom? – perguntou Adam.

Kender estalou os nós dos dedos sem dar uma resposta, puxando em seguida a orelha.

– Qual você usaria?

Adam encolheu os ombros.

– Entre as drogas que testei até agora, não existe uma panaceia. Eu diria que quatro ou cinco são insatisfatórias. Umas duas, eu acho, são tão eficazes quanto o Imuran.

– Mas não são melhores?

– Não creio que sejam.

– Concordo com você. A sua é mais ou menos a vigésima pesquisa que fizemos aqui. Eu mesmo conduzi dez ou 12 delas. Pelo menos nossa equipe de transplante conhece bem a droga. Vamos ficar com o Imuran.

Adam balançou a cabeça.

Eles marcaram o transplante para quinta de manhã na agenda operatória, com a Sra. Bergstrom na SO-3 e a Srta. Weld na SO-4.

Ele estava com as finanças em ordem e fazendo muito menos trabalho extra noturno, mas ainda assim com um déficit de sono, devido agora a Gaby Pender. Eles faziam excursões pelos museus, foram à Sinfônica e a duas festas. Uma noite permaneceram no apartamento dela e as carícias que trocaram progrediram maravilhosamente, mas a colega de apartamento dela chegou. Nos dias em que não podiam se ver, falavam-se pelo telefone.

Então, no início de novembro, ela disse a ele negligentemente que teria de ir passar quatro dias em Vermont e se ele queria acompanhá-la. Ele ponderou sobre as implicações, e a seguir sobre as palavras que ela escolhera.

– O que significa eu *tenho* de ir?

– Preciso ir ver meu pai.

– Ah!

Por que não?, pensou. Ele estava escalado para o transplante de Bergstrom, mas podiam sair quinta à noite.

Ele teria 36 horas de folga, mas barganhou com Meomartino um plantão duplo no futuro, de modo a poderem dispor de mais tempo.

Miriam Parkhurst e Lewis Chin, os dois cirurgiões visitantes, haviam operado uma emergência na SO-3, durante as primeiras horas da manhã de quinta-feira, um caso sujo, que significava que a sala de operação inteira tinha de ser limpa e esterilizada antes de poderem trazer a Sra. Bergstrom. Adam ficou esperando no corredor, do lado de fora da SO, junto com Meomartino, ao lado das macas onde se encontravam as gêmeas, sedadas porém conscientes.

– Peg? – chamou Melanie Bergstrom, sonolenta.

Peggy Weld ergueu-se escorando-se num cotovelo e olhou para a irmã.

– Eu gostaria que eles tivessem feito um ensaio conosco.

– Isso aqui dá para a gente improvisar.

– Peg?

– Hum?

– Durante todo esse tempo eu nunca te agradeci.

– Não comece a fazê-lo agora, eu não aguentaria – disse secamente Peggy Weld. Ela deu um sorriso. – Lembra como eu costumava levar você ao banheiro das mulheres quando éramos crianças? De certo modo, ainda estou te levando ao banheiro das mulheres.

Intoxicadas pelo Pentotal, tiveram um ataque de riso que acabou diminuindo de intensidade até se fazer silêncio.

– Se algo acontecer comigo, cuide de Ted e das garotas – disse Melanie Bergstrom.

Sua irmã não respondeu.

– Promete, Peg? – disse Melanie.

– Ah, cala a boca, sua menina boba.

As portas da SO-3 se abriram e dois serventes saíram, empurrando os carrinhos de limpeza sobre rodas, com os pés.

– É toda sua, doutor – disse um deles.

Adam balançou a cabeça e transportaram a Sra. Bergstrom para a SO.

– Peg? – disse ela de novo.

– Eu te amo, Mellie – respondeu Peggy Weld.

Ela chorava enquanto Adam empurrava sua maca para a SO-4. Sem ser preciso que lhe mandassem, o Baleia deu-lhe outra dose no braço, antes que a transferissem para a mesa.

Adam foi se desinfetar. Ao voltar, o anestesista já estava sentado no seu banquinho perto da cabeça dela, brincando com seus relógios. Rafe Meomartino, escalado para a outra SO, estava inclinado sobre Peggy Weld, enxugando delicadamente seu rosto molhado com gaze esterilizada.

Tudo correu perfeitamente. Peggy Weld tinha rins muito saudáveis e Adam atuou como assistente enquanto Lew Chin removia um deles, em seguida ele irrigou o rim e ficou à espera, na outra SO, assistindo enquanto Meomartino ajudava Kender a fazer o transplante.

Depois disso o resto do dia foi um anticlímax, custando a passar, e ele ficou muito contente ao ver Gaby, quando ela veio buscá-lo de carro naquele fim de tarde.

Na estrada, conversaram pouco. O cenário era muito bonito, de um modo severo e outonal, mas dentro em breve ficou escuro e não havia nada para se ver fora do carro, a não ser sombras que passavam; dentro, à luz fraca do painel, ela era uma silhueta bela cujos detalhes se transformavam ligeiramente quando ultrapassava um carro dirigido de maneira mais ajuizada, ou quando freava para não entrar num caminhão. Ela dirigia depressa demais; seguiram embalados, como se estivessem competindo com o demônio, ou Lyndon Johnson.

Ela reparou que ele estava olhando para ela e sorriu.

– Preste atenção na estrada – recomendou ele.

Ao penetrarem no contraforte da serra, a temperatura caiu. Ele abaixou o vidro e sentiu o cheiro agudo do outono no ar que jorrava em cima deles, vindo dos morros cor de pêssego, até Gaby pedir-lhe que fechasse a janela porque tinha medo de pegar um resfriado.

O hotel do pai dela chamava-se Pender's North Wind. Era uma grande e desconexa propriedade rural, que, numa época mais simpática, já vira dias melhores. Ela saiu com o carro da estrada, passou no meio de duas gárgulas de pedra e seguiu por uma longa e barulhenta alameda de cascalho até uma mansão vitoriana, que avultava de maneira marcante, com luzes acesas apenas na parte do meio do térreo.

Ao saírem do carro, algo ali perto, um animal ou um pássaro deu um grito agudo e melancólico, repetindo sem cessar, numa lúgubre e inquieta litania.

– Meu Deus – disse ele. – O que é isso?

– Não sei.

O pai dela veio recebê-los, enquanto Adam tirava as malas do carro. Era um homem alto, magro, bem-disposto, trajando calça de trabalho e um suéter de atletismo. Seu cabelo era grisalho, mas cheio e ondulado. Tinha uma beleza tipo perfil perfeito que deve ter sido muito impressionante quando era mais jovem; porém, mesmo agora, ainda era um homem bonito.

Mas tinha medo de beijar a filha, percebeu Adam.

– Bem – disse ele. – Então conseguiu chegar, com um amigo. Que bom que trouxe alguém desta vez.

Ela os apresentou e eles apertaram as mãos. O olhar do Sr. Pender era duro e incisivo.

– Chame-me de Bruce – ordenou ele. – Deixe as malas. Vamos providenciar para que cuidem delas. – Ele os levou por um caminho lateral, passando por um campinho de golfe, com a última das mariposas da estação a voejar em torno da luz, parando diante de uma extensão reluzente e silenciosa de água. – Você nunca viu isso, não é?

– Não – respondeu ela.

– Tamanho olímpico. Um batalhão poderia nadar nela. Poderia ser usada para competições oficiais. Aliás, você precisava ver como ficava entupida de gente nos bons fins de semana do último verão. Custou-me uma nota, mas valeu a pena.

– É muito bonita – disse ela num tom de voz curiosamente formal.

Ele os fez entrar por uma porta lateral, descerem uma escada interna, atravessarem um túnel para logo chegarem a um bar no porão. A sala fora construída para talvez umas duzentas pessoas. Diante de uma grande lareira, onde as chamas dançavam e crepitavam por cima dos cadáveres de três toras de madeira, uma mulher e três garotinhas estavam sentadas à espera, com seus pés identicamente esguios estendidos em direção ao fogo, que rebrilhava refletido em trinta unhas envernizadas dos artelhos, como pequenas conchas vermelhas como sangue.

– Ela trouxe um amigo – disse o pai dela.

Pauline, a madrasta de Gaby, era uma ruiva bem-cuidada, com um corpo exuberante, ainda jovem, mas não tão jovem quanto o cabelo indicava. As garotas, Susan e Buntie, eram suas filhas de um casamento anterior, de 11 e 9 anos, e na fase boba. A mãe, desconfiada, pouco falava, e, quando o fazia, parecia planejar previamente cada palavra.

Bruce Pender pôs outra tora na lareira, embora já fizesse calor demais para o gosto de Adam.

– Já comeram? – Sim, mas há tanto tempo que Adam agora estava com fome, mas ambos fizeram que sim com a cabeça. O Sr. Pender serviu drinques com uma mão pesada.

– Que notícias tem tido da sua mãe? – perguntou ele a Gaby.

– Ela está ótima.

– Casada ainda?

– Sim, pelo que sei.

– Ótimo. Boa mulher. Pena que ela seja como é.

– Acho que já é hora de vocês, crianças, irem para a cama – avisou Pauline.

As garotas protestaram, mas acabaram aceitando, calçando seus sapatos e desejando, sonolentas, boa-noite. Adam reparou que Gaby as beijou com um carinho que ela não conseguia demonstrar à mãe delas, nem ao pai.

– Pauline estará logo de volta – disse Bruce quando ficaram sozinhos. – A casa é logo ali na estrada.

– Ah, vocês não moram no hotel?

Pender sorriu e sacudiu a cabeça.

– Durante o verão inteiro e em todos os fins de semana da estação de esqui, este lugar vira um hospício. Camas rangedoras. Mais de mil hóspedes, a maioria solteira e que vem aqui fazer bagunça e ter orgasmos.

– Você pode ver que meu pai é delicadíssimo – disse Gaby.

Pender deu de ombros.

– Pão, pão, queijo, queijo. Ganho dinheiro explorando um bordel legalizado. Com todas as vantagens econômicas, sem nenhum dos riscos legais. Uma turma de Nova York, mas grandes gastadores, uma bela grana.

Fez-se um silêncio.

– Silverstone – disse ele. E olhou maliciosamente para Adam. – É judeu.

– Meu pai é. Minha mãe era italiana.

– Ah. – Ele se serviu de mais bebida, serviu Gaby e a ausente Pauline. Adam colocou a mão em cima do seu copo.

– No verão passado, mais ou menos às duas da madrugada – contou Pender –, quase tivemos uma porra de afogamento no repuxo do gramado. Não na piscina, prestem atenção. No *repuxo*. Que ingenuidade. Dois universitários, bêbados como gambás.

Gaby não disse nada e sorveu seu drinque.

– Algumas garotas são fáceis também. Pauline me mantém de rédea curta. – Tomou um trago pensativamente. – Este lugar é dela, evidentemente. Quero dizer, está no nome dela. A mãe de Gaby me deixou duro. Esvaziou meus bolsos.

– Ela tinha motivos, querido pai.

– Motivos, porra. – E bebeu.

– Consigo me lembrar de cenas da minha infância, papai. Será que você e a querida Pauline proporcionam a Susie e Buntie os mesmos benefícios?

Pender olhou para sua filha sem nenhuma expressão no rosto.

– Achei que talvez na presença de um convidado você fosse capaz de conviver – disse ele.

Lá fora o trinado lúgubre recomeçara.

– O que é isso? – perguntou Adam.

Pender pareceu satisfeito de mudar de assunto.

– Vamos – disse ele. – Vou mostrar-lhe.

Ao sair, ele ligou uma luz externa que iluminava uma parte do gramado por trás da piscina. Numa jaula com tela de galinheiro, um grande guaxinim andava para lá e para cá, como um leão, seus pequenos olhos de um vermelho maligno atrás da máscara negra da cara.

– Onde o conseguiu? – perguntou Adam.

– Um dos estudantes derrubou-o de uma árvore com um pau e o prendeu numa caixa de papelão.

– Vai mantê-lo aqui como... uma atração turística.

– Não, porra. São perigosos. Uma fêmea como esta é capaz de matar um cachorro. – Ele pegou uma vassoura e espetou o cabo pela tela, cutucando as costelas do bicho. O guaxinim se virou; suas patas agarraram o cabo como se fossem delicadas mãozinhas femininas, sua boca mordeu-o, lascando-o.

– Agora mesmo ela está no cio. Mantenho-a aqui para atrair os guaxinins machos. – Ele apontou para duas caixas na extremidade do círculo de luz. – Armadilhas.

– O que fará com eles se conseguir prendê-los?

– São deliciosos assados, com batatas-doces. Um pitéu.

Gaby virou-se e caminhou até entrar, seguida por eles. Estavam se acomodando diante da lareira com novos drinques, quando Pauline chegou.

– Brr – disse ela, reclamando do frio noturno. Aninhando-se junto do marido, perguntou a Gaby sobre a faculdade. Bruce a enlaçou com um braço, e beliscou uma vez um seio redondo como um melão, alardeando posse. Adam desviou o olhar. As duas mulheres continuaram a conversar, parecendo não ter notado.

A conversa esmorecia e esquentava, às vezes tremendamente. Discutiram sobre teatro, beisebol, política. O Sr. Pender tinha inveja da Califórnia porque ela tinha Ronald Reagan, murmurando no seu copo que o Partido Republicano fora conspurcado por Rockefeller e Javits, insistia que os Estados Unidos tinham de empregar seu poderio e apagar a China do mapa num foguetório atômico digno do Dia da Independência. Adam, a essa altura fascinado pelo tamanho da aversão que sentia por aquele sujeito, não conseguia se forçar a levar a sério o problema da insanidade em massa, a ponto de querer discutir.

Além do mais, estava com um sono incrível. Finalmente, depois que ele bocejara três vezes, Pender apanhou a garrafa quase vazia de bourbon e fez um gesto de que a noitada terminara.

– Normalmente a gente hospeda Gabrielle na casa conosco. Mas em virtude de ter trazido um amigo, estamos pondo à disposição de vocês dois quartos pegados no terceiro andar.

Deram boa-noite a Pauline, que se deixou ficar sentada pensativamente, a coçar a sola de um pé branco e estreito com unhas afiadas que combinavam com a cor de seus artelhos encarnados. Pender levou-os até em cima.

– Boa-noite – desejou Gaby friamente, obviamente a ambos os homens. Ela entrou no quarto sem lhes dirigir o olhar e fechou a porta. – Se quiser qualquer coisa, terá de buscar você mesmo. Gabrielle sabe onde tudo fica. O prédio inteiro é seu.

Como é que um sujeito podia olhar maliciosamente de esguelha assim, quando a garota que ele acreditava estar prestes a manter relações sexuais é sua filha, pensava Adam.

Ele sabia que Gaby estava escutando atrás da porta fechada.

– Boa-noite – desejou ele.

Pender deu um aceno e foi embora. Meu Deus.

Ele se deitou na cama completamente vestido. Podia ouvir Pender descendo as escadas para ir dar umas breves risadas com sua mulher, e o barulho de ambos deixando o hotel. O velho prédio era muito silencioso. Podia ouvir no quarto ao lado Gaby se movimentando, obviamente se aprontando para ir deitar.

Os quartos eram separados por um banheiro. Ele o atravessou e bateu na porta fechada.

– O que é?
– Gostaria de conversar?
– Não.
– Bem, então boa-noite.
– Boa-noite.

Ele fechou ambas as portas do banheiro, vestiu seu pijama, apagou a luz e ficou deitado no escuro. Do lado de fora da janela fechada, os grilos faziam uma feroz serenata, talvez prevendo que a geada que os haveria de matar estava bem ali além do horizonte. O guaxinim gritou, um som de choro desesperado.

Gaby Pender foi ao banheiro e pela porta fechada ele pôde ouvir o barulhinho da água e em seguida a descarga, ruídos que, a despeito de sua longa experiência clínica, fizeram com que ele permanecesse tenso na cama, odiando o pai dela.

Levantou-se e apertou o interruptor. Havia papel de escrever na escrivaninha com o cabeçalho do hotel. Ele usou sua caneta e escreveu depressa, como se estivesse rabiscando uma receita:

"Sr. Comissário
Divisão de Caça e Pesca
Montpelier, Vermont

Prezado Senhor:

Uma grande guaxinim, capturada ilegalmente, está sendo mantida numa gaiola neste hotel como isca para capturar ilegalmente guaxinins machos. Sou testemunha de que o animal está sendo maltratado e terei todo o prazer em testemunhar o fato. Posso ser contatado no departamento de cirurgia do hospital geral do condado de Suffolk em Boston. O caso requer sua imediata investigação, já que o destino dos guaxinins é a panela.

Sinceramente,
Adam R. Silverstone, M.D."

Colocou-a num envelope, molhou a borda na língua, achou a cartela de selos na sua carteira e colou um, pondo a carta em seguida no seu porta-documentos e voltando para a cama. Durante uns 15 minutos, ficou rolando na cama, certo de que, a despeito de seu insuperável cansaço, não conseguiria dormir. O velho hotel estalava como se fantasmas libidinosos pulassem de cama em cama, de quarto em quarto, arrastando cintos de castidade abertos, em vez de correntes. Os grilos cricrilavam seu canto do cisne. O guaxinim chorava, e reclamava de ódio. Certa vez ele achou ter ouvido Gaby chorando, mas pensou talvez ter se enganado.

E caiu no sono.

Foi acordado – quase imediatamente, assim pensou – pela mão dela.
– O que foi? – perguntou, pensando de início estar no hospital.
– Adam, leve-me embora daqui.

– Claro – respondeu ele zonzo, entre o sono e a vigília. E a seguir fechou os olhos para protegê-los da luz que ela acendera. Percebeu que ela vestia calça e um suéter. – Você quer dizer *agora*?

– Agora mesmo. – Os olhos dela estavam vermelhos de tanto chorar. Ele sentiu uma onda de carinho e de pena dela. Ao mesmo tempo, seu cansaço mantinha sua cabeça grudada no travesseiro.

– O que acharão? – disse ele. – Não creio que a gente deva simplesmente sumir no meio da noite.

– Deixarei um bilhete. Direi que você recebeu uma chamada do hospital.

Ele fechou os olhos.

– Se você não vier comigo, eu irei sozinha.

– Vá escrever o bilhete. Vou me vestir.

Tiveram de descer às apalpadelas a larga escadaria escura. A lua estava baixa no céu, mas iluminava a noite suficientemente para eles acharem com facilidade o caminho até o carro. Os grilos tinham ido dormir, ou seja lá o que fosse quando paravam de cricrilar. Atrás da piscina, a pobre guaxinim ainda gritava.

– Espere – disse ela.

Acendeu os faróis e se ajoelhou no feixe de luz para escolher uma grande pedra. Quando ele começou a segui-la, ela o impediu:

– Quero fazê-lo sozinha.

Ele ficou sentado no assento de couro parecido com pele de cadáver, molhado de orvalho, tremendo enquanto ela tentava arrebentar a tranca da jaula, imaginando se ele teria postado a carta denunciando o pai dela. Num instante os gritos cessaram. Ele a ouviu voltar correndo em direção a ele, em seguida um baque, e ela que praguejava.

Ao chegar ao carro estava rindo e soluçando, chupando uma contusão na palma da mão.

– Fiquei com medo dela me morder, e quando fugi correndo, tropecei numa das armadilhas – disse ela. – Quase caí na porra da piscina.

Começou a rir junto com ela; riram durante toda a extensão da alameda comprida, passando pelas gárgulas de pedra e ganhando a autoestrada. Quando ele parou de rir viu que ela chorava. Pensou em pegar o volante das mãos dela, de modo que ela pudesse chorar em segurança, mas chegou à conclusão de que estava tão cansado que não importava.

Ela era o tipo da chorona silenciosa; fazia uma cena muito mais devastadora do que o tipo dramático.

– Escuta – disse ele finalmente e com dificuldade, a língua enrolada pelo cansaço, como se estivesse alto. – Você não detém o monopólio de pais horríveis. Com seu pai é sexo; com o meu é a garrafa.

Contou-lhe os detalhes principais de Myron Silberstein, de maneira natural, sem emocionalismo, omitindo muito pouco: a história de um músico itinerante de Dorchester que desembocou num emprego no poço da orquestra do David Theater em Pittsburgh, e que certa noite encontrou uma garota italiana muito mais nova e inexperiente.

– Tenho certeza de que ele se casou com ela por minha causa – disse. – Começou a beber antes que eu tivesse qualquer recordação dele e não parou ainda.

Quando se encontraram mais uma vez na rodovia 128 e o carro escavava a escuridão da noite no mesmo rumo de onde viera, ela tocou o braço dele.

– Nós podemos representar o início de novas gerações – disse ela. Ele fez que sim com a cabeça e sorriu. E em seguida pegou no sono.

Quando acordou, estavam acabando de atravessar a ponte Sagamore.
– Que diabo, onde estamos?
– Depois de conseguirmos aquela folga toda – respondeu ela. – Parecia uma pena irmos para casa e estragar as férias.
– Mas para onde estamos indo?
– Para um lugar que eu conheço.

Por isso ele permaneceu calado e a deixou dirigir. Quarenta e cinco minutos depois chegaram a Truro, segundo a placa, que ela iluminou rapidamente ao sair com o carro da rodovia 6 e tomar uma estrada para Cape Cod, duas trilhas de areia branca divididas por uma fita de capim. Galgaram uma pequena elevação e à direita e acima deles um dedo giratório de luz varria o céu negro à beira-mar. O ruído da arrebentação fez-se sentir de repente, como se alguém o tivesse ligado.

Ela diminuíra a marcha do carro até quase parar. Ele não sabia o que ela estava procurando, mas, fosse lá o que fosse, achou e tirou o carro da estrada. Ele não via nada, só a escuridão retinta, mas ao saírem do carro conseguiu divisar uma forma escura mais densa, que era uma pequena construção.

Uma construção muito pequena, uma cabana ou barraco.
– Você tem a chave?
– Não há chave – disse ela. – Está trancado por dentro. Vamos entrar pela entrada secreta.

Ela o guiou até a parte de trás, pequenos galhos de pinheiro os arranharam como pequenos dedos. As janelas estavam pregadas com tábuas, percebeu ele diante de um exame mais atento.

– Dê um puxão nas tábuas – disse ela.

Ele fez, e os pregos soltaram com facilidade, como se tivessem feito aquilo muitas vezes. Ela empurrou a janela para cima e pulou pelo peitoril baixo.

– Cuidado com a cabeça – avisou.

Bateu com ela de qualquer maneira, na cama de cima do beliche. O cômodo era do tamanho de um armário, fazendo até que seu quarto no hospital parecesse relativamente espaçoso. Os beliches toscos de madeira tomavam quase todo o espaço, permitindo apenas que se andasse até a porta. A iluminação provinha de lâmpadas nuas, ligadas por interruptores de puxar. Havia outros dois cômodos, idênticos àquele pelo qual haviam entrado; um banheiro minúsculo com um chuveiro, sem banheira, e um cômodo tipo pau-para-toda-obra, com utensílios de cozinha, uma cadeira de balanço precária e um sofá comido por traças, cheio de protuberâncias e buracos. A decoração era tipicamente Cape Cod: carapaças de caranguejos servindo de cinzeiros, uma armadilha para lagostas servindo de mesa de café, estrelas-do-mar e corrupios em cima do consolo da lareira, uma vara de pescar com molinete, toda aparelhada, encostada num canto, e no outro um fogareiro a gás, que ele ajeitou com perícia e acendeu sem dificuldade.

Ele ficou ali, oscilando.

– O que posso fazer? – perguntou.

Ela olhou para ele e pela primeira vez foi capaz de calcular seu cansaço.

– Ah, meu Deus – disse ela. – Adam, perdão. Sinceramente. – Ela o conduziu até o beliche de baixo, tirou os sapatos dele, cobriu-o com carinho com um cobertor de lã marrom que pinicava o queixo dele, consolou-o com beijos nos olhos que o fizeram fechar ambas as pálpebras, e o deixou em paz para que mergulhasse no barulho das ondas quebrando.

Finalmente, ele acordou com buzinas de nevoeiro que pareciam o estômago a roncar, com o cheiro e o chiado de comida a fritar, e com a sensação de que estava viajando de terceira classe num navio muito pequeno. Um nevoeiro esfumaçado fazia com que a janela parecesse tão vazia quanto os olhos da orfãzinha Annie.

– Eu esperava que você dormisse até tarde – disse ela, virando o bacon. – Mas fiquei tão faminta que tive de ir até a venda do camping para fazer compras.

– De quem é essa cabana? – perguntou ele, imaginando ainda a possibilidade de ser preso.

– É minha. Fez parte de uma pequena herança que minha avó me deixou antes de morrer. Não se preocupe, estamos dentro da lei.

– Meu Deus, uma herdeira.

– Tem bastante água quente. É um bom aquecedor – disse ela orgulhosamente. – A pasta de dente está no armário.

A chuveirada recuperou seu entusiasmo, mas o conteúdo do armário de remédios voltou a empaná-lo, de certo modo. Havia o que ele primeiro temeu ser uma bolsa para ducha vaginal, mas que acabou sendo um enema, acompanhado de uma verdadeira farmácia: remédio para nariz, colírio, aspirina e analgésicos de diversos tipos, e também uma confusão de vitaminas, pílulas e remédios sem rótulos, parecendo um kit de automedicação colecionado por um neurótico qualquer.

– Meu Deus – exclamou irritado, ao sair –, quer me fazer um favor?
– O quê?
– Livre-se daquele... *lixo* no seu armário.
– Sim, doutor – disse ela, por demais humilde.

Tomaram um café de pêssegos em lata, ovos com bacon e palitos congelados de milho que grudaram na torradeira e tiveram de ser comidos esfarelados.

– Você faz um café da manhã melhor do que todo mundo – declarou ele num humor mais ameno.
– Conhecimento profundo do bule de café. Morei aqui sozinha um ano.
– Um ano inteiro? Você quer dizer que passou todo o inverno?
– Especialmente o inverno. Nessa circunstância, uma boa xícara de café pode salvar a vida.
– Por que desejou se entocar?
– Bem, vou te contar. Fui abandonada.
– Verdade?
– Verdade.
– Que imbecil.

Ela deu um sorriso.
– Obrigado, Adam. Isso foi muito gentil.
– Foi sincero.
– Bem, deixa pra lá. Somado à situação menos que perfeita dos meus pais, com que de certo modo você já se familiarizou, isso me deixou numa verdadeira crise emocional. Cheguei à conclusão de que o que era bom para Thoreau era bom para o país inteiro. E simplesmente peguei alguns livros e vim para cá. Para elaborar as coisas na minha cabeça. Para tentar descobrir quem realmente eu era.
– Conseguiu? Isto é, descobrir?

Ela hesitou.
– Acho que sim.
– Você tem sorte.

Ele a ajudou com os pratos.
– Parece que estamos presos pelo nevoeiro – disse ele, enquanto empilhavam seus pires e xícaras.

— Ah, não, não estamos não. Pegue um casaco. Quero te mostrar algo. — Fora da cabana, ela o conduziu por uma trilha quase escondida pela vegetação baixa e fechada. Ele reconheceu árvores-da-cera e aqui e ali um pessegueiro sem folhas. O nevoeiro estava tão denso que ele só distinguia onde pisava e o belo rebolar do jeans apertado dela logo à sua frente.

— Você sabe para onde está indo?

— Eu poderia ir de olhos fechados. Cuidado agora. Daqui em diante vamos devagar. Estamos quase chegando.

Parecia ser um precipício íngreme. Estavam na beira de um penhasco dando para o mar, o nevoeiro como uma parede diante deles, e embaixo um vazio — caindo até o sólido nevoeiro — que a imaginação dele retratou como horrível, uma réplica do mergulho de 33 metros de altura que ele costumava dar para arranjar dinheiro, no parque aquático Benson's.

— É íngreme? E muito alto?

— Muito íngreme. E muito alto. Apavora as pessoas quando o veem pela primeira vez. Mas é bastante seguro. Chego embaixo sentando e cavalgando uma pequena avalanche com meu traseiro.

— Bem, repare só que veículo.

Ela sorriu, aceitando o elogio. Enquanto ele permanecia agachado um metro atrás dela, ela dependurou os pés sobre a borda do penhasco, com os olhos fechados, a respirar o nevoeiro cheio de maresia.

— Você ama isso aqui — acusou ele.

— O litoral está sempre mudando, mas no entanto aqui ainda permanece do mesmo jeito, desde que meu avô mandou construir essa cabana para a minha avó. Tem um corretor em Provincetown que vive me oferecendo uma pequena fortuna por ela, mas quero que meus filhos a vejam como é agora, e os filhos deles. Faz parte do Litoral Nacional John F. Kennedy, por isso nada mais pode ser construído aqui, mas o mar vive avançando sobre a terra, alguns metros todo ano. Dentro de cinquenta anos, o penhasco terá sido erodido, quase até a casa. Eu terei de mudá-la para trás, senão será engolida pelo oceano.

Pareceu-lhe que pairavam sobre o nevoeiro. Bem lá embaixo, a arrebentação ribombava. Ele escutou e sacudiu a cabeça.

— Qual o problema? — perguntou ela.

— O nevoeiro. É uma atmosfera de outro mundo.

— Não tanto na terra. Na água é completamente fora deste mundo. Quase uma experiência mística — afirmou ela. — Quando eu morava aqui, às vezes eu não me dava ao trabalho de botar um maiô e ia dar um mergulho pelada no nevoeiro. Era indescritível, como fazer parte do mar.

— Não é também perigoso?

– Dá para se ouvir a arrebentação, mesmo bem lá fora. Mostra a você onde fica a terra. Algumas vezes... – interrompeu ela hesitantemente, e em seguida, como se tivesse feito uma opção de continuar: – umas duas vezes eu fui nadando em frente, mas não tive coragem de continuar.

– Gaby, por que haveria você de querer continuar nadando? – Atrás deles uma codorniz piou no nevoeiro. – O homem que te abandonou significava tanto assim para você?

– Não, era um menino, e não um homem. Mas eu... pensei que fosse morrer.
– Por quê?

– Era atormentada por dores. Ficava dormente em certas regiões, um cansaço invencível. Os mesmos sintomas que minha avó tinha ao morrer.

Ah! A coleção de panaceias no armário de remédios encaixou-se de repente como parte patética desse caso.

– Parece um caso clássico de histeria – disse ele com delicadeza.

– É claro. – Ela deixou que um punhado de areia caísse por seus dedos. – Sei que sou hipocondríaca. Mas na época estava convencida de que uma doença terrível me tiraria a vida. Estar convencida de que você tem determinado tipo de doença é quase tão ruim quanto tê-la de fato. Creia-me, doutor.

– Eu sei.

– Acho que sair nadando era uma maneira de buscar aquilo que eu temia, uma tentativa de encerrar logo o assunto.

– Meu Deus. Mas por que veio para cá? Por que não foi procurar ajuda médica?

Ela deu um sorriso.

– Eu já tinha *ido* a médicos. E médicos. Eu simplesmente não acreditava neles.

– Acredita neles agora, quando dizem que você não tem nada?

Ela sorriu.

– Quase sempre.

– Fico satisfeito – disse ele. De certo modo, ele sabia que ela mentia.

O nevoeiro em volta deles pareceu abrir um pouco. Um brilho de luz vindo de cima começou a se infiltrar na névoa.

– O que achavam seus pais de você estar vivendo aqui sozinha?

– Minha mãe acabara de se casar de novo. Ela ficou... preocupada. Mandava-me uma carta de vez em quando. Meu pai nunca me mandou sequer um cartão-postal. – Ela sacudiu a cabeça. – Ele é realmente um filho da puta, Adam.

– Gaby... – Ele buscava as palavras adequadas. – Não gosto dele, mas todos nós temos nossas fraquezas, cada um a seu modo. Seria hipócrita da minha parte condená-lo. Tenho certeza de que já fiz a maioria das coisas pelas quais você o detesta.

– Não.

– Vivi sozinho a maior parte de minha vida. Conheci uma porção de mulheres.

– Você não compreende. Ele nunca me deu nada. Nunca me deu nada dele mesmo. Pagou minha universidade, e aí se recostou na cadeira à espera de que eu demonstrasse a esperada gratidão.

Adam não disse nada.

– Tenho por mim que você pagou seus estudos na universidade trabalhando – disse ela.

– Eu passei pela faculdade graças a meu tio Vito.

– Seu tio?

– Eu tinha três tios. Joe, Frank e Vito. Frank e Joe eram verdadeiros touros, trabalhavam nas metalúrgicas. Vito era alto, mas frágil. Morreu quando eu tinha 15 anos.

– Te deixou algum dinheiro? – Ele deu uma risada.

– Não. Ele não tinha nenhum dinheiro. Era toalheiro da filial em East Liberty da Associação Cristã de Moços de Pittsburgh.

– O que é um toalheiro?

– Você nunca esteve num vestiário da Associação Cristã de Moços?

Ela sorriu e sacudiu a cabeça.

– Bem, ele entrega as toalhas, evidentemente. E entre outras coisas ele aperta a pequena cigarra que permite às pessoas entrarem na piscina. Todo dia, depois que eu saía do colégio e fazia minha rota de entrega do *Pittsburgh Press*, ia caminhando até a Whitfield Street e Vito me deixava entrar na piscina. Quando eles finalmente descobriram que eu não pagava as taxas, todo mundo já me conhecia e me deram uma bolsa do Clube dos Jornaleiros. Um grande técnico da associação chamado Jack Adams me adotou e eu já era um mergulhador ornamental aos 12 anos. Mergulhei tanto que peguei uma infecção no ouvido, e é por isso que eu hoje tenho às vezes um problema de audição.

– Nunca reparei. Você é surdo?

– Muito ligeiramente, do lado esquerdo. O suficiente para eu ter sido dispensado do exército.

Ela pegou a orelha dele.

– Pobre Adam. Isso te incomodou muito na adolescência?

– Para ser sincero, não. Eu era um mergulhador que representava a associação e meu colégio, e fiz quatro anos de estudos com uma bolsa completa de atleta, como membro da equipe de natação. Vivendo muito acima dos meus meios. Aí, no meu primeiro ano da faculdade de medicina, me vi de repente pobre de novo. Para arranjar dinheiro para comer e dormir, eu entregava toda manhã nos dormitórios roupas para um tintureiro. Todo fim de tarde eu fazia o mesmo caminho com a caixa de sanduíches.

– Gostaria de ter te conhecido então – disse ela.

– Eu não teria tempo para conversar com você. Depois de algum tempo, tive de abandonar o tintureiro e os sanduíches, porque a faculdade se tornou muito exigente. Durante dois trimestres, trabalhei num restaurante barato para assegurar minha alimentação e peguei dinheiro emprestado com a universidade para pagar meu quarto. No primeiro verão, trabalhei como garçom num hotel em Poconos. Tive um caso com uma das hóspedes, uma grega rica casada com um homem que não queria lhe dar o divórcio, presidente de uma cadeia de lojas de curiosidades. Ela morava em Drexell Hill, perto de onde frequentei o colégio na Filadélfia. Eu a via o tempo inteiro, durante quase um ano.

Ela se sentou, escutando.

– E não era apenas um caso o que tínhamos. Às vezes, ela me dava dinheiro. Eu não precisava trabalhar. Ela me chamava ao telefone, eu ia para a casa dela e depois ela quase sempre enfiava uma nota no meu bolso. Uma nota valiosa.

A cabeça dela estava afastada dele.

– Pare – disse ela.

– Finalmente parei de vê-la. Eu não conseguia me tolerar mais. Arranjei um emprego de carregar carvão, em que realmente tinha de suar para ganhar dinheiro, como se fosse uma expiação.

De longe, outra codorniz começou a responder ao pio da primeira.

Agora ela estava olhando para ele.

– Por que me conta isso?

Porque sou um bobo, pensou ele, questionando-se.

– Não sei. Nunca contei isso antes a ninguém. – Ela estendeu a mão e tocou no rosto dele de novo.

– Ainda bem. – Dentro de um instante ela disse: – Posso fazer uma pergunta?

– Claro.

– Fazer amor com aquela mulher... sabe, um caso superficial. É diferente do que fazê-lo com alguém a quem você ama?

– Não sei – respondeu ele. – Eu nunca amei nenhuma delas.

– Isso é como... um bicho.

– Nós somos animais. Não há nada errado em ser animal.

– Mas a gente devia ser algo mais.

– Nem sempre é possível.

O nevoeiro estava se dissipando. Brilhando através dele, ele distinguiu um enorme sol refletor, e uma enormidade de mar como nunca vira antes. A praia era branca e larga, marcada apenas pela espuma e por restos de madeira na parte mais alta, e reluzente e dura na mais baixa, tornada tão lisa pelo impacto das ondas que brilhava ao sol.

– Eu queria que você a visse – disse ela. – Eu costumava me sentar aqui e me dizer que se você empilhasse lá embaixo todos os machucados profundos, eles seriam levados pela maré.

Ele estava pensando naquilo quando, para seu horror, ela deu um grito e desapareceu de vista pela borda do precipício, que caía até chegar a seu término muito embaixo, num ângulo de pelo menos cem graus. O traseiro dela deixou um sulco reto na areia vermelha macia. Num instante, ela estava rindo lá embaixo para ele. Isso deixou-o apenas com uma alternativa. Sentou-se na beira, fechou os olhos e escorregou. Aquele que o Pai Todo-Poderoso arremessara de cabeça, em chamas, do eterno céu, com hedionda combustão e dano, até a infinita perdição. John Milton. Seus sapatos estavam cheios de areia e com certeza sua avalanche não fora de bom tamanho: ficou com a bunda ralada. A garota se esgoelava de rir. Quando ele abriu os olhos percebeu que ela era extremamente bela quando estava feliz; não, mais do que isso, ela era a garota mais bonita que ele jamais vira.

Foram procurar coisas na praia, achando uma quantidade de esponjas fedorentas, mas nenhum tesouro; observaram um caçonete nadando ondulatoriamente numa depressão transparente; pegaram oito corrupios intactos, cavaram barro vermelho do penhasco e fizeram um vaso, que rachou, enquanto secava na brisa fria.

Quando ficaram com muito frio, tentaram sacudir, sem êxito, a areia dos sapatos e subiram diretamente o penhasco pela escada instável de madeira, voltando à cabana aquecida. O sol jorrava pela janela banhando o sofá de molas quebradas. Quando ele começou a acender a lareira, ela se deitou, e quando o fogo crepitava, ela se afastou para lhe dar lugar, e ele se deitou ao lado dela, e fecharam os olhos, deixando que o deus sol transformasse seu mundo numa enorme abóbora vermelha.

Depois de muito tempo, ele abriu os olhos, rolou para o lado e a beijou com muita delicadeza e, com maior delicadeza ainda, tocou-a com as pontas dos dedos. Os lábios dela estavam quentes, secos e salgados. Fazia silêncio, a não ser pelos ruídos do mar e os gritos das gaivotas lá fora, e dentro, pelo crepitar das chamas e o ruído da respiração deles. Ele pegava o seio dela por cima da camisa azul de ginástica, ciente de que ambos recordavam o pai dela a fazer o mesmo gesto com o intuito de demonstrar desdenhosamente a posse da própria mulher.

Isso é diferente, disse-lhe ele silenciosamente. Compreenda. Por favor, compreenda. Ele podia sentir no íntimo dela um ligeiro tremor, como um calafrio suprimido, mais de medo do que de desejo, percebeu ele, mas de algum modo, a despeito de todas as garotas e mulheres, o medo passou para ele, de modo que ele também tremeu; e no entanto ele continuava a permitir que sua mão transpusesse o espaço entre eles, até sentir o tremor parar, nela e nele. Ela o beijou dessa vez, hesitantemente de início, mas em seguida com uma torrente de emoção que dava a entender que desejava devorá-lo, deixando-o abalado; finalmente, por acordo não verbal, afastaram-se um do outro e se ajudaram mutuamente com coisas, como botões e zíperes e colchetes com pressa. Era tal como ele esperara: não havia manchas claras, nem marcas de alças, constatou ele de relance, fazendo com que suas pernas derretessem.

– Você tem uma pancinha – observou ela.

– Tenho corrido – respondeu ele defensivamente.

– Você é muito tenso – disse ela.

– Mas não o tempo todo.

Em seguida ficaram deitados juntos, próximos e de bem um com o outro de novo. Meu Deus, como era bom no calor do sol. Ela beijava seu ouvido afetado e chorava, e ele percebeu de repente um sentimento novo de não querer receber nada, de desejar apenas dar, de lhe dar carinhosamente tudo que ele tinha neste mundo, tudo que constituía Adam Silverstone.

Finalmente sentiram fome.

– Amanhã – disse ela –, vamos acordar a tempo da primeira maré em Head-of-the-Meadow. Vou pescar para você pequeninos, porém gordinhos, linguados, que você como bom cirurgião poderá limpar para mim, e os assarei na brasa, temperados com suco de lima fresco e uma porção de manteiga.

– Hummm... – Em seguida: – E para *hoje*?

– Para hoje... sobraram ovos.

– Acho que não.

– Sopa portuguesa?

– O que é isso?

– *Specialité de la région*. Macarrão e legumes, na maioria couve e tomates, cozidos com carne de porco. Há um lugar bom em Provincetown. É servida com pedacinhos de torrada quente. Acompanhada, se quiser, por um bom chope gelado.

– É isso aí, cara.

– Eu não sou cara. – Saíram faíscas novamente entre os dois, e ele sorriu.
– Estou ciente disso.

Perambularam pelo quarto apanhando roupas jogadas no chão e se vestiram apenas com um ligeiro constrangimento, e em seguida foram pegar o carro e rodaram lentamente no dia perfeito por oito quilômetros na rodovia 6, passando pelas dunas, até Provincetown. Tomaram a sopa, quente e com um gosto defumado, cheia de deliciosos pedaços, e em seguida foram até o píer do pescado na hora em que um pesqueiro estava chegando, e Gaby não teve vergonha de barganhar, até que comprou um grande e belo linguado por 35 cents, a debater-se ainda, por medida de segurança no caso de chover na manhã seguinte, ou se acordassem tarde demais para poderem ir pescar.

Ao voltarem para a cabana ela pôs o peixe na geladeira, aproximou-se dele, pegou seu rosto com as palmas das mãos, segurando-o com força.

– Suas mãos estão cheirando a linguado – reclamou ele, beijando-a em seguida por muito tempo e olhando para ela, de modo que ambos perceberam que ele ia fazer amor com ela de novo sem lhe dar uma chance de lavar as mãos para tirar o cheiro de peixe.

– Adam – disse ela com hesitação –, quero te dar seis filhos. Pelo menos seis. E ficar casada com você por 75 anos.

Casada, pensou ele.

Filhos?

Mulher maluca.

– Gaby, escuta... – disse ele ansiosamente.

Ela recuou, e ele a pegou novamente, de modo que pudesse estar segurando-a enquanto falava, mas ela não queria nada disso e o olhava de maneira direta.

– Ah, meu Deus – disse ela.

– Olha...

– Não – disse ela. – Não quero olhar. Não sou muito esperta. Não é nenhuma surpresa para mim. Eu sempre soube disso. Mas você. Meu Deus – disse ela. – Pobre Adam. Você não é *nada*.

Ela correu até o banheiro e trancou a porta. Ele não ouviu ruído de choro, mas dentro em breve havia um barulho terrível, o som áspero de ânsias de vômito, e a descarga.

Ele bateu na porta, sentindo-se terrivelmente culpado. – Gaby, você está bem?

– Vá para o inferno – soluçou ela, chorando agora.

Depois de muito tempo, ele ouviu o som de água corrente – ela se lavando – e finalmente a porta se abriu e ela apareceu.

– Quero ir embora – disse ela.

Ele carregou as malas até o carro, ela desligou o gás, trancou as portas por dentro e saiu pela janela, na qual ele repôs as tábuas. Quando ele tentou pegar o volante, ela rosnou para ele. A maneira de ela dirigir na volta foi suicida, tendo como resultado uma multa por excesso de velocidade na rodovia 128, em Hingham, sendo que o policial foi sarcástico na proteção do bem-estar e bem público.

Depois de ter recebido a multa, passou a dirigir mais cautelosamente, mas começou a tossir, uma série de espasmos asmáticos que a sacudia toda enquanto ele se inclinava sobre o volante.

Ele aguentou esse barulho até quando pôde.

– Saia da autoestrada e procure uma farmácia – disse ele. – Faço uma receita de efedrina.

Mas ela continuou a dirigir.

A noite começava a cair quando ela finalmente parou o carro defronte o hospital. Eles não tinham parado para comer e Adam estava de novo cansado, com fome e emocionalmente em frangalhos.

Ele pôs sua mala na calçada.

Podia ouvi-la tossindo ao enterrar o pé no acelerador. O Plymouth pulou para o meio da rua, no caminho de um táxi que vinha, cujo motorista xingou-a com a mão calcada na buzina.

Adam ficou na calçada, lembrando-se subitamente que eles tinham esquecido de tirar o peixe da geladeira. Da próxima vez em que Gaby usasse a cabana haveria outro terrível motivo de lembrar o feriado interrompido. Ele se sentiu esmagado por emoções conflitantes, preocupação, culpa e remorso. Ele entupira os ouvidos dela com confissões inconvenientes do tipo mais degradante, e a seguir permitira-se...

Que se dane, pensou; será que eu prometi algo?

Assinei algum contrato?

Porém, num nojo súbito de si mesmo, percebeu que ao mesmo tempo que tratara o corpo dela com carinho e delicadeza, dilacerara sua alma como um animal.

Ele inclinou a cabeça para trás e olhou para o velho e monstruoso prédio.

Bem, estou de volta ao hospital.

As luzes estavam acendendo com o cair da noite e o hospital devolveu seu olhar com uma grande quantidade de olhos. Ele pensou no que estaria acontecendo lá dentro, em todas as formigas dentro do formigueiro, calculando quantos pacientes na enfermaria seriam operados por ele na próxima semana.

Como ser humano sou um tolo e um terrível fracasso, pensou ele, mas consigo funcionar bem como cirurgião, e isso deve contar alguma coisa. Deus dá sabedoria a quem já tem; e os tolos, que usem seus talentos. William Shakespeare.

Ele pegou a sua mala. A porta da frente se abriu como uma boca e o prédio sorridente o engoliu.

Depois de ter desfeito a mala, desceu para a enfermaria para roubar uma xícara de café e quase imediatamente lamentou duas vezes ter voltado.

A Sra. Bergstrom estava indo muito bem, contou-lhe Helen Fultz, mas desde o início daquela tarde havia sintomas de que ela estava rejeitando o rim. Sua temperatura estava a 40 graus e ela se queixava de mal-estar e dor na incisão.

– O rim está produzindo urina? – perguntou ele.

A Srta. Fultz sacudiu a cabeça.

– Estava indo muito bem, mas hoje seu desempenho caiu.

Ele olhou para o boletim e viu que o Dr. Kender estava tentando abortar a rejeição com a administração de Prednisona e Imuran.

O toque de ouro para coroar o dia, disse consigo mesmo.

Pensou brevemente em ir para o laboratório animal, mas não conseguiu se forçar a isso. Ele já estava farto de cães, mulheres e cirurgia pelo momento. Em vez disso, foi lá para cima ansioso por dormir, como se o sono fosse curá-lo como um remédio, antegozando a perspectiva da perda de consciência.

SPURGEON ROBINSON

8

Spurgeon Robinson passava boa parte de seu tempo a se preocupar.
Se um de seus casos tinha de ser apresentado ao comitê da morte, raciocinava ele, então deveria ser porque as coisas estavam indo bem. Numa época como essa, com uma transplantada de rim demonstrando crescentes sintomas de rejeição e o Velho começando a ficar com uma aparência terrível, haveria gente da equipe na reunião disposta a dilacerar qualquer pessoa.

Ele começou a pensar no que faria se fosse dispensado.

Na hora em que deveria estar dormindo via-se lembrando das adivinhações da Sra. Donnelly. Uma noite, ele sonhou com a recorrência do episódio na sala de emergência, só que agora, em vez de mandá-la morrer em casa, sua grande perícia médica permitiu que percebesse instantaneamente que havia uma fratura do odontoide. Acordou aquela manhã com uma felicidade que permeava todas as suas células, e se deixou ficar ali um instante, imaginando por que, lembrando-se logo que era por ter salvo a Sra. Donnelly. Percebeu finalmente, é claro, que fora um sonho e nada mudaria o fato de tê-la matado. Permanecia deitado no meio de sua infelicidade, incapaz de sair da cama.

Ele era doutor em medicina. Isso não lhe podiam tirar.

Se fosse dispensado como interno, a única alternativa seria um emprego como assalariado em outro lugar. O tio Calvin adoraria lhe dar um cargo médico na American Flag, com adiantamento garantido. E algumas das grandes empresas farmacêuticas empregavam médicos negros. Mas ele sabia que se o despedissem da equipe da casa, se não pudesse ter acesso à medicina da maneira como desejava, voltaria para o mesmo ponto onde estivera há alguns anos e tentaria uma carreira musical, tal como sonhara.

Começou a inventar pretextos para visitar o quarto de Peggy Weld, para fazer a cantora conversar sobre música.

Percebeu de início que ela achava que ele era apenas um jovem que tocava um pouquinho e se achava músico, mas a seguir descobriram um nome que ambos conheciam.

– Quer dizer que *você* tocou no Dino's na 52th Street. Em Manhattan?
– Minha bandinha. Com três outros caras. Eu no piano.
– Quem é o gerente? – desafiou ela.
– Vin Scarlotti.
– E é mesmo. Eu mesma já cantei lá umas duas vezes. Você deve ser bom. Vin é muito exigente.

Mas os pretextos para conversar com ela sobre música haviam acabado, e tinha sua irmã com que se preocupar. Ele parou de amolá-la.

De folga após 36 horas, doido para dormir, sentou-se na cama e tocou guitarra, obrigando-se a praticar música, tal como não fazia há muitos anos. Ele *precisava* de um piano.

Naquela tarde, depois de um cochilo, pegou o elevado até Roxbury e saltou na estação da Dudley Street, onde uma porção de gente de cor saltara, descendo a Washington Street, até chegar ao tipo de lugar que procurava, um prédio malconservado do gueto, com as janelas pintadas de preto e vermelho, o letreiro de neon apagado mostrando uma mão de pôquer e o nome do clube formado pelos tubos de vidro branco, Ace High. Boate era um nome por demais pretensioso, era um bar barato de gente de cor, mas num canto havia um piano de armário.

Ele pediu um *scotch-and-milk* que não queria e o levou até o piano. O Baldwin arranhado estava desafinado, mas quando ele começou a tocar era um bálsamo em forma de música. Esqueceu tudo a respeito do que diria tio Calvin quando seu garoto chegasse murcho em casa e lhe contasse que não conseguiria fazer sucesso como os garotos brancos. Chegou até a se esquecer da finada senhora irlandesa e suas adivinhações.

Dentro em pouco, o barman se aproximou.
– Quer que traga mais alguma coisa, amigo? – perguntou olhando de esguelha o drinque no piano que Spurgeon mal bebera.
– Hummm, pode mandar outro.
– Você toca legal mesmo, mas nós já temos um pianista. Um cara chamado Speed Nightingale.
– Bem, eu não estou atrás de uma audição.

Ele trouxe o segundo drinque, e Spur pagou um dólar e oitenta centavos. Depois disso, o barman deixou-o em paz. No final da tarde, largou o piano, sentou-se num dos banquinhos e pediu mais um.

Os olhos do barman se viraram até os dois copos ainda no piano, só um deles vazio.

– Não precisa fazer um pedido só para falar comigo. Quer me fazer alguma pergunta?

– Sou médico lá do hospital do condado. Não dá para ter um piano no meu quarto. Eu gostaria de vir aqui tocar umas duas tardes por semana, como fiz hoje.

O barman encolheu os ombros.

– Não me incomoda nem um pouco. Pouco me importa.

Mas se importava, sim. Gostava especialmente de Debussy, que apreciava junto com *scotch-and-milk*, no lugar dos aplausos. Spurgeon tentou pagar pelo drinque, mas desistiu de bom grado; um profissional jamais insulta um amante de música.

Alguns dias depois, quando ele voltou ao clube, havia um sujeito de cor, mas claro, com um penteado zulu e um bigodinho fininho em pé no bar, conversando com o barman. Spurgeon fez um cumprimento com a cabeça e foi direto para o piano. Durante todo o caminho até ali estivera ouvindo música na sua cabeça, e agora sentou-se e tocou. Bach. O *Cravo bem temperado*. E a seguir fragmentos e partes das *Suítes francesas* e da *Fantasia cromática e fuga*.

Dentro em pouco, o homem magro e pardo se aproximou trazendo dois *scotch-and-milks*.

– Você toca bem piano de cauda. – Estendeu um copo.

Spurgeon aceitou-o e sorriu.

– Obrigado.

– Sabe tocar alguma coisa mais descontraída?

Tomou um trago, e então descansou o copo e tocou um pouquinho de George Shearing.

O sujeito puxou uma cadeira para a parte grave do teclado, e sua mão esquerda pegou a linha do baixo, com a direita entrando de mansinho na harmonia, e Spur se mudou para o lado dos agudos, começando a elaborar improvisações cada vez mais apaixonadas, à medida que era exigido pelo baixo, que impunha um ritmo cada vez mais veloz. O barman parou de lustrar os copos e ficou só ouvindo. Primeiro um deles dominava, em seguida o outro. Prosseguiram com a disputa até o suor molhar o rosto deles, e quando decidiram mutuamente parar, Spur teve a sensação de ter atravessado correndo uma tempestade.

Ele estendeu sua mão, que recebeu uma batida da mão do outro. – Spurgeon Robinson.

– Speed Nightingale.

– Ah. O caixote de música pertence a você.

– Merda nenhuma. É do lugar. Sou apenas um assalariado. Obrigado por tê-lo afinado, otário. Há muito tempo que meu som não sai tão bom.

Mudaram-se para uma mesa e Spurgeon pagou uma rodada.

– Tem um grupo da gente que se reúne e faz som o tempo inteiro, no início da madrugada, num lugarzinho na Columbus Avenue, lá perto do conjunto residencial. Apartamento 4-D, Bloco 11. Música mesmo. Dê um pulo até lá.

– Ei. – Ele tirou seu livrinho de anotações e anotou o endereço. – Vou fazer isso.

– É. Tocamos um pouquinho, queimamos alguns, nos divertimos. Se você quiser se ligar, geralmente alguém traz um bagulho legal.

– Eu não sou adepto.

– De *nada*?

Ele sacudiu a cabeça.

Nightingale deu de ombros.

– Venha de qualquer jeito. Somos democráticos.

– Está bem.

– Um bom bagulho está mais difícil de se conseguir nesta cidade, ultimamente, do que uma boa parada.

– Verdade?

– É. Acho que você é médico.

– Quem te disse isso? – Atrás do bar, o sujeito polia os copos meticulosamente. Spur ficou à espera. Num instante a coisa veio, como se ele já soubesse que viria.

– Traga uma parada qualquer para uma de nossas reuniõezinhas, a gente vai apreciar muito.

– Sim, mas onde conseguir, Speed?

– Porra, todo mundo sabe que tem todo tipo de parada dando sopa nos hospitais. Ninguém vai dar falta só de um pouquinho, não é, doutor?

Spur levantou-se e deixou cair uma nota no balcão.

– Vou te dizer uma coisa – disse Nightingale. – Esqueça esse negócio. Basta me dar umas receitas assinadas em branco. Isso nos dará uma grana danada.

– Até mais, Speed – disse ele.

– Grana ótima.

Quando passou pelo homem atrás do bar, ao sair, o apreciador de música nem sequer levantou os olhos dos copos que estava polindo.

Ele encontrou catarse na música, o que o tornava mais solto na SO, capaz de praticar uma cirurgia mais intensa e incisiva. Descobriu que, mal comparando, ela não era ruim. Naquela sexta-feira viu-se escalado para a sala de operação, para atuar como assistente da Dra. Parkhurst e de Stanley Potter. Era inevitável que ele e o residente tivessem de trabalhar juntos, mas cada ocasião era uma experiência desagradável, que não primava por brincadeiras, e com o tempo custando a passar.

Naquela manhã, fizeram um enxerto em Joseph Grigio, o caso da queimadura, transplantando pele sã da coxa para o peito. Em seguida, operaram o apêndice de um paciente muito obeso chamado Macmillan, sargento da polícia local. A obesidade do sujeito os obrigou a cortarem o que parecia ser uma camada interminável de gordura, e em seguida a Dra. Parkhurst extirpou o órgão, deixando-os suturar o toco do apêndice e fechar a incisão.

Spurgeon cortava com a tesoura enquanto Potter apertava e costurava. Pareceu-lhe que Potter estava apertando demais a linha de sutura Cromo O em volta do toco. Teve certeza disso quando a linha começou a ser engolida pelos tecidos.

– Você está apertando demais.

Potter deu-lhe um olhar frio.

– É assim que sempre fiz, com grande êxito.

– A sutura dá a impressão de poder cortar a membrana serosa.

– Vai ficar bom.

– Mas...

Potter estava segurando o ponto, olhando-o ironicamente, esperando que ele cortasse.

Spurgeon deu de ombros e sacudiu a cabeça. Esse cara é residente e eu, um interno, pensou ele. E passou a tesoura como um bom menino.

Ele não voltou ao Ace High. Em vez disso, perguntou naquele domingo à Sra. Williams se podia praticar uma vez ou outra no piano deles. Não era um bom instrumento e ir de carro até Natick não era tão cômodo quanto tomar o metrô até a rua Washington, mas a Sra. Williams apreciava música e era uma oportunidade de ver Dorothy.

Na noite de terça-feira, enquanto lá fora caía a primeira neve do inverno, ficaram sentados a cochichar na sala de visitas, enquanto o pai e a mãe dela, e a menina, dormiam ali perto atrás de portas meio fechadas, e ela disse que sabia que alguma coisa o estava atormentando.

Viu-se cochichando com uma voz rouca sobre a velha que morrera por sua causa e sobre o comitê da morte, e a respeito do fato de ele poder viver razoavelmente bem de música.

– Ah, Spurgeon.

Ela puxou a cabeça dele e ele a deixou descansar relaxada, do modo como fazia com Roe-Ellen quando era um menininho. Dorothy inclinou-se para beijar seus olhos fechados e ele sentiu fluindo dela simpatia, desejo, a vontade de endireitar tudo no mundo para ele.

Mas quando ele fez um gesto com base nessa suposição, acabou sofrendo um lábio mordido e arranhões nas costas de sua mão, aprendendo então que ela mantinha sua crença num dos princípios básicos do islamismo.

Ele era incapaz de acreditar. Nos ambientes tanto brancos quanto negros, que o haviam modelado, era muito difícil encontrar uma virgem de 24 anos. Deixava-o muito espantado, mas ele lhe deu um sorriso, a despeito da dor no lábio.

– Um pedaço de tecido. Fino, muitas vezes frágil. Nada tendo a ver com a intimidade. O que significa ele? Nós já somos íntimos.

– Olhe só esta casa, este pátio. O que é ela senão madeira, vidro, umas poucas árvores, meia dúzia de arbustos? Sabe o que ela representa para meu pai?

– Respeitabilidade de classe média?

– Exatamente.

Ele deu um apupo.

– Meu Deus, que analogia. Você deseja tanto se enquadrar que acaba sendo não conformista. Não existe na rua outra propriedade tão bem tratada quanto a de seu pai. E aposto que se forem realizados exames pélvicos, dificilmente surgirá um batalhão de virgens de 24 anos. Vocês acham que precisam ser mais exigentes com vocês mesmos do que todos esses caras brancos para poderem comprar um lugar num mundo parecido com o deles.

– Não estamos tentando nos conformar. Achamos que uma porção de gente branca está perdendo algo que já teve, algo muito valioso. Estamos tentando recuperá-lo – disse ela, enfiando a mão no bolso dele para pegar um cigarro. Ele acendeu um fósforo. No clarão atenuado e rápido, aquele rosto africano fez sua mão tremer e o fósforo apagou, mas a ponta do cigarro brilhava enquanto ela inalava. – Olha – disse ela –, você pensou que Midge fosse minha filha, não foi? Bem, você estava na pista certa. Ela é da minha irmã. De minha irmã solteira, Janet.

– Sua mãe me contou. Eu não sabia que era solteira.

– Não existe marido. Sabe como Lena Horne parecia quando era jovem? Acrescente uma... felicidade exuberante. É assim que é minha irmã caçula.

– Por que nunca a vi?

– Ela vem aqui em casa de vez em quando. Então brinca com Midge como se ela mesma fosse uma menininha, mas não como se fosse mãe. Mora em Boston com um punhado de hippies brancos.

– Sinto muito.

Ela deu de ombros

– Janet diz que eles não ligam para a cor dela. Ela nunca aprende. O pai de Midge era um jogador de beisebol que veio de Minneapolis para tentar a sorte com os Red Sox durante algumas semanas. Jogava na posição de terceira base. E jogou com minha irmã.

– Ela não é a primeira garota a cair nesse tipo de erro – disse ele diplomaticamente.

– Ela deveria saber que jogadores de beisebol brancos não namoram jovens negras com o fito de promover a democracia americana. Quando ele voltou às divisões menos importantes, o primeiro período menstrual dela já falhara. – Ela apagou o cigarro. – Ela teria ficado muito satisfeita em dar a criança, mas meu pai é um homem muito estranho. Adotou a menina e resolveu não processar o jogador de beisebol por não sustentar a filha, dando-lhe seu nome de família. Levantou a cabeça diante de sua vizinhança branca, desafiando-os a dizer que sua família era o tipo de gentalha de que ele viveu se afastando durante todos esses anos. Pelo que sei, jamais alguém disse alguma coisa a ele. Mas meu pai, uma grande parte dele...

Ele a abraçou.

– Ela sempre fora sua predileta – disse ela, com a cabeça enterrada em seu ombro. – Negava, mas eu sei que era verdade.

– Querida, você não pode compensar seu pai vivendo como uma freira – disse ele com carinho.

– Spur, isso vai sem dúvida te fazer fugir daqui depressinha, mas vou dizê-lo. Ele passa o dia inteiro de respiração presa, porque acha que há uma chance de algo sério estar crescendo entre a gente, e que você talvez me peça em casamento. Um genro negro, médico, meu Deus.

Ele agarrou as costas dela com a palma de sua mão.

– Não acho que isso vá me afugentar. – Desta vez, quando ele a beijou, foi correspondido.

– Talvez devesse – disse ela resfolegante. – Quero que me prometa uma coisa.

– O quê?

– Se eu algum dia... perder o controle... Quero que jure...

Ele ficou exasperado apenas um instante, tendo em seguida de se esforçar muito para não deixar que um sorriso aflorasse a seu rosto.

– Quando você se casar, seu marido vai receber o pacote inteiro, inclusive o selo – respondeu ele de maneira contida. Em seguida, inclinou a cabeça para trás e desandou a dar gargalhadas, fazendo-a ficar tremendamente zangada e acordando seus pais.

O Sr. Williams saiu do quarto de roupão e chinelos e Spur reparou que ele dormia de ceroula. A mãe dela apareceu apertando os olhos, murmurando algo, sem a sua dentadura de cima. A Sra. Williams estava começando a aceitá-lo tal com era, reparou ele. Ela fez chocolate quente para ele antes de voltar para a cama, mas suas gargalhadas haviam acordado Midge e, quando a garotinha começou a chorar, ela passou uma descompostura nele, pelo barulho e extrema falta de consideração.

Quando voltou para o hospital já eram mais de duas da madrugada. Antes de subir para o seu quarto, foi verificar alguns pacientes, entre eles Macmillan. Encontrou o policial gordo gemendo e febril. O boletim indicava que o pulso era de cem e a temperatura, de 40 graus.

– O Dr. Potter viu este homem hoje à noite? – perguntou à enfermeira.

– Sim. Ele andou reclamando de mal-estar e moleza. O Dr. Potter disse que o limiar de dor dele é muito baixo. Receitou 100mg de Demerol – disse ela, apontando para a indicação no boletim.

Mais alguma coisa com que se preocupar, pensou ele enquanto esperava o elevador.

Ao chegar a sua cama, deixou-se ficar deitado, com os olhos postos na escuridão, perscrutando as alternativas da sua vida.

Se eles o mandassem embora, talvez algum de seus ex-professores conseguisse um lugar para ele num dos hospitais de Nova York.

Mas ele teria de deixar Dorothy. Não tinha condições de se casar já com ela; não gostaria que tio Calvin sustentasse sua mulher.

Só faltava uma semana para a reunião sobre mortalidade que examinaria o caso Donnelly...

Foi a última coisa que pensou antes de acordar no arremedo de luz do primeiro amanhecer, os lençóis úmidos de suor, a despeito do frio no quarto.

Lembrava-se nitidamente de ter sonhado com a garota e com o comitê da morte.

Quando ele entrou na enfermaria no sábado, percebeu que Macmillan piorara muito. O rosto do sujeito estava vermelho, seus lábios secos e rachados. Gemia de dor, que ele dizia vir lá do fundo de seu rígido abdome. Seu pulso estava a 120 e a temperatura, a mais de 40 graus.

Potter tinha saído numa excursão muito badalada aos prazeres sensuais da cidade de Nova York. Ah, seu pobre infeliz, espero que se divirta, pensou Spurgeon, espero que aproveite tudo. Foi até o telefone e chamou o Dr. Chin, o cirurgião visitante que estava de plantão.

– Temos um cara que demonstra sintomas clássicos de septicemia em andamento – disse ele. – Tenho quase certeza que é peritonite. – E descreveu o caso.

– Ligue para a SO e marque imediatamente uma operação para ele – disse o Dr. Chin.

Quando eles o levaram lá para baixo e abriram sua barriga, encontraram o toco do apêndice inflado. Inchados pelo edema, os tecidos haviam forçado o anel apertado da linha de sutura, como se fosse queijo indo de encontro a uma faca, e com os mesmos resultados.

– Quem suturou essa merda?

– O Dr. Potter – disse Spurgeon.

– Esse cara de novo! – O cirurgião sacudiu a cabeça. – Os tecidos estão encharcados de fluido. Estão por demais friáveis para que possamos brincar com eles. Se tocarmos neles com um fórceps, desabam. Vamos ter de puxar o ceco até a parede abdominal e fazer uma cecostomia.

Sob a direção paciente do cirurgião mais velho, Spurgeon endireitou a porcaria que Potter fizera.

Na manhã de segunda, houve uma rotação das atribuições e ele se viu obrigado a enfrentar cinco semanas na sala de emergência, apavorado por dentro porque era um lugar onde ele já fracassara antes, um lugar onde as coisas aconteciam muito depressa, onde as decisões, quando necessárias, precisavam ser tomadas muito rapidamente. Se houvesse uma repetição do caso Donnelly, sabia ele, então...

Tentou não pensar a respeito.

Coube-lhe dar plantão na ambulância junto com Maish Meyerson, que valia por um curso intensivo, pelo noticiário mundial passado em revista, por um papel de rascunho oral, por um seminário de filosofia. As opiniões do motorista de ambulância eram sempre definitivas e muitas vezes irritantes, sendo que ao meio-dia Spurgeon se cansara dele.

– Olhe só para a situação racial – disse Meyerson.

– Está bem, compreendi.

Maish o olhou com suspeita.

– Espere, isso não o fará sorrir. Dois exércitos, um branco, o outro negro, o país vai virar uma fogueira.

– Por quê?

– Acha que todos os brancos são liberais metidos em ternos da Brooks Brothers?

– Não.

– Duvido. Para muitos de nós, o homem de cor representa uma ameaça.

– Eu sou uma ameaça para você.

– Você? – disse Meyerson desdenhosamente. – Não, você é um vagabundo com educação, médico. Um negro branco. Eu sou mais negro do que você, sou um branco negro. Os negros pretos é que constituem uma ameaça para mim, e há uma porção de negros pretos. Eu vou me ajudar primeiro. A caridade começa em casa.

Spurgeon não disse nada. Meyerson olhou-o de esguelha.

– Isso me torna um cara mau, não é?

– É a porra da verdade.

– Você é melhor?

– Sim – disse Spurgeon, mas com menos ênfase.

– Nem aqui nem na China. Já prestou atenção quando fala a um paciente de cor? Parece que está fazendo um enorme favor ao pobre infeliz, lá no fundo do seu coração.

– Faça-*me* um favor. Fique apenas calado – disse ele, lançando-lhe um olhar feroz.

Meyerson esgueirou-se de modo triunfal, até ficar atrás de um lento conversível dirigido por uma mulher, e o empurrou com rápidos e impacientes gemidos da sirene, apesar de a ambulância estar vazia e eles estarem voltando para o hospital.

Ele conseguiu uma maneira de empurrar as horas.

Naquela noite, viu-se com muita pena de Stanley Potter.

– Você tem certeza? – perguntou ele a Adam.

– Vi com os meus próprios olhos – respondeu Adam. – Ele estava na sala de cirurgiões mais novos lendo o jornal e tomando café quando o chamaram à sala do Velho. Dentro de pouco tempo voltou como se tivesse sido pisoteado, e esvaziou seu escaninho, levando suas coisas num saco de papel. Adeus Dr. Stanley Potter.

– Amém. Mas eu serei o próximo.

Ele não percebera ter falado alto, até que viu Adam olhar para ele.

– Não seja idiota – comentou Adam rispidamente.

– Só faltam dois dias, cara. O comitê da morte vai me fazer em pedacinhos.

– Com certeza. Mas se fossem te despedir, amigo, não iriam esperar por reunião de comitê nenhuma. Não desperdiçaram muito tempo com Potter, desperdiçaram? Porque ele era um desastre em todos os sentidos. Você é um interno que cometeu um erro. Uma mulher morreu, é uma pena danada, mas se eles despedissem todo médico que cometesse um erro não haveria um médico de sobra no hospital.

Spurgeon não respondeu. Deixe que eles suspendam minha residência se quiserem, disse silenciosamente. Mas permitam que eu permaneça como interno.

Ele tinha de continuar na medicina.

Precisava de sua música como uma espécie de fuga em direção à beleza, para se afastar da feiura da doença que via em todo canto no hospital. Mas com o mundo desmoronando de mais de mil maneiras, não conseguia sequer fingir para si mesmo que gostaria de passar o resto de sua vida tocando piano.

Na quarta de manhã, tinha menos certeza. O dia começou com um mau agouro. Adam Silverstone estava de cama com uma febre terrível, a última vítima do vírus que estava transformando em pacientes os membros da equipe hospitalar. Spurgeon não se dera conta de quanto dependera do apoio silencioso de Adam.

– Há alguma coisa que posso fazer por você? – perguntou desconsoladamente.

Adam olhou para ele e gemeu.

– Ah, meu Deus, vá lá para baixo e vê se acaba logo com isso.

Ele não tomou café da manhã. Lá fora nevava pesadamente. Alguns médicos visitantes haviam telefonado para avisar que não iriam à reunião, o que considerou boa notícia, até ser anunciado que a reunião do comitê da morte seria transferida do anfiteatro para a biblioteca, onde o ambiente de maior intimidade tornaria o suplício pior.

Às 9:50, quando ele foi chamado pelo alto-falante e mandado se apresentar à sala do Dr. Kender, reagiu meio aturdido, crente de que seria avisado de sua dispensa antes da reunião sobre mortalidade: naquela semana mesmo estavam fazendo uma limpeza dos incompetentes.

Ao chegar, havia dois sujeitos com Kender, que apresentou o tenente James Hartigan, do Departamento de Narcóticos, e o Sr. Marshall Colfax, farmacêutico de Dorchester.

– Você preencheu isso aqui, Dr. Robinson? – perguntou calmamente Kender.

Spurgeon pegou as receitas e passou os olhos nelas. Cada uma fora preenchida, receitando 24 tableles de sulfato de morfina, a 162mg, para nomes que não eram familiares: George Moseby, Samuel Parkes, Richard Meadows.

Cada uma assinada com o nome dele.

– Não, senhor.

– Como pode ter certeza? – perguntou o tenente.

– Em primeiro lugar, até terminar meu período como interno, eu possuo apenas uma licença limitada para praticar a medicina, o que significa que preencho receitas para serem aviadas na farmácia do hospital, mas não receito fora daqui. Segundo, é meu nome, mas não é a minha assinatura. E todo médico possui um número de registro no Departamento Federal de Narcóticos, porém o número nessas receitas não é o meu.

– Não é preciso haver receio nenhum de sua parte, Dr. Robinson – falou Kender rapidamente. – Você não é o único médico aqui cujo nome tenha sido usado. Apenas o mais recente. Eu lhe pediria, é claro, que não mencionasse isso a ninguém.

Spurgeon fez que sim com a cabeça.

– O que lhe fez suspeitar de que essas receitas não estavam corretas? – perguntou Kender ao Sr. Colfax.

O farmacêutico sorriu.

– Comecei a reparar como eram extremamente caprichadas. E tão completas. Vejam só as abreviações, por exemplo. Quase todo médico que conheço apenas rabisca "prn" em lugar de *pro re nata*, sabe?

– O que significa? – perguntou Hartigan.

– É em latim para "de acordo com o que as circunstâncias exigem" – respondeu Spurgeon.

– Sim. Mas olhe só para essas receitas – disse Colfax. – Está escrito por extenso. Quando fui verificar para trás, percebi que toda receita era exatamente igual, como se o sujeito que as houvesse escrito o tivesse feito de uma só assentada.

– Ele cometeu um erro, porém – disse Hartigan. – Quando o Sr. Colfax me leu as receitas pelo telefone, vi logo que eram falsas. Ele empregou um número federal de seis dígitos. Não temos essa quantidade de médicos em Massachusetts.

– Você prendeu a pessoa que passou essas receitas? – perguntou Kender.

Hartigan sacudiu a cabeça.

– Fiz-lhe algumas perguntas da última vez em que veio, logo antes de chamar a polícia – disse Colfax. – Devo tê-lo afugentado. – Deu um sorriso. – Sou um péssimo detetive.

– Pelo contrário – disse Hartigan. – Não existem muitos farmacêuticos espertos assim para pegar um negócio como este. Pode descrever o sujeito para o Dr. Robinson?

Colfax hesitou.

– Bem, era um negro... – E desviou o olhar, constrangido. – Tinha um bigode. Lamento, mas não me lembro de muito mais.

Speed Nightingale?

Hartigan sorriu.

– Sei que essa pista não dá grandes indícios, Dr. Robinson.

Não seria muito justo citar o nome de Nightingale, percebeu Spurgeon; havia uma grande quantidade de homens de cor com bigode, dos quais muitos usavam drogas.

– Poderia ser qualquer um.

Hartigan balançou a cabeça.

– Há muita gente capaz de pôr as mãos em receitas em branco, operários da gráfica, gente por todo o hospital, pacientes e suas famílias quando vocês viram as costas.

Deu um suspiro.

O Dr. Kender consultou o relógio e afastou sua cadeira da mesa.

– Há mais alguma coisa, senhores?

Ambas as visitas sorriram e se levantaram.

– Nesse caso, lamento muito, mas o Dr. Robinson e eu temos de comparecer a uma reunião – disse o Dr. Kender.

Às 10:30, Spurgeon estava sentado numa das cadeiras laterais da longa e polidíssima mesa, beliscando biscoitos e tomando Coca-Cola, olhando bem em frente para uma parede decorada com uma gravura de uma companhia farmacêutica, retratando Marcello Malpighi, o descobridor da circulação capilar, que parecia um pouco com o Dr. Sack de barba e trajando uma manta de viagem.

Foram entrando devagar um a um, e ele finalmente os acompanhou ao se levantarem à entrada do Dr. Longwood.

Meomartino apresentou um caso, um caso longo.

Meomartino apresentou outra porra de caso. Não *o* caso. Talvez, pensou ele meio rezando, eles não se detivessem nele. *Talvez* o tempo não desse, mas quando levantou os olhos para o relógio percebeu que haveria tempo demais, e seu estômago deu um pinote e pensou que seria o primeiro interno na história do hospital a vomitar em cima da mesa encerada, das garrafas de Pepsi, dos biscoitos e do cirurgião-chefe.

E em seguida Meomartino passou a apresentar ainda outro, e ele ouviu os detalhes que conhecia tão bem. O nome dela, a idade, os fatos sobre o acidente de automóvel, o dia em que ele a examinara na emergência, sua história passada, as chapas de raios X que haviam sido tiradas e ah, meu Deus, as que não tinham sido tiradas, e como ele a deixara ir por sua decisão, como ela fora para casa...

Espera aí, pensou ele com súbita premência. O que está acontecendo aqui?

Ah, seu filho da puta covarde.

E o que me dizem da chamada que fiz para o cirurgião residente? A chamada que fiz para *você*, pensou ele, aturdido.

Mas Meomartino estava concluindo, contando como a velha das adivinhações voltara ao hospital pela última vez, chegando morta.

O Dr. Sack descreveu o que haviam verificado na necrópsia, apresentando rapidamente os resultados em poucos minutos.

O Dr. Longwood recostou-se na sua cadeira.

— Este é o pior tipo de caso para a gente perder — disse ele. — E, no entanto, perdemos inevitavelmente pacientes assim. Por que o senhor acha que isso acontece, Dr. Robinson?

— Não sei não, senhor.

Os olhos fundos fixaram-se nele. Percebeu com uma espécie de terrível fascínio que um tremor fino começou a sacudir quase que imperceptivelmente a cabeça do Dr. Longwood.

— É porque esse tipo de caso exige que reconheçamos um trauma que não vemos todo dia. Um dano que pode ser corrigido, mas que se for deixado sem corrigir pode causar a morte.

— Sim, senhor — disse Spurgeon.

— Não preciso que ninguém me diga o tipo de pressão e o pesado esquema de trabalho que sofre nossa equipe da casa. Há muitos anos fui interno e residente aqui, e a seguir cirurgião convidado, antes de assumir um cargo em tempo integral nesta instituição. Sei que recebemos pacientes abandonados, complicados e em tamanha quantidade que várias instituições particulares não acreditariam naquilo que conseguimos realizar.

"Mas é precisamente o mau estado em que se encontram nossos pacientes e a exigência que sofremos quanto ao tempo que nos obrigam a ser duplamente alerta. Que tornam obrigatório que *cada* interno se questione se tem plena consciência de ter tomado *toda* providência quanto ao diagnóstico, se toda chapa de raios X necessária foi batida.

"O senhor se questionou quanto a essas coisas, Dr. Robinson? — O tremor havia se tornado mais pronunciado.

— Sim, Dr. Longwood — respondeu ele de maneira firme.

— Então por que essa mulher morreu?

— Acho que por eu não saber o suficiente para poder ajudá-la.

O Dr. Longwood balançou a cabeça.

— Faltava-lhe a experiência. E é por isso que um interno nunca deve tomar a responsabilidade de dar alta do hospital, mesmo se o paciente reclama terrivelmente de ter de esperar que um médico competente tenha tempo de dispensá-lo. Nenhum paciente jamais morreu de reclamar. Nossa responsabilidade é protegê-lo de si mesmo. Sabe o que teria acontecido se o senhor não a tivesse dispensado?

Ele buscou Meomartino com os olhos, mas o cirurgião visitante estava absorto no caso clínico.

— Ela ainda estaria viva — afirmou ele.

Houve um silêncio e ele voltou a olhar em direção ao Dr. Longwood. Os olhos azuis fundos que o haviam atormentado no decorrer da reunião ainda estavam dirigidos a ele, mas percebeu que seu brilho estava extinto e que estavam focalizados bem além dele.

— Dr. Longwood? — disse o Dr. Kender.
— Harland — disse o Dr. Kender delicadamente. — Vamos botar em votação pela equipe?
— O quê?
— Vamos pôr em votação pela equipe, Harland?
— Sim — respondeu ele.
— Uma morte evitável — declarou o Dr. Kender.

O Dr. Longwood passou a língua em seus lábios secos e olhou para o Dr. Sack.

— Evitável.

Para a Dra. Parkhurst.

— Evitável.

Evitável.

Evitável.

Evitável.

Spurgeon tentou de novo buscar os olhos de Meomartino, mas não conseguiu. Deve ter sido uma omissão não intencional, disse consigo mesmo, lá sentado e estudando o retrato de Marcello Malpighi.

Quando ele chegou ao quarto de Silverstone no sexto andar, pensou que Adam fosse subir pelas paredes de raiva.

Raiva dirigida contra Spurgeon, admirou-se ele.

— Como é que você foi deixar Meomartino escapar com uma dessas!
— Ele não me disse para dispensá-la. É verdade que o chamei no telefone, mas ele não me disse porra nenhuma, cara. Ele apenas me perguntou se sua presença era realmente necessária, e eu respondi que podia resolver sozinho.
— Mas você o chamou — disse Adam. — A responsabilidade dele era dizer a você que segurasse o paciente até ele poder chegar lá embaixo. O comitê saberia que isso é verdade.

Spurgeon deu de ombros.

— Vou falar com o Velho.
— Eu preferia que não fosse. Ele está com uma aparência tão ruim que não sei se seria capaz de resolver esse tipo de situação.
— Então vá a Kender.

Ele sacudiu a cabeça.

— Por que não?

— Porque — respondeu ele — *existe* uma regra que proíbe aos internos dispensarem pacientes, e eu *quebrei* essa regra. Porque Meomartino não me *disse* para dispensá-la. Porque, se eu fosse reclamar, deveria tê-lo feito durante a reunião.

— Robinson, você é a pessoa mais burra que eu jamais conheci na minha vida — ouviu Adam gritar depois que ele se fora.

Meomartino não se revelara homem de verdade, disse ele consigo mesmo, caminhando pesadamente rumo ao elevador.

Mas durante a torturante viagem do sexto andar até o subsolo, lutando contra um antigo e doentio pavor, ele se obrigou a reconhecer o motivo de não ter chamado atenção para a ligação telefônica durante a reunião do comitê.

Ficara apavorado com todos aqueles rostos brancos, brancos.

O dia continuara tal como começara.
Desastradamente.

Ele e Meyerson ficaram ociosos e entediados um com o outro até o meio da tarde. De 15:30 até quase 20:30 foram buscar seis pacientes, quatro deles resgates longos e difíceis, e, em seguida, às 20:35 mandaram-nos apanhar a Sra. Thomas Catlett, um caso esperado de parto, Simmons Court, 31, Charlestown. Mas Meyerson saiu da via expressa e se embrenhou em ruas que não haviam sido alargadas desde que ficou decidido que eram suficientemente largas para o cavalo de Paul Revere. Finalmente, ele parou num lugar de estacionamento proibido, defronte à livraria Shapiro, na Essex Street.

— Para onde vai? — perguntou Spurgeon desconfiadamente.

— Estou com fome. Vou pegar um sanduíche e uma bebida na delicatéssen, e você dirige enquanto eu como, está bem?

— Melhor andar logo.

— Está bem, relaxe. Quer que eu te traga alguma coisa? Uma viandada.

— Não, obrigado.

— Pastrami? Eles passam a carne no vapor.

— Maish, eu não quero perder tempo.

— A gente precisa comer.

Spurgeon cedeu, dando-lhe um dólar da carteira. Queijo suíço com pão branco. Café, mais ou menos forte.

Sentou-se no assento da frente da ambulância e ficou observando os livros nas vitrines da Shapiro enquanto os segundos viravam minutos e Maish não voltava. Dentro em breve, saiu da ambulância, andou até a esquina e olhou através da vidraça da delicatéssen Essex. Enquadrado por um grande círculo de salame na vitrine, com o torso escondido atrás de uma pirâmide de *knockwurst*, lá estava Meyerson na fila conversando animadamente com dois motoristas de táxi.

Spurgeon bateu na vitrine, ignorou os cento e tantos olhos estranhos que se voltaram de imediato para ele e apontou para o relógio.

Maish deu de ombros e apontou para o balcão.

Meu Deus, ele ainda não tinha sido servido.

Ele deu meia-volta e foi caminhar para outro lado, passando pela livraria, até o final do quarteirão. Além, ficava Chinatown, uma floresta faiscante de neon composta de palmeiras e dragões.

Caminhou de volta. Durante algum tempo, ficou encostado no lado da ambulância.

Finalmente, não aguentou mais. Foi até a Essex e entrou.

– Pegue uma papeleta – disse o sujeito na entrada.

– Eu não vou ficar.

– Então devolva na saída.

Maish estava sentado a uma mesa do canto com os motoristas de táxi, o prato dele vazio, a não ser por umas poucas migalhas de carne. Sua garrafa de cerveja ainda continha uns dois centímetros de cerveja.

– Vamos lá para a porra da ambulância – disse Spurgeon.

Maish olhou em direção aos motoristas de táxi e revirou os olhos.

– Cara novo – disse ele.

Dentro da ambulância, ele entregou a Spurgeon uma sacola de papel marrom e o troco de vinte centavos.

– Achei melhor engolir lá dentro mesmo – disse ele. – Assim posso dirigir. Conheço Charlestown. Imaginei que você pudesse se perder.

– É melhor a gente dar o fora para pegar esse caso da maternidade. Isso é o que *eu* acho.

– Depois da gente pegá-la, vai levar ainda um dia e meio para parir. Eu garanto.

Atravessaram Chinatown para pegar a via expressa.

– Coma – mandou Maish, como se fosse a mãe judia da equipe de ambulâncias. O sanduíche tinha gosto de papelão na sua língua aflita, o café estava horrivelmente frio e foi bebido enquanto atravessavam ruidosamente a ponte Tobim Memorial.

– Você tem 25 centavos? – Era responsabilidade do motorista pagar os pedágios, mas Spurgeon desembolsou-os, lembrando-se de mais tarde cobrar.

As ruas pareciam todas iguais. As casas pareciam todas iguais. Maish levou dez minutos até admitir que não conseguia achar Simmons Court, e mais cinco minutos para abandonar a consulta ao mapa da cidade.

Depois de prolongadas consultas a dois policiais e a uma patrulha da marinha, encontraram-no, um beco sem saída escuro no final de uma rua particular cheia de marcas de pneus na neve. Os Catlett moravam no terceiro andar, evidentemente. O apartamento era escuro e sujo, cheirando a seguro-desemprego. Havia crianças que tinham sido obrigadas a acordar sob ameaças e um sujeito, taciturno, calado. A mulher era gorda como uma porca, fruto de uma dieta rica em carboidratos, doenças e partos demais. Puseram-na numa maca e a suspenderam, gemendo simultaneamente. A garota mais velha botou uma sacola de papel marrom na maca onde estava sua mãe.

– Minha camisola e minhas coisas – disse orgulhosamente a mulher a Spurgeon.

Eles avançaram em direção à porta e então Spurgeon parou, a maca fazendo pressão contra a parte de trás de suas pernas.

– Não quer se despedir dela? – perguntou ao sujeito.

– Até mais.

– Até mais – respondeu ela.

Ela era muito pesada. Manobraram-na pelos dois lances da escada estreita e escaparam do cheiro de mofo do vestíbulo.

– Cuidado com o gelo – avisou Maish, o líder.

Os braços e as pernas deles estavam retesados e trêmulos quando finalmente a empurraram para dentro da ambulância.

Ela deu um grito.

– Qual o problema? – perguntou Spurgeon.

Levou quase um minuto para que ela pudesse responder. No seu susto inicial ele não pensou em consultar o relógio. – Está doendo.

– Qual tipo de dor?

– Você sabe.

– Foi a primeira?

– Não, já tive uma porção.

– Meyerson, é melhor você arrancar – disse ele. – Use seu apitinho de brincadeira.

Maish ligou imediatamente a sirene, exibicionista, cretino, e eles percorreram o pátio e desceram a rua vazia, enquanto de todos os apartamentos as luzes acenderam e um rosto preto ou pardo espiava pela janela.

Ele se sentou perto dela, descansando os pés no lado oposto para firmar seus joelhos, que usou com apoio para escrever.

– É MELHOR COMEÇAR LOGO A REGISTRAR A PRIMEIRA PARTE DO CASO CLÍNICO! – berrou ele contra a fúria da sirene. – QUAL O SEU NOME COMPLETO, MÃE?

– O QUÊ?

– SEU NOME COMPLETO.

— MARTHA HENDRICKS CATLETT. HENDRICKS É MEU NOME DE SOLTEIRA — soletrou ela roucamente.

Ele balançou a cabeça.

— LOCAL DE NASCIMENTO?

— ROCHESTER.

— NOVA YORK? — Ela fez que sim com a cabeça. — O NOME DE SEU MARIDO É THOMAS. E A INICIAL DO MEIO?

— C. CHARLIE. — O rosto dela se contorceu e ela gritou, rolando na maca.

Dessa vez ele consultou o relógio: 21:42. A contração durou quase um minuto.

— LOCAL DE NASCIMENTO DE SEU MARIDO.

— CHOCTAW, ALABAMA. MENTIROSO DANADO.

— POR QUÊ?

— DIZ ÀS CRIANÇAS QUE TEM SANGUE ÍNDIO.

Ele balançou a cabeça, sorrindo. Estava começando a gostar dela.

— LOCAL DE TRABALHO.

— DESEMPREGADOOOO! — o grito virando um berro de dor. Ele olhou para o seu relógio de novo. 21:44. Dois minutos.

Dois minutos?

Não sou capaz de fazer um parto, pensou ele nervoso.

Sua experiência se limitava a cinco dias de treinamento em obstetrícia no terceiro ano da faculdade, há dois anos.

Será que prestara atenção?

— VOCÊ TEM UMA COMADRE, DOUTOR?

— NÃO PODE ESPERAR?

— ACHO QUE NÃO.

Era isso aí; ele percebeu que a criança estava quase chegando. Inclinou-se subitamente em direção à parte da frente da ambulância e bateu no ombro de Meyerson.

— ENCOSTE E PARE.

— POR QUÊ?

— QUERO COMPRAR MAIS UMA PORRA DE SANDUÍCHE DE VIANDADA PARA VOCÊ! — gritou ele.

A ambulância diminuiu a marcha e parou, engolindo o uivo de sua sirene com um ruído que pareceu um soluço. De repente, fez-se muito silêncio, quebrado apenas pelo suuush-suuush-suuush dos carros passando muito velozes e muito próximos.

Ele olhou para fora e sentiu uma tontura. Estavam na ponte.

— Você tem aqueles sinalizadores de fumaça, sabe, sinalizadores de tráfego? — perguntou a Meyerson.

Maish fez que sim com a cabeça.
— Bem, então use-os senão morreremos.
— Quer que eu faça alguma outra coisa?
— Esfregue dois pauzinhos e comece um fogo. Ferva uma porção de água. Reze. E fique longe de mim.
— Aaaagh – fez a mulher.

Havia um pequeno balão de óxido nitroso sob a maca e uma máscara. E um kit obstétrico. Ele os puxou para fora. E começou a pensar com muita concentração. Ela certamente não era primípara, mãe iniciante. Mas tivera cinco filhos, o que a tornaria uma multípara?

— Quantos filhos tem, mãe?
— Oito – respondeu ela gemendo.
— Quantos são garotos? – perguntou ele, embora estivesse se lixando. Ela era uma grande multípara, ou seja, havia a possibilidade de que ela despejasse o bebê como uma bomba.

— Primeiro dois meninos, depois o resto, meninas – respondeu ela, enquanto ele tirava seus sapatos. Não havia apoio de pés, claro; ele levantou os pés dela e os apoiou contra os bancos de cada lado da maca, de modo que o sangue voltasse para dentro de seu abdome, em vez de coagular nas pernas.

Meyerson abriu a porta, deixando entrar o barulho do tráfego.
— Doutor, tem algum trocado? Andarei até o telefone, chamarei o hospital.
Ele lhe deu dez centavos.
— Terei de fazer algumas outras chamadas.
Ele lhe deu um punhado de dinheiro trocado, empurrou-o para fora da ambulância e trancou a porta por dentro. A mulher gemeu.
— Vou lhe dar uma coisinha para passar a dor, mãe.
— Para dormir?
— Não. Só para ficar um pouco tonta.
Ela fez que sim com a cabeça e ele lhe deu umas duas cheiradas de óxido nitroso, sendo muito cauteloso em caso de engano. Fez efeito rápido.
— Contente – murmurou ela.
— De quê?
— Médico de cor. Nunca tive médico de cor.
Meu Deus, pobre senhora, eu teria muito prazer que o parto fosse feito por George Wallace ou Louise Day Hicks, se o primeiro fosse obstetra e a segunda, parteira, e estivessem ambos presentes.

Ele abriu o kit obstétrico, que não continha grande coisa: uma pera de sucção, dois hemostatos, tesouras e fórceps. Levantando o vestido dela até os seios, ele expôs coxas grossas como o tronco de um carvalho e calcinha de seda marrom, que ele passou a cortar para retirá-la.

Ela começou a chorar.

– Um presente da minha segunda mais velha.

– Eu te compro novas.

Uma vez exposta, a barriga era terrível, uma extensão de tecido escuro, cheio de gordura e de estrias de partos anteriores, sobre a qual se deitara o seu marido em busca do único prazer que um homem pobre e preto podia ter, o único prazer que não custava nada, mais barato que o cinema, mais barato que a bebida, depositando a pequena semente que crescera até se tornar aquela coisa grande e apertada, como uma melancia, contra a pele dela.

Tão baixa, tão baixa.

Tenho uma pergunta da fila da pipoca, Dr. Robinson. Como fazer passar um objeto tão grande quanto o bebê, sem dúvida gordo, dessa gorda mulher, por uma abertura que – embora tenha visto mais estreitas – ainda é relativamente pequena?

Tão pequena.

Era uma oportunidade, percebeu ele implacavelmente, de perder *dois* pacientes, de acertar dois e acertar três simultaneamente, como se fosse.

Havia um frasco de Zephiran. Ele tirou a tampa e o derramou generosamente em cima da vulva e do períneo, em seguida derramou um pouco em cada uma de suas mãos, agitando-as até secarem; não chegando a ser um substituto satisfatório para uma desinfecção de pele no pré-operatório, mas o único disponível.

A mulher estava bufando, gemendo, empurrando, tentando derrubar a casa soprando.

– Como está indo, mãe? – Ela apenas grunhiu.

Por favor, Senhor.

Houve um jorro d'água em cima das calças brancas dele. As cataratas do Niágara, só que cor de palha. Os olhos dela estavam fechados, os grandes músculos das pernas contraídos. Uma pequena cabeça careca apareceu na abertura, que, devido aos pelos pubianos não raspados da mãe atrás, parecia ter uma tonsura.

Mais duas contrações e a cabeça passara. Spurgeon utilizou a pera para sugar líquido da pequena boca, percebendo então que ela estava tendo mais dificuldade com os ombros. Ele fez uma pequena episiotomia, que sangrou muito pouco. Da próxima vez em que ela contraiu, ele ajudou com as mãos, e o bebê inteiro emergiu no mundo frio. Ele colocou dois clipes no cordão e cortou entre eles, lembrando-se em seguida de olhar imediatamente para o relógio; era importante por motivos legais registrar a hora do nascimento.

Uma de suas mãos segurava o pequeno pescoço e a cabeça, a outra o pequeno traseiro, veludo quente, macio como... um bumbum de neném. Compositor, músico, experimente traduzir esse acontecimento em música, disse consigo mesmo, mas sabendo que não podia ser feito. O bebê abriu a boca, contorceu o rosto parecendo uma ameixa e deu um choro agudo, ao mesmo tempo que soltava um jorro de urina de seu pequenino pênis – um garoto bem-dotado.

– Você teve um belo menino – disse ele à mulher. – Qual será o nome dele?

– Qual o seu nome, doutor?

– Spurgeon Robinson. Vai dar-lhe *meu* nome?

– Bem, não. Vou dar a ele o nome do seu pai. Só queria saber seu nome.

Eles ainda estavam rindo um momento depois, quando Meyerson e um policial bateram na porta da ambulância.

– Precisa de ajuda, doutor? – perguntou o policial.

– Está tudo sob controle, obrigado. – Atrás deles o tráfego estava engarrafado por um quilômetro. As buzinas, percebeu ele só agora, eram ensurdecedoras.

– Espere um minuto. Entre e segure Thomas Catlett só um instante, está bem? Por favor.

O parto era igualzinho a qualquer procedimento cirúrgico, no que diz respeito à possibilidade de choque. Ele começou a dar-lhe soro, dextrose e água.

Cobriu-a com um cobertor, resolvendo que esperaria por melhores condições de assepsia para tirar a placenta. Em seguida, pegou o bebê das mãos do policial.

– Sr. Meyerson – disse o Dr. Robinson com a maior dignidade. – Queira por favor nos tirar da porra desta ponte!

Ao chegarem ao pátio do hospital, o primeiro clarão de flash o fez piscar, assim que abriu a porta da ambulância.

– Segure o bebê, doutor. Aproxime-se da mãe – mandava um operador de câmera. Havia dois fotógrafos, três repórteres. Duas equipes de televisão.

Que diabo, estranhou ele, mas então lembrou-se de todo aquele troco que Meyerson precisara para fazer as chamadas telefônicas. Olhou em volta ferozmente.

Maish estava prestes a desaparecer pela entrada das ambulâncias. Como uma folha ao vento – não, como uma lebre maluca –, Meyerson fugiu precipitadamente.

Muito mais tarde ele chegou a seu quarto. Tirou sua roupa branca que desprendia um cheiro forte de sangue e de fluido amniótico. O chuveiro do corredor estava convidativo, mas ficou por bastante tempo apenas sentado na cama em suas roupas de baixo, pensando muito pouco, mas se sentindo muito bem.

Champanhe, pensou finalmente. Ele tomaria um banho, trocaria de roupa e compraria duas meias garrafas de excelente champanhe. Uma ele compartilharia com Adam Silverstone. A outra com Dorothy.

Dorothy.

Ele saiu e botou duas moedas de dez centavos no telefone do vestíbulo, discando o número de Dorothy.

A Sra. Williams atendeu.

– Sabe que horas são? – perguntou ela, asperamente, quando ele pediu para falar com Dorothy.

– Hum. Isso é um dos percalços da vida de médico. É melhor ir se acostumando, mamãe.

– Spurgeon? – disse Dorothy num instante. – O que aconteceu na reunião?

– Ainda continuarei como interno.

– Foi muito ruim?

– Esfregaram meu nariz, tal como se faz a um cachorrinho.

– Você está bem?

– Estou ótimo. A maior autoridade do mundo sobre o odontoide. – Com a sua voz de repente embargada, viu-se tagarelando com ela sobre a gorda irmã de cor e sobre o mais bonitinho, de bumbum mais macio, mais bem equipado menino que veio à luz graças ao destemor do médico de primeira linha, Dr. Robinson.

– Eu te amo, Spurgeon – disse ela baixinho, mas bem claramente, e ele podia visualizá-la ali na cozinha, na sua camisola, com sua bela mão em volta do fone, e sua mãe adejando como uma grande borboleta negra.

– Escuta – disse ele. Mas alto, sem se importar se Adam Silverstone ou qualquer outra pessoa no universo o escutasse. – Eu também te amo, mais ainda do que desejo o teu corpo núbil e nubiano. O que é muito mais do que uma imensidão.

– Você é maluco – disse ela, no seu tom de voz de tia velha.

– Hum-hum. Mas quando finalmente picotarem seu bilhete de entrada para a formidável classe média branca, eu serei o avalista.

Ele achou que ela estava rindo, mas não pôde ter certeza porque ela interrompera a ligação. Ele mandou um beijo molhado e sonoro pelo fone que zumbia.

HARLAND LONGWOOD

9

À medida que sua doença avançava, Harland Longwood acostumou-se a ela, como se fosse um traje feio e odiado que ele não conseguia jogar fora por motivos financeiros. Viu-se cada vez mais incapaz de dormir à noite, uma sorte ambígua, já que escrevia com maior eficácia quando o prédio de apartamentos em Cambridge estava encoberto pelo veludo negro da noite e o mundo só se intrometia através de suas janelas fechadas com um mínimo de ruído.

Escrevia depressa, utilizando material que acumulara com meticulosa lentidão no decorrer de muitos anos, completando uma cuidadosa segunda versão de cada capítulo antes de avançar para o próximo. Ao terminar três capítulos, percebeu que era chegada a hora de fazer o teste, e depois de bastante deliberação, escolheu três eminentes cirurgiões, cada qual vivendo suficientemente afastado de Boston para não ter sido ainda alcançado pelo boato a respeito da doença de Longwood. O capítulo de cirurgia torácica foi para um professor da McGill; o capítulo de hérnia, para um cirurgião do hospital Loma Linda, em Los Angeles, e o capítulo de técnica cirúrgica, para um sujeito da clínica Mayo, em Minnesota.

Quando suas críticas chegaram, ele percebeu que não estava apenas indo atrás de um sonho tolo, da vaidade.

O professor da McGill falou calorosamente a respeito da parte torácica, pedindo licença para publicá-la numa revista editada por ele. O cirurgião da Mayo veio com grandes elogios, mas frisou uma área a ser acrescentada que seria de grande valor, o que aumentou em três semanas o trabalho de Longwood. O californiano, um pedante invejoso com quem ele altercava há anos, deu a contragosto valor ao material, sugerindo três correções editoriais excessivamente minuciosas, de que Longwood discordava e ignorou.

Escrevia à caneta, enchendo o papel pautado com uma escrita apertada, comprida e fina. Às vezes, era agora vencido pelo sono durante o dia, depois de ter escrito um trecho do livro, e pela primeira vez na vida começou a ficar em casa, longe do hospital, com bastante frequência, grato pela capacidade de Bester Kender substituí-lo.

Sentiu-se bastante seguro para mencionar o livro a Elizabeth, um dia durante o almoço, e ficou emocionado diante de sua oferta de datilografar o manuscrito, acreditando que ela quisesse cuidar dele. Durante dois dias, ela brincou na máquina de escrever como uma criança com um brinquedo, mas no terceiro dia, depois de datilografar vinte minutos, levantou-se e ficou muito tempo diante do espelho, botando seu chapéu.

— Prometi a Edna Brewster que iria fazer compras com ela, tio Harland — explicou, e quando ele assentiu com a cabeça, ela deu-lhe um beijo na face.

Dentro de poucos dias, era Bernice Lovett que estava doente e precisava ser visitada.

Duas manhãs depois, ela disse que Helen Parkinson insistira para que ela ajudasse o comitê a planejar o novo show no Vincent Club.

Depois disso, sua presença fora exigida por Susan Silberger, Ruth Moore, Nancy Roberts, enquanto a pilha de manuscritos ainda não datilografados crescia ao lado da máquina de escrever.

Ele ficou imaginando que homem seria dessa vez.

O latino-americano não era suficientemente forte para mantê-la na linha, pensou ele, tendo finalmente um pretexto para menosprezar Meomartino.

Ela sempre permanecia um pouco no apartamento e depois saía, tendo o cuidado de mencionar o nome da mulher com quem ela passaria o dia. Só levou até a manhã de Helen Parkinson para que ele descobrisse a coisa.

— No caso de seu marido telefonar, é o que você quer dizer — desabafara ele diante de mais uma de suas desculpas.

Liz olhou para ele e a seguir sorriu.

— Não seja bobo e não diga coisas das quais ambos haveremos de nos arrepender, tio Harland — disse ela.

— Elizabeth, você veio aqui me ajudar. Gostaria de conversar sobre alguma coisa... qualquer assunto? Será que não há uma maneira de poder ajudá-la?

— Não — respondeu ela.

Em vez de ficar pensando no assunto, ele telefonou para uma agência de secretárias e combinou o serviço de uma datilógrafa durante parte do dia.

As piores horas eram as das noites passadas na máquina de diálise, seguro por dedos-agulhas, enquanto os tubos ficavam muito vermelhos, à medida que ela lhe sugava o sangue como um vampiro e ele ficava lá incapaz de se levantar da cama no decorrer das longas horas, prisioneiro daquela coisa que agora lhe devolvia a vida.

Não era barulhenta, mas chapinhava baixinho. Ele sabia que se tratava de um produto inanimado da técnica humana; no entanto, às vezes, o chapinhar se assemelhava a um risinho suave de mofa.

Toda vez que ele se livrava dela, fugia aliviado e mais tarde ia até a cidade como um marinheiro de folga, um drinque no Ritz-Carlton, jantar no Locke-Ober, durante o qual quebrava frequentemente as regras de sua dieta, achando que baixar o sódio literalmente o privava de uma parte do sal da vida. Pedia invariavelmente muito conhaque depois do jantar. Ele nunca fora econômico com dinheiro, mas agora espantava Louie, o garçom que o servia há trinta anos, pela generosidade de suas gorjetas.

Atormentado pelo desejo de terminar o livro, ele trabalhava toda noite; escrevia tão rápido quanto ousava escrever, observando-se com a distância de um estranho assistindo a uma corrida de cavalos e imaginando com um humor irônico quem ganharia.

Uma vez ou outra, Elizabeth deixava o garotinho com ele no apartamento, e Longwood brincava no chão com seu sobrinho-neto, enquanto o sol jorrava pelas janelas, e na sua fraqueza sentia-se com a mesma idade do garoto, satisfeito de empurrar em volta dos tapetes, por baixo das cadeiras e da mesa da sala de jantar, os carrinhos de brinquedo que Miguel trouxera, o azul impelido pela pequenina mão gorducha e o vermelho pelos longos dedos ossudos que haviam, não fazia muito tempo, segurado instrumentos cirúrgicos. Às vezes, de tarde, ele levava o garoto para passeios em um carro de verdade, pequenas viagens normalmente, mas certa tarde viu-se na rodovia 128 com o pé embaixo no acelerador, e a agulha do velocímetro subindo, subindo, enquanto o carro descia embalado a estreita fita em que se transformara a estrada.

– Você está correndo demais, querido – disse Frances em meias-palavras.
– Sim – respondeu ele sorrindo.

Em seguida, ouviu o que parecia ser uma ambulância e, quando percebeu seu engano, o guarda já estava encostando sua motocicleta e ele parou o carro no acostamento.

O guarda olhou para seu cabelo grisalho e para o emblema de médico no carro.

– É uma emergência, doutor?
– Sim – respondera ele.
– Quer que eu o escolte?
– Não, obrigado – respondeu ele, e o guarda bateu continência e foi embora.

Quando ele olhou de novo, Frances desaparecera antes de ter uma oportunidade de perguntar-lhe o que fazer com Elizabeth, e o garotinho estava dormindo no assento da frente, enrolado como um filhote de gato. Ele começou a tremer, mas se obrigou a dirigir de novo, voltando a Cambridge a 50 quilômetros por hora, colado no lado direito da estrada.

Ele nunca mais levou o garoto para passear no carro de verdade.

As cânulas infeccionavam no seu corpo. Mudaram o *shunt* de lugar várias vezes, até as cicatrizes das pequenas incisões decorarem sua perna. As toxinas vinham se acumulando em seu organismo e certa tarde seu corpo inteiro começou a coçar. Coçou até sair sangue e em seguida deitou na sua cama, se contorcendo, as lágrimas a escorrer pelo rosto.

Naquela noite ele foi ao hospital para a diálise, e quando viram os estragos da coceira, receitaram-lhe Benadryl e Stelazine, e o Dr. Kender disse que ele teria de comparecer ao rim artificial três vezes por semana, em vez de duas. Reservaram-lhe segunda, quarta e sexta, às 9 horas da manhã, em vez de terça e quinta à noite. Isso significava que, mesmo que estivesse se sentindo bem nesses dias, não poderia ir trabalhar no hospital. Ele ainda telefonava toda noite a Silverstone e Meomartino para receber relatórios sobre o serviço, mas parou de fazer qualquer tentativa de realizar visitas de inspeção.

Muitas vezes, quando estava sozinho, chorava. Certa vez, levantou os olhos e viu Frances sentada perto de sua cama.

– Você não pode me ajudar? – perguntou-lhe.

Ela lhe deu um sorriso.

– Você tem de ajudar a si mesmo, Harland – respondeu ela.

– O que poderíamos ter feito por este homem, senhores? – perguntou ele ao comitê da morte.

Mas voz nenhuma respondeu.

Não fez nenhuma tentativa de voltar à capela Appleton ou a qualquer outra igreja, mas certa noite, enquanto estava sentado trabalhando no livro, sentiu uma nova e súbita certeza de que o acabaria. Essa crença era muito forte. Não teve essa impressão em meio a um espocar de luzes coloridas, nem a um clímax musical, tal como esses momentos costumavam ser retratados nos filmes ruins que passavam na televisão toda manhã de Páscoa. Foi simplesmente uma promessa tranquila, convincente.

– Obrigado, Senhor – disse ele.

Na manhã seguinte, antes de se apresentar ao rim artificial, ele entrou no quarto da Sra. Bergstrom e ficou em pé ao lado de sua cama. Ela parecia estar dormindo, mas, dentro de alguns minutos, abriu os olhos.

– Como se sente? – perguntou ele.

Ela sorriu.

– Não muito bem. E você?

– Você sabe a meu respeito? – perguntou ele interessado.

Ela fez que sim com a cabeça.

– Estamos na mesma canoa. Você é o médico que está doente, não é?

Então até os pacientes sabiam. Era o tipo de informação que era capaz de correr um hospital inteiro.

– Tem alguma coisa que eu possa fazer por você? – perguntou ele.

Ela lambeu os lábios.

– O Dr. Kender e sua equipe estão cuidando de tudo. O senhor não precisa se preocupar. Eles também cuidarão do senhor.

– Tenho certeza de que cuidarão – disse ele.

– São maravilhosos. É bom ter gente em que você pode confiar.

– É bom, sim – disse ele.

Kender entrou e disse que estavam à espera para pô-lo no rim artificial. Saíram juntos do quarto e no corredor Longwood virou-se para o homem mais jovem.

– Ela tem uma fé danada em você. Acredita que você seja infalível.

– Isso acontece. Não é algo ruim. É uma coisa que nos ajuda – comentou Kender.

– Infelizmente, é claro, tenho conhecimento de suas limitações – disse ele.

Kender balançou a cabeça.

– Infelizmente, doutor – retrucou ele.

Longwood deitou-se e deixou a enfermeira conectá-lo com o rim. Num instante este começou a chapinhar de maneira zombeteira. Ele se recostou na cama e fechou os olhos. Coçando com cuidado a comichão, ele começou do início e contou tudo a Deus.

RAFAEL MEOMARTINO

10

Meomartino chegou em casa naquela noite na hora das galinhas dormirem. Liz estava deitada no sofá da sala de visitas num vestido caseiro, os sapatos no chão, com o cabelo meio desarrumado e com o cansaço a lhe provocar ligeiras olheiras. Virou a cabeça, dando a face para ser beijada.

– Como foi seu dia?

– Terrível – respondeu. – Onde está o menino?

– Na cama.

– Tão cedo?

– Não o acorde. Está exausto e me deixou também exausta.

– Papai? – chamou Miguel do seu quarto.

Ele foi até lá e se sentou na cama.

– Como é que você está?

– Bem – respondeu o menino. Ele tinha medo do escuro e mantinham uma pequena lâmpada acesa em cima da escrivaninha.

– Não consegue dormir?

– Não – disse ele. Quando tirou as mãos de sob as cobertas, Rafael viu que estavam sujas.

– Você não tomou banho?

Miguel sacudiu a cabeça, e Rafe foi até o banheiro, encheu a banheira de água quente, trouxe o garoto da cama, despiu-o e banhou-o com muito carinho. Normalmente, Miguel se debatia e esparramava água, mas agora estava com tanto sono que ficou quietinho. Estava começando a crescer mais do que o corpo suportava. Os ossos dos quadris se mostravam salientes e seus braços e pernas muito magros.

– Você está começando a ficar grande – disse Rafe.

– Como você.

Rafe fez que sim com a cabeça. Enxugou-o com uma toalha, vestiu-o com um pijama limpo e o carregou de volta para a cama.

– Faz uma tenda – pediu Miguel.

Ele hesitou, cansado e com fome.

Então, foi até seu escritório e voltou sobraçando uma porção de livros. Tirou um cobertor da cama e o estendeu no espaço entre a cama e a cômoda, prendendo cada canto do cobertor com quatro ou cinco livros. Em seguida, apagou a luz e ele e o filho rastejaram para dentro da tenda. O tapete de acrílico era mais macio que um relvado. O garotinho aninhou-se junto a ele, abraçando-o.

– Conte-me sobre a chuva. Você sabe.

– Está chovendo muito forte lá fora. Tudo ficou frio e molhado – disse Rafe obedientemente.

– O que mais? – bocejou ele.

– Na floresta, os animaizinhos estão tremendo de frio, enquanto cavam as folhas e o chão para se aquecer. Os passarinhos esconderam a cabeça sob as asas.

– Ohhh.

– Mas e a gente? Está molhada ou com frio?

– Não – murmurou o menino.

– Por quê?

– A tenda.

– Você está totalmente certo. – Ele beijou a face, que ainda era macia como a de uma criança pequena, e começou a tocar delicadamente seu filho entre suas magras espáduas, meio batidinha, meio carícia.

Dentro em breve, a respiração tranquila e regular indicou-lhe que o menino adormecera. Separou-se dele com cuidado, rastejou para fora, desarmou a tenda e o levou de volta para sua cama.

Na sala de visitas, Liz ainda permanecia deitada no sofá.

– Não precisava ter feito isso.

– O quê?

– Ter dado banho nele. Eu o teria feito de manhã.

– Eu não me importo em dar banho nele.

– Pode deixar que ele não é malcuidado. Posso ter esse ou aquele defeito, mas sou uma boa mãe.

– O que tem para o jantar?

– Temos um prato de forno. Preciso apenas ligar o forno e esquentá-lo.

– Fique aqui – disse ele. – Deixe que eu faço.

Esperando que a comida ficasse quente, ele achou que um drinque os reanimaria. Procurava os *bitters* num armário de cozinha, quando encontrou a garrafa de gim atrás de uma caixa redonda de aveia. Ainda estava fria ao toque, tinha obviamente só saído da geladeira pouco antes de ter chegado em casa.

Existe uma hora, pensou ele, em que você precisa enfrentar a realidade. Colocou a garrafa numa bandeja junto com dois copos e levou-a à sala de visitas.

– Martíni?

Ela olhou para a garrafa sem dizer nada. Ele serviu o drinque e o entregou para ela.

Ela deu um gole.

– Devia ser mais gelado – disse. – Mas fora isso, eu mesma não conseguiria fazer um melhor.

– Liz – disse ele –, por que representar *Lost Weekend*? Se quiser beber durante o dia, beba durante o dia. Não precisa esconder as garrafas de mim.

– Me abrace – disse ela depois de um instante. – Por favor.

Ele se deitou ao lado dela e a abraçou, mal se equilibrando na beira do estreito sofá.

– Por que anda bebendo?

Ela se inclinou para trás e olhou para ele.

– Porque ajuda – respondeu.

– Em quê?

– Fico com medo.

– Por quê?

– Você não precisa mais de mim.

– Liz...

– Mas é verdade. Logo assim que te conheci, você precisava terrivelmente de mim. Agora ficou muito forte. Autossuficiente.

– Será que preciso ser frágil para precisar de você?

– Sim – respondeu ela. – Vou estragar tudo, Rafe. Sei que vou. Sempre estrago.

– Que bobagem, Liz. Não vê que tolice isso representa?

– Antes, nunca realmente teve importância. Depois que estraguei as coisas com Bookstein e nos divorciamos, fiquei, de fato, mais satisfeita. Mas não consigo aguentar a ideia de estragar tudo de novo.

– Nós não vamos estragar nada – disse ele impotente.

– Quando você está em casa, tudo fica bem. Mas a porcaria do hospital volta a te levar daqui a cada 36 horas. No próximo ano, quando começar a clinicar, será pior.

Ele contornou os lábios dela com seu dedo, mas ela afastou a cabeça.

– Se você pudesse ir para a cama com o hospital, eu nunca mais te veria – disse ela.

– No ano que vem será melhor – respondeu ele. – E não pior.

– Não – disse ela. – Toda recordação que tenho da minha tia Frances é de estar à espera que meu tio voltasse para casa. Ela quase nunca o via. Ele só vendeu sua clínica e foi trabalhar no hospital depois que ela morreu. Quando já era tarde demais.

– Você não vai passar sua vida me esperando – afirmou ele. – Prometo.

Os braços dela apertaram-no com mais força. Para não cair do sofá, ele a segurava pelo local onde as coxas começam a engrossar, um bom lugar para se segurar. Dentro em pouco a respiração dela tornou-se lenta e regular de encontro ao pescoço dele; ela adormecera como o garoto, pensou ele. Sentiu desejo, mas não tomou nenhuma providência, não querendo estragar a confortável intimidade. Finalmente, ele mesmo cochilou, sonhando inexplicavelmente que era um menininho de novo a dormir no seu quarto na casa grande de Havana. Foi um sonho incrivelmente nítido e realista, ao ponto de ter certeza de que seu pai e sua mãe estavam deitados na grande cama de madeira entalhada no quarto principal que dava para o hall, e Guillermo dormindo no quarto ao lado.

A cigarra do forno no apartamento de Boston acordou simultaneamente a família que dormia no sonho e o homem cuja mulher de carne e osso deu um pulo para desligar o alarme do forno antes que ele acordasse seu filho.

Meomartino ficou lá deitado no sofá.

A TV ainda transmitia o noticiário e ele assistia a um sul-vietnamita de 13 anos que fora adotado por um regimento de infantaria americano, contra a vontade dos pais. Os soldados tinham lhe dado cigarros, cerveja, um rifle, sendo que ele já matara dois vietcongues.

– Qual a emoção de matar dois homens? – perguntou o repórter de TV.

– Foi bom. Eles eram maus – respondeu o garoto, embora jamais tivesse visto seus dois compatriotas mortos, a não ser logo antes de seu dedinho ter apertado o gatilho da arma americana, e o rifle automático, construído para funcionar com tanta facilidade que a mentalidade do usuário não contava, disparara.

Rafe se levantou e desligou o aparelho.

Ela não me conhece porra nenhuma, pensou ele.

Às vezes, ele agora sonhava de novo com a guerra.

Os pesadelos sempre começavam na baía dos Porcos e incluíam Guillermo, mas geralmente se transformavam no Vietnã. Como cidadão naturalizado e médico, ele estava exposto a uma convocação como médico militar logo que terminasse seu ano de residência, e muitos jovens médicos que haviam frequentado o hospital no ano anterior estavam agora no Vietnã. Um deles já fora morto e outro, ferido. Aquela era uma guerra que não respeitava médicos, refletiu ele desconsoladamente. Cirurgiões haviam sido mandados para a frente de batalha, em vez de médicos alistados, e os hospitais de Saigon eram tão vulneráveis quanto os postos de assistência.

Sua mulher *tinha* meia razão, concluiu ele. Ele *tinha* ficado mais forte.

A essa altura, era com coragem que ele encarava o fato de ser um covarde.

Muito estranho. O bilhete só dizia *Você está livre para o almoço?*. E vinha assinado por Harland Longwood. Sem título. Se fosse assunto profissional, cirurgião-chefe teria sido claramente batido à máquina abaixo da assinatura. Isso queria dizer que o encontro versaria provavelmente sobre Liz. Ela era o único assunto pessoal que Rafe discutia com o tio de sua mulher.

Deu uma passada na sala do Velho, informando à secretária dele que estava livre para o almoço. Só compartilhara uma vez sozinho uma refeição com o Dr. Longwood, cinco dias antes de ele e Liz terem se casado. Tinham ido para o bar masculino do Locke-Ober, onde no meio de todo aquele estanho e mogno polido o Dr. Longwood tentara insinuar, delicada e compungidamente, que, embora ela fosse boa demais para um estrangeiro, ainda assim lhe traria um punhado de problemas, alcoólicos, sexuais e outros que ele apenas insinuara, e que o Dr. Meomartino estaria fazendo um grande favor a todos os interessados, inclusive a si mesmo, se parasse de vê-la imediatamente.

E assim eles se casaram.

Dessa vez, Longwood levou-o ao Pier Four. Os caranguejos de casca mole estavam muito bons. O vinho era delicado e gelado ao ponto. Foi um auxílio para Rafe durante a conversa mole e difícil.

Durante o café, que só ele bebeu, sua paciência se esgotou:

– O que o está preocupando?

O Dr. Longwood deu um pequeno gole no seu conhaque.

– Estou curioso em saber para onde você vai no próximo ano.

– Acho que para a clínica particular, se por algum milagre conseguir escapar do exército.

– Sua esposa é uma mulher problemática. Ela precisa de estabilidade – afirmou Longwood.

– Compreendo isso.

– Ainda não tomou providências para o próximo ano?

Isso revelou de imediato a Rafe o motivo do convite para o almoço. O Velho tinha medo de que ele levasse Liz e o garoto para o outro lado do mundo.

Longwood estava ficando com um aspecto realmente ruim, pensou ele com pena. E desviou o olhar para o restaurante repleto.

– Ainda não tomei providências, embora ache que já seja hora de começar a fazê-lo. Boston está mais do que saturado de cirurgiões, e se eu abrisse um consultório aqui, teria de competir com alguns dos melhores do mundo. Poderia tentar me juntar a um deles, como sócio. Conhece alguém com uma clínica sobrecarregada e que esteja precisando de auxílio?

– Existem um ou dois sujeitos. – Ele tirou um pacote de charutos do bolso interno, abriu-o e ofereceu um a Rafe, que o recusou. O Dr. Longwood cortou a ponta do charuto e se inclinou, enquanto Rafe acendia o isqueiro, agradecendo com um gesto da cabeça, ao tragar com força para começar a formar cinzas. – Você tem alguma renda particular. Não precisa de um grande salário inicial. Correto?

Rafe fez que sim com a cabeça.

– Já pensou numa carreira universitária?

– Não.

– Estaremos contratando um instrutor de cirurgia em setembro.

– Está me oferecendo o cargo?

– Não, não estou não – respondeu o Dr. Longwood com cautela. – Iremos consultar várias outras pessoas. Acho que o único a competir com você será Adam Silverstone.

– É um bom sujeito – deixou relutantemente escapar Meomartino.

– Ele tem bom conceito, mas você também. Se você fosse disputar o cargo eu teria a máxima cautela de não influenciar a escolha, é óbvio. Ainda assim, acho que teria uma excelente chance, pelos seus méritos.

Rafe constatou com um íntimo, porém risonho, desagrado que o Velho o elogiava com a mesma falta de entusiasmo com que ele mesmo reconhecera os méritos de Adam.

– Um cargo universitário significa pesquisa – respondeu ele. – Silverstone tem trabalhado com os cachorros de Kender. Aprendi, para o meu próprio bem, que não sou um pesquisador.

– Não significa necessariamente pesquisa. Na disputa pelas verbas das doações e pelos prédios de laboratórios, as faculdades de medicina perderam de vista o motivo de sua existência – os estudantes – e começamos agora a perceber isso. Bons professores serão cada vez mais importantes, porque ensinar ficará cada vez mais difícil.

– Mas, de qualquer modo, há meu serviço militar – disse Rafe.

– Nós pedimos prorrogação para o pessoal do corpo docente da faculdade – afirmou o Dr. Longwood. – As prorrogações são anualmente renováveis.

Seus olhos nada revelaram, mas Rafe teve ali a desagradável sensação de que Longwood ria por dentro.

– Preciso pensar a respeito – respondeu ele.

Durante os próximos dois dias, tentou se convencer de que não havia chance de disputar o cargo.

Então chegou a manhã do comitê da morte e ele ficou sentado, num silêncio vergonhoso, enquanto Longwood crucificava Spurgeon Robinson na parede da biblioteca, embora ele soubesse que poderia neutralizar o ataque – compartilhando a crucificação – declarando que o interno o chamara antes de dispensar a mulher do hospital.

Só precisaria de uma simples declaração, uma frase.

Mais tarde, tentou debilmente se convencer de que só não o fizera porque o Dr. Longwood estava com um aspecto tão doente que queria terminar a reunião o mais rápido possível.

Mas tinha consciência de que seu silêncio significava o primeiro passo da sua candidatura.

Naquela noite, a caminho do refeitório, encontrara Adam Silverstone saindo do elevador.

– Estou vendo que você já deixou o leito de enfermo – disse ele. – Está se sentindo melhor?

– Vou sobreviver.

– Talvez fosse melhor descansar mais um pouco. Esses vírus podem ser perigosos.

– Escuta. Sei que você deu um golpe baixo em Spurgeon Robinson esta manhã.

Meomartino manteve o olhar fixo, mas permaneceu calado.

– Ele é tremendamente vulnerável a esse tipo de sacanagem – disse Silverstone. – De agora em diante, o que fizer a ele estará fazendo comigo.

– Que heroico de sua parte – respondeu calmamente Meomartino.

– Eu sei como lidar com esse tipo de situação, sabe?

– Vou tomar nota.

– Meu lema é o seguinte: "Não se enfureça, vá à forra" – declarou Adam. Balançou a cabeça e seguiu adiante, até o refeitório.

Rafe não fez menção nenhuma de segui-lo. Em vez de fome, sentiu um aperto na alma como não sentia há anos. Precisava da torcida da própria família, disse consigo mesmo; talvez a reação de Liz diante da notícia que disputaria o cargo didático limpasse um pouco aquela feiura.

Ele ligou e pediu a Harry Lee para substituí-lo enquanto ia comer em casa.

Era um pedido inédito, e o residente não conseguiu ocultar de todo sua surpresa ao concordar. Eu deveria fazer isso com maior frequência, pensou Rafe. O garotinho vai levar um susto com o próprio pai.

A hora do rush já passara há bastante tempo e o tráfego na via expressa, embora não estivesse leve, escoava regularmente. Ele contornou a cidade de carro, reentrando nela para se dirigir à travessa que saía da Charles Street, estacionando o carro quase na frente da viela, mas sem chegar a bloquear completamente o tráfego na rua estreita. Seu relógio marcava 19:42 ao subir pelo único lance de escada. Bastante tempo, pensou, para comer um sanduíche, beijar o menino, dar dois apertões em sua mulher e dirigir de volta ao hospital, sem ninguém dar por sua falta.

– Liz? – chamou, ao entrar com sua chave.

– Ela não está em casa. – Era a baby-sitter, de cujo nome nunca conseguia se lembrar, e um rapaz sentado ao seu lado no sofá. Ambos estavam ligeiramente amarrotados, tendo sido obviamente interrompidos. *Perdonen Vds., niños*, pensou ele.

– Onde está ela?

– Ela disse que se o senhor telefonasse, para dizer que ela ia se encontrar com seu tio para jantar.

– O Dr. Longwood?

– Sim, senhor.

– Quando?

– Ela não disse. – A garota se levantou. – Ah, doutor, eu gostaria de lhe apresentar meu amigo, Paul.

Ele fez um gesto com a cabeça, pensando se era bom para seu filho que ela trouxesse companhia enquanto trabalhava. Talvez o rapaz planejasse ir embora antes de Liz e seu tio chegarem em casa. – Onde está Miguel?

– Na cama. Acabou de dormir.

Ele foi até a cozinha, tirou o paletó e o dependurou numa cadeira, sentindo-se um intruso no próprio apartamento, enquanto a conversa na sala de jantar virava uma série de frases curtas ditas aos cochichos, pontuados por um ou outro risinho abafado.

Havia pão, ligeiramente dormido, e presunto e queijo com que fazer um sanduíche. E também uma garrafa de gim, menos de metade cheia, contendo martínis, que, percebeu, ela teria tirado da geladeira antes de sua volta programada do hospital na manhã seguinte.

Ele fez o sanduíche e pegou uma garrafa pequena de ginger ale, atravessando com eles a sala de visitas até o quarto de seu filho, cuja porta fechou para se proteger dos olhares curiosos dos dois jovens no sofá.

Miguel dormia, com uma enorme serpente de pano laranja chamada Irving em cima do rosto, e o travesseiro no chão. Ele descansou o sanduíche e o refrigerante na cômoda, pegou o travesseiro e deixou-se ficar observando seu filho na luz fraca que ele usava para dormir. Deveria tirar o animal? Sabia muito bem que não haveria perigo de asfixia, mas o tirou assim mesmo, tendo a oportunidade de olhar o pequeno rosto. Miguel se mexeu, mas não acordou. O garoto tinha cabelo preto, grosso, que usava em estilo Beatles, mesmo com a idade de dois anos e meio, longo atrás, e cortado num cabeleireiro que Liz adorava e de quem Rafe não gostava nem um pouco. O tio de Liz detestava o corte de cabelo ainda mais do que detestava o nome "estrangeiro" do menino, que ele substituía por Mike. Miguel tinha orelhas masculinas, até mesmo feias, que se destacavam da cabeça e atormentavam sua mãe. Fora isso ele era bonito, forte e musculoso, com a pele clara da mãe e as feições calorosas e delicadas da sua avó paterna. A *Señora. Mamacita.*

O telefone tocou.

Ele o alcançou antes da baby-sitter e reconheceu o tom de voz preciso de Longwood, sem que fosse necessária outra identificação. – Pensei que você estivesse na enfermaria esta noite.

– Vim para casa comer.

Longwood perguntou por vários casos, e Rafe forneceu um relatório, sabendo ambos não existir nenhuma possibilidade de o cirurgião-chefe assumir diretamente o tratamento dos pacientes. Seus ouvidos captaram ao fundo ruídos de restaurante, o murmúrio baixo de vozes, o tilintar de metais contra vidro.

– Posso dizer uma palavrinha a Elizabeth? – perguntou Longwood depois que Rafe terminara.

– Ela não está com você?

– Deus meu, eu devia ter me encontrado com ela!

– Para jantar.

Houve um silêncio momentâneo, e em seguida o Velho fez um esforço admirável.

– Que secretária danada. A garota fez uma bagunça tremenda na minha agenda. Não sei como jamais explicar a Elizabeth. Transmita-lhe minhas mais humildes desculpas, está bem? – O constrangimento na sua voz era autêntico, mas havia alguma coisa a mais, percebendo Rafe com desagrado que esse ingrediente extra era simpatia.

– Transmitirei – disse ele.

Depois de ter desligado, voltou a pegar o sanduíche e a ginger ale; sentou-se ao pé da cama do filho, mastigando, bebendo, engolindo, pensando sobre muitas coisas enquanto observava o subir e abaixar do peito de Miguel, respirando. A semelhança do garoto com a *Señora* era especialmente grande na semiescuridão.

Dentro em breve, ele deixou o apartamento entregue aos jovens amantes e voltou ao hospital.

Cedo na manhã seguinte, o Dr. Kender e Lewis Chin abriram a Sra. Bergstrom e removeram o pedaço de tecido deteriorado que antes fora o rim de Peggy Weld. Não precisaram de exame laboratorial que revelasse que o órgão atrofiado fora totalmente rejeitado pelo organismo da Sra. Bergstrom.

Depois, na sala de estar dos cirurgiões, sentaram-se todos e beberam café.
— E agora? — perguntou Harry Lee.
Kender deu de ombros.
— Só nos resta tentar de novo com um rim retirado de um doador morto.
— A irmã da Sra. Bergstrom terá de ser informada — disse Rafe.
— Eu já contei a ela — informou Kender.
Ao deixar a sala de estar e ir até o quarto de Peggy Weld, Rafe encontrou-a arrumando a mala.
— Está indo embora do hospital?
Ela fez que sim com a cabeça. Seus olhos estavam vermelhos, porém calmos.
— O Dr. Kender disse que não precisa que eu permaneça mais tempo.
— Para onde vai?
— Só até Lexington. Não deixarei Boston até minha irmã resolver esse problema. De um modo ou de outro.
— Eu gostaria de vê-la uma noite dessas — disse ele.
— Você é casado.
— Como sabe?
— Perguntei.
Ele ficou calado.
Ela deu um sorriso.
— Ela não te compreende, suponho.
— Eu é que não a compreendo.
— Bem, isso não é problema meu.
— Não, não é. — Ele olhou para ela. — Me faz um favor? — Ela fez uma pausa. — Use menos maquiagem. Você é muito linda. Sinto muito sobre o rim. Sinto muito se fui eu um dos que a convenceram a doá-lo.
— Eu também sinto — disse ela. — Mas não sentiria se ele não tivesse sido rejeitado. Por isso pode parar de se sentir culpado, porque minhas decisões quem toma sou eu. Até mesmo sobre maquiagem.
— Há alguma coisa que eu possa fazer por você?
Ela sacudiu a cabeça.
— As coisas estão mais ou menos bem resolvidas para mim. — Ela deu uma batidinha na mão dele e sorriu. — Doutor, uma garota com um rim só não pode dar bola para todo homem que quer brincar com ela.
— Eu não quero brincar — disse ele de modo não muito convincente. — Gostaria de vir a conhecê-la.
— Nós não temos nada em comum. — A mala fechou-se com um clique duro, decisivo.

Ele foi até sua sala e telefonou para Liz.

– Que pena ter te perdido na noite passada – disse ela.

– Gostou do jantar?

– Sim. Mas que tolice a minha. Confundi as datas. Eu não tinha nenhum compromisso para jantar com o tio Harland.

– Eu sei – disse ele. – O que você fez?

– Acabei telefonando para Edna Brewster. Felizmente Bill estava trabalhando até tarde, por isso ela e eu jantamos no Charles e depois ficamos na casa dela botando a conversa em dia. Você vem para casa?

– Sim – respondeu ele.

– Vou dizer a Miguel.

Ele arrumou a escrivaninha, fechou a porta e tirou a roupa branca. Em seguida, sentou-se e procurou o número de telefone de Edna Brewster no catálogo.

Ela era amiga de Liz, não dele, e pareceu perplexa por ele tê-la procurado.

– Estou tentando descobrir um presente especial para dar a Liz no Natal – disse ele. – Vocês mulheres já têm tudo.

Ela deu um gemido.

– Sou a pior pessoa para você consultar sobre presentes.

– Não quero sugestões. Apenas que preste atenção quando estiver com ela. Procure descobrir se há alguma coisa em especial que ela adoraria ter.

Ela prometeu espionar fielmente, e ele agradeceu.

– Quando é que vamos nos ver? Liz me disse no outro dia que não te vê há anos.

– Há meses. Não é terrível? – disse ela. – Parece que nunca temos tempo para ver as pessoas que realmente queremos ver. Vamos nos reunir os quatro para um bridge. Diga a Liz que telefonarei para ela. – Ela deu um risinho. – Pensando bem, é melhor não contar a ela que nós conversamos. Será segredo nosso. Está certo?

– Está certo – respondeu ele.

ADAM SILVERSTONE

11

Adam culpou sua fúria com Meomartino por tê-lo tirado da cama, mas voltou ao trabalho fora de ritmo e pensativo, tendendo a se lembrar em momentos inoportunos do modo como Gaby Pender ficava deitada ao sol, imaculada, com os olhos fechados, sua pequenez perfeita e provocante, seu riso tímido e hesitante, como se ela não tivesse certeza do direito de rir.

Ele tentou apagá-la de sua cabeça, entupindo-a com tudo o mais.

O Dr. Longwood informou-o sobre a nomeação que seria feita na faculdade de cirurgia, e ele compreendeu de repente o que acontecera com Meomartino. Contou isso a Spurgeon, enquanto se sentavam no seu quarto e bebiam cerveja gelada na neve do peitoril da janela.

– Eu vou pegar esse emprego de qualquer maneira – disse ele. – Meomartino não vai conseguir. – Seus dedos esganaram uma lata de cerveja vazia, amassando-a.

– Não é só porque o detesta – disse Spurgeon. – Você não é capaz de detestar alguém tanto assim.

– Isso é apenas uma parte do problema. Eu realmente quero o cargo.

– Enquadra-se no Grande Plano Silverstone para a Vida?

Adam deu um sorriso e fez que sim com a cabeça.

– O trabalho de prestígio que leva diretamente a outro que dá muito dinheiro?

– Agora você compreendeu.

– Você está apenas se ludibriando, amigão. Sabe o que o Grande Plano Silverstone para a Vida realmente significa?

– O quê? – perguntou Adam.

– Titica de galinha e merda de vaca.

Adam só fez sorrir. Spurgeon sacudiu a cabeça.

– Você acha que já tem tudo planejado, não é, cara?

– Tudo de que eu lembre – respondeu Adam.

Uma das conclusões a que chegara era de que a falta de familiaridade de Spurgeon com o odontoide era um sintoma de que ele precisava aprender mais anatomia. Quando se ofereceu para trabalhar com ele, Spurgeon aceitou com entusiasmo, e o Dr. Sack deu-lhes licença de dissecarem no laboratório de patologia da faculdade de medicina. Ali trabalhavam várias vezes por semana, Spurgeon aprendendo com facilidade e Adam satisfeito pelo treino.

Certa noite, Sack fez uma visita, saudando-os com um gesto de cabeça. Ele falou pouco, mas, em vez de ir embora, puxou uma cadeira e ficou observando. Duas noites mais tarde, voltou, e dessa vez, ao terminarem, convidou Adam para ir à sua sala.

– A gente bem que poderia receber um pouco de ajuda no departamento de patologia do hospital – disse ele. – Quer nos dar essa mão?

O trabalho não renderia tanto quanto o expediente noturno na sala de emergência de Woodborough, mas tampouco esgotaria suas energias, nem roubaria tão profundamente seu valioso tempo de sono.

– Sim, senhor – respondeu ele sem vacilar.

– Jerry Lobsenz fez um bom trabalho com você. Presumo ser impossível atrair você para a patologia no ano que vem, não é?

As ofertas estavam começando a chegar, sinal de que haveria uma conclusão para a interminável luta.

– Sinto muito, mas é verdade.

– O dinheiro não é suficiente?

– Isso é uma parte, mas não tudo. É só que eu não gostaria de fazê-lo por tempo integral. – Não fazia parte do Grande Plano Silverstone para a Vida.

Sack balançou a cabeça.

– Bem, você foi franco a respeito. Dê-me notícias se algum dia mudar de opinião.

Por isso, ele agora não tinha nenhum motivo de deixar o hospital. Os velhos prédios de tijolos vermelhos se transformaram no seu mundo. Suas horas de patologia eram irregulares, porém não desagradáveis. Gostava de trabalhar sozinho no silêncio prenhe do laboratório branco, ciente de ser um ambiente onde algumas pessoas não conseguiam funcionar, mas onde ele, mais uma vez, se via capaz de trabalhar com grande eficiência.

Ele dividia seu tempo de folga entre a patologia e o laboratório animal, onde aprendia bastante com Kender. Ficou espantado com a absoluta dessemelhança entre os dois sujeitos com quem mais aprendera: Lobsenz havia sido um judeu pequenino e introspectivo, com um traço levíssimo de sotaque alemão que se tornava evidente quando ele ficava cansado. E Kender...

Kender era Kender.

Mas talvez ele estivesse tentando assimilar coisas demais. Pela primeira vez na vida, dormia pouco como rotina, e sonhava de novo, não o sonho do local da fornalha, mas o do mergulho.

No início do sonho, ele estava sempre a subir a escada contra a luz ofuscante do sol. Era muito real: podia sentir a frieza da armação de metal vibrando na sua mão toda vez que era atingida pelo vento. O vento o preocupava. Ao subir, olhava diretamente para a plataforma no alto, onde a escada se estreitava lá acima como a ponta de um lápis, até que o sol fazia seus olhos lacrimejarem e ele era obrigado a fechá-los. Ele jamais olhava para baixo. Quando finalmente alcançava a plataforma, pisava nela e distinguia o mundo a se estender a trinta e tantos metros lá embaixo, com as nádegas contraídas, a boca seca, a plataforma a oscilar, sacudida pelo vento, a piscina brilhando pequenina e intensamente ao sol, mais parecida com um disco de identidade militar do que com uma rede de salvamento. Ele pulou da plataforma, deixou sua cabeça inclinar-se para trás, espalhou os braços à medida que seu corpo girava no alto, no ar, sentindo o vento atingi-lo como a uma vela, empurrando, desfazendo seu equilíbrio, alterando sua trajetória só o suficiente. Tentava contrabalançar desesperadamente, sabendo que poderia errar totalmente a piscina, caindo em qualquer lugar que não fosse a parte mais funda, onde a água de três metros e meio de profundidade acolchoava o impacto. Afundaria de mau jeito, pensou desolado, pairando grotescamente no ar, a água se apressando a vir-lhe de encontro. Ele se machucaria e jamais seria um cirurgião.

Ah, meu Deus.

O sonho sempre acabava a meio caminho entre a torre e a água. Ele ficava deitado no escuro, dizendo a si mesmo que jamais faria tamanha tolice de novo, que ele já era um cirurgião, que nada o prenderia agora.

Qual o motivo do sonho recorrente?

Não conseguia descobrir motivo nenhum, até que uma noite na patologia, ao fechar os olhos e inspirar fundo, foi transportado por um cheiro, a essência pura de formol, pelo espaço e o tempo, até o laboratório de patologia de Lobsenz, onde tivera pela primeira vez o sonho de mergulhar.

Foi durante seu terceiro ano da faculdade de medicina na Pensilvânia, o período de maior dificuldade financeira. O nojo e a vergonha pela sua amante envelhecida e pela pensão que ela lhe dava pesavam ainda. Carregar carvão o sustentara durante o frio inverno, durante até o início da primavera, quando começou a dormir com frequência durante as aulas, largando então o trabalho, porque se continuasse teria sido reprovado em duas cadeiras. Acostumou-se tanto ao desespero que era capaz, durante a maior parte do tempo, de ignorá-lo. Já devia seis mil dólares de empréstimos estudantis. Estava atrasado com o aluguel do seu quarto, mas a senhoria se dispunha a esperar. Ele eliminou o almoço sob o pretexto de que andava comendo demais, e durante duas semanas se viu atormentado pela fome no meio do dia e tonteiras durante a tarde. Mas então, do início de abril até meados de maio, fez estágio no hospital, e cativando as enfermeiras certas, comia de graça a comida da enfermaria.

Em junho, pensou num emprego como técnico em cirurgia, mas percebeu com pesar que o pagamento escasso não permitiria que poupasse o suficiente para garantir sua sobrevivência no último ano da faculdade. Decidira relutantemente voltar ao hotel em Poconos, quando leu um pequenino anúncio no *Bulletin* da Filadélfia, procurando mergulhadores profissionais para um show no litoral de Jersey. Barney's Aquacade era um show à beira da praia, cujas atrações eram dois filipinos e um mexicano, mas precisavam de cinco mergulhadores para o espetáculo, e Adam foi um dos dois mergulhadores universitários escolhidos. Pagavam 35 dólares por dia, sete dias por semana. Embora ele nunca tivesse despencado de trinta metros de altura, não foi nada difícil aprender a mergulhar: um dos filipinos lhe ensinou, durante inúmeros ensaios a seco, como recolher os braços logo que atingisse a superfície da piscina, e dobrar os joelhos sob o peito, de modo a deslizar até o fundo dos três metros de água fazendo um arco, até terminar suavemente sentado no fundo.

A primeira vez em que subiu a torre, a altura foi o pior aspecto da experiência.

A escada de aço dava a impressão de ser tão lisa, quase escorregadia, impossível de ser agarrada por ele com firmeza. Subia muito devagar, certificando-se de que uma mão agarrava com força o próximo degrau, antes de largar a outra e subir os pés. Tentou olhar bem para a frente, para a linha do horizonte, mas o enorme sol moribundo ainda estava lá e isso o amedrontou, um malévolo olho dourado – fez uma pausa na sua escalada, prendendo um degrau com o braço em ângulo, enquanto seus dedos faziam o gesto dos cornos, *scutta mal occhio*, pu-pu-pu –, e ele levantou resolutamente os olhos, fixando-os na alta plataforma, que crescia e se aproximava com angustiante lentidão à medida que ele ascendia, e que finalmente atingira. Quando seus pés se plantaram na plataforma, largar a escada e se virar foi uma coisa dificílima de fazer, mas ele fez.

Era só o equivalente a cinco andares, sabia ele, mas parecia mais; nada se interpunha entre ele e a superfície, e todas as construções vizinhas eram baixas. Ficou no seu ninho de águia e olhou à direita, onde o passeio da beira da praia terminava e o litoral dava um mergulho e uma volta, e à esquerda, onde bem lá embaixo pequeninos carros engatinhavam nos trilhos de uma montanha-russa em miniatura.

Alô, Deus.

– A QUALQUER MOMENTO – a voz impaciente de Benson, o gerente, flutuava até lá em cima.

Pulou.

O mergulho de frente com salto mortal de costas era muito fácil. Havia muito mais tempo do que quando o fazia de um trampolim de quatro metros. Mas jamais se mantivera rígido durante uma queda tão grande assim. Ele começou a arquear assim que seus dedos do pé tocaram na água. Dentro de mais um instante deslizara para a frente meio de lado e aterrissara no fundo do traseiro direito. Bateu com força, mas não com força demais. Endireitou-se e ficou sentado lá, soltando bolhas e sorrindo, desgarrando-se a seguir do cimento e subindo como uma explosão até a superfície.

Ninguém pareceu ficar impressionado, mas depois de treinar dois dias, começou a participar dos espetáculos, que eram dois por dia.

O outro novato, cujo nome era Jensen, revelou-se um belo mergulhador, ex-membro do time principal de Exeter e Brown. Estava na universidade, curso de criação literária em Iowa, e era um dramaturgo não pago num teatro de repertório local. Rebocou Adam para uma pensão barata, onde à noite havia ratos que faziam uma zoeira de leões, e algum tumulto e barulho, mas o colchão era firme. O tempo permanecia estável, e também seus nervos. Uma garota do balé aquático, de belos seios, começou a acariciá-lo com os olhos e ele fazia planos para estreitá-la contra seu peito, e vice-versa. Mantinha longas conversas sobre Eliot e Pound com Jensen, que talvez acabasse seu amigo. Mergulhava como uma máquina, pensando muito como se comportaria ao voltar para a faculdade extremamente rico.

As histórias sobre acidentes pareciam fábulas. Mas no quinto dia Jensen deu o salto mortal prematuramente e bateu de costas na piscina. Estava branco de dor ao emergir, mas foi capaz de se afastar sozinho e ele mesmo chamar um táxi que o levasse ao hospital. Não voltou ao show. Quando Adam telefonou, o hospital informara que sua situação era regular e que fora internado para observação. O dia seguinte estava cinzento, mas sem chuva, com um vento que zunia, sacudia a escada e fazia a plataforma oscilar. Aqueles que muito se destacam, com muitos golpes se abalam. Shakespeare. Adam deu seus dois mergulhos sem problemas, e ficou aliviado ao constatar que na manhã seguinte o sol aparecera e o vento cessara. Naquela noite, fez seu primeiro mergulho quase sem pensar. Durante o segundo espetáculo, subiu a escada e se postou na plataforma sob o foco amarelo dos grandes holofotes. Lá longe no mar, as luzes de um pesqueiro revelaram-lhe sua distante presença, e as luzes do passeio se estendiam como diamantes espalhados no chão.

– Seu idiota completo – disse a si mesmo.

Não sentia nenhum medo físico, em absoluto, mas teve a súbita consciência de que não iria pular, simplesmente porque isso não valia o dinheiro que ele ganharia naquele verão, caso se machucasse, a ponto de prejudicá-lo como médico ou impedi-lo de se tornar um cirurgião. Virou-se e começou a descer a escada.

– VOCÊ ESTÁ BEM? – perguntou Benson no microfone. – QUER QUE ALGUÉM SUBA ATÉ AÍ PARA AJUDÁ-LO A DESCER? – O zumbido da multidão chegava até ele como uma manifestação de insetos.

Ele parou e fez um gesto de que estava bem e não precisava de nenhuma assistência, mas isso o obrigou a olhar bem para baixo pela primeira vez, e de repente não se sentia nada bem. Prosseguiu descendo com muito cuidado. A menos de meio caminho, as vaias e os gritos começaram; havia uma porção de jovens impacientes na plateia.

Benson estava furioso quando ele chegou ao chão.

– Você está doente, Silverstone?

– Não.

– Então dê o fora daqui. Todo mundo fica com medo de vez em quando. Eles vão te aplaudir mais do que a qualquer outro se voltar a subir e mergulhar.

– Não.

– Então você nunca mais mergulhará profissionalmente de novo, seu judeuzinho covarde, filho da puta. Isso eu garanto!

– Muito obrigado – respondeu polidamente Adam, e pondo sinceridade nisso.

Na manhã seguinte, pegou um ônibus para a Filadélfia, e no dia seguinte foi trabalhar no hospital como técnico em cirurgia, um trabalho que lhe permitia aprender muita coisa sobre o funcionamento da sala de operações.

Três semanas antes do início do semestre do outono, ele leu um aviso no quadro da faculdade de medicina:

Se se interessar por anatomia e
estiver precisando de dinheiro, eu talvez
tenha um emprego para você.
  Faça sua inscrição na sala do legista.

Gerald M. Lobsenz, M.D.
Legista
Condado de Filadélfia,
Pensilvânia.

O necrotério do condado era um velho prédio de pedra de três andares, precisando muito de uma limpeza com jato de areia, e a sala do legista era uma peça de museu, entulhada e poeirenta, no térreo. Uma garota negra magricela sentava-se atrás de uma mesa de carvalho batucando numa máquina de escrever.

– Sim?

– Gostaria de ver o Dr. Lobsenz, por favor.

Sem interromper a datilografia, ela fez um gesto com a cabeça indicando um sujeito que trabalhava em mangas de camisa atrás de uma mesa nos fundos da sala.

– Sente-se – disse ele. Mastigava um charuto apagado e preenchia um livro de ocorrências. Adam sentou-se numa cadeira de madeira de espaldar reto e olhou em volta. As escrivaninhas, o tampo das mesas e o peitoril das janelas estavam entulhados de livros e papéis, alguns já ficando amarelos. Uma planta da família das cóleas resplandecia num vaso plástico cor-de-rosa e barato. Ao lado dela estava uma pequena mostra de folhagem moribunda, que ele não conseguiu identificar, suas raízes secas buscando desesperadamente alcançar dois centímetros de água turva no fundo de uma retorta pirex de laboratório. Uma garrafa de uísque, pelo meio, com rótulo, jazia em cima de uma pilha de livros. O chão era forrado por um linóleo simples e surrado. As janelas estavam sujas e despidas de cortinas.

– Qual o seu caso?

O Dr. Lobsenz tinha olhos azuis desbotados, muito francos. Seu cabelo era grisalho. Ele estava mal barbeado e sua camisa branca não fora trocada aquela manhã.

– Vi seu anúncio na faculdade. Estou me candidatando ao trabalho. – O Dr. Lobsenz deu um suspiro.

– Você é o quinto candidato. Como é seu nome?

Adam disse a ele.

– Tenho um pouquinho de trabalho a fazer. Quer vir comigo? Eu te entrevistarei enquanto caminhamos.

– Sim, senhor – respondeu Adam. Ele estranhou o sorriso da garota negra a batucar na máquina.

O Dr. Lobsenz o levou ao porão, um desnível de duas dúzias de degraus e outro tanto de temperatura.

Havia cadáveres em cima de mesas e de macas, alguns cobertos de pano, outros não. Pararam junto ao cadáver de um velho magro, emaciado, com pés sujíssimos. Lobsenz apontou para os olhos com o charuto apagado.

— Está vendo a beirada branca na córnea? *Arcus senilis*. Reparou no aumento da depressão do tórax? Isso é enfisema senil. — Ele se virou e olhou para Adam. — Será que se lembrará dessas coisas da próxima vez que as encontrar?
— Sim.
— Humm. Talvez.
Ele se aproximou de um dos gavetões que forravam a parede, puxou-o e olhou para um cadáver lá dentro.
— Morte por incêndio. Quarenta e cinco anos aproximadamente. Está vendo a cor meio rosada? Duas coisas provocam isso. Uma é o frio. A outra é monóxido de carbono no sangue. Sempre que há fumaça ou chamas amarelas, lá está o monóxido de carbono.
— Como morreu?
— Incêndio num cortiço. Foi atrás da mãe dele. Tudo que sobrou da mãe não era diferente do resto das cinzas.
Levou Adam até um elevador, conduzindo-o em silêncio até o terceiro andar.
— Ainda está interessado no emprego?
— Qual *é* o emprego?
— Tomar conta deles. — Ele fez um gesto com a cabeça indicando o frio porão de estocagem.
— Está bem — respondeu Adam.
— E ajudando nas necrópsias. Já assistiu a uma necrópsia?
— Não.
Ele seguiu Lobsenz até uma sala revestida de ladrilhos brancos. Havia uma pequenina figura na mesa de dissecação, uma boneca, pensou ele, até perceber que era um bebê de cor, não passando de um ano de idade.
— Encontrada morta no seu berço. Não sei por que morreu. Milhares de crianças fazem isso conosco todo ano, um mistério. Um médico de família idiota fez-lhe respiração boca a boca antes de desistir. Esperou um dia e depois começou a suar de medo, pois, pelo que sabia, ela podia ter morrido de algo altamente infeccioso. Hepatite, tuberculose, quem sabe. Se a gente descobrir qualquer coisa, bem feito para o aloprado.
Ele enfiou as mãos nas luvas, dobrou os dedos e a seguir pegou um bisturi, fazendo uma incisão a partir de cada ombro até o esterno, continuando até a barriga.
— Na Europa fazem isso do queixo para baixo em linha reta. Nós preferimos o Y.
A pele marrom se abria magicamente. Sob ela havia uma camada de gordura amarela, gordura de bebê, pensou Adam com a cabeça meio vazia, e sob ela o tecido branco.

— O que é preciso lembrar — disse Lobsenz sem nenhuma crueldade — é que isso não é carne. Não é mais um ser humano. O que faz de um corpo uma pessoa é a vida, a personalidade, a alma divina. A alma abandonou esta gaiola. O que ficou é barro, uma espécie de material plástico feito por um fabricante altamente eficiente.

Enquanto falava, as mãos enluvadas iam explorando, o bisturi cortava; ele tirava amostras, um pedaço aqui, um pedaço lá, uma pequena fatia disso, uma pequena fatia daquilo.

— O fígado é lindo. Você jamais viu um fígado tão bonito? Hepatite o teria inchado, provavelmente com pontos hemorrágicos. Também não parece tuberculose. Aloprado sortudo, esse clínico.

Jogou as amostras em frascos para testes de laboratório, recolocando em seguida tudo dentro da cavidade, suturando a incisão no tórax.

Não me incomodou nem um pouco, disse Adam a si mesmo. Será que é só isso?

Lobsenz levou-o pelo corredor até uma outra sala de dissecação, quase uma duplicata da primeira.

— E quando estamos afobados, os assistentes preparam uma sala enquanto eu trabalho na outra — explicou ele. Havia uma velha na mesa, corpo gasto, tetas flácidas, rosto enrugado: meu Deus, exibindo um sorriso. Os braços estavam dobrados em cima do peito. Lobsenz desdobrou-os, gemendo com o esforço. — Os manuais dizem que o *rigor mortis* começa no queixo e se espalha para baixo no corpo numa sequência ordenada. Deixe lhe dizer, isso nunca acontece.

Ao ser aberta, não saiu dela nenhum perfume. Ele manteve a boca fechada com força — *rigor vitae* —, respirando o menos possível, ciente de contrações no seu abdome, com o estômago vazio. Quem foi que achava que vomitar era um dos grandes prazeres da vida? Samuel Butler. Eu não terei esse prazer, disse a si mesmo com firmeza.

Finalmente, Lobsenz voltou a suturar o tórax.

Depois de voltarem para sua sala embaixo, o médico legista pegou dois copos de vidro arranhados da gaveta do meio de sua escrivaninha e serviu duas boas doses da garrafa de uísque com rótulo. O rótulo dizia *Instrumento de Prova Número Dois — Elliot Johnson*. Beberam o uísque puro.

— Ao banheiro — disse Lobsenz, tirando uma chave dependurada num prego na parede.

Depois que ele saiu, a garota magricela falou sem levantar os olhos de sua máquina de escrever:

— Ele vai te oferecer um quarto, e 75 por mês. Não aceite menos que cem. Dirá que tem outros candidatos, mas só tem um, que vomitou no meio da autópsia. – A batucada no teclado continuava. – Ele é um sujeito incrível, mas cheio de merda – desabafou ela.

O Dr. Lobsenz voltou, esfregando as mãos.

– Bem, o que acha? Quer o emprego? Poderá aprender aqui mais sobre o corpo humano do que em quatro faculdades de medicina. Eu lhe ensinarei, enquanto trabalhamos.

– Está bem – respondeu Adam.

– Temos um bom quarto para você aqui. Setenta e cinco dólares por mês.

– Fico com o quarto e cem dólares.

O sorriso de Lobsenz empalideceu. Ele deu um olhar de suspeita à garota atrás da escrivaninha, que continuava a datilografar.

– Tenho outros candidatos.

Talvez fosse a bebida, que atingiu como um soco, mais ou menos naquela hora, seu estômago vazio, fazendo com que sentisse a cabeça enorme flutuante como um balão.

– Doutor, dentro de dois meses mais ou menos ficarei com muita fome se não conseguir este emprego imediatamente. Não fosse por isso e não pegaria esse belo emprego nem de longe.

Lobsenz olhou para ele e de repente riu.

– Vamos, Silverstone. É meu convidado para o almoço – disse ele.

O quarto no segundo andar parecia um escritório quando visto do lado de fora da porta de vidraça fosca, mas continha um catre e uma cômoda. Os lençóis podiam ser mudados quantas vezes ele quisesse; tinha acesso à lavanderia municipal para suprir suas necessidades pessoais, um bônus maravilhoso que o Dr. Lobsenz esquecera de mencionar. O asseio do corpo sempre foi tido como oriundo de uma devida reverência a Deus. Francis Bacon.

As tarefas não eram tão exigentes para alguém que completara dois anos de estudo da medicina. No início, os cheiros continuavam a atormentá-lo e ele detestava imensamente o som raspante da serra cortando o crânio. Mas Lobsenz ensinava enquanto trabalhava, e era um bom professor. Durante o primeiro ano da faculdade, Adam compartilhara um cadáver que parecia uma passa e se chamava Cora, com seis outros estudantes num laboratório de anatomia. Quando herdara Cora suas partes e orgãos já haviam sido laminados e examinados até ficarem irreconhecíveis. Agora ele mantinha os olhos abertos e escutava Lobsenz com atenção. Este, reparando no seu interesse, ficou obviamente satisfeito, mas resmungou que suas aulas deviam ser remuneradas. Adam estava convicto no seu íntimo de que isso era verdade; tratava-se de uma lição particular de anatomia de primeira classe.

No início, as noites eram ruins. O telefone noturno ficava em seu quarto. Das sete até as oito e meia, as funerárias telefonavam, buscando os 35 dólares que o município lhes pagava cada vez que enterravam sem cerimônia alguma o cadáver de um indigente dentro de um caixão simples de madeira, o mesmo preço que Benson pagava por dois mergulhos.

Na primeira noite, atendeu às funerárias, estudou por duas horas, armou seu despertador, deitou-se e foi dormir, sonhando com os mergulhos.

Ao acordar, riu de si mesmo no escuro. Típico do idiota que ele era, pensou: não ligando durante o trabalho todo naquela altitude, mas agora na cama, tremendo sobre o que poderia ter acontecido.

Na segunda noite, falou com os agentes funerários ao telefone, estudou até depois da meia-noite, armou o despertador, desligou a luz e ficou ali no escuro, inteiramente desperto.

Contou carneiros, chegando a 56, até que cada carneiro virava um cadáver que flutuava por cima da borboleta, enquanto ele contava. Contou de frente para trás, começando com cem e chegando a um, duas vezes, sem o menor sinal de sonolência, seus olhos perscrutando a escuridão em volta dele.

Pensou na avó, lembrando-se como ela o segurava contra seus peitos achatados para niná-lo na cozinha. *Fa nana, fa nana*, vá dormir, Adam. Reze para São Miguel, ele afugentará o demônio com sua espada.

Era um grande prédio. Havia ruídos, o vento a sacudir as vidraças das janelas, estalos e gemidos, uma espécie de tilintar, o som de passos.

Tinidos?

Passos?

Ele devia supostamente estar sozinho no prédio. Saiu da cama, acendeu a luz para que pudesse encontrar suas roupas. Não se preocupava com fantasmas; como cientista, é claro que não acreditava no sobrenatural. Mas a porta da frente e a entrada da ambulância estavam ambas trancadas. Ele mesmo as trancara. Portanto, alguém talvez tivesse forçado a entrada; com que propósito, ninguém sabia.

Ele deixou seu quarto, acendendo as luzes à medida que percorria o prédio, primeiro em cima, passando pelas salas de dissecação, em seguida pelos escritórios no segundo e primeiro andares. Não havia ninguém.

Finalmente, penetrou na friagem do necrotério, procurando o interruptor às apalpadelas. Havia quatro cadáveres em cima de mesas, fora dos gavetões, um deles o da velha cuja autópsia ele ajudara o Dr. Lobsenz a fazer. Olhou para o sorriso parado.

– Quem era a senhora, tia?

Caminhou até um chinês extremamente magricela, provavelmente tuberculoso.

– Morreu muito longe de casa? Tem filhos no Exército Vermelho, primos em Formosa?

Com certeza o sujeito nascera no Brooklyn, disse consigo mesmo. Esses pensamentos fizeram-no bancar o bobo. Voltou pelo mesmo caminho em que viera, apagou a luzes e retornou a seu quarto, ligando o rádio, um belíssimo concerto de Haydn.

Julgou ouvi-los dançar e podia visualizar a cena, a velha fazendo uma mesura, nua, para o oriental, os demais olhando de seus gavetões abertos no freezer, o Arlequim silencioso no seu ornamentado traje de luzes, sorrindo e acompanhando o ritmo da música com a cabeça.

O tilintar do gorro com os guizos.

Dentro em pouco ele saiu do quarto de novo e acendeu todas as luzes. Trancou a porta do necrotério. Armou seu despertador para as seis horas, de modo que pudesse desligar as luzes e destrancar o necrotério antes que a primeira pessoa chegasse na manhã seguinte, e a seguir foi dormir e sonhou com o mergulho.

Na noite seguinte, deixou as luzes desligadas, e não sonhou. Na próxima noite, esqueceu-se de trancar o necrotério, mas o sonho voltou. Finalmente, aprendeu a identificar batidas no encanamento, o tilintar de vidraças soltas e outros ruídos perfeitamente explicáveis, e deixou de se instalar no sonho, e seu sono tornou-se novamente profundo e pesado. O padrão de sua vida veio parecer-lhe nada extraordinário. Dois meses depois de ter se tornado assistente de necrópsia, ao se atracar com uma aluna da universidade no quarto dela, divertiu-se quando ela parou de repente, enfiando o rosto dela no seu peito.

– Você tem o cheiro mais danado de sexy do mundo – confessou ela.

– Você também, boneca – disse-lhe sinceramente, sem se dar ao trabalho de dizer-lhe que o seu era vestígio do cheiro indestrutível de formol.

Agora, trabalhando no laboratório de patologia do Dr. Sack, ele acostumou-se novamente com o cheiro acre do conservante químico nas suas narinas, e finalmente deixou de sonhar ao dormir. Hoje em dia ninguém se aproximava suficientemente dele para sentir o cheiro de formol. Ele pensou em convidar a estudante loura de enfermagem, Andersen, para sair, mas por algum motivo nunca conseguiu fazê-lo.

Tentara telefonar para Gaby.

Fora informado por Susan Haskell, sua colega de quarto, de modo gelado e mecânico, que ela tinha saído da cidade e não podia ser alcançada.

Especialmente pelo Dr. Silverstone, insinuara o tom de voz da garota.
Ele lhe escrevera cinco dias depois de terem chegado de Truro:

Gaby, mais uma vez aprendi que sou de uma tolice calamitosa. Será que você aceitaria falar ao telefone ou responder a este bilhete? Vejo que a coisa é muito diferente com alguém a quem se ama.

Adam

Mas não recebera uma carta em resposta, e ela permanecia incomunicável quando ele telefonava.

O inverno se instalara. A neve caía, era poluída pela sujeira metropolitana, caía de novo e era novamente poluída, o ciclo urbano resultando em camadas alternadas de branco e cinza, reveladas pelas pás que as cortavam verticalmente.
Uma manhã, na sala de estar dos cirurgiões, Meomartino contou aos bebedores de café que levara seu filho para ver Papai Noel no Jordan Marsh.
– Você é um homem? – perguntara Miguel.
A figura barbada fizera que sim com a cabeça.
– Um *verdadeiro* homem?
Outro gesto de cabeça.
– Você tem peru e tudo?
Os cirurgiões deram urros e até mesmo Adam sorriu.
– Como é que Papai Noel respondeu? – perguntou Lew Chin.
– Ele não disse Hu-hu-hu – respondeu Meomartino.
Os negociantes bostonianos tomaram ciência da chegada da estação. As vitrines das grandes lojas floresciam com ramos de azevinho e se animavam com quadros vivos, e guirlandas de plástico verde apareceram nas paredes dos elevadores do hospital. Enfermeiras cantarolavam canções de Natal, e o Dr. Longwood reagiu à alegria da estação, como se ela confirmasse seus piores temores quanto à fraqueza humana dos jovens cirurgiões.
– Acho que Longwood brochou – disse Spurgeon a Adam.
– Acho que ele é um grande homem.
– Talvez *fosse* um grande homem. Mas agora que não consegue trabalhar por estar doente, está agindo como se fosse um comitê da morte composto só por ele, e em tempo integral. Esse cara enxerga erro médico toda vez que alguém morre. Dá para se notar a manhã em que programou a reunião sobre a mortalidade só pela maneira hipertensa de toda a equipe.

– Quer dizer que pagamos pelo seu terrível destino com um pouco mais de estresse. É um preço pequeno se isso o faz continuar funcionando mais um pouco – disse Adam.

Ironicamente, ele estava com Meomartino quando Longwood telefonou questionando uma apendicectomia que ambos fizeram há dois dias. O cirurgião-chefe não ficou convencido de que a operação fora necessária. Ele mandou que o caso fosse apresentado na grande visita na manhã seguinte.

– Não se preocupe – disse Adam secamente a Meomartino. – As lâminas da patologia indicam bastante inflamação e muitas células brancas. Já foi cortado e secou.

– Eu sei – disse Meomartino. – Levei as lâminas ontem para casa e as estudei um pouco no microscópio. Ah, merda!

– Qual é o problema?

– Esqueci de trazê-las de volta. Precisaremos delas para apresentá-las.

– Saio do plantão daqui a duas horas. Acho que terei de pegá-las – disse Adam.

– Quer ir no meu carro?

– Não, obrigado – respondeu Adam. No entanto, não lhe constrangia receber favores de Spurgeon, e quando terminou seu plantão, Robinson levou-o pela cidade na sua Kombi, pela gelada noite de inverno. Meomartino dera-lhes informações, mas tiveram dificuldades no último momento; a rua era mais uma viela, e a neve amontoada nos seus lados a tornava ainda mais estreita.

– Olha, eu não posso deixar o carro aqui bloqueando a rua. Espero você – avisou Spurgeon.

– Está bem.

Meomartino tinha bom gosto e dinheiro para cultivá-lo, pensou invejosamente ao tocar a campainha. Os antigos estábulos reformados eram um lugar charmoso para se morar.

Uma empregada sueca de meia-idade abriu a porta.

– Sim?

– A Sra. Meomartino está em casa?

– Não acho que ela possa ver qualquer pessoa.

Ele explicou sua missão.

– Bem, neste caso é melhor o senhor entrar – disse ela relutantemente. Ele a seguia casa adentro e, não sabendo o que fazer, até a cozinha, onde um menininho estava jantando numa mesa.

– Olá – disse ele, sorrindo ao se lembrar do caso do Papai Noel. Era fácil identificar Meomartino na criança.

– Olá.

– Eu não sei nada sobre lâminas – disse a empregada irritadamente.
– Devem estar junto com o microscópio. Talvez eu possa achá-las.
– No escritório – disse ela, fazendo um gesto com a cabeça, ao voltar-se para o fogão. – Não é a primeira porta, essa é a do quarto. A segunda porta.

Era um cômodo simpático. Havia um bom tapete persa e fundas poltronas de couro. As paredes estavam cobertas de estantes. A maioria dos livros era solidamente médica, mas havia biografias e história, numa mistura de volumes em inglês e espanhol. Pouquíssima ficção, a não ser numa pequena parte que também continha poesia moderna.

A poesia deve ser de sua mulher, pensou ele, olhando de relance para a porta que separava o escritório do quarto.

As lâminas estavam bem juntas do microscópio. Algumas delas ainda estavam fora da caixa, para onde ele as devolveu. Estava prestes a sair quando a porta do quarto se abriu.

Ela estava usando o pijama do marido, que era grande demais para ela. Seu cabelo estava desgrenhado, seus pés descalços e talvez ela costumasse usar óculos e sentisse a falta deles: apertou os olhos em sua direção de uma maneira cômica. O efeito global era maravilhosamente atraente. Viu logo que ela não era o tipo de mulher de gritar e sair correndo atrás de um robe.

– Oi – disse ele. – Não sou um ladrão. Sou Adam Silverstone.
– Silverstone. Algum parentesco com os Bookstein?

A voz dela era rouca, mas ele percebeu que tanto o registro baixo quanto a miopia podiam resultar do fato de ter bebido. Ela entrou devagar e ficou oscilando.

– Ei – disse ele. Quando esticou o braço para equilibrá-la, viu, estupefato, que um momento depois ela descansava contra ele, com a cabeça no seu peito.

– Nenhum parentesco – respondeu. – Trabalho com Rafe. Ele esqueceu essas lâminas.

Ela inclinou a cabeça para trás, mas reparou nele, sem afastar o corpo dele.

– Já me falou de você. A competição.
– Sim.
– Pobre Rafe – disse ela. – Como vai você? – Ela deu-lhe um beijo, com a boca quente amarga de gim.

– Bem, e você? – retorquiu ele polidamente. Desta vez ele a beijou, a ideia veio antes do fato do beijo. Olhando para ela, viu ser possível uma absurdamente clássica demolição de Meomartino: no próprio castelo do adversário, com Spurgeon esperando lá embaixo no carro e a empregada capaz de interrompê-los a qualquer momento.

De outra parte do apartamento, ele ouviu o garoto rir alegremente.

Porém, a senhora estava bêbada.

– Com licença – disse ela.

Ele se afastou, pegou as lâminas e a deixou ali no meio do quarto. O garotinho acabara de comer e estava assistindo à televisão.

– Até logo! – gritou, sem tirar os olhos do palhaço Bozo.

– Até logo – respondeu Adam.

Dois dias depois, ela foi até o hospital.

Estavam todos entrando na sala de Adam depois da visita aos doentes, e quando ele abriu a porta, a primeira coisa que viu foi o mink jogado em cima da cadeira. Ela estava usando um tailleur preto elegante e parecia com uma versão *Playboy* da jovem madona de Back Bay.

– Liz – disse Meomartino.

– Disseram-me que eu acharia você aqui, Rafe.

– Acho que não conhece esses senhores – disse Meomartino. – Spurgeon Robinson.

– Como vai? – disse Spurgeon, apertando a mão dela.

– Adam Silverstone.

Ela estendeu a mão e ele a pegou como se fosse um fruto proibido. – Como vai?

– Bem – respondeu ela.

Ele não conseguia olhar para Meomartino. Cuco, cuco: oh, temida palavra, que aos ouvidos cansados desagrada. Shakespeare. Ele murmurou um até logo enquanto as demais apresentações ainda estavam em marcha, voltou à enfermaria, trabalhou duro, mas foi incapaz de apagar da sua cabeça a imagem da mulher se oferecendo no pijama do marido.

No meio da tarde, ao ser chamado ao telefone, ele já sabia antes de falar.

– Alô – disse ela.

– Como vai? – murmurou ele sem graça, com as palmas das mãos úmidas.

– Lamento dizer que esqueci uma coisa na sua sala.

– O que foi?

– Uma luva. Preta, de pelica.

– Não a vi. Sinto muito.

– Ah, meu Deus. Se você a achar, me informe, está bem?

– Sim. Claro.

– Obrigada. Adeus.

– Adeus.

Quando ele voltou para sua sala, 15 minutos depois, ajoelhou-se e a luva ainda estava sob a mesa, onde ela indubitavelmente a jogara. Pegou-a e ficou sentado por um momento esfregando o couro macio e caro entre os dedos. Quando aproximou-a do seu nariz, o perfume o fez recordar-se dela.

Ela está sóbria agora, pensou.

Procurou o número no catálogo e discou, e ela respondeu imediatamente, como se estivesse à espera.

– Eu a encontrei – disse ele.
– O quê?
– A luva.
– Ah, que bom – disse ela. E esperou.
– Posso entregá-la para Rafe.
– Ele é tão distraído. Jamais a trará para casa.
– Bem, amanhã estou de folga. Posso passar aí e levá-la.
– Tinha planejado fazer compras – disse ela.
– Eu mesmo preciso fazer umas compras. Por que não se encontra comigo, eu lhe devolvo a luva e você toma um drinque.
– Está bem – respondeu ela. – Às duas horas?
– Onde?
– Conhece The Parlor? Não é longe do Prudential Center.
– Eu o acharei – disse ele.

Chegou cedo. Ficou sentado num banco de pedra no Prudential Center, olhando os patinadores de gelo até seu traseiro e seus pés ficarem anestesiados, e então desistiu, descendo a Boylston Street e entrando no saguão. De noite, haveria com certeza bebedores sérios e homens e mulheres paquerando, mas agora só havia estudantes fazendo um lanche tardio. Ele pediu uma xícara de café.

Quando ela entrou, suas faces estavam muito coradas do frio. Ele reparou pela segunda vez no seu gosto excelente. Trajava um casaco de pano preto, debruado com pele de castor, e quando ele a ajudou a despi-lo, viu com prazer um vestido bege de tricô, de corte muito simples, e uma única joia, um camafeu que parecia antigo.

– Você quer um drinque? – perguntou ele.

Ela olhou para a xícara de café dele e sacudiu a cabeça depressa.

– Na verdade, ainda é muito cedo, não é?
– Sim.

Ela quis uma xícara de café e ele fez o pedido, mas, quando chegou, ela disse que não queria mais.

– Vamos dar uma volta de carro? – disse ela.

– Eu não tenho carro.

– Ah, então vamos caminhar.

Vestiram seus casacos e deixaram o saguão, andando na direção da Copley Square. Ele não podia levá-la ao Ritz, nem ao Plaza, a nenhum lugar assim, pensou. Era certo encontrarem algum conhecido dela. Fazia muito frio e ambos começaram a tiritar. Ele olhou em volta, desesperadamente procurando um táxi.

– Sinto muito, mas tenho de ir ao toalete – disse ela. – Você se importa de esperar?

Do outro lado da rua, ficava o Regent, um hotel de terceira classe, e ele sorriu para ela com admiração.

– De modo algum – respondeu ele.

Enquanto ela permanecia no toalete, ele deu entrada no hotel. O empregado balançou a cabeça sem interesse quando ele disse que a bagagem deles chegaria do aeroporto de Logan. Quando ela voltou para o pequeno saguão, Adam pegou-a pelo cotovelo e a conduziu delicadamente até o elevador. Não falaram. Ela manteve a cabeça ereta, olhando para a frente. Depois que abrira a porta do quarto deles, 314, e eles haviam entrado e ele fechado a porta, virou-se para ela e eles se olharam entre si.

– Eu esqueci de trazer a luva – disse ele.

Mais tarde, ela dormiu, enquanto ele se deixou ficar deitado a seu lado no quarto superaquecido, fumando, até que ela finalmente acordou e o viu observando-a. Ela esticou a mão, tirou o cigarro de seus lábios, esmagou-o cuidadosamente no cinzeiro ao lado da cama, e então virou-se para ele, executando de novo o ritual, enquanto lá fora a luz cinza ficava mais escura.

Às cinco horas, ela saiu da cama e começou a se vestir.

– Precisa fazer isso?

– Já é quase hora do jantar.

– Podemos pedir da recepção. Por mim, prefiro não jantar.

– Tenho um garotinho em casa – disse ela. – E tenho de ver se ele foi alimentado e pô-lo na cama.

– Ah.

Ela veio de combinação, sentou-se na cama e lhe deu um beijo.

– Espere por mim aqui – disse ela. – Eu voltarei.

– Está bem.

Quando ela se fora ele tentou dormir, mas não conseguiu, o quarto estava quente demais. Tinha um cheiro seminal, de fumaça de cigarro e dela. Abriu uma das janelas, deixando entrar um sopro de ar ártico, em seguida se vestiu, desceu e comeu sem vontade um sanduíche e tomou uma xícara de café, e foi caminhando até a Copley Square, sentando-se na biblioteca pública de Boston, onde ficou lendo velhos exemplares da *Saturday Review*.

Quando ele voltou, às oito horas, ela já estava lá, sob os lençóis. A janela estava fechada e mais uma vez fazia calor demais. As lâmpadas estavam apagadas, mas o letreiro do hotel lá fora da janela piscava, os clarões fazendo com que o quarto parecesse com uma pintura psicodélica. Ela lhe trouxera um sanduíche. Salada de ovo. Eles o dividiram às 11 horas, o cheiro de ovo cozido fazendo parte dos odores picantes que colaram aquele dia à sua memória.

Na manhã de Natal, Adam ficou de plantão sozinho na SO, como cirurgião de confiança. Ele estava deitado no comprido banco da cozinha da cirurgia, ouvindo os ruídos solitários da máquina de fazer café, quando o telefone tocou.

Era Meomartino.

– Você vai ter de fazer uma amputação durante uma hora qualquer desta tarde. Até lá já terei ido embora.

– Está bem – disse ele friamente. – Qual o nome do paciente?

– Stratton.

– Eu o conheço bem – disse ele, mais a si mesmo do que a Meomartino.

Na semana anterior, eles haviam tentado fazer um desvio arterial para recuperar a circulação da perna do Sr. Stratton. O plano original era retirar a veia safena e usá-la como um enxerto arterial, ao contrário, para que as válvulas se abrissem na mesma direção que a corrente da artéria. Mas as veias do Sr. Stratton tinham se revelado muito vagabundas, com um diâmetro de apenas dois décimos de centímetro, mais ou menos um quarto do diâmetro desejável. Eles haviam cortado fora a grande placa arteriosclerótica que bloqueava a circulação e tornado a ligar a artéria com um enxerto plástico, que funcionaria somente por um ano ou dois, mas que deu errado desde o princípio. Agora a perna era uma coisa branca, morta, que ameaçava a vida do paciente, e teria de ser amputada.

– A que horas ele subirá?

– Não sei. Estamos tentando falar com seu advogado para que ele assine os papéis. O Sr. Stratton é casado, mas sua mulher está internada em estado crítico no Beth Israel, de modo que não pode assinar. Acho que ele vai subir logo que consigam trazer o advogado. Estão tentando desde ontem à noite.

Adam deu um suspiro quando ele desligou, pegou um uniforme verde de uma pilha em cima da mesa e foi até o vestuário dos cirurgiões mais jovens tirar sua roupa branca. O uniforme verde era familiar e confortável. Ele pegou um par de botinas pretas de plástico, arrancando a parte de cima perfurada e colocando uma das tiras plásticas que resultou dessa operação entre seu pé calçado de meia e seu sapato, antes de amarrar as botinas nos tornozelos com tiras elásticas. Assim, vestido para a ação, calçado e isolado contra a possibilidade de uma centelha elétrica que faria ir pelos ares numa bola de fogo a SO repleta de oxigênio, ele voltou para seu banco de cozinha e seu livro, mas não por muito tempo.

Desta vez, quando ele atendeu o telefone, era da emergência.

– Estamos mandando um infarto mesentérico. Pode começar a se esfregar. O Dr. Kender está reunindo uma verdadeira multidão para dar assistência ao caso.

– Louise – chamou ele ao desligar. A faxineira, que estava sentada junto à janela, largou seu tricô.

– Feliz Natal – desejou ela.

Era gratificante saber que eles conseguiam reunir tanto talento cirúrgico com tão pouca antecedência. Havia 14 pessoas – enfermeiras, cirurgiões, anestesistas –, todas apinhando a pequena SO, junto com um aglomerado de equipamento eletrônico. O paciente tinha cabelo grisalho, a barba por fazer, e estava em coma. Ele parecia estar no fim dos cinquenta, ou no dos sessenta, vigoroso de corpo, mas com uma grande barriga macia de bebedor de cerveja. Conhecido como doente cardíaco e tomador de digital, fora encontrado pela polícia em seu apartamento, em coma. Supôs-se que sua circulação fora afetada como efeito secundário da dose de digital, embora não se soubesse que quantidade ele ingerira, ou quando ingerira.

Eles o trouxeram já no soro, um anestesista residente apertando uma bolsa da ambulância para ajudá-lo a respirar.

Agora Adam observava enquanto Spurgeon Robinson esfregava o tórax do sujeito.

– Ei – disse Spurgeon, chamando. Uma tatuagem. Adam olhou por cima dele para o paciente, sentindo-se ridiculamente como um devoto. CARO DEUS, POR FAVOR, LEVE ESTE HOMEM PARA O CÉU... ELE JÁ CUMPRIU SUA TEMPORADA NO INFERNO. Que tipo de vida levaria a tanto desespero que obrigasse um homem a usar aquele pensamento como se fosse uma armadura? Ele o memorizou enquanto Spurgeon brandia sua mecha absorvente, apagando-a sob uma mancha de Betadine. Se fosse uma citação, o computador o deixou em falta.

O paciente já estava ligado a um marcapasso. Outros equipamentos haviam sido empurrados sobre rodas para perto da mesa; um aparelho para medir os gases no sangue, uma máquina de medir o volume sanguíneo, um monitor de eletrocardiograma que fazia um bip-bip-bip como se fosse um animal de metal e vidro, os pontinhos marchando pela tela, à medida que o coração do sujeito prosseguia lutando.

Kender esperava impacientemente que a esterilização terminasse e então se moveu para o lado da mesa, aceitou o bisturi das mãos de Louise e fez rapidamente a incisão. Adam estava ali com a bomba de sucção, e o receptáculo na parede começou a roncar como as cataratas do Niágara, conforme o líquido do peritônio penetrava nele, vindo da cavidade abdominal do paciente.

Bastou uma olhada para que ele soubesse estar diante de peritonite e gangrena. As mãos de Kender massageavam e passavam por cima das vísceras inchadas e descoloridas, como um homem acariciando uma jiboia doente.

– Telefone para a casa do Dr. Sack! – gritou ele para um estudante do quarto ano. – Diga-lhe que temos uma barriga toda gangrenada, até o cólon inferior. Pergunte-lhe se ele pode vir imediatamente para o hospital com todo o seu equipamento.

– Que tipo de equipamento?

– Ele sabe.

Sob a orientação de Kender, injetaram o contraste que revelaria nos raios X o que estaria acontecendo com a circulação sanguínea intestinal do paciente, e mais um equipamento entrou empurrado, dessa vez uma unidade de raios X portátil.

Adam reparou que o sangue no campo operatório estava muito escuro. Os músculos na parte de cima dos braços do paciente começaram a se contrair, como se ele fosse um cavalo espantando moscas.

– Parece que ele está tendo um problema com o oxigênio – disse.

– Como ele está indo? – perguntou Kender ao anestesista.

– Sua pressão está praticamente a zero. Seu coração com uma arritmia danada.

– Qual o seu pH?

Spurgeon verificou.

– É 6,9.

– É melhor preparar o bicarbonato de sódio – disse Kender. – Este cara está se preparando para ter uma parada cardíaca.

Os pontos amarelos no monitor, cada qual uma contração do músculo cardíaco moribundo, floresciam com decrescente frequência, os pequenos picos luminosos surgindo como linhas mais fracas, de picos mais baixos, até que finalmente, sob os olhos deles, os pontos se achataram.

– Meu Deus, lá vai ele – disse Spurgeon.

Kender começou a fazer uma pressão constante e intermitente na parede torácica com a parte mais carnuda da mão.

– Bicarbonato – disse ele.

Adam injetou-o numa veia da perna. Ele observava o Dr. Kender.

Empurrar para baixo.

Voltar para cima.

Para baixo.

Para cima.

A pressão regular, de braço esticado, a imagem do cirurgião balançando para lá e para cá lembrou-lhe de... quê? Então, ele se lembrou de sua avó batendo a massa do pão caseiro. Na cozinha (venezianas rasgadas, cortinas amarelas sobre branco desbotadas, crucifixo no console da lareira, o *Il Giornale* da semana passada em cima da velha máquina de costura Singer de pedalar, e a porra do canário sempre a cantar); batendo massa num velho tampo de madeira, cheio de cortes de faca, sempre cheios de massa velha e endurecida de macarrão, que escapara da raspagem depois de a última remessa ter sido feita. Farinha nos seus braços morenos. Uma praga dirigida a seu pai nos lábios sicilianos cobertos por um ligeiro buço.

Que diabo, perguntou a si mesmo, obrigando sua atenção a voltar para o sujeito na mesa.

– Epinefrina – disse Kender.

A enfermeira circulante bateu na ampola de vidro e a quebrou com os próprios dedos. A seringa de Adam aspirou o hormônio, que ele injetou em outra veia da perna.

Vamos lá, seu músculo de uma figa, disse ele em silêncio. Bata.

Ele levantou os olhos para o relógio da SO, parado como o coração. Os relógios em todas as SOs estavam imprestáveis. Uma lenda hospitalar dizia que a manutenção deles fora feita durante anos por um velho engenheiro do município, que sabia como mantê-los funcionando, e quando ele se aposentou, também se aposentaram os relógios.

– Há quanto tempo foi? – perguntou ele.

Uma das enfermeiras circulantes, não esterilizada e portanto podendo usar relógio, deu uma olhadela rápida no pulso.

– Quatro minutos e dez segundos.

Ah, meu Deus. Bem, tentamos, seja lá quem você for, pensou ele. Agora ele olhou para Kender, desejando que interrompesse suas tentativas. Depois de quatro minutos sem sangue oxigenado, aquilo que antes já fora um cérebro vai virar um crânio com um nabo dentro. Mesmo se trazido à força para a vida, aquele corpo jamais pensaria de novo, ou sentiria; jamais viveria de fato.

Kender pareceu não ter ouvido. Ele continuava a balançar, pressionando o peito com a mão e deixando que voltasse.

De novo.

E de novo.

E...

– Doutor? – disse Adam finalmente.

– O que é?

– Já faz quase cinco minutos. – Deixe o pobre filho da mãe partir, gostaria de dizer.

– Tente de novo o bicarbonato.

Ele o injetou novamente na veia. O Dr. Kender prosseguia o vaivém, pondo nisso o velho entusiasmo da força aérea; sem cagaço, despejar bombas, jamais pensar na morte.

Os segundos passavam.

– Temos uma batida de coração – disse o anestesista.

– Dê-lhe mais um pouco de adrenalina – disse Kender, como se estivesse ordenando que se despejasse napalm.

Adam cumpriu a ordem, seus olhos cuidadosamente velados, sua boca soturna, oculta pela máscara.

Na tela do monitor surgiu uma cintilação, e em seguida outra, e os pequenos pontos luminosos se puseram em marcha; recuperaram o velho ritmo, o músculo se contraindo, reabastecido, pulsando, batendo do modo como batia e que quase esquecera para toda a eternidade.

Levantou-se, pensou Adam.

O Dr. Sack chegou, trazendo duas câmeras, uma para slides e outra de cinema, colorido.

– Mantenha bem aberta a incisão – ordenou Kender. Adam obedeceu. A câmera deu um zumbido e ele teve um sobressalto, uma estrela de cinema.

Era uma tomada. Dentro de poucos instantes guardaram as câmeras e eles voltaram a ser cirurgiões. Ele ficou observando enquanto eles expunham o gânglio celíaco e injetavam drogas para combater os espasmos musculares e tentar fazer com que a circulação voltasse. As vísceras eram, evidentemente, inoperáveis. Ele teve a honra de ter o abdome fechado com sutura metálica.

Com a tarefa cumprida, ele e Spurgeon lavaram o campo operatório com álcool. À medida que o sangue e a Betadine eram lavados, as letras reapareceram lentamente: CARO DEUS, POR FAVOR, LEVE ESTE HOMEM PARA O CÉU... ELE JÁ CUMPRIU SUA TEMPORADA NO INFERNO.

– Quero que dois homens o acompanhem o tempo inteiro para mantê-lo progredindo – dizia Kender.

Adam os ajudou a levantar o paciente e pô-lo na maca, e em seguida retirou a máscara de pano de seu rosto suado e ficou observando enquanto um anestesista apertava a bolsa respiratória para ajudá-lo a respirar, e eles empurravam o vegetal para fora dali.

Havia dias em que ele praticava uma cirurgia vital. As operações que fazia eram um benefício dos vivos, intervenções que tornariam mais fácil suas vidas, mais confortáveis suas existências, que os livrariam da dor. Havia outros dias em que ele praticava uma cirurgia da morte e do desespero, abrindo o invólucro humano para descobrir células enlouquecidas que se traduziam em algo horrendo, podendo apenas fechá-lo e manter esse horror longe dos olhos, trabalhando desesperadamente para coordenar seu cérebro e suas mãos, dentro da consciência de que o melhor que fizesse não bastaria para evitar uma grande dor e, finalmente, a morte.

Este seria um dia assim, sentiu.

No final da tarde, o Sr. Stratton foi levado para a cirurgia. Veio acompanhado de um sujeito, com certeza o advogado cuja permissão fora necessária para operar. O sujeito trajava um terno marrom largo; o colarinho da camisa estava sujo e o nó da gravata exagerado; tinha um rosto cansado que combinava com seu chapéu, manchado em volta da tira interior de couro. Ele não se parecia em nada com Melvin Belli ou F. Lee Bailey. Ele ficou em pé no corredor, do lado de fora da SO, conversando baixo com o Sr. Stratton, até que Adam pediu que ele se retirasse, o que fez depressa, tentando esconder a gratidão que o pedido lhe provocara.

– Olá, Sr. Stratton – disse Adam. – Iremos cuidar bem do senhor.

O homem fechou os olhos e balançou a cabeça.

Helena Manning, primeiranista como residente, entrou seguida de Spurgeon Robinson. Adam decidira dar a ela essa experiência, permitindo que fizesse a amputação. Já que só havia uma enfermeira de plantão, ele a mandou ficar circulando e perguntou a Spurgeon se ele se importava de bancar a enfermeira da limpeza. Na sala de desinfecção havia outra notícia animadora. O encanamento antigo não conseguiu suportar o sistema de água quente; agora, tal como acontecera várias vezes por semana, às vezes até por um período de uma hora, das torneiras de água quente jorrava uma água gelada. Arquejando e soltando pragas, os três cirurgiões lavaram e esfregaram suas mãos e braços durante os dez minutos de praxe, sob aquela torrente de gelo, e em seguida recuaram pelas portas de vaivém até a SO, segurando para cima suas mãos dormentes.

A enfermeira circulante era relativamente nova e, confidenciou trêmula, estava nervosa por ter de cobrir a SO sozinha pela primeira vez.

– Não tem nada de mais – disse ele explicitamente, mas dando um gemido por dentro.

Ficou observando enquanto Spurgeon abria o kit de amputação e arrumava os instrumentos em fileiras ordenadas e brilhantes, suturas e ligamentos metidos sob uma toalha esterilizada, de modo a poderem ser puxados um a um quando necessário. A residente colocou o paciente em posição e começou a dar-lhe uma peridural sob os olhos do anestesista.

O Sr. Stratton gemia.

Helena Manning esfregou e desinfetou a perna, e ela e Adam fizeram a atadura.

– Onde? – perguntou-lhe.

Com o indicador enluvado, ela traçou a linha da incisão sob o joelho.

– Muito bem. Você fará a incisão de modo a deixar longas sobras de pele anteriores, e abas curtas posteriores. Assim, quando sarar, poderá andar apoiado na pele e na cicatriz por trás dela. Vá em frente.

Spurgeon entregou-lhe o bisturi e em seguida começou a passar depressa grampos para Adam, que pinçava os vasos hemorrágicos com a mesma rapidez com que ela os cortava. Trabalharam com perseverança até dez ou 12 grampos terem sido colocados ao longo da incisão, em seguida pararam para amarrar os vasos que sangravam e retirar os grampos.

– Ajeite a lâmpada – disse Helena à enfermeira itinerante.

A enfermeira subiu num banco e ajustou a lâmpada em cima. Ao girar no seu eixo, Adam pôde distinguir uma nuvem de poeira fina que descia do aparelho preso no teto e caía sobre o campo operatório. As lâmpadas das SOs, junto com os relógios das SOs e o sistema de água quente, eram relíquias do passado que atavam o hospital geral a outra época. Desde a sua chegada da Geórgia, ele estranhava como cirurgiões universitários sérios podiam gastar tanto tempo e paciência na hora de se esfregar, desinfetar e em outros procedimentos antissépticos, para simplesmente inundar o campo de poeira toda vez que ajeitavam a lâmpada por cima deles.

Helena estava fazendo um serviço desleixado, reparou ele, cortando embaixo demais.

– Não – disse ele –, você precisa levantar mais a *linea aspera*. Se você empurrar o periósteo para cima, ele se reossificará e produzirá um esporão.

Ela cortou de novo, desta vez mais alto, acrescentando minutos ao tempo da amputação. O ar-condicionado ronronava. E o monitor irradiava seu bip-bip-bip como uma cantiga de ninar. Adam sentiu os primeiros sinais de sonolência e se obrigou a se concentrar. Ele pensava adiante, antecipando as necessidades da cirurgiã.

– Arranje-nos um pouco de álcool absoluto – pediu ele à enfermeira.

– Ah, meu Deus. – Ela olhou em volta atormentada. – Para que é preciso?

– Para injetar no nervo.
– Ah.

A residente localizara e ligara a artéria femoral. Agora a enfermeira voltara a tempo com o álcool. Helena expôs o nervo ciático, esmagou-o no alto, ligou-o e injetou álcool nele.

– Traga a serra de osso, por favor – pediu Adam.
– Ahã. – Diante desse novo desafio, a enfermeira desapareceu de novo.

Adam entregou a serra a Helena. Nesse ponto, para grande deleite dele, o médico virou mulher. Ela não sabia como segurar a serra. Agarrando-a elegantemente e com grande dignidade, puxava-a para lá e para cá contra o osso, a lâmina balançando.

– Você nunca fez um banquinho para sua mãe no ginásio? – comentou ele. Ela deu um olhar de ódio, com os dentes cerrados, serrando com determinação.

A enfermeira voltou.
– Não temos cera de osso.
– O que você usa para encerar as linhas de sutura?
– Usamos óleo.
– Bem, ela vai precisar de cera de osso, porra. Procure na ortopedia.

Era o fim da calorosa aproximação profissional deles, mas ela foi. Voltou com ela dentro de poucos minutos.

– Não tem cera de osso? – perguntou ele, sorrindo.
– Bem, não havia lá em cima.
– Muito obrigado.
– De nada – respondeu ela friamente, retirando-se.

Helena costurou muito bem a aba, tendo tido, sem dúvida, mais experiência em fazer vestidinhos para suas bonecas.

– Sr. Stratton – dizia o anestesista. – Pode acordar agora. Acorde, Sr. Stratton.

O paciente abriu os olhos.

– Tudo correu excelentemente – disse-lhe Adam. – Você ficará ótimo. – O Sr. Stratton fixou a vista no teto da SO, apertando os olhos, entretendo os pensamentos natalinos de um caminhoneiro perneta, com a mulher tão doente em outro hospital que nem sequer podia assinar um papel.

A enfermeira embrulhara a perna em dois lençóis. Depois que Adam lutara para vestir sua roupa branca, pegou-a junto com o relatório sobre Helena e se dirigiu ao elevador, que finalmente chegara. A patologia era no quarto andar. No primeiro andar entrou uma série de passageiros no elevador, e à medida que o carro subia para o segundo, ele notou uma senhora de meia-idade, do tipo que fala bilu-bilu para um buldogue, olhando fixamente para o embrulho nas suas mãos.

– Será que posso dar só uma olhadinha no pequeno? – perguntou ela, estendendo a mão para a parte de cima do lençol.

– Não. – Adam deu um passo rápido para trás. – Não quero que acorde – respondeu ele.

Esta criança eu mesmo adotarei. Wordsworth. Durante todo o percurso até o quarto andar, ele acariciou carinhosamente a canela do Sr. Stratton.

Não havia sinal de Gaby. Ele telefonava repetidamente, sempre podado por Susan Haskell, que ele agora aprendera a odiar.

Sentia-se culpado por Liz Meomartino, percebendo tê-la usado no seu joguinho sórdido de quem-é-melhor-que-quem com o marido dela, tão certo quanto certa vez usara a graça.

Ele nunca mais a procuraria, disse a si mesmo com alívio. Fora um episódio indigno, mas que ele enterraria no passado.

E no entanto viu-se pensando nela. Fora uma grande surpresa. Não era o tipo de mulherzinha fácil, comum. Tinha berço, beleza, bom gosto, dinheiro, era maravilhosamente sensual...

– Alô – disse ela.

– É Adam – disse ele, fechando a porta da cabine telefônica.

Passaram pelo mesmo ritual, encontrando-se no The Parlor e caminhando na neve suja até o Regent. Ele pediu o mesmo quarto.

– Vai ficar muito tempo? – perguntou o recepcionista.

– Só uma noite.

– Dentro de três ou quatro horas vamos estar totalmente cheios. Uma reunião da Legião Nacional no auditório do Memorial da Guerra, rua abaixo. Por isso achei melhor avisá-lo, se quiser reservar o quarto para o resto da semana.

A porta do banheiro de mulheres se abriu e ele a viu voltando para o saguão. Por que não? Ele não tinha nada que o retivesse no hospital quando estava de folga.

– Cobre o preço de uma semana – respondeu ele.

Naquela tarde ficaram deitados no quarto 314, tendo por música de fundo os gritos e as risadas de gente invisível com bonés azul-dourados, que berravam insultos e mensagens pelas portas e bombardeavam o poço de ventilação com garrafas vazias e sacolas cheias de água.

– Que cor tinha originalmente? – perguntou ele, acariciando seu cabelo cor de palha.

– Preto – respondeu ela franzindo a testa.

– E você não devia ter mudado.

Ela mexeu com a cabeça.

– Não diga isso. É o que ele sempre me diz.

– Isso não o torna necessariamente errado. Deveria manter sua cor original – disse ele carinhosamente. – É seu único defeito.

– Existem outros – retrucou ela. – Não achei que você fosse me procurar – disse ela depois de algum tempo.

No corredor, marchavam e marcavam o ritmo. Ele ficou observando o teto, a fumar um cigarro.

– Não pretendia. – Encolheu os ombros. – Mas não conseguia te esquecer.

– Foi igual comigo. Já conheci uma porção de homens. Isso te aborrece? Não – ela selou seus lábios com os dedos –, não responda.

Ele beijou os dedos dela.

– Você já esteve no México? – perguntou ela.

– Não.

– Quando eu tinha 15 anos, meu tio foi a um congresso médico e o acompanhei – disse ela.

– Ah?

– Cuernavaca. Nas montanhas. Casas de cores vivas. Um clima maravilhoso, flores o ano inteiro. Uma pracinha bonitinha. Se as calçadas não fossem varridas antes do meio-dia, as pessoas eram multadas pela polícia.

– Sem neve – disse ele. Lá fora nevava.

– Sim. A distância é pequena da Cidade do México. Oitenta quilômetros. Muito cosmopolita, como Paris. Grandes hospitais. Excelente vida social. Um médico *norte-americano* talentoso pode fazer um grande sucesso lá. Tenho dinheiro suficiente para comprar qualquer clínica que te convenha.

– O que você está falando? – perguntou ele.

– De você, de mim, de Miguel.

– Quem?

– Meu menininho.

– É loucura.

– Não é não. Você não se importaria com o menininho. Eu jamais poderia deixá-lo.

– Não. Isto é, não importa. O fato é que é impossível.

– Prometa-me apenas que pensará a respeito.

– Olha, Liz...

– Por favor. Apenas pense nisso.

Ela rolou na cama e o beijou, seu corpo que há um verão ele desfrutava, melões, amoras-pretas, pêssegos aveludados, almíscar.

– Eu vou te mostrar o palácio de Cortez – disse ela.

No início da noite de domingo, Kender trouxe o caso de peritonite de volta à SO, e ao reabri-lo constataram que as medidas tomadas sábado de manhã haviam evidentemente estimulado a circulação. Havia bastante tecido livre de gangrena para estimulá-los a fazerem uma ressecção; tiraram a maior parte do intestino delgado e parte do grosso. No decorrer de tudo aquilo, o paciente dormia o sono dos permanentemente comatosos.

Durante o café da manhã de segunda-feira, Adam ouviu dizer que o sujeito sofrera mais duas paradas cardíacas. Estava recebendo terapia intensiva, tudo que estava ao alcance de Kender para mantê-lo tecnicamente vivo. No mínimo dois médicos estavam sempre à sua cabeceira, observando os sinais vitais, administrando oxigênio e remédios, respirando por ele, alimentando-o endovenosamente.

Naquela tarde, Adam deu uma passada na cozinha da cirurgia e viu que Kender estava sentado numa cadeira no canto, dormindo ou simplesmente sentado muito quieto com os olhos fechados, algo que Adam não conseguiu perceber. Da maneira mais discreta possível, ele serviu-se de uma xícara de café.

– Sirva uma para mim, está bem? – Adam entregou-a ao cirurgião-chefe adjunto e beberam em silêncio.

– Que profissão engraçada esta nossa cirurgia – comentou Kender. – Passei anos ralando e fundindo a cuca no terreno dos transplantes. No ano que vem haverá uma nova cadeira de cirurgia na faculdade de medicina. Querem preenchê-la com um especialista em transplantes, mas não será comigo. Serei cirurgião-chefe.

– Lamenta isso? – perguntou Adam.

Kender deu um sorriso cansado.

– Sinceramente, não. Porém, estou aprendendo que o cargo do Dr. Longwood não é fácil não. Eu assumi todos os seus casos.

– Eu sei – disse Adam.

– Também sabe a taxa de mortalidade dos casos mistos do Dr. Longwood e do Dr. Kender durante os três últimos meses?

– Tem de ser alta, senão você não perguntaria. Cinquenta por cento?

– Experimente cem por cento – disse Kender suavemente. Ele enfiou a mão no bolso e tirou um charuto. – Há três meses. Isso é um período muito longo para que não haja um paciente que sobreviva. Uma porção de operações.

– Qual a causa?

– Porque, porra, as fáceis vão para vocês. Num lugar como este, o chefe só consegue pôr a mão em quem já está com mais de um pé na sepultura.

Pela primeira vez, Adam constatou o fato. Meu Deus.

– Da próxima vez em que eu tiver apendicite ou hérnia, procurarei seu auxílio.

Kender sorriu.

– Apreciaria – disse ele. – Muito. – Ele acendeu o charuto e soprou fumaça em direção ao teto. – Perdemos aquele sujeito com gangrena nas vísceras logo agora – disse ele.

A simpatia de Adam foi embora.

– A gente o perdeu de fato durante a primeira parada cardíaca de seis minutos. O senhor não acha?

Kender olhou para ele.

– Não – respondeu ele. – Eu diria que não. – Levantou-se e foi até a janela. – Está vendo aquele mausoléu de tijolos vermelhos do outro lado da rua?

– O laboratório animal?

– Foi construído há uma porrada de anos, antes da Guerra Civil. Oliver Wendell Holmes já dissecou gatos naquele prédio.

Adam ficou à espera, sem se deixar ficar impressionado.

– Bem, você, eu e Oliver Wendell Holmes não fomos os únicos a trabalhar ali. Há muito tempo o Dr. Longwood e o Dr. Sack e algumas outras pessoas daqui vêm trabalhando em cachorros com gangrena nas vísceras, e intervindo neles do mesmo modo que interviemos naquele sujeito que esteve presente na nossa SO, conseguindo salvar alguns cachorros.

– Este era um homem – disse Adam. – E não um cachorro.

– Durante os últimos dois anos tivemos 16 pacientes do mesmo tipo. Todos morreram, mas cada um teve sobrevida maior do que o anterior. Este sujeito viveu durante 48 horas. Os processos experimentais *funcionaram* com ele. Transformaram uma situação gangrenosa inoperável numa em que pudemos usar a cirurgia. Se tivermos sorte, talvez o próximo paciente não tenha uma parada cardíaca.

Adam olhou para o cirurgião mais velho. Sentiu uma porção de coisas, todas juntas.

– Mas quando é que se *diz* para si mesmo "esse sujeito partiu, nunca poderemos trazê-lo de volta, deixe-o morrer em paz e com dignidade"?

– Cada médico resolve em sua cabeça. Eu nunca digo isso.

– Nunca?

– Que diabo, meu jovem amigo – disse Kender. – Repare só no que aconteceu a pouca distância daqui, e que permanece ainda na memória de gente que trabalha aqui. Em 1925, um jovem médico chamado Paul Dudley White começou a tratar de uma menina de 15 anos, de Brockton. Três anos depois, ela estava morrendo porque seu coração vinha sendo estrangulado por uma cobertura coriácea do pericárdio. Ele a internou no hospital geral de Massachusetts oito ou nove vezes, e todo mundo a examinara e tratara, e ninguém podia fazer nada. Por isso ele a mandou para casa, sabendo que ela iria morrer, a não ser que houvesse um jeito de remover o pericárdio. Ao especular sobre isso, internou Katherine mais uma vez no hospital, esperando que de algum modo uma intervenção cirúrgica fosse possível. Por um golpe de sorte – ou coincidência feliz –, um jovem cirurgião chamado Edward Delos Churchill acabara de chegar da Europa exatamente naquela época, recém-regresso de cursos de aperfeiçoamento de um ou dois anos em cirurgia torácica, incluindo um período com o grande Ferdinand Sauerbruch em Berlim. Churchill se tornaria mais tarde cirurgião-chefe do Hospital Geral de Massachusetts, é claro.

"Bem, o Dr. White o conheceu no velho corredor de tijolos e o convenceu a ir até a enfermaria para ver Katherine. Ninguém nos Estados Unidos jamais conseguira algum êxito com a pericardite constritiva, nem com o bisturi, nem com medicação. Mas o Dr. White pediu ao Dr. Churchill se ele não queria tentar, e... – Kender encolheu os ombros – a garota estava morrendo lentamente.

– Bem, ele a operou. E ela sobreviveu. Aliás, ela é hoje avó. E uma porção de gente com pericardite constritiva passou com êxito pela cirurgia durante os últimos quarenta anos.

Adam não disse nada. Ficou simplesmente sentado, bebendo seu café.

– Quer outro caso? O Dr. George Minot. Brilhante jovem pesquisador em medicina de Boston, quase morto de diabetes numa época em que ainda não existia um tratamento eficaz. Então, quase no fim, ele arranjou uma das primeiras partidas de um hormônio novíssimo descoberto por dois canadenses chamados Dr. Frederick C. Banting e Dr. Charles H. Best, a insulina. Ele não morreu. E porque não morreu, prosseguiu no seu trabalho até ganhar o Prêmio Nobel pela descoberta da cura da *anemia perniciosa*, e uma quantidade incalculável de *outras pessoas* se salvou, quem sabe *quantas* na hora agá. – Ele deu uma palmada forte na coxa de Adam e soprou fumaça de charuto na sua cara. – É por isso que não aceito concessões bem pensantes à morte facilitada, meu filho. É por isso que prefiro lutar até o fim, mesmo sendo feio, mesmo doendo.

Adam sacudiu a cabeça sem se convencer.

– Ainda há muitos argumentos a favor de não prolongar a feiura e dor terrível diante da derrota inevitável.

Kender olhou para ele e sorriu.

– Você é jovem – retorquiu ele. – Será interessante verificar se seus pontos de vista hão de mudar.

– Duvido que mudem.

Kender soprou uma nuvem fétida de charuto em cima dele. – Veremos – disse ele.

No meio da noite, correndo num training, de luvas, cachecol e botas de inverno, sobre a neve recém-caída e macia que brilhava como vidro moído sob as lâmpadas da rua, orbitando repetidamente o hospital, seu sol, até que o frio do espaço sideral corroesse seus pulmões e espetasse seu centro vital, ele percebeu que Spurgeon Robinson tinha razão: o Grande Plano Silverstone era titica de galinha e bosta de vaca. Liz Meomartino estava lhe servindo de bandeja o Grande Plano Silverstone, e ele percebeu de imediato que não era absolutamente o que ele queria. O que ele almejava desesperadamente ser dentro de vinte anos era uma mistura de Lobsenz, com Sack, com Kender e com Longwood, e essa transformação não haveria de ocorrer em Cuernavaca, ou em qualquer outro lugar em que ele fosse junto com Liz Meomartino.

Ele lhe telefonou de manhã e contou da maneira mais delicada possível.

– Tem certeza?
– Sim.
– Encontre-me, Adam.

Ela achava que poderia mudar sua opinião, sabia ele.

– Acho melhor não, Liz.
– Rafe está em casa hoje à noite, mas eu consigo sair. Só quero te dar adeus.
– Adeus, Liz. Boa sorte – disse ele.
– Esteja lá. Por favor. – Ela cortou a ligação.

Ele trabalhou o dia inteiro como um escravo recém-liberto, num negócio próprio. Tendo saído do plantão às seis, jantou com bom apetite e trabalhou várias horas profícuas no laboratório animal.

Ao chegar ao sexto andar, tomou banho e ficou deitado na cama, de short, onde leu três revistas médicas, vestindo em seguida suas roupas de sair. Estava procurando um lenço limpo quando sua mão se fechou sobre algo na gaveta da cômoda, que ele pegou e virou para lá e para cá, examinando-o como se nunca tivesse visto uma luva preta de pelica na vida.

Desta vez, o Regent estava apinhado de legionários e suas mulheres, e ele teve de abrir caminho empurrando no saguão.

– Félix, você está com as entradas? – berrou uma mulher gorda num uniforme amarrotado de auxiliar.

– Claro – respondeu seu marido, espetando a bunda de Adam com um bastão próprio para o gado.

Ele deu um pulo, provocando risadas gerais, mas foi carregado para dentro do elevador.

Eles estavam no corredor, nas escadas; sentiu como se estivessem sob as suas unhas.

Enfiou a chave na fechadura e ao abrir a porta do 314 o anúncio luminoso do lado de fora das janelas piscou, batendo outra chapa psicodélica, cujo ponto focal era o boné azul e dourado em cima da penteadeira.

Adam pegou o boné ridículo. O homem na cama olhava-o desconfiado. Não era do Vietnã. Velho demais até para a Coreia. Safra da Segunda Guerra, pensou Adam. Velhos soldados, não sei por quê, parecem mais abordáveis do que velhos marinheiros. Hawthorne.

O sujeito estava obviamente muito amedrontado.

– O que você quer? Dinheiro?

– Basta dar o fora. – Adam entregou-lhe o boné e segurou a porta enquanto o homem se enfiava depressa na sua calça e fugia agradecido.

Ela olhou para ele. Ele podia ver que ela andara bebendo.

– Você poderia ter me salvado – disse ela.

– Não tenho certeza de conseguir salvar nem a mim mesmo.

Ela juntou as meias e pôs, junto com a luva preta, dentro de sua bolsa.

– Vá embora – disse ela.

– Tenho de te mandar para casa, Liz.

– Já é muito tarde. – Ela sorriu. – Eu lhes disse que ia apenas comprar cigarros.

Ela estava usando sua combinação, mas o vestido era um obstáculo. Ele não obteve nenhuma cooperação e levou algum tempo até arrumar tudo direitinho. O fecho ecler enguiçou no meio. Ele lutava, suando, mas sem adiantar; não voltava nem fechava completamente.

O casaco cobriria, disse a si mesmo.

Quando ele calçou os sapatos nela e a levantou para uma posição em pé, ela oscilou. Com o braço em volta da cintura dela e seu braço em volta do pescoço dele, conduziu-a até a porta como se fosse um paciente.

No corredor, os generais serviam cervejas e *highballs*.

– Não, obrigado – disse Adam polidamente, apertando o botão do elevador.

Quando conseguiu chegar ao saguão de baixo com ela, avistou o sujeito com o aguilhão, preparando-se para uma brincadeira.

– Se tocar em um de nós com esse troço, Félix – avisou ele –, eu o enrolo em volta da porra de seu pescoço.

Félix pareceu ofendido.

– Ouviu esse filho da mãe? – perguntou ele à mulher gorda.

– Eu te disse que o pessoal daqui é frio como o clima – comentou ela, enquanto Adam prosseguia com seu fardo. – Da próxima vez eles vão me ouvir e organizar isso aqui em Miami.

Lá fora, caía uma neve como um mingau ralo. Ele não ousava equilibrá-la contra o prédio; segurando e se agarrando um no outro, eles oscilaram juntos, saindo para a neve suja e molhada.

– Táxi! – gritou ele.

– Ah, você me decepcionou – disse ela.

– Eu não te amo – disse ele. – Sinto muito. – Seu cabelo já estava empapado; a neve derretia no seu pescoço, molhando o colarinho da camisa. – E tem mais, não entendo como você pode achar que me ama. Nós mal conhecemos um ao outro.

– Isso não importa.

– É claro que importa. Temos de *conhecer* um ao outro, pelo amor de Deus. TÁXI! – gritou ele para um espectro que passava.

– Quero dizer o amor. É superestimado. Gosto tanto de você.

– Meu Deus! – exclamou ele. Ele berrou de novo, cônscio dessa vez que estava ficando rouco. O táxi parou milagrosamente, mas, antes que ele pudesse pô-la em movimento, um espertinho de um ex-cabo de boné já tinha pulado dentro e batido a porta. O veículo deu partida.

Outro táxi surgiu à vista, emparelhou com eles, seguiu caminho, mas então, passados uns três metros, parou, e dois sujeitos começaram a desembarcar dele.

– *Vamos* – disse ele, arrastando-a. – Antes que vá embora. – Ele berrou para o carro, enquanto patinavam e escorregavam, mas os dois sujeitos tinham saído agora e vinham na direção dele, e ele percebeu que um era Meomartino e o outro, o Dr. Longwood. O Velho não devia ter saído numa noite como essa!, pensou.

Ele parou de puxá-la. Eles simplesmente murcharam e ficaram à espera. Meomartino cravou os olhos neles ao se aproximar, mas não disse nada.

– Onde você esteve? – perguntou a ela o Dr. Longwood. – Estivemos procurando em *todo* canto. – Ele olhou Adam de relance. – Onde a achou?

– Aqui – respondeu Adam.

Ele se tornou cônscio de que o braço dela ainda estava em volta do seu pescoço, e que ele continuava a segurá-la pela cintura. Apartou-se dela, transferindo-a para Meomartino, que estava calado como uma porta.

– Muito obrigado – disse Longwood formalmente. – Boa-noite.

Dividindo o fardo, seu tio e seu marido carregaram-na para o táxi. A porta se abriu e finalmente se fechou, o motor roncou, as rodas de trás giraram, jogando neve suja, como se fosse um castigo, na perna direita da sua calça. Mas ela já estava molhada e ele pouco se importava, lembrando-se do fecho ecler enguiçado dela.

– Táxi – murmurou ele desanimadamente, enquanto um táxi amarelo abalou para cima dele, saindo da escuridão.

Nos dias seguintes, acometido de um forte resfriado, ele esperou que Longwood enviasse raios e trovões contra o sedutor do sangue de seu sangue. Sob muitos aspectos, o Velho tinha poderes para destruí-lo. Porém, dois dias depois da calamidade do lado de fora do hotel, Meomartino parou-o na sala de estar dos cirurgiões.

– Minha mulher me contou que, quando se sentiu mal, você teve grande consideração e se deu ao trabalho de tentar conseguir um táxi para ela. – Seus olhos lançaram um desafio.

– Bem...

– Foi sorte você tê-la encontrado. Quero agradecer-lhe.

– Não foi nada.

– Tenho certeza de que ela não precisará de sua ajuda de novo. – Meomartino fez um gesto com a cabeça e se afastou, de certo modo como vencedor. Jamais Adam sentira tanto ódio ou tanto respeito. O que acontecera a sua vingança, pensou ele.

A ira de Longwood não se abateu sobre ele. Adam se esforçou no trabalho, permanecendo no hospital e passando suas horas de folga no quarto, ou nos laboratórios animal ou de patologia. Ele herdou uma enxurrada de casos cirúrgicos, uma apendicectomia, uma vesícula, várias gastrectomias, mais enxertos de pele para o Sr. Grigio.

A Sra. Bergstrom recebeu um presente especial, um rim. Na penúltima noite de dezembro, uma súbita tempestade depositara dez centímetros de neve alvíssima em cima da cidade emporcalhada. Do outro lado do rio, em Cambridge, o filho de 16 anos de um famoso erudito, alto depois de fumar maconha, roubou um carro e, durante a carreira para fugir do veículo policial que o perseguia cautelosamente pelo Memorial Drive escorregadio da neve, bateu num pilar de concreto e teve morte instantânea. Seus pais contristados, solicitando apenas o anonimato para protegê-los da impiedosa publicidade, doaram as córneas do garoto para o Massachusetts Eye and Ear Infirmary e um rim para o Brigham, e o outro para o geral.

Adam ficou sentado junto com Kender, atormentando-se quanto ao problema da dose de imunossupressores que dariam à Sra. Bergstrom junto com o novo rim.

Kender decidiu dar 130mg de Imuran.

– A função renal dela é muito baixa – disse Adam, duvidoso. – Por que 100mg não seriam suficientes?

– Dei-lhe 90mg da última vez – disse Kender – e ela rejeitou o rim sem sombra de dúvida. Não quero que ela passe por isso de novo. – Operaram-na depois da meia-noite e o novo rim estava produzindo urina quando a levaram da sala de operação.

Na véspera do Ano-Novo, Adam viu-se de novo na sala de operação, preparando-se para fazer uma esplenectomia no primeiro dos motoristas bêbados, que teve o bom senso de bater na autoestrada a apenas dois quarteirões do hospital. Ele estava de pé, com suas mãos enluvadas cruzadas no peito, à espera junto com Harry Lee, que atuaria como assistente. Norm Pomerantz daria a anestesia geral, que seria leve, porém complicada, porque o sujeito já havia se anestesiado com álcool. Fazia um grande silêncio na SO.

– É meia-noite, Adam – disse Lee.

– Feliz Ano-Novo, Harry.

Na noite seguinte, preocupado com a dosagem do remédio que Kender administrara à Sra. Bergstrom, ele passou em revista seus boletins durante horas, mas sem conseguir encontrar nenhum alívio neles, finalmente desistindo e adormecendo debruçado sobre seu livro de anotações, com a cabeça descansando nos braços. Ele sonhou com o quarto 314 e a mulher, cuja figura que se lhe oferecia fundia-se com outra, ficando mais magra, mais dura, menos madura, até ele se encontrar fazendo amor com Gaby, em vez de executando um ritual com Liz Meomartino.

Ao acordar, riu de si mesmo.

De certo modo, porém, ele adquirira a certeza de que o homem com quem Gaby Pender acabaria ficando jamais teria de se preocupar com o fato de ter de mandar outro médico a sua casa para pegar umas lâminas. Mas é evidente que ela tinha outros problemas. Fora bom ele ter se livrado daquela mulherzinha maluca, disse consigo mesmo.

Uma hora depois, ele foi até o telefone e discou o número dela. Estava esperando Susan Haskell, mas em vez da voz da sua colega de quarto era a dela que dizia alô.

– Gaby?

– Sim?

– É Adam.

– Ah.

– Como tem passado?

– Muito bem. Isto é, não passei muito bem durante um tempo, mas agora estou bem.

– Está mesmo? – perguntou ele pensativamente.

– Sim.

– Eu não estou. Feliz Ano-Novo, Gaby.

– Feliz Ano-Novo, Adam.

– Gaby, eu...

– Adam... – haviam falado simultaneamente e agora ambos ficaram à espera.

– Eu preciso te ver – disse ele.

– Quando?

– Estou de plantão esta noite. Olha, venha até o estacionamento do hospital, às nove horas. Se eu não aparecer imediatamente, espere por mim.

– O que te fez pensar que eu iria correndo assim que você estalasse os dedos? – perguntou ela friamente. – E ainda ficar te esperando?

Ele tomou um susto, sentiu vergonha, grande arrependimento.

– Ah, Adam, eu também não estou bem – desabafou ela. Ela ria e chorava ao mesmo tempo, a única garota que ele conhecera capaz de fazer isso. – Eu estarei lá, querido. Querido Adam. – E desligou.

LIVRO TRÊS

PRIMAVERA E VERÃO.
O CICLO COMPLETO

ADAM SILVERSTONE

12

Adam conversara tranquilamente e muito com Gaby, sentados no Plymouth azul no estacionamento do hospital, com o aquecedor ligado, a neve a cair e a lanterna da ambulância piscando na direção deles, até que uma camada branca suficientemente grossa tapasse o para-brisa e os isolasse do resto do mundo.

– Foi minha culpa – disse ele. – Nunca mais deixarei que façamos isso um ao outro.

– Você quase acabou comigo. Eu não conseguia nem falar com outro homem.

Ele ficou calado.

Mas havia outros assuntos desagradáveis a enfrentar.

– Meu pai é um alcoólatra incurável. Agora parece estar se segurando, se assim posso dizer. Mas já houve época em que desmoronou totalmente e provavelmente o fará de novo. Quando isso acontecer, precisarei de cada centavo que possa raspar do fundo do cofre só para lhe dar assistência. Não posso casar até alcançar uma posição de ganhar dinheiro.

– E quando será isso?

– No ano que vem.

Ela nunca possuiria a sensualidade ativa de Liz, sabia ele, e no entanto era-lhe muito mais desejável. Tão querida. Tomara cuidado para não tocar nela, e não fez nenhum gesto nesse sentido agora.

– Eu não quero esperar até o ano que vem, Adam – disse ela com firmeza.

Ele pensou em consultar alguém do departamento de psiquiatria do hospital, mas se lembrou então de que Gerry Thornton, seu colega da faculdade de medicina, trabalhava agora no centro de saúde mental de Massachusetts. Ligou para ele e trocaram saudações e cinco minutos de fofocas sobre o paradeiro dos demais.

– Ah... Você me ligou sobre algum problema específico? – perguntou-lhe finalmente Thornton.

— Bem, para dizer a verdade – respondeu ele –, tenho uma amiga, uma amiga muito próxima, que está com um problema, e achei legal conversar sobre isso com alguém que, além de simpático, fosse psicanalisado.

— Para ser sincero, ainda faltam vários anos da minha análise – confessou escrupulosamente Thornton. E fez uma pausa.

— Gerald, se sua agenda estiver muito ocupada, não precisa ser esta semana.

— Adam – respondeu Thornton em tom de censura. – Se eu viesse te procurar com uma apendicite aguda, será que me pediria para esperar até a próxima semana? Que tal quinta?

— Almoço?

— Ah, acho que no meu consultório ficaria melhor – respondeu Thornton.

— ... Então, como vê – disse ele –, estou preocupado que nosso caso faça mal a ela.

— Bem, é claro que não conheço a garota. Mas penso que posso afirmar que se ela está profundamente envolvida e você só a fim de dar umas trepadas, se me perdoa a expressão...

— Isso não é o caso. O que quero saber, seu freudiano espertinho, é se um relacionamento longo, arrastado poderá afetar uma garota positivamente com sintomas de hipocondria.

— Humm. Bem, não posso fazer o diagnóstico dela já, do mesmo modo que você não pode saber pelo telefone se um paciente tem carcinoma. – Thornton pegou sua bolsa de fumo e começou a encher o cachimbo. – Você disse que os pais dela são divorciados?

Adam fez que sim com a cabeça.

— Ela não convive com nenhum deles há bastante tempo.

— É, pode ter sido por causa disso. Estamos lentamente aprendendo alguma coisa sobre as doenças imaginárias. Alguns médicos de família fazem uma estimativa de que oito entre dez dos pacientes que lotam suas salas de espera compareçam ali por motivos psicossomáticos. O padecimento deles é tão real, é claro, quanto de qualquer outro paciente, porém causado pela mente e não pelo corpo. – Ele riscou um fósforo e tragou o cachimbo. – Conhece a poesia de Elizabeth Barrett Browning?

— Uma parte.

— Tem uns versos que ela escreveu para seu cachorro, Fluff.

— Acho que o nome do cachorro é Flush.

Thornton pareceu aborrecido:

— Está certo, é Flush. – Ele foi até a estante, tirou um livro e consultou suas páginas. – Eis aqui:

Mas de ti deve ser dito,
Este cão velou aflito
  Dia e noite sem sossego,
Na penumbra de um cômodo
Com cortinas, encerrado,
  Quem sofria e tinha medo.

– Todas as evidências apontam para o fato de ela ter sido uma clássica hipocondríaca durante quarenta anos. Uma inválida, na realidade, tão doente que tinha de ser carregada escada acima e escada abaixo. E então Robert Browning apaixonou-se primeiro pelo espírito da sua poesia, e depois por ela, e invadiu a fortaleza do velho Barrett na Wimpole Street, e a hipocondria sumiu no vento – ou talvez no leito nupcial, não sei. Ela chegou a dar-lhe um filho, com mais de quarenta anos. Como é o nome da sua garota? – perguntou ele abruptamente.
– Gaby. Gabrielle.
– Lindo nome. Como é que Gabrielle está se sentindo no momento?
– No momento, está assintomática.
– Já fez terapia?
– Não.
– Esses casos de ansiedade têm sido resolvidos. É coisa corriqueira, sabe?
– Quer vê-la?
Thornton franziu a testa.
– Acho que não. Seria melhor ela ir ver um cara muito inteligente no Beth Israel que chegou a se especializar em hipocondria. Informe-me se ela está de acordo e ligarei para ele, marcando hora.
Adam apertou a sua mão.
– Obrigado, Gerry.
"Gerald, você vai acabar um pedante e tanto – profetizou ele ao atravessar a nuvem de fumaça de cachimbo e deixou o consultório. Em seguida, deu um sorriso. Thornton haveria com certeza de tolerar essa observação como uma transferência negativa.

Gaby convivia muito com Dorothy. Gostaram uma da outra de imediato, e enquanto Adam e Spurgeon trabalhavam, as duas se viam. Foi Dorothy que a levou aos arredores da colina de Beacon, onde ela encontrou o apartamento.
– Minha irmã não mora longe daqui – disse Dorothy. – Minha irmã Janet.
– Ah, vamos dar uma passada lá para falar com ela?
– Não. A gente não se dá bem.

Ela percebeu o constrangimento de Dorothy e não disse mais nada. Dois dias depois, ao subir de carro a Beacon Street com Adam, a animação havia feito com que esquecesse o incidente.

– Para onde está me levando? – perguntou ele.

– Você verá.

As chapas de metal douradas da residência do governador imitavam a sarça ardente ao sol da manhã, mas sem desprender calor. Num instante ela pegou a mão dele na sua mão enluvada e tirou-o do vento frio que vinha do parque, puxando-o até o relativo abrigo da Joy Street.

– Falta muito? – perguntou ele, com a respiração fazendo fumaça.

– Você verá – repetiu ela.

Estava vestindo um casaco vermelho de esquiar e calça elástica azul que se amoldava àquilo que ele na noite anterior descrevera, acariciando-a, como a mais bela região glútea que jamais vira, em cima ou fora de uma mesa de operação, e um gorro azul de lã com uma borla branca que ele puxou, a meio caminho da descida da colina de Beacon, para que ela parasse.

– Daqui não saio. Não dou mais um passo se você não me disser aonde estamos indo.

– Por favor, Adam. Estamos quase chegando.

– Jure por alguma coisa sexy.

– Pelo teu troço.

Na Phillips Street, percorreram meio quarteirão e pararam diante de um prédio de apartamentos de quatro andares, com paredes de estuco rachadas.

– Cuidado com a escada – avisou ela, apontando para a entrada que descia.

– Suicida – murmurou. A escada de concreto estava coberta por uma camada de gelo cheia de marcas de seis centímetros de espessura, sobre a qual avançaram com cautela. Embaixo, ela tirou uma chave do bolso e abriu a porta.

A única janela deixava entrar pouquíssima luz no cômodo. – Espere um minuto – disse ela apressada, ligando todas as três lâmpadas.

Era um estúdio. O papel de parede fora pintado num tom por demais escuro para a escassa iluminação. Sob a camada de poeira, o piso era de lajotas cor de tijolo, rachadas em alguns lugares. Havia um sofá relativamente novo que sem dúvida virava uma cama, uma poltrona mal estofada em damasco desbotado e mais uma cadeira salva de algum conjunto de vime para varanda.

Ela tirou a luva e mordeu a parte de trás do polegar. Ele descobrira que era um tique, quando ela estava tensa.

– Bem, o que você acha?

Ele afastou a mão dela da boca.

– Sobre o quê?

— Prometi à senhoria que lhe daria uma resposta até as dez horas se fosse alugá-lo.
— É um porão.
— Um apartamento de subsolo.
— Até o chão está imundo.
— Vou esfregá-lo e encerá-lo até brilhar.
— Gaby, é sério? Não é tão bom quanto o apartamento em Cambridge. Nem metade.
— Além da sala e quarto conjugado, tem um banheiro e uma quitinete. Dê uma olhada.
— Não vá me dizer que Susan Haskell vai preferir este lugar ao outro.
— Susan Haskell não vem morar aqui.
Ele pensou nisso um instante.
— Não vem?
— Somos nós. Você e eu.
Pararam e olharam um para o outro.
— Custa 75 dólares por mês. Acho baratíssimo, Adam — disse ela.
— Que é, é — admitiu ele. — Realmente.
Ele pôs os braços em volta dela.
— Gaby, tem certeza de que é isso que você quer?
— Positivamente. A não ser que você não queira.
— Pintarei as paredes — disse ele, dentro em pouco.
— São feias, mas é um aluguel fantástico. A estação do elevado só fica a dois quarteirões daqui — disse ela. — Como também a cadeia da Charles Street. E a senhoria me disse que três minutos a pé me levariam ao apartamento na Bowdoin Street, onde Jack Kennedy costumava morar.
Ele beijou seu rosto, percebendo que estava molhado.
— Isso é muito importante — disse ele.

A mudança dele era pouquíssima. Tirou suas coisas da cômoda e as colocou na grande sacola. Havia algumas roupas dependuradas em cabides no armário e alguns livros que guardou numa sacola de papel pardo, e o serviço estava feito. O quarto parecia exatamente como era antes de ter mudado. Não deixava nada que fosse dele naquela pequenina cela.

Spurgeon dava plantão na enfermaria e por isso não havia ninguém no sexto andar de quem se despedir.

Foram de carro até o apartamento em Cambridge e Susan Haskell ajudou Gaby a arrumar suas coisas, enquanto Adam esvaziava duas estantes e guardava os livros em duas caixas de papelão.

Susan estava muito aborrecida, mas tratava Adam com uma gélida educação.

– O balde plástico é meu – disse Gaby culpada. – Fiz uma série de compras, mas esqueci de comprar um balde. Você se importa se eu levá-lo?

– Claro que não. Leve tudo que foi comprado por você, sua tola.

– Almoçaremos juntas dentro de dois dias – disse Gaby. – Eu te ligo.

Ambos ficaram em silêncio enquanto cruzavam a ponte de Harvard e depois seguiram o rio Charles pelo lado de Boston. O céu estava cinzento e o estado de espírito deles murcho, mas, quando chegaram à Phillips Street, a atividade física de descarregar o carro quebrou o encanto.

Ele deu algumas piruetas divertidas de um arriscado balé na escada gelada, enquanto carregava a mudança, conseguindo não cair. Na hora em que a última caixa foi arriada no chão, ela já limpara as gavetas da cômoda com desinfetante e as forrava com papel de embrulho.

– Só tem uma cômoda – disse ela. – Você se importa com as gavetas em que eu vá guardar suas coisas?

– Faça como quiser – respondeu ele, subitamente mais satisfeito. – Quero limpar o gelo da escada.

– Grande ideia – disse ela, fazendo-o se orgulhar de ser tão bom dono de casa.

Quando ele voltou, com frio, mas depois de ter triunfado sobre as forças da natureza, ela o impediu de tirar o casaco.

– Vamos precisar de lençóis de cama – disse ela.

Por isso ele foi até o Jordan's, onde se viu brevemente atormentado pela dúvida entre escolher brancos, ou de cor, simples ou bordados. Finalmente, deu o salto, decidindo-se por bege debruados e comprando dois pares, um para o uso e outro para quando o primeiro estivesse lavando.

Quando abriu a porta, encontrou-a de quatro, a esfregar.

– Fique perto da parede, querido – disse ela. – Deixei uma faixa para que você pudesse passar.

Ele contornou o quarto.

– Tem mais alguma coisa que eu possa fazer?

– Bem, os pisos do banheiro e da quitinete ainda têm de ser lavados – disse ela. – Você pode esfregá-los enquanto eu encero aqui.

– Há necessidade absoluta? – perguntou ele numa voz um pouco tímida.

– Não podemos morar num lugar sem antes limpá-lo – respondeu ela escandalizada.

Por isso ele pegou o balde plástico, jogou fora a água suja, enxaguou, botou mais água e detergente e pôs-se de quatro no chão, esfregando. Os dois pisos pareciam maiores na hora de enfrentá-los, mas ele trabalhava cantando.

Quando acabou, já estava escuro lá fora e estavam ambos com fome. Ele a deixou encerando o piso do banheiro e, embora suasse em bicas, permitiu que a força da gravidade carregasse suas pernas bambas pela encosta norte, fria e ventosa, do morro, até a barraca de sanduíches ao lado da cadeia na Charles Street, onde pediu sanduíches com refrigerantes para acompanhar, tendo a nítida impressão de que o sujeito atrás do balcão achava que ele estava levando comida para algum preso ao lado.

Depois de comerem, ele estava pronto para dar o jogo por encerrado, mas ela pediu que ele lavasse os armários da quitinete, enquanto ela limpava os armários e os metais do banheiro.

Dessa vez ele não cantou. No final, ambos trabalhavam com determinação mecânica. Ela acabou primeiro e, enquanto tomava banho, ele ficou esperando na cadeira de vime, cansado demais para fazer qualquer outra coisa, a não ser respirar. Quando ela saiu, enfiada no seu robe, ele entrou e ficou de molho sob o jato quente e agradável, até que começou a esfriar e ele teve de disputar uma corrida contra o tempo, ensaboando-se e enxaguando-se depressa, antes que a água se tornasse intoleravelmente fria.

Ela armara o sofá-cama e fizera a cama, onde jazia vestida numa camisola azul, lendo uma revista e marcando as receitas de sua preferência.

– Essa luz está horrível. Vai estragar os olhos – avisou ele.

– Por que não a apaga?

Ele fez uma peregrinação a cada uma das três lâmpadas fracas e tropeçou nos sapatos dela ao voltar no escuro. Enfiou-se na cama ao lado dela, abafando um gemido, porque seus músculos já tinham se contraído terrivelmente, e acabara de se virar para ela quando uma mulher deu um grito em algum lugar, um longo e apavorado berro seguido de um baque surdo num ponto qualquer do lado de fora da porta deles.

– Meu Deus!

Ele pulou da cama.

– Onde você botou a minha maleta?

– No armário.

Ela correu e foi pegá-la, e ele enfiou seus pés sem meias nos sapatos, seus braços no seu roupão e correu para fora. Estava muito frio e ele não conseguia enxergar nada. De algum lugar em cima, a mulher gritou de novo. Ele subiu a escada da frente que levava às áreas superiores do prédio, e quando entrou no saguão a porta do apartamento 1 se abriu e uma mulher espiou pela abertura.

– Sim?

– Escutamos uma coisa. Sabe o que é?

– Não ouvi nada. Quem é o senhor?

– Sou o Dr. Silverstone. Acabamos de nos mudar. Lá para baixo.

– Ah, muito prazer em conhecê-lo. – A porta abriu-se mais, revelando um corpo atarracado e rechonchudo, cabelos grisalhos, um rosto redondo e flácido com um ligeiro buço no lábio superior. – Sou a Sra. Walters. A senhoria. Sua mulher é uma linda garota.

– Obrigado – agradeceu, enquanto lá em cima a mulher berrava de novo.

– Isso – disse ele.

– Ah, é apenas Bertha Krol – respondeu a mulher.

– Ah, Bertha Krol.

– Sim. Não deixe que isso o incomode. Ela vai parar logo. – Ela olhou para ele ali parado, sem meias, com o pijama pescando siri, o velho roupão e carregando a maleta, e seus ombros começaram a tiritar.

– Boa-noite – desejou ele formalmente.

Ao descer os primeiros degraus da escada da frente, alguma coisa despencou lá de cima, houve outro baque e um saco cheio de lixo arrebentou no meio da rua. Espantado, observou agora sob a luz da rua as provas imundas do primeiro saco que eles ouviram atingir a rua alguns minutos antes. Ele olhou para cima a tempo de ver uma cabeça que se retirava depressa da janela.

– Que coisa horrível! – gritou ele. – Pare com isso, Bertha Krol! – Alguma coisa passou ventando perto de sua cabeça e fez um barulho metálico na escada.

Uma lata de cerveja.

Lá dentro, Gaby estava sentada numa cadeira, apavorada.

– O que foi? – perguntou.

– Foi só Bertha Krol. A senhoria diz que ela vai parar logo.

Ele tornou a guardar a maleta de médico dentro do armário, apagou as luzes, despiu o roupão, tirou os sapatos e ambos voltaram para a cama.

– Adam?

– O quê?

– Estou exausta – disse ela numa voz amedrontada.

– Eu também – disse ele, aliviado. – E com os músculos contraídos e doendo também.

– Amanhã vou comprar unguento e fazer uma massagem em você – prometeu ela.

– Mmmmm. Boa-noite, Gaby.

– Boa-noite, querido.

Lá em cima, a mulher uivava. Fora, outro carro passou fazendo barulho na rua gelada. Ela tremia ligeiramente a seu lado e ele se virou e pôs seu braço em torno dos ombros dela.

Dentro em pouco ele a sentiu tiritar sob seu braço, do mesmo modo que a senhoria, mas não sabia dizer se de sofrimento ou de júbilo.

– Qual é o problema? – perguntou ele delicadamente.

– Estou tão *cansada*. E não consigo deixar de pensar: "Então é assim que é ser igual a uma mulher decaída."

Ele riu junto com ela, a despeito de doer em vários lugares.

Um pequeno pé frio encontrou caminho até o peito do seu pé. Lá em cima a mulher – bêbada ou demente, perguntava-se ele – deixara de uivar. De vez em quando, passava um carro lá fora, esmagando o gelo e o lixo da Sra. Krol, e projetando breves imagens de sombra e de luz que passavam correndo pela parede. A mão dela subiu e veio descansar leve e calorosa em cima da coxa dele. Ela dormia e ele descobriu que ela roncava, chegando, porém, à conclusão de que aquele sibilo suave e ritmado era musical e atraente, o arrulho de pombos em cima de olmos imemoriais, o murmúrio de incontáveis abelhas. Era um som do qual já gostava muito.

De manhã, acordaram cedo e, a despeito de fortes dores musculares, fizeram um delicioso amor sob o monte de cobertas no quarto silencioso e gelado, e depois, porque não havia ainda comida na despensa, vestiram-se e desceram a colina, coberta durante a noite por neve branca e macia, e foram tomar um café da manhã reforçado num café na Charles Street.

Ela foi andando com ele até a estação do elevado, deu-lhe um beijo de despedida pelas próximas 36 horas, e puderam perceber, pela sua expressão mútua, a satisfação de ambos com aquele arranjo, mas nenhum deles tentou traduzi-lo em palavras, talvez por superstição.

Ela foi até o A&P e fez compras, tentando ser muito econômica e ajuizada, porque ele tinha aquele complexo de estarem vivendo do seu salário no hospital, que ela sabia não dar para muita coisa se ela gastasse dinheiro perdulariamente como costumava fazer.

Mas quando viu abacates maduros, não conseguiu resistir e comprou dois. Apesar de serem apenas um casal e dos seus escrúpulos na hora de fazer as compras, ela estava comprando para encher uma despensa vazia; e acabou com cinco sacolas cheias. Pensou em ir até em casa buscar o carro, mas em vez disso resolveu pedir emprestado um carrinho ao gerente. Havia uma regra da casa proibindo, mas ele foi vencido pelo fato de ela ter se dado ao trabalho de pedir. Ele chegou até a ajudá-la a carregá-lo com as sacolas. Tinha parecido uma boa solução até começar a empurrar a coisa morro acima. As rodas metálicas não tinham nenhuma aderência à neve. Escorregavam e derrapavam, e ela também.

Uma garota de cor com uma mecha de gelo no cabelo surgiu não se sabe de onde e veio em seu socorro.

– Você empurra de um lado e eu empurro de outro – disse ela.

– Obrigada – disse Gaby arquejando. As duas juntas conseguiram chegar à Phillips Street.

– Você salvou minha vida! Não quer entrar e tomar uma xícara de chá?
– Está bem – respondeu a garota.

Carregaram as compras para dentro e tiraram seus casacos, que deixaram cair no sofá. A garota usava jeans desbotado e uma velha camisa de training. Tinha maçãs do rosto salientes e uma linda pele marrom aveludada. Parecia ter uns 17 anos.

– Como é seu nome? – perguntou ela.
– Ah, desculpe. Sou Gabrielle... – ela parou, confusa se usava Pender ou Silverstone.

A garota pareceu não perceber.
– Muito bonito.
– E qual é o seu nome?
– Janet.

Gaby estava na ponta dos pés para alcançar o bule de chá.
– Não a Janet da Dorothy?
– Tenho uma irmã chamada Dorothy.
– Mas somos amigas!
– Ah? – disse a garota, quase sem interesse.

Gaby fez chá pela primeira vez na quitinete e abriu um pacote de biscoitos. Tomaram chá e comeram vários biscoitos cada uma, e conversaram. Janet morava na Joy Street.

– O nome foi um dos motivos por que nos mudamos para lá, para aquela casa gigantesca.

Gaby riu.
– Você faz com que pareça enorme.
– E é.
– Quantos quartos?
– Nunca contei. Dezoito, talvez vinte. Precisamos do espaço. Moro com uma família exageradamente grande.
– Quantas pessoas?

Ela deu de ombros.
– Varia. Às vezes as pessoas vão embora e outras chegam para ficar. Não sei quantas temos agora. Mas bastante.
– Ah – disse Gaby, compreensiva.
– Funciona bastante bem – disse Janet, pegando outro biscoito. – Todo mundo faz apenas o que quer.
– Que tipo de coisas?
– Você sabe. Pôsteres. Ou flores, ou sandálias. Qualquer coisa que quiser.
– E você o que faz?
– Cavo. Sou uma cavadeira. Saio para arranjar comida.

– Onde você arranja?

– Ah, em todos os lugares. Nos mercados e padarias. Dão coisas meio passadas e legumes estragados para a gente. Você se surpreenderia ao ver como sobra coisa boa depois da gente cortar as partes estragadas. E as pessoas das redondezas já nos conhecem e nos dão coisas. Existem mais cinco cavadores na minha família. A gente se sai bem.

– Estou vendo – disse Gaby com a voz fraquejando. Dentro em pouco ela pegou as xícaras e as demais coisas e colocou-as na pia da quitinete.

– É melhor eu ir devolver o carrinho – disse ela.

– Eu devolvo. Vou para lá de qualquer maneira.

– Ah, não, sinceramente...

– Não confia que o devolverei?

– Claro que confio.

– Está bem, então eu devolvo.

Gaby foi até o quitinete e pôs um pote de creme de amendoim, dois potes de geleia, um pacote de pão e – sabe-se lá por quê? – um dos abacates numa sacola.

– Eu queria te dar essas coisas – disse ela à garota, sentindo-se envergonhada por um motivo qualquer que não compreendia.

Janet levantou os ombros com indiferença.

– Você tem uma porção de livros – disse ela, indicando os volumes empilhados no chão. – Sabe que caixotes de laranja pintados dão tremendas estantes? – Ela se despediu com um aceno e se foi.

Depois de sua partida o apartamento ficou vazio e silencioso. Gaby tinha desorganizado seu esquema, sabendo agora que teria de descer novamente a colina para comprar mais creme de amendoim, geleia e pão. Ela cortou dois pedaços de fita adesiva e datilografou GABRIELLE PENDER num deles, e ADAM R. SILVERSTONE, M.D., no outro, colando-os do lado de fora da caixa de metal preta e enferrujada do correio.

No mercado, ela repôs os itens que dera à garota e teve um impulso de pedir – ganhando – seis caixotes vazios de laranja. Eles abarrotaram o Plymouth. No caminho de casa, parou na loja de ferragens e comprou dois pincéis, solventes e latas de tinta esmaltada preta, abóbora e branca.

O resto do dia foi dedicado ao projeto. Ela espalhou o jornal daquele dia no chão e trabalhou meticulosamente sem parar, pintando cada dois caixotes de uma cor, querendo que tudo saísse muito bem-feito para fazer uma surpresa a Adam. Quando todos os seis caixotes estavam pintados, ela limpou os pincéis e os guardou, junto com as latas, debaixo da pia, foi tomar um longo banho e se enfiou no seu pijama. Ela não estava satisfeita com a arrumação das coisas dele nas gavetas, e agora tirou metade delas das suas, e metade das gavetas dele, trocando-as até ficarem misturadas, com suas meias descansando ao lado das meias dela, suas calcinhas empilhadas direitinho ao lado das cuecas dele. Debaixo de suas blusas, e no limite das camisas dele, enfiou a caixinha redonda de falsa madrepérola que continha as pílulas que eram a marca de seu relacionamento, a poção mágica que lhes permitia viverem juntos.

Estudou até as dez horas e em seguida trancou a porta, botou a corrente na tranca de segurança, tomou uma das pequeninas e horríveis pílulas, desligou a luz e entrou na cama.

Ficar deitada no escuro dava mais solidão, concluiu ela, depois de algum tempo.

O ar do apartamento estava quase sólido com o cheiro de tinta. A Sra. Krol deu três berros, mas sem muita convicção, e sem jogar nada da janela que caísse com um baque. Da direção do Hospital Geral de Massachusetts veio um uivo de sirene de ambulância que a fez sentir-se mais próxima de Adam. Quando os carros passavam pela Phillips Street, seus faróis continuavam a projetar monstros que perseguiam um ao outro nas paredes.

Estava começando a cochilar quando alguém bateu.

Ela pulou da cama e ficou atrás da porta, abrindo apenas a pequena fresta que a corrente permitia.

– Quem é?

– Vim mandado pela Janet.

Através da fresta e sob a luz da rua, ela pôde distinguir um homem, não, um garoto. Um garoto enorme de cabelos louros compridos que, na escuridão, pareciam quase da mesma cor dos de Janet.

– O que você quer?

– Ela mandou uma coisa.

Ele levantou um embrulho disforme.

– Pode deixar aí. Eu não estou vestida.

– Está bem – respondeu ele alegremente. Arriou o embrulho no chão e sua silhueta de urso se afastou pulando. Ela vestiu seu robe, acendeu todas as luzes e esperou muito tempo para ganhar coragem. Então, desenganchou a corrente, pegou depressa o embrulho e bateu a porta, sentando-se na cama com o coração aos pulos. Embrulhado numa crisálida frouxa de jornais velhos, havia um grande buquê de flores de papel coloridas. Grandes flores em tons de preto, amarelo e laranja. Cores perfeitas.

Voltou para a cama com as luzes acesas e dali ficou admirando o quarto. Finalmente parou de imaginar que ouvia batidas na porta e logo caiu no sono, sentindo pela primeira vez estar em sua casa.

RAFAEL MEOMARTINO

13

Quando Meomartino era um menino pequeno, acompanhava constantemente Leo, o factótum da família, à igreja de São Rafael, uma pequena igreja caiada de branco cercada por todos os lados pelo canavial de seu pai, para lá receber na língua a hóstia fria das mãos de padre Inácio, um padre-operário *guajiro* de mau hálito, a quem ele confessava regularmente os pecados de sua pré-adolescência, recebendo a contrição condescendente e respeitosa devida aos privilegiados.

Eu tive maus pensamentos, padre.
Cinco Ave-marias e cinco Atos de Contrição, meu filho.
Abusei de meu corpo, padre.
Cinco Ave-marias e cinco Atos de Contrição. Lute contra as tentações da carne, meu filho.

Para assistir casamentos e enterros, a família estava acostumada à pompa da catedral de Havana, mas durante ocasiões normais Rafe se sentia em casa na pequena igreja, que fora construída pelas turmas de trabalho de seu pai no dia de seu nascimento. Ajoelhado no interior escuro e úmido diante da imagem de gesso de seu padroeiro, ele fazia sua contrição e pedia ao arcanjo para interceder por ele junto a um professor tirânico, para que aprendesse latim, para protegê-lo de Guillermo.

Agora, deitado de quadril colado ao de sua esposa que dormia, com quem fizera um amor frio e desesperado uma hora antes, pensou em São Rafael e desejou fervorosamente ter 12 anos de novo.

Perdera a fé em Harvard. Há muito tempo não confessava, há anos não conversava de verdade com um padre.

São Rafael!, exclamou ele silenciosamente no quarto escuro.

Mostre-me como ajudá-la.

Ajude-me a ver como fracassei em relação a ela, por que não a satisfação, por que ela busca outros homens.

Silverstone, pensou.

Ele era homem melhor e cirurgião melhor do que aquele ali, e no entanto Silverstone ameaçava sua existência em ambos os terrenos.

Sorriu sem graça, pensando que Longwood havia evidentemente chegado à conclusão de que havia coisas piores do que ter um cubano na família. O velho ficara bastante escandalizado ao ver Liz e Silverstone. Desde aquela noite tornara-se quase mais caloroso e amistoso, como se estivesse tentando insinuar que sabia que sua sobrinha era difícil.

Mas agora Longwood o pressionava todo dia para se assegurar de que ele e não Silverstone ficaria com o novo posto na faculdade.

Meomartino torturava-se, cheio de dúvidas. São Rafael?, perguntou ele.

Será que não sou homem o suficiente? Sou um médico, sei que no momento que terminamos um com o outro ela se mostra satisfeita.

Indique-me o que fazer. Prometo que me confessarei, comungarei, voltarei a me tornar um bom católico novamente.

Fazia silêncio no quarto escuro, ouvindo-se somente a respiração profunda dela.

Ele se lembrou de que a despeito de todas as vezes em que ajoelhara diante da imagem levara bomba em latim e seu corpo era uma colcha de retalhos de equimoses infligidas por Guillermo, até que um dia se tornou suficientemente forte para vencer o irmão.

São Rafael também não lhe fora de nenhuma ajuda então.

De manhã, com as pálpebras pesadas, foi para o hospital e batalhou com as primeiras horas do expediente. Seu humor já estava terrível quando ele conduziu os médicos da casa na primeira visita, e não melhorou nada ao chegar a James Roche, um senhor de 69 anos com um carcinoma bem desenvolvido do cólon, cuja cirurgia estava prevista para a manhã seguinte.

Enquanto enfermeiras e nutricionistas andavam correndo pela enfermaria em penumbra carregando bandejas, Meomartino fazia um resumo em voz baixa do caso, com o que a maioria do pessoal da casa já estava familiarizada, preparando-se para formular algumas perguntas didáticas.

Mas interrompeu a frase no meio.

Cristo. Não consigo acreditar.

O Sr. Roche estava comendo seu almoço. Seu prato continha galinha, batatas, vagem.

– Dr. Robinson, por que este homem está comendo isso aí que ele está comendo?

– Não faço ideia – respondeu Spurgeon. – A ordem para trocar sua dieta está no boletim, eu mesmo escrevi.

– Por favor, traga-me o boletim.

Quando ele abriu o boletim, a ordem estava lá, escrita na caligrafia ordenada e contida de Robinson, porém isso não apaziguou sua ira.

– Sr. Roche, o que o senhor comeu no café da manhã? – perguntou ele.

– O café de sempre. Suco, um ovo, um pouco de cereal e um copo de leite.

– Risque seu nome da agenda para a cirurgia de amanhã – disse Meomartino. – Remaneje-o para depois de amanhã. Porra.

– Ah, e torrada – informou o paciente.

Meomartino olhou para os médicos da casa.

– Vocês podem imaginar o que aconteceria se a gente abrisse o cólon desse homem com todos esses excrementos sólidos presentes? Podem imaginar como seria pinçar veias sangrando no meio de toda essa porcaria? Podem imaginar o excesso de contaminação? Acreditem em mim, vocês jamais poderão acreditar até passarem por isso.

– Doutor – disse o paciente ansiosamente –, devo abandonar o resto da minha refeição?

– Acabe sua galinha e bom apetite – respondeu ele. – Amanhã de manhã o senhor passará para a dieta que deveria estar fazendo hoje, uma dieta líquida. Se alguém tentar lhe dar qualquer coisa mais sólida que uma gelatina amanhã, não coma. Mande me chamar imediatamente, *compreende*?

O homem fez que sim com a cabeça.

Misteriosamente, nenhuma das enfermeiras sabia quem servira o café da manhã e o almoço do Sr. Roche.

Vinte minutos depois, Meomartino estava sentado em sua sala. Preparou uma queixa administrativa contra a enfermeira não identificada que servira as duas bandejas, e a assinou com um rabisco irado.

Naquela tarde, recebeu uma chamada telefônica de Longwood.

– Não estou nada satisfeito com a quantidade de autorizações para necrópsia que você tem obtido.

– Esforcei-me o melhor que pude para obtê-las – respondeu.

– Cirurgiões adjuntos de outros serviços conseguiram quase o dobro de autorizações que você conseguiu.

– Talvez a mortalidade nos seus serviços tenha sido mais alta.

– Em seu serviço este ano, outro cirurgião conseguiu muito mais autorizações do que você.

Ele não precisava pedir a Longwood que indicasse o nome dele.

– Vou me esforçar mais – disse.

Dentro em pouco, Harry Lee entrou na sua sala.

— Acabei de levar um puxão de orelha, Harry. O Dr. Longwood quer que eu arranje mais autorizações de necrópsia. Eu vou repassar esse puxão para um dos de casa que esteja trabalhando num dos meus casos.

— A gente tem quase se ajoelhado diante da família toda vez que perdemos um paciente — disse o residente chinês. — Você sabe disso. Quando concordam com a autorização, a gente tem conseguido suas assinaturas. Mas se eles têm motivos pessoais muito fortes contra... — Ele encolheu os ombros.

— Longwood disse que Adam Silverstone tem conseguido muito mais autorizações do que eu.

— Eu não sabia que vocês estavam competindo numa corrida. — Lee olhou-o com curiosidade.

— Agora percebe.

— Agora percebo. Sabe como alguns serviços obtêm as permissões?

Rafe ficou à espera.

— Amedrontam os sobreviventes, insinuam que toda a família pode compartilhar alguma estranha deficiência que matou o paciente, e que os cirurgiões apenas desejam salvar a vida deles com a autópsia.

— Isso é nojento.

— Concordo. Quer que a gente também comece a fazer isso?

Rafe olhou para ele e sorriu.

— Não, apenas esforce-se ao máximo. Quantas autorizações de necrópsia nós entregamos no último mês?

— Nenhuma — respondeu Lee.

— Porra. É isso exatamente o que eu quis dizer.

— A gente não podia obter autorizações de necrópsia — respondeu brandamente.

— E por que não, porra?

— Porque não perdemos nenhum paciente no serviço no último mês.

Não vou me desculpar, pensou ele.

— Isso quer dizer que devo a vocês todos uma festa. — Lee fez que sim com a cabeça.

— Você ou Silverstone.

— Eu darei a festa — afirmou Meomartino. — Tenho um apartamento.

— Adam também está com um apartamento, pelo que sei — disse Lee. — Ao menos, ele não mora mais no hospital.

Então é lá que Liz vai, pensou aturdido Meomartino.

Lee deu um sorriso.

— *Une necessité d'amour*, talvez. Mesmo em Formosa a gente faz esses arranjos.

Meomartino percebeu com irritação que estava esfregando com o polegar os anjos no relógio de bolso de novo.

– Pode espalhar – disse ele. – A festa será na minha casa.

Liz adorou.

– Ah, eu adoro festas! Serei o tipo de anfitriã que arranjará para você o cargo de tio Harlan quando ele se aposentar – disse ela, dobrando imediatamente sua longas pernas sobre ele no sofá e enchendo um bloco de rascunhos com uma lista de coisas a serem providenciadas, bebida, canapés, flores, serviço...

Ele teve de repente uma consciência constrangida de que a maioria do pessoal nos serviços não estava acostumada a grandes despesas com flores, nem com serviço, quando se divertiam entre eles.

– Vamos manter a coisa simples – disse ele. Chegaram ao meio-termo de um garçom para o bar e Helga, a empregada que sempre trabalhara para eles em tempo parcial.

– Liz – disse ele. – Eu apreciaria se você não...

– Não beberei uma gota.

– Também não é preciso isso. Basta não exagerar.

– Nenhuma gota. Deixe-me fazer isso. Eu preciso provar a você – respondeu ela.

A trégua com a morte não durou muito. Na sexta-feira, véspera da festa, Melanie Bergstrom pegou pneumonia. Diante da temperatura meteórica e da evidência de que ambos os pulmões estavam comprometidos, Kender encheu-a de antibiótico.

Peggy Weld sentou-se à cabeceira da irmã e segurou sua mão por baixo da tenda de oxigênio. Ele achou pretextos para entrar no quarto, mas Peggy não estava interessada nele. Seus olhos estavam cravados no rosto da irmã. Somente uma vez ele entreouviu alguma conversa.

– Segure firme, querida – ordenou Peggy.

Melanie lambeu os lábios ressecados pela sua respiração difícil.

– Você tomará conta deles?

O assobio do oxigênio era alto.

– O quê?

– Ted e as garotas.

– Escuta – rosnou Peggy. – Sempre fiz o trabalho sujo para você a vida inteira. Tome conta deles você mesma.

Melanie sorriu.

— Ah, Peg.

— Você não *vai* se entregar a essa coisa!

Mas ela morreu na unidade de terapia intensiva na manhã seguinte.

Foi descoberta por Joan Anderson, a lourinha que estava fazendo estágio. A estudante de enfermagem estava calma e lúcida, mas depois de ter relatado a Meomartino, começou a tremer.

— Mande-a para casa — disse ele à Sra. Fultz.

Mas a enfermeira-chefe já testemunhara centenas de garotas tomarem súbita consciência da morte. Durante o resto do dia, mandou que ela desse assistência aos pacientes mais desagradáveis da enfermaria, homens e mulheres repletos de amargura, reclamando da vida.

Meomartino estava à espera de Peggy Weld quando ela chegou correndo ao hospital.

— Olá — disse ele.

— Bom-dia. Sabe como minha irmã vai passando?

— Sente-se por um minuto e converse comigo.

— Aconteceu, não foi? — disse ela em voz baixa.

— Sim — respondeu ele.

— Pobre Mellie. — Ela se virou, afastando-se.

— Peg — disse ele, mas ela sacudiu a cabeça e continuou a caminhar em direção à saída do hospital.

Várias horas depois, veio recolher as coisas de sua irmã. Estava pálida, mas de olhos secos, percebeu ele, o que o fez se preocupar. Ele tinha a impressão de que ela era o tipo de mulher que esperaria ficar totalmente a sós, mesmo se levasse semanas para obter a privacidade necessária, e então ficaria histérica.

— Você está bem? — perguntou ele.

— Sim. Estive caminhando.

Ficaram simplesmente sentados durante algum tempo.

— Ela merecia algo melhor do que isso — disse ela. — Realmente merecia. Você devia tê-la conhecido quando tinha saúde.

— Eu queria ter conhecido. O que vai fazer agora? — perguntou ele com delicadeza.

Ela deu de ombros.

— A única coisa que sei fazer. A despeito de... tudo... Chamarei meu agente e direi a ele que estou pronta para trabalhar.

— Isso é bom — disse ele, com alívio na voz.

Ela olhou para ele com curiosidade.

— O que quer dizer?

— Sinto muito, mas ouvi uma conversa...

Ela olhou para ele e sorriu melancolicamente.

– Minha irmã não era uma pessoa muito prática. Meu cunhado não gostaria de ver meu rosto nem em cima de uma bandeja – disse ela. – Ele acha que sou uma dama depravada. Para ser sincera, cheguei ao ponto em que não consigo mais tolerar aquele filho da puta tacanho.

Ela se levantou e estendeu a mão.

– Adeus, Rafe Meomartino – disse, sem tentar ocultar sua dor. Ele pegou a mão dela e pensou nos absurdos padrões temporais em que uma vida humana cruza com uma outra, imaginando como teria sido se ele tivesse encontrado essa mulher antes de Liz ter salvado um homem estranho e bêbado da chuva.

– Adeus, Peggy Weld – disse ele, largando a mão dela.

Naquela tarde, com o Dr. Longwood ausente e sob a presidência do Dr. Kender, reuniu-se o serviço numa reunião sobre mortalidade, dedicando toda a sessão ao caso de Melanie Bergstrom.

O Dr. Kender atacou o problema de frente, atribuindo a morte à suscetibilidade às infecções produzidas pela administração excessiva da droga imunossupressora.

– O Dr. Silverstone sugeriu doses de 100mg – informou ele –, e eu decidi que as doses seriam de 130mg.

– Na sua opinião teria havido pneumonia se você tivesse dado a dose de 100mg sugerida pelo Dr. Silverstone? – perguntou o Dr. Sack.

– Provavelmente não – respondeu Kender. – Mas tenho bastante certeza de que só com 100mg ela teria rejeitado o transplante. O Dr. Silverstone tem conduzido experiências com animais e ele pode lhes assegurar de que não se trata simplesmente de X unidades de peso corpóreo exigindo Y unidades da droga. Existem outros fatores que fazem parte do problema – a resistência do paciente, a força de seu coração, sua resistência inata à doença e sem dúvida outros fatores de que ainda nem temos consciência.

– Em que direção prosseguir agora, doutor? – perguntou Sack.

Kender levantou os ombros.

– Existe uma substância produzida pela injeção em cavalos de nódulos linfáticos triturados retirados de cadáveres. Chama-se soro antilinfócito, SAL, para abreviar. Os relatórios preliminares afirmam que é muito útil em casos semelhantes. Acho que vamos iniciar imediatamente estudos experimentais com animais usando essa substância.

– Dr. Kender – era Miriam Parkhurst. – Quando planeja transplantar um rim para Harland Longwood?

– Estamos à espera de um doador morto – afirmou Kender. – Seu tipo sanguíneo é B-negativo. Os doadores já são suficientemente escassos, mas com a complicação adicional de um tipo sanguíneo raro... – Ele sacudiu a cabeça.

– É um terrível obstáculo – disse Joel Sack. – Menos de dois por cento dos doadores ao nosso banco de sangue são B-negativos.

– Vocês avisaram aos demais hospitais que estamos procurando um doador morto que seja B-negativo? – perguntou Miriam.

Kender fez que sim com a cabeça.

– Há mais uma coisa que vocês deviam saber – disse ele. – A gente é capaz de conservar o estado físico do Dr. Longwood no rim artificial. Porém ele não é emocionalmente adequado a esse tratamento. Por motivos psiquiátricos, ele não pode continuar com a diálise por muito mais tempo.

– Esse é o ponto que quero frisar – afirmou Miriam Parkhurst. – Nós temos de fazer *alguma coisa*. Alguns de nós conhecemos esse homem, um grande cirurgião, como amigo e professor há anos.

– Dra. Parkhurst – retrucou Kender com delicadeza –, estamos fazendo o possível. Nenhum de nós pode fazer o impossível. – Determinado claramente a restaurar o profissionalismo da reunião, ele virou-se para Joel Sack. – A necrópsia de Bergstrom já foi completada?

O Dr. Sack sacudiu a cabeça.

– Não recebi nenhuma autorização para fazer a necrópsia.

– Falei com o Sr. Bergstrom – acrescentou Adam Silverstone. – Ele se recusa a pensar numa autópsia.

Kender franziu a testa.

– Acha que sua decisão é conclusiva?

– Sim, senhor – respondeu Silverstone.

– Eu gostaria de tentar mudar sua opinião – disse Meomartino subitamente.

Eles o olharam fixamente.

– Isto é, se o Dr. Silverstone não faz objeções.

– Claro que não. Não creio que ele vá assinar aquele papel, mas se quiser experimentar...

– Mal não faz tentar de novo – disse Kender, olhando com aprovação para Meomartino. Ele então dirigiu o olhar para os cirurgiões reunidos. – A não ser que tenhamos o resultado da necrópsia, não tem sentido votar sobre esse caso. Mas parece óbvio que no nosso atual nível de conhecimento sobre o fenômeno de rejeição essa morte era inevitável. – Ele fez uma pausa para que possíveis objeções se fizessem ouvir, e a seguir, percebendo uma concordância generalizada, fez um gesto com a cabeça para indicar que a reunião terminara.

Meomartino fez a ligação telefônica da sua sala.
— Alô — disse Ted Bergstrom.
— Sr. Bergstrom? Quem fala é o Dr. Meomartino do hospital.
— O que é? — perguntou o Sr. Bergstrom, e na sua voz Meomartino sentiu o ódio subconsciente do parente que ficou, em relação aos cirurgiões, que perderam.
— É sobre a necrópsia — disse ele.
— Fui muito claro quando falei com o outro médico. Basta. Nós já sofremos bastante. Que a morte dela seja o fim.
— Há algo mais que acho que devo mencionar ao senhor — acrescentou ele.
— Vá em frente.
— O senhor tem duas filhas.
— E daí?
— Nós não acreditamos que corram perigo. Não temos nenhuma prova conclusiva de que a predisposição para a disfunção renal seja hereditária.
— Ah, meu Deus! — disse Bergstrom.
— Tenho certeza de que a necrópsia indicará que não há nada a temer — disse Meomartino.
Bergstrom ficou calado. Em seguida, ouviu-se pelo telefone um gemido rouco, o som de um bicho sofrendo.
— Mandarei alguém imediatamente com o papel de autorização. O senhor só precisa assiná-lo, Sr. Bergstrom — concluiu ele.
Meomartino ficou sentado a ouvir aquele som terrível por um tempo que pareceu demasiado longo, e então recolocou delicadamente o fone no aparelho. Naquela noite, às 20:20, quando soou a campainha da porta indicando o primeiro a chegar, ele mesmo foi abri-la.
— Olá, doutor — disse Maish Meyerson.
Meomartino fez o motorista de ambulância entrar e o apresentou a Liz. Ela fora ao cabeleireiro naquela manhã e o surpreendera voltando para casa com o cabelo preto.
— Gosta? — perguntara quase que timidamente. — Disseram que ao crescer voltará à minha cor natural, quase sem eu perceber.
— Muito. — Atemorizou-o um pouco, fez ela ficar ainda mais remota, uma estranha completa. Mas ele vinha pedindo a ela que o fizesse há muito tempo e ficou feliz ao ver que ela o atendera, esperançoso que fosse um bom sinal.
Agora Meyerson escolheu *sour mash bourbon*. Brindaram um ao outro com seus copos.
— Nada para a senhora, Sra. Meomartino?
— Não, obrigada.

Ambos esvaziaram os copos de uma vez e expiraram ruidosamente.
– Qual o sentido disso tudo, Maish? – perguntou ele.
– O quê?
– Dessa porra toda.
– Não tenho a menor ideia. – Sorriram um para o outro e ele tornou a encher o copo de Maish e o seu.

A campainha soou outra vez e se estampou um alívio no rosto de Liz, apenas por um momento. Dessa vez era Helen Fultz. Ela deixou que Helga guardasse seu casaco e foi ter com os demais na sala de visitas, mas não quis tomar nada mais forte do que suco de tomate. Os quatro ficaram sentados, olhando um para o outro e tentando conversar, e então felizmente a campainha começou a tocar constantemente e o lugar começou a encher. Dentro em pouco, havia gente em pé por todo canto e o barulho tornou-se típico do barulho de uma festa. Ele viu-se a imaginar se Peggy Weld já tivera uma oportunidade de externar a sua mágoa, mas em seguida, no seu papel de anfitrião, começou a se afogar num mar de gente.

Alguns dos médicos da casa eram casados e trouxeram suas mulheres. Mike Schneider, cujo casamento era amplamente tido como acabado, apresentou uma ruiva ligeiramente obesa como sua prima próxima de Cleveland, Ohio.

Em contraste, Jack Moylan veio com Joan Anderson, a do belo traseiro. Os olhos da estudante de enfermagem pareciam um pouco acesos demais, pensou Meomartino, mas ela não parecia ter sofrido grandes consequências do seu trauma anterior.

– Eu nunca fiquei bêbada, Rafe – disse ela. – Posso tentar esta noite?
– É minha convidada – respondeu ele.
– Mudança é a palavra-chave. Abaixo o *status quo* – disse Moylan, guiando-a até o bar.

Harry Lee, a quem ninguém jamais vira acompanhado de uma garota, viera com Alice Tayakawa, a anestesista.

Spurgeon Robinson, acompanhado por uma Atena negra a quem ele apresentou elegantemente a Meomartino, chegara junto com Adam Silverstone e uma pequena loura com um bronzeado da Flórida. Meomartino ficou observando quando eles cruzaram com a anfitriã.

Sua mulher olhou-a com curiosidade.
– Como vai? – disse ela.
– Bem, obrigada, e você?
As duas mulheres sorriram uma para a outra.

Lá pelas 22:30, Meyerson convencera Helen Fultz a tomar um *screwdriver*, porque suco de laranja continha vitamina C. Harry Lee e Alice Tayakawa estavam sentados num canto discutindo acaloradamente os perigos de lesões no fígado como aspecto negativo da anestesia por halotano.

— Tome outro! — gritou Jack Moylan para Joan Anderson, que progredira tanto no seu intuito que agora estava executando uma notável versão da dança do Limbo, sob um pau de cortina a 60cm do chão, enquanto Moylan e Mike Schneider permaneciam sentados, observando-a clinicamente.

— Quadris estreitos — observou Moylan.

— Masters e Johnson deviam fazer um estudo da receptividade ao pênis por parte de jovens enfermeiras depois de seu primeiro contato com a morte — disse Schneider, enquanto as costas da garota se arqueavam e ela passava sob o pau, rebolando os quadris estreitos.

Moylan dirigiu-se correndo ao bar para reabastecer o copo dela.

— Posso buscar algo para você? — perguntou Meyerson a Liz Meomartino.

Ela sorriu para ele.

— Não, obrigada — respondeu.

— ... E suturei aquele corte no deltoide dela — dizia Spurgeon. — E disse para ela: "Então, você se feriu na balbúrdia", e ela me respondeu: "Não, senhor, foi no ombro."

Isso deu início a uma rodada de anedotas sobre as descrições absurdas dos pacientes sobre as próprias doenças: fibrose do útero que virou fimose do úbere, anemia falsa e enorme por anemia falciforme, velhas solteironas com as glândulas inchadas que insistiam em ter quixumba, e crianças cheias de pipocas que tinham vacapora. Meyerson deu o troco contando a respeito de uma senhora que frequentava há muito tempo a vendinha do bairro de seu tio e sempre pedia um vidrinho de NaVagina em gotas.

— Você vai voltar para Formosa? — perguntou Alice Tayakawa para Harry Lee.

— Quando acabar meus estudos.

— Como é lá?

Ele levantou os ombros.

— Eles ainda se atêm muito, de inúmeras maneiras, aos velhos costumes. Homens e mulheres solteiros e respeitáveis jamais se encontrariam numa reunião como esta...

Alice Tayakawa franziu a testa. Ela nascera em Darien, Connecticut.

— Você é uma pessoa muito séria — disse ela.

Ele deu de ombros novamente.

– Eu gostaria de te fazer uma pergunta – disse ela com tímida formalidade.
– Sim?
– É verdade o que dizem sobre os rapazes chineses?
Ele olhou para ela perplexo. Em seguida piscou.
Para seu grande espanto, viu-se a devolver o sorriso dela.

Seu cabelo ficara um fracasso total, pensou Elizabeth Meomartino, meio embotadamente. Quando era louro, não podia ser comparado ao cabelo cor de bronze e desbotado pelo sol daquela cadelinha Pender, e agora que estava novamente com sua cor natural, a cabeleira africana da garota negra fazia-o parecer com aquilo que realmente era, palha tingida. Ela fitou ressentida Dorothy Williams, notando a seguir que Adam Silverstone e Gaby Pender dançavam abraçados. Gaby sorriu após ele ter dito algo e tocou o rosto dele com os seus lábios.

– Acho que vou querer um martinizinho bem pequenininho – disse Liz a Meyerson.

– Está ficando quente aqui – disse Joan Anderson.
– Vou pegar outro drinque para você – disse Moylan.
– Estou tonta – cochichou ela.
– Vamos para outro ambiente mais arejado.
De mãos dadas, caminharam até a cozinha, e a seguir, além, até um quarto. Havia um menininho dormindo na cama.
– Onde podemos ir? – sussurrou ela. Ele a beijou sem perturbar a criança e eles desceram um corredor até o quarto principal.
– Acho que você deveria se deitar – disse Moylan, trancando a porta.
– Tem casacos na cama.
– Nós não lhes faremos mal.
Deitaram-se naquele seu ninho de agasalhos e a boca de Moylan encontrou o rosto dela, a boca, a garganta.
– Será que você devia estar fazendo isso? – disse ela dentro em pouco.
Ele não se deu ao trabalho de responder.
– Devia – comentou ela sonhadoramente.
– Jack.
– Sim, Joannie – respondeu Moylan, agora ultraconfiante.
– *Jack...*
– Não vamos estragar a coisa pela pressa demais – disse ele.
– Jack, você não está compreendendo. Vou vomitar – disse ela. E vomitou.
No *seu* casaco, percebeu com horror Moylan.

– Existem muitos japoneses em Formosa? – perguntou Alice Tayakawa, apertando a mão de Harry Lee.

Rafe foi até o quarto de Miguel e ajeitou as cobertas em volta dos pequeninos e magros ombros. Sentou-se na cama e olhou para o menino adormecido, enquanto da sala de visitas ainda vinha o ruído de gargalhadas, de música e a voz encharcada de uísque da ruiva a cantar.

Alguém entrou na cozinha. Pela porta aberta, ele podia ouvir o gelo caindo nos copos, e o despejar de bebida.

– Você está sozinho aí? – era a voz de Liz.
– Sim, preparando dois drinques como saideira.
Spurgeon Robinson, pensou Meomartino.
– Você é simpático demais para estar sozinho.
– Obrigado.
– Você é muito grande, não é?
Ele a ouviu cochichar alguma coisa.
– Todo mundo conhece os talentos da gente de cor. – A voz se tornou de repente categórica: – Isso e o sapateado.
– Não sei dizer sobre o sapateado – disse ela.
– Sra. Meomartino, eu tenho uma donzela mais pura e mais doce, numa terra mais verde e mais limpa.
Houve um momento de silêncio.
– Onde é isso? – perguntou ela. – Na África?
Meomartino transpôs a porta e entrou na cozinha.
– Está conseguindo tudo de que precisa, Spurgeon? – perguntou.
– Tudo, absolutamente tudo, obrigado. – Robinson deixou a cozinha com os drinques.
Meomartino olhou para ela.
– Bem, acha que me fez conseguir o posto de cirurgião-chefe? – disse ele.

Mais tarde, quando eles haviam finalmente partido, ele não conseguiu se deitar ao lado dela. Ao contrário, pegou um travesseiro e alguns cobertores e deitou no sofá, no meio daquela bagunça deserta, que cheirava a restos de uísque e a fumaça velha. Quando ele caiu num meio cochilo, visualizou o corpo dela, com as maravilhosas coxas brancas tapadas por uma série de costas masculinas, de diversas cores, algumas pertencentes a estranhos, e outras reconhecíveis facilmente.

Semidesperto, ele a matou na fantasia, sabendo que não podia, como tampouco seria capaz de fugir do apartamento, pegar o carro e ir embora.

Se se tratasse de narcóticos, discutiu ele ferozmente consigo mesmo, será que eu a abandonaria?

Agora estava bem desperto.

São Rafael, apelou ele no quarto escuro.

Ele pensou a respeito durante a noite e na manhã seguinte, no hospital, e telefonou para um número nas páginas amarelas.

– Quem fala é o Sr. Kittredge – respondeu uma voz neutra.

– Meu nome é Meomartino. Gostaria que o senhor me desse uma informação.

– Quer se encontrar comigo em algum lugar para conversarmos? Ou vir até o escritório?

– Não podemos conversar agora?

– Nunca aceitamos clientes novos por telefone.

– Bem... não poderei chegar ao seu escritório antes das sete horas.

– Está ótimo – respondeu a voz.

Assim, ele pediu a Harry Lee que o substituísse de novo durante a folga do jantar e foi ao endereço do catálogo, que acabou sendo um velho prédio meio rachado na Washington Street, que abrigava uma porção de joalherias de venda por atacado. O grupo de escritórios era composto de salas comerciais de aspecto muito comum, que poderiam pertencer a uma agência de seguros. O Sr. Kittredge tinha cerca de quarenta anos, vestido de maneira conservadora. Usava um anel maçônico e tinha o aspecto de jamais botar os pés em cima da mesa.

– Problema doméstico? – perguntou.

– Minha mulher.

– Tem alguma fotografia?

Ele tirou uma da carteira: tirada logo depois que Miguel nascera, um retrato do qual ele se orgulhava, com Liz rindo, com a cabeça num ângulo bonito, bom aproveitamento da sombra e da luz.

O Sr. Kittredge examinou-a.

– Quer se divorciar dela, doutor?

– Não. Isto é, depende do que o senhor achar – disse ele com um cansaço na voz, a primeira concessão à derrota.

– O motivo pelo qual pergunto – disse o Sr. Kittredge – é porque quero saber se relatórios por escrito serão necessários.

– Ah.

– O senhor sabe que não precisa mais de flagrantes no quarto e toda essa besteirada?

– Sinceramente, conheço muito pouco a respeito – disse Meomartino, falando de maneira formal.

– Tudo que a lei exige hoje em dia é prova do tempo, do lugar e da chance de o adultério ter sido cometido. É aí que entram meus relatórios por escrito.
– Compreendo – disse Rafe.
– Não há custos adicionais para relatórios escritos.
– Apenas relatórios orais, acho eu – respondeu ele –, pelo menos por agora.
– Sabe o nome de qualquer um de seus amigos?
– É necessário isso?
– Não. Mas talvez me ajude – disse Kittredge com paciência.
Ele sentiu náuseas, as paredes pareciam apertar-lhe ligeiramente.
– Acho que Adam Silverstone. Um médico do hospital. – Kittredge tomou nota.
– Meus honorários são dez dólares por hora, dez dólares para aluguel de carro e sete centavos por quilômetro. O mínimo de duzentos dólares, adiantados.
Por isso não aceitava clientes pelo telefone, pensou Meomartino.
– Pode ser em cheque? – perguntou ele.
– Em cheque está ótimo – respondeu polidamente o Sr. Kittredge.

Quando ele voltou ao hospital, Helen Fultz estava à sua espera. Sem os benefícios do álcool, pensou ele, voltara a ser uma mulher envelhecida, gasta pela preocupação.
Uma mulher *cansada*, percebeu ele, abstraindo o uniforme e vendo a pessoa.
– Eu queria muito devolver isso ao senhor, Dr. Meomartino – disse ela.
Ele pegou o papel e viu que era a reclamação administrativa contra a enfermeira não identificada que servira ao Sr. Rache duas refeições no dia anterior à cirurgia, contrariando ordens escritas.
– Que espera que eu faça com isso?
– Espero que o senhor rasgue.
– E por que haveria de fazê-lo?
– Conheço a garota que serviu aquelas refeições – respondeu ela. – Posso resolver esse assunto a meu modo.
– Ela merece uma reprimenda – disse Meomartino. – Aquele velho não tem jeito. Pela cirurgia a gente podia apenas aliviar a dor de seus últimos dias. Porque alguma filha da mãe teve tanta preguiça de ler as prescrições, ele teve mais dois dias de tortura acrescentados a sua pena.
A Srta. Fultz fez um gesto de concordância com a cabeça.
– Na época em que comecei a trabalhar, não a teriam considerado uma enfermeira. Ela é uma vaca.
– Então por que a defende?

– Existe uma carência de enfermeiras e precisamos de toda vaca que pudermos manter. Se a reprimenda for efetivada, ela vai pedir demissão, e arranjará outro emprego dentro de meia hora.

Ele olhou fixamente para o papel em sua mão.

– Já houve noites em que me vi totalmente sozinha naquela enfermaria – disse ela em voz baixa. – Até agora temos tido sorte de não termos sido apanhados por uma emergência qualquer. Não despreze a nossa sorte. A vaca tem duas mãos e dois pés. Não impeça as enfermeiras, que efetivamente tenho, de usar essas mãos e essas pernas.

Ele rasgou o papel duas vezes de lado a lado e jogou os pedaços na cesta de papel.

– Obrigada – disse Helen Fultz. – Daqui em diante, vou verificar se ela lê todo boletim antes de servir as refeições. – Ela sorriu para ele.

– Helen – disse ele –, como esse lugar funcionaria sem você?

– Do modo como sempre funciona – respondeu ela.

– Você é exigente demais consigo mesma. Já foi a época em que você tinha 16 anos.

– Não está sendo muito elegante hoje, não é, doutor?

– Que idade você tem, falando sério?

– Que diferença isso faria? – disse ela.

Ela estava por demais próxima da idade da aposentadoria para querer falar no assunto, percebeu ele.

– É só que você parece cansada – comentou ele com delicadeza.

Ela fez uma careta.

– A idade não tem nada a ver com isso. Acho que talvez esteja com uma úlcera.

De repente, ele passou a enxergá-la não como Helen Fultz, mas como uma senhora cansada que era sua paciente.

– O que a faz pensar nisso?

– Já fui enfermeira de tantas úlceras que conheço os sintomas. Não consigo comer certas comidas que costumava comer. Estou tendo um pouco de hemorragia retal.

– Vamos para a sala de exame – disse ele.

– Não irei não.

– Olha, se o Dr. Longwood tivesse tomado precauções de rotina quanto à saúde, hoje seria um homem saudável. Só porque é enfermeira, isso não a exime das responsabilidades que tem por si mesma. Para a sala de exames. É uma ordem.

Ele sorriu ao seguir atrás dela, cônscio de que ela estava furiosa com ele. Ela era difícil de examinar, mas não apresentou nenhuma surpresa. Tinha pressão alta, 19 por 9.

– Tem sentido dores no peito? – perguntou ele, auscultando seu coração.

– Tenho conhecimento desse sopro sistólico basilar há nove anos – informou ela maliciosamente. – Como disse, já se vai a época em que eu tinha 16 anos.

Durante o exame do reto, que ela aguentou em silêncio constrangido, ele viu que ela tinha hemorroidas, com certeza o motivo do sangramento.

– Bem – disse ele, depois que as roupas dela e sua dignidade haviam sido recuperadas –, acho que você provavelmente é bastante boa de diagnóstico. Meu palpite seria de uma úlcera duodenal. Mas vou marcar uma série de exames gastrointestinais.

– Ah, que amolação. – Ela sacudiu a cabeça, sem conseguir agradecer-lhe, mas sorrindo para ele. – Eu me diverti ontem à noite, Dr. Meomartino. Sua mulher é muito bonita.

– Sim – disse ele. E sentiu, de modo inexplicável, pela primeira vez desde as notícias sobre a morte de Guillermo, uma aguda ardência salgada sob as pálpebras, que ele ignorou até que, como tudo o mais, ela foi embora.

SPURGEON ROBINSON

14

Quando Adam se mudara para o apartamento na colina de Beacon, Spurgeon ficara sozinho e solitário no sexto andar e começara a tocar cada vez mais a guitarra para as velhas paredes, a música funcionando como um espelho de parque de diversões que deformava sua alma. Ele estava desesperadamente apaixonado, deveria estar em êxtase. Mas as canções que tocava riam à socapa do tipo de alegria, pois significava que ele estava tão triste que não suportava pensar a respeito. Para tocar música mais alegre, teria de comprar um banjo e ir trabalhar no campo.

Estava em todo canto a sua volta, e a cada dia ele enxergava isso com mais lucidez.

– Será que pode me dizer – perguntou-lhe Moylan uma manhã – como algo assim pode acontecer *aqui*? – Ele olhava para um bebê com uma fascinação composta de horror e medo, o tipo de expressão que Spurgeon lembrava ter visto no rosto dos estudantes de medicina ao verem pela primeira vez nos livros didáticos fotografias de fetos anormais.

Aquele bebê era de cor. Difícil precisar sua idade, porque a subnutrição acabara com a gordura infantil, que é um direito que vem do berço, deixando-lhe as feições secas e enrugadas de um velho. Seus músculos haviam atrofiado, e lá jazia ele fraco, moribundo, com os membros magros como palitos a acentuar a pequenina barriga inchada.

– Isso pode acontecer em qualquer lugar – respondeu Spurgeon. – Em qualquer porra de lugar onde uma criança não consiga alimentação suficiente para armazenar energia vital.

– Não. Posso até compreender que se ache algo parecido na cabana de um meeiro do Mississippi – disse Moylan.

– É, cara?

– Porra, você sabe o que quero dizer. Mas aqui, *nesta* cidade... – Ele sacudiu a cabeça e ambos se afastaram completamente daquela visão.

Spurgeon não conseguiu fugir o bastante.

Quando ele acabava suas 36 horas de serviço, pegava quase a contragosto o elevado até Roxbury e saltava na estação da Dudley Street, e começava a caminhar, passando pelo Ace High, sem entrar, prosseguindo sem destino até não enxergar mais nenhum rosto branco, só peles que iam do pardo ao preto, com muitas tonalidades intermediárias.

Viu-se a reviver pedaços e momentos de sua infância em determinadas imagens, fedores e ruídos; as casas gastas de escadas quebradas, o lixo e a merda na rua, os gritos selvagens das crianças, uma janela com a vidraça partida e uma jardineira de dar dó no coração, feita de latas de extrato de tomate.

Que fim levaram Fay Hartnett, de coxas gordas, Petey e Ted Simpson, Tommy White, Fats McKenna?

Se ele pudesse ver as pessoas que haviam composto o tecido de sua infância – tal como seriam agora, naquele exato momento –, será que gostaria?

Sabia que não.

Provavelmente estariam mortos, ou pior: puta, cafetão, traficante, viciado, rebotalho humano provavelmente fichado na polícia, quase certamente nas malhas, senão morto, pela fuga fácil das drogas.

Um garotinho com o cabelo parecendo quase de lã dobrou ventando a esquina e entortou os quadris para evitá-lo passando raspando por ele com um palavrão curto de escárnio. Ele parou, observando com um sorriso triste o garotinho desaparecer depressa.

Não importa quão depressa você corra, filho; se não encontrar seu Calvin J. Priest, será uma mosca na sopa, com o rolo compressor já se avultando sobre você. Ao calcular as chances de escapar, ele olhou em volta com uma nova e temerosa consciência de sua milagrosa salvação.

Ao voltar ao hospital, foi verificar se havia correspondência e encontrou apenas um catálogo grátis de um laboratório farmacêutico, que ele abriu no elevador e folheou, enquanto o velho carro brigava contra a gravidade.

Havia alguém esperando no corredor, diante de seu quarto, um homem baixo, corado, num casaco preto com colarinho de veludo e segurando, reparou ele incrédulo, um chapéu-coco.

– Dr. Robinson?

– Sim.

O homem estendeu um envelope.

– É para o senhor.

– Acabei de pegar minha correspondência.

O homem deu um risinho.

– Entrega especial – disse ele. Spurgeon pegou o envelope, reparando que não tinha selo. Ele procurou uma moeda, mas o homem colocou o chapéu na cabeça e se virou, sorrindo.

– Não sou um mensageiro – explicou ele. – E sim um oficial de justiça.

– Oficial de justiça?

Lá dentro, Spurgeon sentou-se na cama e abriu o envelope.

ESTADO DE MASSACHUSETTS

SUFFOLK, SS: TRIBUNAL SUPERIOR

A Spurgeon Robinson, de Boston, pertencente ao nosso condado de Suffolk. Considerando que Arthur Donnelly, de Boston, pertencente ao nosso condado de Suffolk, iniciou contra V.S^a. ação de perdas e danos por petição datada de 21 de fevereiro de 1968, e que deverá ser devolvida ao Tribunal Superior de Boston, pertencente ao nosso condado de Suffolk, na segunda-feira, 20 de maio de 1968, e a essa citada ação foi atribuído o valor de US$ 200.000,00, da seguinte forma:

PERDAS E DANOS E/OU NEGLIGÊNCIA MÉDICA

como será explicitado de maneira mais completa nas declarações que serão prestadas ao citado Tribunal, quando e se a citada ação der entrada naquela instância:

INTIMAMOS V.S^a., se quiser se defender da citada ação, no mesmo dia 20 de maio de 1968, ou dentro de qualquer outro prazo permitido por lei, a comparecer e apresentar sua defesa por escrito e demais recursos legais que mande registrar pelo escrivão do Tribunal ao qual foi distribuída a ação, tudo na forma da lei.

Sobre isso não se omita, sob pena de o julgamento derivado da supracitada ação se processar à revelia.

Testemunha, R. HAROLD MONTANO, Boston, em 21 de setembro de 1967, ano do Senhor.

Homer P. Riley
Escrivão

A primeira coisa que fez foi telefonar para tio Calvin, tentando contar o caso com calma, sem se poupar, nem deixar passar nenhum dos detalhes importantes.

– Deixe tudo por minha conta – disse Calvin.

– Não quero fazer isso – respondeu-lhe Spurgeon.

— Seguros são meu ramo de negócio. Conheço uma porção de gente. Posso cuidar disso com calma, sem alvoroço.

— Não, eu mesmo quero cuidar disso.

— Então, por que me ligou?

— Ah, meu Deus, Calvin, será que você não consegue me entender nenhuma vez? Queria seus conselhos. Não queria que você providenciasse tudo para mim. Só queria que você ouvisse o meu problema e me dissesse o que fazer.

— A companhia de seguros tem um bom advogado baseado em Boston. Entre em contato com ele imediatamente. Qual o limite de sua cobertura de risco?

— Nisso estou bem. Duzentos mil dólares, que é quase o dobro do que a maioria dos caras daqui tem. — Fora Calvin, sabia ele, que insistira que fizesse um seguro que cobrisse pelo menos essa quantia, no caso de negligência médica.

— Está bem. Precisa de mais alguma coisa?

Calvin sentiu-se rejeitado; Spurgeon era capaz de perceber na voz dele.

— Não. Como está minha mãe?

— Roe-Ellen? — A voz ficou mais suave: — Ela está bem. Passa suas manhãs na loja de presentes das Nações Unidas. Diverte-se pra valer vendendo tantãs da selva para franguinhas brancas de Dubuque.

— Não fale disso com ela.

— Não falarei. Cuide-se, meu rapaz.

— Até logo, Calvin — despediu-se ele, estranhando porque se sentira mais deprimido do que nunca depois de ligar.

Quatro dias depois, estavam em Boston.

— Calvin precisava vir a negócios — disse Roe-Ellen, quando ela lhe telefonou no hospital. — Achou que essa seria uma boa oportunidade para que eu visse meu filho — afirmou ela com sinceridade.

— Sinto muito não ir para casa com mais frequência, mamãe.

— Bem, se a montanha não vai a Maomé... — Estavam no Ritz-Carlton. — Pode nos encontrar para jantar?

— Sim, certamente.

— Sete horas?

Ele fez cálculos ultrarrápidos, imaginando quanto tempo levaria para ir a Natick e voltar.

— Oito horas é melhor. Eu gostaria de levar alguém.

— Ah?

— Uma garota.

— Ora essa, querido Spurgeon! Que bom!

Que diabo, pensou resignadamente.

– Pensando melhor, gostaria de levar três pessoas.
– Três garotas? – disse ela com esperança na voz.
– Ela tem pai e mãe.
– Maravilhoso.

Ele percebeu a cautela que se infiltrara na sua voz só por aquela única palavra.

Mas quando Roe-Ellen viu Dorothy, Spurgeon notou seu alívio imediato e percebeu que sua mãe achara que ele se envolvera com alguma putinha branca. Os Priest a observaram no seu vestido simples de seda marrom e com seu cabelo cortado curto no estilo africano e se afeiçoaram a ela de imediato. Gostaram dos seus pais. Os William jamais haviam frequentado um lugar como o Ritz, mas tinham dignidade e Calvin e Roe-Ellen eram pessoas simples. Ao chegar a sobremesa, os quatro já eram amigos e os nova-iorquinos prometeram que iriam jantar na casa em Natick, da próxima vez que fossem a Boston.

– Você pode voltar para um último drinque? – perguntou-lhe Calvin, enquanto ele se preparava para levar de carro Dorothy e seus pais.

– Ainda vai estar acordado?

Calvin fez que sim com a cabeça.

– Sua mãe, não. Mas eu tenho um trabalho para ler.

– Certo, eu volto – respondeu Spurgeon.

Quando ele bateu à porta, Calvin veio atender de imediato e pôs um dedo nos lábios.

– Ela está dormindo – sussurrou ele.

Havia uma sala de estar, mas resolveram ir para o jardim público do outro lado da rua.

Lá fora, o ar da noite estava suficientemente frio para fazer com que virassem a gola dos sobretudos, mas encontraram um banco perto de um canteiro de jacintos que resplandeciam sob a luz da rua. Sentaram-se de frente para a Boylston Street e ficaram assistindo ao fluir do tráfego tardio.

– Que garota simpática – comentou Calvin.

Spurgeon sorriu.

– Eu também acho.

– Sua mãe tem se preocupado por sua causa.

– Sinto muito – disse Spurgeon. – O ano de interno é o mais duro. Não tenho tido muita folga.

– Você podia telefonar para ela, de vez em quando.

– Ligarei com mais frequência – respondeu ele.

Calvin balançou a cabeça.

– Este parque é muito bonito. Tem peixe no lago?

– Não sei. Quando chega o verão, há pedalinhos. Com grandes cisnes brancos a bordo.

– Foi ver o advogado?

– Sim. Ele disse para não me preocupar. Disse que hoje em dia, no caso de um jovem médico, uma ação por erro médico já é rotina, como no tempo em que a gente não era homem se não pegasse uma gonorreia.

Calvin olhou para ele.

– E o que você respondeu?

– Disse-lhe que já vira casos horrendos de gonorreia, e alguns sob pretextos muito bobos por parte das vítimas.

Calvin sorriu.

– Não estou preocupado com você – disse ele.

– Obrigado.

– Preocupo-me mais comigo mesmo – disse ele. – Por que você vive me rejeitando, Spurgeon?

Do outro lado da Boylston Street, ouviam-se vozes altas a cantar e a rir, e portas de carro a bater.

– É o clube Playboy – disse Spurgeon. – Uma porção de mulheres charmosas com algodão no rabo.

Calvin balançou a cabeça.

– Já fui a um em Nova York – confessou ele. – Mas obrigado pela definição.

– É difícil para mim traduzir em palavras – disse Spurgeon.

– Acho que já é hora – retrucou Calvin. – Eu não poderia te amar mais se eu fosse teu pai de sangue. Você sabe disso.

Spurgeon fez que sim com a cabeça.

– Você jamais me pediu nada na vida. Nem mesmo quando criança.

– Você sempre me deu as coisas antes de eu poder pedir. Já ouvi falar do que Rap Brown e Stokely andam dizendo a respeito dos branquelos que nos caparam?

Calvin olhou para ele e confirmou com a cabeça.

– Bem, é algo parecido.

– Eu te capei? – perguntou Calvin com uma voz fraca.

– Não, não, não é nada disso que eu quero dizer. Olha, você salvou a minha vida.

– Não sou um salva-vidas. Quero ser seu pai.

– Então escute o que eu estou dizendo. E procure compreender. Você é um cara especial. Deixar que você passe o resto da vida fazendo coisas por mim seria fácil, como se afogar.

Calvin deu-lhe um olhar intenso e balançou a cabeça.
— Sim, compreendo.
— Deixe-me ser um homem, Calvin. Não me ofereça mais ajuda.
Calvin ainda olhava para ele.
— Você vai ligar para a sua mãe? Vai em casa quando tiver uma oportunidade?
Spurgeon sorriu e assentiu com a cabeça.
— E se algum dia precisar de mim, realmente *precisar* da minha ajuda, você me pedirá? Como se eu fosse seu pai de verdade?
— Prometo.

— O que teria você feito se eles tivessem me odiado? — perguntou-lhe Dorothy, alguns dias depois que Roe-Ellen e Calvin haviam voltado a Nova York.
— Eles não te odiaram.
— Mas se tivessem?
— Você sabe — respondeu ele.
Sem necessidade de pronunciar muitas palavras, nascera entre eles uma compreensão oriunda da interdependência, mas ele achava cada vez mais difícil tratá-la como se fossem adolescentes, dificuldade que era aumentada pelo fato de andarem frequentando bastante Adam Silverstone e Gaby Pender, que estavam obviamente gozando tanto os prazeres da carne que ele às vezes se sentia um *voyeur* na presença deles.

Durante as tardes tranquilas, os quatro exploravam a colina de Beacon, compartilhando-a, perambulando com ela com uma sensação de posse. Admiravam tudo, a ordem classuda do Boston antigo da praça Louisburg, suas paredes de calçamento lisas e redondas, antes dos tempos das concorrências politicamente ganhas para a construção de estradas, os gordos e pomposos políticos discutindo sobre a conta do café na drogaria atrás da assembleia estadual, as lanternas lindamente conservadas na Reveire Street, a sensação, nas noites escuras, de que do outro lado do topo jazia, à espera, o ano de 1775. Sempre que voltavam para o lado norte, o mais reles do morro, o lado *deles*, habitado em sua maioria por trabalhadores e uma colônia em rápido crescimento de barbudos e esquisitos, concordavam que era o lado melhor, o mais animado, o mais suculento.

Certa manhã, os quatro caminharam por uma chuva fria da primavera, tão fina quanto neblina, seguindo a orientação que Gaby conseguia da sua senhoria, e acharam a casa de aspecto comum, no número 121 da Bowdoin Street, que um extraordinário presidente dos Estados Unidos da América mantivera como seu domicílio eleitoral, e ficaram especulando entre si o que teria acontecido em escala mundial se tivessem permitido que aquele homem ainda jovem envelhecesse e adquirisse mais sabedoria.

Dorothy virou-se de repente e correu.

Foram atrás dela e a alcançaram na Beacon Street, nos degraus do palácio do governo, e ele a abraçou e beijou seu rosto molhado, com gosto de sal.

– O governador do estado pode estar nos espiando neste exato momento de uma daquelas janelas – disse ela.

– Vamos fazer com que a cena valha a pena ser assistida – disse ele, estreitando-a contra si, de modo que ficaram apertados, a oscilar ligeiramente, na escadaria sob a chuva.

– Sinto muito – disse ela.

– Não faz mal. Ele era um homem e tanto.

– Não, você não compreende – explicou ela. – Eu não estava pranteando Kennedy. Chorava porque você me faz tão feliz e eu te amo tanto e Gaby e Adam são tão legais e bonitos e porque sei que esse período não vai durar para nenhum de nós.

– Durará sim – disse ele.

– Mas mudará. Nada fica sempre o mesmo.

Havia gotículas de água na sua pele morena em cima do lábio superior, que ela enxugou com o polegar, do mesmo modo que tirara o sal seco naquele primeiro dia na praia.

– Quero que as coisas mudem entre nós – disse ele.

– Pobre Spurgeon – disse ela. – É terrível para você?

– Dá para sobreviver. Mas desejo desesperadamente que as coisas mudem.

– Case comigo – disse ela. – Por favor, Spurgeon.

– Não posso. Pelo menos não até eu terminar meu período como interno em julho.

Ela olhou para o domo dourado do palácio do governo esfumado pela chuva.

– Então podemos usar o apartamento na Philips Street, uma vez ou outra. Gaby e eu conversamos a respeito.

Ele pegou a cabeça molhada e lanuda dela entre as mãos.

– Eu poderia presenteá-los com um cachorro. Poderíamos combinar de ir visitá-los enquanto eles levassem o cachorro para passear em volta do quarteirão.

Ela sorriu para ele.

– Poderiam dar duas voltas com o cachorro em torno do quarteirão.

– Poderíamos dar ao cachorro o nome de Bim-bam – disse ele.

– Ah, Spurgeon – começou ela a chorar de novo.

— Não, obrigado, minha senhora — disse ele. E enterrou sua cara na lã preta. — Vamos nos casar em julho — falou para o cabelo molhado dela. Dentro em pouco ele pegou a mão dela e deram adeus para o governador, voltando para encontrar Gaby e Adam. Não haviam conversado a respeito, mas por consenso mútuo implícito nenhum deles mencionou nada aos outros dois sobre a incrível transformação operada no mundo.

Na manhã seguinte, ele a pegou de carro e a levou até o gueto de Roxbury. Estacionou a Kombi e foram caminhando devagar pelas ruas, sem sentirem necessidade de falar. A chuva parara durante a noite, mas o sol castigava.

— Por que me trouxe aqui? — perguntou ela finalmente.
— Não sei — respondeu ele. — Venho aqui uma vez ou outra.
— Detesto isso aqui. Por favor, me leve embora.
— Está bem — disse ele. Deram meia-volta e começaram a caminhar de volta ao carro.

Alguns garotos jogavam beisebol na rua, liquidando com o inverno.
— Uuu, Charlie — desafiou o que estava com o taco ao lançador. — Você não está fodendo Jim Lonborg. Sua bunda está muito queimada de sol.
— Aqui pra você! — gritou o lançador, arremessando a bola impetuosamente.
— Você também não está fodendo Looey Tiant. Você nem fodeu Jim Wyatt.

Quando chegaram ao carro, ele saiu de Roxbury pelo caminho mais curto.
— Eu não suportaria ter de criar uma criança num ambiente assim — comentou ela.

Ele cantarolava alegres trechos musicais.
— Não é só gente pobre que mora ali. Uma porção de gente que trabalha e profissionais liberais também moram ali. Eles conseguem criar seus filhos.
— Eu preferiria não ter filhos.
— Bem, não se preocupe por causa disso — respondeu ele irritado. — Você não terá de criar seus filhos num lugar assim.
— Certa vez você me prometeu uma ilha e jasmins no cabelo.
— Vou cumprir — disse ele.
— Por que a gente não podia ir *de verdade*?
— Para onde? Para uma ilha deserta?
— Para o Havaí.

Ele olhou para ela, certo de que ela não falava sério.
— Não existe esse problema racial lá. É o tipo de lugar onde quero criar meus filhos.
— Seus netos teriam olhos amendoados.
— Ah, eu haveria de amá-los. Teriam seu nariz.

– É melhor.

– Eu estou sendo sincera, Spurgeon – disse ela, depois de algum tempo.

Ele pôde constatar que sim. Estava começando a se acostumar à ideia, mas bancando o advogado do diabo.

– Ainda tenho de fazer um período de três anos de residência – afirmou ele.

– Será que a gente não podia partir depois que você completar sua residência? Eu continuaria a trabalhar depois de a gente se casar e pouparíamos nosso dinheiro como mãos de vaca, talvez fazer uma viagem até lá, dentro de um ano ou dois, para conhecer o lugar e fazer nossos planos.

Ela estava excitada agora, certa de que estavam construindo um projeto para o futuro deles.

– Talvez funcione – disse ele com cautela, atado pela felicidade dela. Descobriram, ao chegar a Natick, que, enquanto o carro estivera estacionado em Roxbury, alguém roubara a calota da roda esquerda traseira. Durante todo o caminho de volta ao hospital, foram cantando a plenos pulmões.

ADAM SILVERSTONE

15

Adam adorou a estante feita de caixotes cor de laranja. Inspirado, comprou tinta branca, um rolo e uma bandeja, e, antes que as velhas dores houvessem se despedido do seu corpo, adquiriu novas, porém as paredes brancas aumentaram o espaço, fazendo o quarto parecer novo. Na Newbury Street, Gaby comprou duas gravuras baratas, uma reprodução de Kathe Kollwitz, de uma mãe camponesa segurando o filho, e a outra uma abstração colorida feita de globos e cubos que combinou bem com as flores de papel.

Ela guardou um caroço de abacate, espetou-o com palitos e colocou-o num copo com água – algo que lera numa revista –, e esperou, examinando-o ansiosamente. Nada aconteceu durante três semanas, mas então, logo que decidira ter de jogá-lo fora, ele germinou, uma pequena cobrinha verde-claro de vida, um broto e em seguida uma folha que ficou de um verde mais escuro e brilhante depois de transplantado para um solo preto, fértil, que ela trouxera numa sacola do supermercado. Cresceram mais duas folhas no abacateiro, pinuladas e brilhantes, alimentado gota a gota com amor e fertilizante, na faixa transitória de luz solar que entrava pela única janela.

O apartamento no subsolo tornou-se o ponto de referência da vida deles; não o teriam trocado pela Casa Branca. Faziam amor com alegria e grande frequência, e aparentemente só com muito pouca culpa, passando a conhecer cada vez mais um ao outro. Ela se sentia forte e livre, uma pioneira. Sabia que eles eram os primeiros e únicos amantes do mundo, embora Adam lhe dissesse que, a despeito das suas fantasias e de todos os livros que ele lera na faculdade, eles jamais criariam um pecado original.

Pela primeira vez, desde que se lembrava, ela não se preocupava com seu corpo. O único desconforto que sentia era devido ao estresse hormonal causado pela pílula, a que ela ainda não estava acostumada e que provocava terríveis ataques de náuseas matinais. Adam prometeu-lhe que os sintomas desapareceriam.

Ela estava orgulhosa do trabalho que fizeram no apartamento e gostaria de receber todas as pessoas conhecidas, mas só se abria com Dorothy e Spurgeon.

Susan Haskell veio almoçar, constrangida e infeliz, obviamente à espera de suculentas revelações de como Adam a maltratava, de modo que deu para Gaby perceber que jamais repetiria o convite. Mas descobriu-se mantendo uma espécie de salão intermitente para alguns vizinhos da Joy Street. Janet Williams aparecia sempre, mas não com tanta frequência que atrapalhasse. Trouxe várias vezes outro cavador, o enorme rapaz louro que entregara as flores de papel. Seu nome, veio a saber, era Carl, e era delicado e polido, muito versado em música e arte. De outra feita, trouxe um cara de barba encaracolada chamado Ralph, que parecia não ter tomado banho por muito tempo e parecia meio zonzo e distante, obviamente intoxicado com alguma coisa. Janet parecia não dar importância. Tratava-o como tratava Carl. Ou Gaby, por assim dizer. Depois de cada visita, os cavadores partiam levando uma pequena porção da sua despensa.

Inevitavelmente, vieram numa noite em que Dorothy e Spurgeon estavam lá.

– Oi – disse Janet para sua irmã.

– Olá – respondeu Dorothy. Ela esperou que todos fossem apresentados e então perguntou: – Você não quer saber como vão Midge, papai e mamãe?

– Como está Midge?

– Está bem.

– E como estão papai e mamãe?

– Bem.

– Ótimo – disse Janet.

Todo mundo estava muito gentil. Adam ofereceu e fez drinques, passou amendoim salgado, entrou na conversa. O problema surgiu quando Spurgeon comentou algo sobre a eleição geral.

Ralph franziu a testa e piscou. Ele subira na sua cadeira e agora se sentava no espaldar, com os pés no assento, olhando-os de cima como se estivesse num trono.

– Se todo mundo *quisesse* apenas nos escutar – disse ele – e se ligasse e caísse fora, os filhos da puta não teriam ninguém a quem governar. Tentamos lhes dizer, mas vocês não querem *escutar*.

– Você não acha seriamente que isso funcionaria, acha? – perguntou Spurgeon com delicadeza.

– Não me diga o que eu *acho*, cara. Acho que todo mundo tinha de se mandar para as florestas, curtir um barato e fazer o que quiser.

– O que aconteceria com o mundo se todo mundo resolvesse curtir um barato?

– O que está acontecendo de tão bacana no mundo neste exato momento com vocês quadrados, todos na linha?

– Você precisa de nós, quadrados, até para existir – retrucou Adam. – Sem a gente você não poderia fazer suas coisas. Nós te alimentamos, amigo, fazemos sua roupa e a casa onde você mora. Nós enchemos as latas que você compra quando vende bastante flores e pôsteres para comprar enlatados, e nós entregamos o óleo que mantém suas casas quentes no inverno. Nós te devolvemos a saúde quando vocês estragam completamente o belo corpo que Deus lhes deu. – Ele olhou para Ralph e deu um sorriso. – E de qualquer modo, se todos ficassem iguais a você, você ia querer ser outra coisa. Não aguentaria ser como todos nós.

– Isso é papo furado, cara.

– Então por que está sentado assim aí em cima, olhando para o mundo como se fosse um guru?

– É a maneira como gosto de me sentar. Não faz mal a ninguém.

– Faz mal para Gaby e para mim – disse Adam. – Seus sapatos fizeram uma porcaria no assento da nossa cadeira.

– Não me confunda – disse Ralph. – Eu posso inverter completamente isso aí. Você é um cara realmente agressivo, sabe? Estaria provavelmente trabalhando como açougueiro em vez de fazer cirurgia, botando para fora toda a sua agressividade enfiando facas nos bois no lugar de enfiá-las nas pessoas, se não tivesse tido papais ricos que puderam mandá-lo para a universidade e a faculdade de medicina. Já pensou nisso?

Gaby e Adam não conseguiram segurar o riso, nem tentaram explicá-lo. Janet nunca mais trouxe os outros cavadores ou ela mesma tornou a voltar à noite, mas continuava a aparecer esporadicamente no café da manhã. Ela estava sentada um dia no sofá quando a náusea obrigou Gaby a sair da sala. Quando ela finalmente voltou, de rosto pálido e se desculpando, Janet olhou-a com uma expressão de Mona Lisa.

– Você está esperando?

– Não.

– Eu estou.

Gaby olhou fixamente para a garota e a seguir falou com cuidado:

– Tem certeza, Janet?

– Hum-hum.

– O que vai fazer?

– Deixar que a família crie.

– Como Midge?

A garota olhou-a friamente.

– Minha verdadeira família. Aqui na Joy Street. Todo mundo será pai e mãe dela. Achamos que isso será lindo.

A conversa a deixou preocupada. Seria Carl o pai da criança? Ou Ralph? Ou o que era mais preocupante: saberia Janet quem era o verdadeiro pai da criança?

De uma coisa tinha certeza. A garota ia precisar de cuidados médicos imediatamente. Quando ela falou com Adam, ele fechou os olhos e sacudiu a cabeça.
— Merda. Alguém não se ligou direito no que fazia.
— Não estamos numa posição confortável para fazer semelhantes críticas.
— Você não vê nenhuma diferença? — perguntou ele.
Ela murchou.
— Ah, Adam, claro que vejo. Mas não conseguirei dormir à noite se não conseguirmos fazer alguma coisa por aquela idiotinha. Vamos contar a Dorothy?
— Acho melhor não. Pelo menos ainda não. Se ela for até o hospital, eu garanto que será examinada e receberá suas vitaminas e demais coisas.
Ela o beijou e ficou ansiosamente à espera da próxima visita de Janet. Mas a garota não voltou. Seis dias depois, arrastando-se morro acima com uma sacola de mercadorias, viu Ralph, que vinha da direção oposta.
— Oi. Como vai Janet? — perguntou ela.
Seus olhos estavam esgazeados.
— O quê? A garota? — disse ele. — Sua família está cuidando dela. — E prosseguiu caminho, obedecendo a um ritmo muito diverso.
Dois dias depois, ela avistou Carl entregando pôsteres e perguntou de novo pela garota.
— Ela não está mais morando com a gente.
— Onde ela está?
— Acho que em Milwaukee.
— Milwaukee? — perguntou Gaby, com a foz fraca.
— Esse gato que ela conheceu veio e a levou com ele.
— Você sabe seu endereço?
— Tenho ele rabiscado em algum lugar lá em casa.
— Poderia me dar em alguma ocasião? Eu gostaria de escrever para ela.
— Claro, eu te darei.
Mas nunca deu.

Ela sentiu falta das visitas na hora do café da manhã. A Sra. Walters gostaria de entrar, sentar-se e contar as fofocas, se fosse convidada, com certeza, mas ela não gostava da senhoria e a evitava. Acabou fascinada por outra moradora do prédio, uma pequena mulher curvada que saía se arrastando de poucos em poucos dias, coberta por seu xale, e sempre voltava carregando uma única sacola de papel. Seu rosto vivia extremamente contraído, como para enfrentar um mundo hostil. A pobre parecia uma bruxa de ressaca, pensou Gaby, descobrindo imediatamente quem era.
Uma manhã ela abriu a porta e saiu para interceptá-la.

– Sra. Krol? – disse ela.

Bertha Krol tremeu quando a mão de Gaby pegou o seu cotovelo.

– Sou sua vizinha. Gabrielle Pender. Gostaria de entrar e tomar uma xícara de chá comigo?

Os olhos amedrontados buscaram a Phillips Street como pássaros tentando fugir de uma gaiola.

– Não – sussurrou ela.

Gaby deixou-a prosseguir.

Chovia muito, uma primavera chuvosa. As náuseas provocadas pela pílula haviam sumido. A Terra mudou de inclinação e os dias tornaram-se mais longos e menos frios; a chuva caía no intervalo de poucos dias e a enxurrada descia pelas sarjetas de pedra do morro, criando pequenas cascatas na entrada de velhos esgotos e galerias pluviais. No hospital, Adam assistiu a uma série de casos torácicos e foi afetado pela cirurgia de coração aberto como se tivesse tomado LSD. De noite, quando ficavam tranquilamente conversando no escuro, ele lhe contou ter posto sua mão dentro do cone no peito e sentido, através da borracha fina das luvas, o bater da bomba rosada pulsante, o coração vivo.

– Foi parecido com quê?

– Como tocar em você.

Adam parara de dar nome aos cachorros. Uma coisa era ir até o laboratório e ser informado por Kazandjian de que a experiência cirúrgica nº 37 fracassara; outra coisa era receber a notícia da morte de um ser vivo chamado Linda, Max, Wallace, Fred. Ele se obrigou a ignorar as línguas caninas que buscavam beijar sua mão, concentrando-se em vez disso nas guerras microscópicas entre antígeno e anticorpos travadas dentro dos cães.

Depois de ter confiado durante meses no seu trabalho sozinho, Kender começou a assediar o laboratório e a observá-lo cuidadosamente.

– As coisas devem estar evoluindo muito quanto à nomeação para a faculdade – disse ele a Gaby uma noite, contando-lhe sobre Kender, enquanto ela se besuntava de óleo de neném sob a lâmpada de bronzear.

– Talvez não seja isso – disse ela, virando-se de bruços e lhe entregando o óleo. – Ele pode estar tão interessado nas experiências que não consegue se manter afastado.

– Sempre esteve interessado nas experiências sem me observar – respondeu Adam. Sua mão cheia de óleo fez um ruído de sucção líquido ao esfregar seu ponto predileto, a depressão onde acabava sua espinha e começava a elevação glútea. Aspirou o cheiro do óleo em cima da carne quente e nenhum deles aguentou quando tentou passar atrás dos joelhos dela. Quando ela finalmente se virou, ele estava com manchas gordurosas na sua roupa, e no dia seguinte, ao voltar para o trabalho, sua camisa provocava ardência nas pequenas queimaduras no pescoço e nas costas.

Duas noites depois, quando Kender lhe pediu para explicar um procedimento que ele já anotara em detalhe no livro de anotações, Adam teve certeza.

Ele repetiu a experiência oralmente e a seguir olhou para o cirurgião mais velho e sorriu.

– Se depender de mim, você passou – disse Kender.

– Como acha que me sairei em confronto com as outras pessoas que contam? – perguntou ele, apostando numa intuição de que naquele momento a franqueza era admissível.

Kender desembrulhou um charuto.

– É difícil predizer. Posso lhe dizer o seguinte: o terreno é estreito. Só estão considerando você e o outro sujeito. Acho que a essa altura você já sabe, não é?

– Tenho quase certeza.

– Ambos têm muita coisa a favor.

– Quando seremos avisados?

Kender sacudiu a cabeça.

– Não é assim que funciona. Só um médico recebe o aviso, o sujeito nomeado. O outro candidato não terá notícias diretas, só por fofocas. Nunca saberá por que não foi nomeado, nem quem votou contra ele.

Kender levantou os ombros.

– É o sistema – disse. – Permite pelo menos que o candidato perdedor se console pensando ter fracassado por causa da má vontade de algum filho da puta que não aprecia suas gravatas ou a cor de seus olhos.

– Isso hipoteticamente também faz parte do sistema?

Kender deu uma tragada. A ponta do charuto brilhou como neon e a atmosfera do laboratório ficou poluída de fumaça.

– Acredito já ter acontecido – disse ele.

Mais tarde naquela noite, o Dr. Longwood entrou no laboratório experimental e Adam revestiu-se um tanto irritadamente de coragem para enfrentar mais uma avaliação e escrutínio.

Mas o Velho pediu meramente licença para examinar o livro do laboratório sobre a série do soro antilinfocitário.

Parecia uma trágica caricatura, sentado, lendo, enquanto sua mão tremia no colo, e Adam foi obrigado a desviar os olhos. Talvez ele tivesse notado isso; a mão começou a brincar com o chaveiro enquanto lia, as chaves chocalhando de leve como... o quê?

Os guizos do Arlequim, pensou Adam.

– Você guarda os cavalos aqui, em outra parte do hospital? – perguntou o Dr. Longwood.

– Não senhor – respondeu Adam. – O hospital é dono dos cavalos, mas eles ficam nos laboratórios biológicos do estado. Nós juntamos nódulos linfáticos de cadáveres, trituramos e mandamos para os laboratórios do estado, onde são injetados nos cavalos para produzir o soro.

O Dr. Longwood bateu com um dedo magro no livro de anotações.

– Você conseguiu alguns resultados.

Adam fez que sim com a cabeça.

– O soro retarda o mecanismo de rejeição. Quando o usamos, podemos administrar poderosas drogas imunossupressoras, como Imuran, em dosagens suficientemente baixas para deixar o animal com alguma proteção anti-infecciosa.

Longwood concordou com um gesto de cabeça, tendo obtido aparentemente aquilo que viera procurar.

– Gosta desse trabalho com animais?

– Está me tornando um cirurgião melhor, acho.

– É o que fará.

Adam sentiu de repente a força do olhar dele.

– Para onde vai no ano que vem, quando nos deixar?

Ele recebeu mal a pergunta, percebendo que Longwood já decidira e pronto. Mas em seguida teve um consolo por Kender, obviamente, não achar a mesma coisa.

– Não sei ainda.

– Por que não escolhe uma área geográfica e me informa? Terei muito prazer em ajudá-lo a arranjar alguma coisa.

– Obrigado – conseguiu dizer Adam.

– Gostaria que lesse uma coisa. – O Dr. Longwood meteu a mão na sua pasta e tirou uma caixa. – É mais ou menos dois terços do original de um livro. Um livro didático de cirurgia.

Adam fez que sim com a cabeça.

– Qualquer que seja o valor da opinião de um residente-chefe, o senhor a terá.

– Alguns cirurgiões muito mais velhos, de outros cantos do país, já leram pedaços dele. Quero ver a impressão que terá num sujeito que não saiu há tantos anos da faculdade.

– Sinto-me honrado.

– Tem uma coisa. – Os olhos se cravaram novamente nele. – Não quero que ninguém da nossa equipe saiba disso. Não posso me dar ao luxo de ter minhas horas de trabalho racionadas devido à minha situação. Não posso perder tempo.

Meu Deus, pensou ele, o que responder a isso? Mas não foi necessário dizer nada, porque Longwood balançou a cabeça e se levantou da cadeira.

– Boa-noite – disse Adam.

O Velho pareceu não ouvir.

Ele medicou alguns dos bichos, registrou seus sinais vitais e atualizou o livro de anotações do laboratório. Já era muito tarde quando acabou e teve a tentação de adiar a leitura do original, mas sabia que, se ele pelo menos não começasse enquanto tinha chance, talvez jamais o lesse. Telefonou ao serviço de alto-falantes avisando que estava no laboratório. Em seguida, sentou-se atrás da velha mesa de carvalho e tirou o original da caixa. O café borbulhava em cima do bico de Bunsen, o velho prédio estalava. Nas jaulas, alguns cachorros coçavam pulgas; outros gemiam e uivavam a dormir, talvez caçando lebres nos seus sonhos, ou trepando em cadelas no cio, que no passado frio da vigília os tinham afugentado com os dentes à mostra. O barulho acordou alguns dos animais, e dentro em pouco seus latidos haviam despertado o resto. O laboratório ressoava com o protesto canino.

– Está tudo bem – disse ele. – Agora calem a boca. Vão dormir, vão dormir. – Falando de maneira absurda com eles, como se fossem pacientes humanos e pudessem compreender o tom de voz tranquilizador.

E se aquietaram.

Ele se serviu de uma xícara de café quente e forte, voltou a sentar-se, bebericou aos poucos e começou a ler.

A maior parte dos capítulos deixou-o pasmo. O estilo era incisivo e enganosamente simples, o tipo de leitura científica fácil que resulta de um duro trabalho de escrever. Longwood decantara uma vida inteira de experiência cirúrgica de primeira classe e não hesitara em tomar emprestado contribuição de muitos outros eminentes cirurgiões. Quando Adam já estava na página 100 do original, o telefone tocou e ele ficou desapontado diante da hipótese de ter de sair para responder a um chamado. Felizmente era Spurgeon com o pedido de um conselho que ele podia dar sem ter de sair: voltou ansiosamente ao original.

Passou a noite lendo.

Quando acabou os últimos três capítulos, a luz do lado de fora das janelas do laboratório estava um cinza encardido.

Talvez, pensou ele, é porque estivesse cansado. Esfregou os olhos, esquentou o café e bebeu outra xícara, e releu lentamente os últimos três capítulos.

Era como se tivessem sido escritos por outra pessoa.

Mesmo com sua limitada experiência, ele podia encontrar erros berrantes. A escrita era confusa, a construção sinuosa e difícil de se seguir. Surgiram grandes lacunas no material.

Ele leu as páginas mais uma vez ainda, e agora conseguiu distinguir com nitidez uma triste progressão, a imagem da decadência de uma formidável capacidade intelectual.

Um espírito a se desintegrar, percebeu abalado.

Tentou tirar um cochilo, mas por uma vez na vida não conseguiu adormecer. Deixou o laboratório e, na qualidade de primeiro freguês do Maxie's, tomou cedo um café da manhã e em seguida caminhou de volta pelo amanhecer arruinado até o laboratório animal, onde recolocou com cuidado o original na caixa.

Estava à espera, três horas mais tarde, quando Kender entrou na sala dele.

– Tem uma coisa que acho que você devia ler – disse ele.

Na noite seguinte, deitado no escuro com Gaby, ele lhe contou que Longwood renunciara naquela tarde ao cargo de cirurgião-chefe.

– Pobre homem – disse ela.

– Será que não se pode fazer nada? – perguntou ela, depois de mais um instante.

– As chances de arranjar um doador morto com um tipo sanguíneo raro são muito poucas. Ele pode ser sustentado pela diálise, mas Kender diz que o rim é a causa do seu colapso psicológico.

Num negro oceano e com o olhar para um negro céu, eles jaziam suspensos lado a lado.

– Não acho que eu ia querer o rim por muito tempo se eu estivesse...

– Estivesse o quê? – perguntou ele sonolento.

– Condenada.

Ele dormira.

Dentro em pouco, ela o arranhou com suas unhas do pé, duas vezes, até ele acordar e se virar para ela. Seus gritos desesperados mandavam ondas sonoras pelo negro oceano.

Mais tarde ela flutuava com a cabeça no seu peito, quando ele voltou a dormir, e as batidas de seu coração falavam ao ouvido dela.

Vivo, diziam.

Vivo.

Vivo...

SPURGEON ROBINSON

16

O homem estava curvado, era negro e chorava. Nenhum desses atributos fazia dele uma aparição estranha no hospital, mas Spurgeon parou ao lado do banco.
– Você está bem, meu velho.
– Mataram ele.
– Sinto muito – disse ele delicadamente, pensando se teria sido um filho ou um irmão, acidente de estrada ou homicídio.
Ele não distinguiu de início o nome.
– Calaram a boca dele para sempre. Nosso líder, King.
– Martin Luther? – perguntou ele com a voz fraquejando.
– Brancos filhos da puta. No final pegam todos, cada um de nós.
O velho negro continuava a balançar. Spurgeon teve ódio dele por inventar tamanha mentira.
Mas era verdade. Logo todos os rádios e TVs no hospital o confirmavam. Spurgeon gostaria ele mesmo de se sentar no banco e chorar.
– Ah, meu Deus, sinto muito – reconfortou-o Adam. Outros falavam coisas semelhantes. Levou algum tempo para perceber que as pessoas davam-lhe pêsames, do mesmo modo como ele fizera com o paciente idoso, na crença de que ele sofrera uma perda que, de certo modo, no fundo não os atingira. Não veio a sentir ódio disso senão mais tarde.
Ele não tinha tempo para se dar ao luxo de entrar em transe. O Dr. Kender mandou convocar todo o pessoal que estava de folga. O hospital geral do condado de Suffolk só passara por conflito racial uma vez, no ano anterior, e naquela ocasião não estava preparado. Agora deixaram as enfermarias com equipes reduzidas, enquanto todas as salas de operação eram preparadas para uso. Cada ambulância carregava um estoque de macas e equipamentos extras.
– Quero um segundo médico em toda ambulância – disse o Dr. Kender. – Mesmo se acontecer a maior confusão, não quero que voltem só com o paciente, quando se pode trazer dois, ou até mesmo três. – Virou-se para Meomartino

e Adam Silverstone. – Um de vocês fica aqui e dirige a sala de emergência. O outro pode ir na ambulância.

– O que você quer? – perguntou Meomartino a Adam.

Silverstone deu de ombros e sacudiu a cabeça quando Moylan chegou com notícias de franco-atiradores nos telhados, que ele recebera na faixa de polícia.

– Eu fico na emergência – disse Meomartino.

Adam organizou as equipes de ambulância e se pôs na ambulância de Meyerson junto com Spurgeon. O primeiro caso socorrido foi um anticlímax: uma colisão de três carros na via expressa, com duas pessoas feridas, mas nenhuma com gravidade.

– Você é barbeiro pra burro, sabe? – disse Meyerson a um dos motoristas, enquanto o carregavam para a ambulância.

E quando chegaram ao hospital verificaram que tudo estava tranquilo. As notícias de tiros estavam erradas. A força tática da polícia continuava mobilizada, mas nada havia acontecido.

Da próxima vez em que saíram foi para Charlestown, para trazerem a garota que pisara numa garrafa quebrada.

Mas a terceira corrida foi para Roxbury, onde houvera um tiroteiro num bar.

– Eu não vou para lá – dissera Meyerson.

– Por que não? – perguntou Spurgeon.

– O dinheiro que ganho não dá para isso. Deixe os filhos da mãe se matarem.

– Levante essa bunda daí – disse Spurgeon.

– Depende de você – disse Adam serenamente. – Se não dirigir esta noite, pode se considerar despedido. Farei questão.

Meyerson olhou para eles.

– Escoteiros! – exclamou.

Levantou-se e saiu andando devagar da emergência. Spurgeon pensou que ele fosse talvez passar direto pela ambulância, mas abriu a porta e se sentou atrás do volante.

Spurgeon deixou que Adam se sentasse no meio.

Algumas das vitrines das lojas estavam protegidas por tábuas. A maioria apagada. As acesas exibiam letreiros pintados com pressa no vidro: IRMÃO DE COR, DONO NEGRO, PERTENCENTE A UM IRMÃO. Passaram por uma loja de bebidas já saqueada, quase vazia, uma carcaça comida até os ossos por formigas, crianças saindo das vitrines sem vidro, carregando garrafas.

Spurgeon sentiu o coração partido por causa deles. Façam luto, disse em silêncio. Vocês não sabem fazer luto?

Não muito distante de Grove Hall, encontraram a primeira turba, tão grande que enchia a rua por meio quarteirão, como gado, grupos rodopiando de um lado a outro da rua, empurrando. O ruído que entrava pela janela era uma zoada de parque de diversões, insultos gritados e risadas carnavalescas.

– Não vamos poder passar – disse Meyerson. Buzinou.

– É melhor a gente entrar na Blue Hill Avenue e contorná-los – disse Adam.

Atrás deles a rua já estava bloqueada pelas pessoas.

– Outras ideias? – disse Meyerson.

– Não.

– Escoteiros!

Debaixo de uma lâmpada de rua, alguns sujeitos e garotos começaram a sacudir um carro estacionado, um sedã preto de quatro portas. Era um modelo pesado, um Buick, mas dentro em pouco ele balançava para lá e para cá como um brinquedo, duas rodas a se levantarem depois de cada empurrão, desabando de novo, até que finalmente virou diante dos vivas e da pressa para sair da frente.

Meyerson pressionou com o pé o botão da sirene.

– Ô cara! – gritou alguém.

Outras vozes repetiram e eles se tornaram imediatamente uma ilha num mar de gente. Mãos começaram a bater nos lados metálicos da ambulância. Meyerson fechou sua janela.

– Eles vão matar a gente!

Num instante a ambulância começou a balançar.

Spurgeon girou a maçaneta e empurrou a porta com o ombro, fazendo alguém lá fora voar. Saiu da ambulância e trepou no capô, onde ficou em pé, de costas para os dois que permaneceram dentro.

– Sou um irmão de cor! – gritava ele para os rostos anônimos.

– E o que são *eles*? Primos? – gritou uma voz, provocando risadas.

– Somos médicos, a caminho de pegar um sujeito que se machucou. Ele precisa da nossa ajuda e vocês nos impedem de chegar a ele.

– É um irmão? – gritou uma voz.

– Porra, sim, é um irmão.

– Deixem eles passarem!

– Sim, porra!

– Os médicos vão em auxílio de um irmão! – Ele podia ouvir a palavra sendo passada.

Sentou-se no capô: nove anos de educação universitária para virar ornamento de radiador. De dentro, Meyerson colocou a luz do farolete em cima dele. Muito lentamente a ambulância avançou, as pessoas abrindo caminho como se ele fosse Moisés e eles, as águas.

Dentro em breve estavam desimpedidos.

Meyerson assegurou-se estar a meia dúzia de quarteirões de distância antes de parar a ambulância e deixar Spurgeon voltar para dentro de novo.

Acharam o bar. O homem ferido estava deitado de bruços no chão, com a calça empapada de um sangue escuro. Não havia sinal de ninguém que pudesse tê-lo baleado, nem de arma. Os curiosos negavam saber qualquer coisa.

Spurgeon cortou a calça e a cueca ensopadas.

– A bala passou direto pelo glúteo máximo – disse ele, depois de um instante.

– Tem certeza de que não está mais aí? – perguntou Adam.

Ele tocou no ferimento com a ponta do dedo e fez um gesto com a cabeça enquanto o homem dava um solavanco e gemia. Colocaram o paciente na maca de barriga para baixo.

– É grave? – gemeu o homem.

– Não – disse Spurgeon.

– Você levou um tiro na bunda – disse Meyerson, grunhindo ao pegar sua extremidade na maca.

Na ambulância, Adam dava oxigênio para o paciente, e Spurgeon sentou-se ao lado de Meyerson. Maish não usava a sirene. Alguns minutos depois da partida, Spurgeon percebeu que eles estavam se aproximando do território "de fronteira" em North Dorchester, uma vizinhança instável, onde a população negra estava se espraiando por ruas até então de brancos.

– Você está indo pelo caminho mais longo – disse ele a Meyerson.

– É o caminho mais curto para se sair de Roxbury – respondeu Meyerson; ele virou o volante e a ambulância dobrou uma esquina, e a seguir os pneus cantaram com a freada que ele deu. – Agora, que diabo? – disse ele.

Um carro estacionado, com a porta aberta, bloqueava o tráfego numa extremidade da rua estreita. A outra extremidade fora igualmente bloqueada por dois garotos de cerca de 16 anos, um negro e outro branco, que estavam um bem diante do outro, trocando socos.

Meyerson tocou a buzina e a seguir ligou a sirene. Isolados de tudo, a não ser do inimigo mútuo, ficaram onde estavam, brigando. Simplesmente socavam um ao outro com a máxima força. Não havia como calcular há quanto tempo a briga se desenrolava. O olho esquerdo do rapaz branco estava fechado. O rapaz negro sangrava no nariz e soluçava, nervoso.

Meyerson deu um suspiro.

– Vamos ter de separar aqueles idiotas filhos da mãe ou mover o carro – disse ele. Os três saíram da ambulância.

– Cuidado para não levar porrada – avisou Meyerson.

– Vamos pegá-los agora – disse Adam, quando os rapazes entraram num *clinch* e começaram a lutar.

Foi surpreendentemente fácil. Ofereceram apenas uma certa resistência para não arranhar a vaidade, cada um certamente aliviado pelo término da provação. Spurgeon agarrara o braço do rapaz branco por trás.

– O carro é seu? – perguntou ele.

O garoto sacudiu a cabeça.

– É dele – respondeu, indicando o outro briguento. Spurgeon reparou pela primeira vez que Adam segurava o braço do rapaz de cor, enquanto as grandes mãos brancas de Meyerson mergulhavam no cabelo preto encaracolado, como o de Dorothy, segurando sua cabeça para trás.

– Isso não é necessário – disse ele incisivamente. O rapaz branco gemia. Ao olhar para baixo, percebeu suas mãos negras familiares enterradas em carne sardenta. Espantado, abriu-as, e o rapaz foi embora caminhando como um animal em liberdade, meio tenso, com uma fingida indiferença.

O rapaz negro detonou seus carburadores duplos em desafio, enquanto eles voltavam para a ambulância.

Ele se sentiu de novo como um velho chorando no banco.

– Fomos tendenciosos – disse ele a Adam.

– O que quer dizer?

– Não pude pular com a necessária agilidade para conter o vagabundo branco, e vocês, como bons e valentes branquelos, maltrataram o garoto de cor.

– Não seja idiota e paranoico – retrucou Adam asperamente. Voltando ao hospital, o ferido gemia de vez em quando, mas nenhum dos ocupantes da ambulância falou um com o outro.

Na emergência, havia três policiais atingidos por pedras, mas fora isso nenhum sinal da carnificina prevista. A ambulância deles foi mandada de volta a Roxbury para pegar um carpinteiro que cortara a mão numa serra automática enquanto fazia tábuas para pregar nas vitrines das lojas. Em seguida, foram despachados para trazer um sujeito que tivera um enfarte do lado de fora da North Station. Às 21:20, saíram de novo, para pegar alguém que alegadamente machucara as costas numa queda da escada, ao pintar o teto de seu apartamento.

A próxima chamada foi para um conjunto residencial na Zona Sul. À espera deles perto do amplo e agitado lago estava um rapaz mais ou menos da mesma idade dos rapazes que brigavam na rua, mas muito magricela e usando uma jaqueta branca suja estilo Nehru.

– Por aqui, senhores – disse ele avançando no escuro. – Levarei vocês até ele. Parece que se machucou mesmo.

– Devemos levar a maca? – perguntou Spurgeon.

– Ei! – gritou Adam para o garoto. – Qual é o andar?

– Quarto.

– Tem elevador?

– Quebrado.

– Que merda – disse Meyerson.

– Fique aqui – disse-lhe Silverstone, pegando sua maleta. – É muito longe para levar a maca, se não for necessário. O Dr. Robinson e eu daremos uma olhada nele. Se precisarmos da maca, um de nós descerá para ajudá-lo a carregá-la.

O conjunto era uma série de estruturas de concreto parecidas com caixas. O bloco 11 era o próximo além do lago; não era antigo, mas já tinha ar de favela, todo cheio de grafite, as paredes da entrada cobertas de desenhos anatomicamente impossíveis feitos a lápis, tornados invisíveis mais para cima porque a escuridão engolira o vão da escada, cujas lâmpadas haviam sido quebradas ou roubadas. No segundo andar a escuridão escondia o fedor de lixo velho e algo pior.

Spurgeon ouviu Adam prender a respiração.

– Qual é o apartamento? – perguntou ele.

– Basta me seguir.

Alguém lá em cima estava tocando alguma coisa muito doida de Little Richard, um galope de cavalos selvagens num som alto tipo Motown. Era cada vez mais alto à medida que subiam. No quarto andar, o jovem desceu o corredor até uma porta de onde saía a música. Apartamento D. Ele esmurrou a porta e alguém lá dentro levantou a agulha do disco.

– Abra. Sou eu.

– Eles estão com você?

– Sim. Dois médicos.

A porta se abriu e o garoto da jaqueta Nehru entrou, e Adam também. Quando Spurgeon ia entrando, ouviu o aviso de Adam:

– CORRA, SPUR! VÁ...

Mas ele já havia entrado e bateram a porta atrás dele. Só tinha uma lâmpada. À sua luz, ele distinguiu quatro sujeitos; não, cinco, percebeu ele, quando mais um saiu do escuro e entrou no seu campo visual, três brancos e dois negros, sem contar o garoto. Reconheceu apenas um deles, um homem magro, de cor parda, com um corte de cabelo zulu e um bigode fininho como um risco, segurando uma faca de cozinha limada até virar um estilete muito fino.

– Oi, Speed – disse ele.

Nightingale sorriu para ele.

– Entre, doutor – falou.

Eles entraram no quarto e ficaram diante dos sujeitos.

– Não sabia que seria você, cabeleira. Não é preciso nenhuma confusão. Só queremos a maleta de seu amigo.

– Que desperdício besta – disse Spurgeon – para alguém que toca piano tão bem como você.

Speed deu de ombros, mas sorriu, lisonjeado.

– Temos uns dois carinhas numa pior. Precisam de um bagulho rapidinho. Aliás, eu mesmo estou em falta há muito tempo.

– Dê-lhe a maleta, Adam – disse Spurgeon.

Mas Adam foi até a janela.

– Não faça nada, idiota – disse Spurgeon. – Dê-lhes a porra da maleta. – Ele viu amedrontado que Adam olhava para o lago lá embaixo. – Ninguém mergulha tão bem assim – acrescentou ele.

Alguém deu uma risada.

– Splat – disse uma voz na escuridão.

– Aquilo lá é um laguinho para chapinhar, amizade – disse o garoto. Speed caminhou até Adam e tirou a maleta de sua mão.

– Já acabaram de brincar? – disse ele benevolamente. E entregou a Spurgeon a maleta. – Procure aí para a gente, doutor.

Ele a abriu, encontrou um frasco de ipecacuanha e estendeu a mão com ele. Nightingale tirou a tampa, enfiou a ponta da língua no frasco e cuspiu.

– O que é? – perguntou um dos sujeitos.

– Alguma coisa para nos fazer vomitar, acho. – Olhou para Spurgeon, desta vez sem sorrir, e começou a chegar perto.

Adam já desferia uma curiosa saraivada de socos.

Spurgeon tentou encaixar um soco, mas tinha até menos prática do que os jovens que brigavam na rua. Agora mãos seguravam os seus braços e uma avassaladora sensação de *déjà-vu* tomou conta dele. Quando os grandes punhos negros avançaram contra ele, o mundo deu um giro completo e ele tinha de novo 14 anos e estava dando um tombo num bêbado num portal escuro na West 171ˢᵗ Street, junto com seus amigos Tommy White e Fats McKenna, ficando naquela ocasião por trás da vítima. O sujeito que agora desempenhava o papel que já pertencera a Fats McKenna iria fazer um ótimo serviço, percebeu ele, ao mesmo tempo que um grande impacto atingia seu estômago e ele não conseguia mais respirar. Algo bateu no lado de sua cabeça e mal sentiu o resto. Enxergou, como se fosse um sonho, o homem que ele poderia ter sido, não fosse pela graça de Deus e de Calvin, ajoelhado no chão, remexendo dentro da maleta médica, virando-a finalmente ao avesso e jogando o que estava dentro no chão.

– Você pegou o bagulho, cara? – perguntou uma voz.

Spurgeon não chegou a ouvir se Speed Nightingale pegara. Alguém pôs de novo a agulha no Little Richard e os cavalos selvagens da música atropelaram tudo, inclusive ele.

Voltou à consciência por duas vezes.

Da primeira vez, enxergou Meyerson ao abrir os olhos.

– Não sei – dizia Maish –, está ficando cada vez mais difícil conseguir em branco. Talvez eu tenha de subir um dólar. Seis dólares por uma receita não é muito caro.

– Não estamos disputando o preço – respondeu Speed. – Só queremos que você faça a entrega. A entrega.

– Vocês podem melar o negócio inteiro se massacrarem esses dois sujeitos – afirmou Meyerson.

– Não é preciso se preocupar com eles – disse uma voz desdenhosamente.

Ele queria saber como tudo terminaria e, no momento em que as vozes foram sumindo, sentiu uma indignação meio zangada.

O rosto que seus olhos encontraram pela segunda vez era grande, irlandês e feio.

– O crioulo vai ficar bom – previu ele.

– E também o outro cara. Mas acho que arranharam sua dignidade.

Ao sentar-se, vomitou debilmente e viu que havia dois policiais no apartamento.

– Você está bem, Adam? – perguntou ele, com a cabeça doendo.

– Sim, e você, Spur?

– Dessa escapei.

Speed e seus amigos já haviam sido levados.

– Mas quem chamou vocês? – perguntou Adam ao outro policial.

– O sujeito disse que era motorista de vocês. Mandou dizer que as chaves da ambulância estão debaixo do banco.

Os dois policiais os conduziram de volta ao hospital. Na entrada, Spurgeon virou-se para agradecer-lhes. Ficou tão espantado quanto eles ao se ouvir falar:
– Nunca me chame de crioulo de novo, seu burro, filho de uma égua.

Foi dormir tarde, acordando cheio de contusões e dores musculares e com a sensação de ter esquecido algo.
O motim.
Mas o rádio informou-o que não houvera nenhum motim em grande escala, nenhum Newark, nenhum Detroit, nada de franco-atiradores. Umas poucas lojas incendiadas, um mínimo de saques. Jimmy Brown estava na cidade e o prefeito lhe pedira que iniciasse uma maratona televisiva em Boston Garden. As pessoas que deveriam estar sendo queimadas permaneciam em casa, assistindo a Jimmy na TV. As demais pessoas já estavam se reunindo, fazendo o papel de bombeiros.
Ele ficou quase uma hora debaixo do chuveiro e estava se secando, evitando as contusões, quando o telefone do corredor tocou.
A polícia prendera Meyerson. Podia ser solto sob fiança de duzentos dólares. Precisava de vinte dólares, os dez por cento do fiador.
– Eu irei até aí – disse Spurgeon.
Na central de polícia na Berkeley Street, deu o dinheiro e recebeu um recibo.
– Você parece cansado – disse ele, quando Maish foi solto.
– Colchões terríveis.
A manhã trazia uma primeira promessa do calor da primavera e o ar se tingia da cor de limão à luz do sol, mas eles caminhavam dentro dela num silêncio carregado, até cruzarem Park Square.
– Obrigado por ter chamado a polícia – disse Spurgeon.
Meyerson encolheu os ombros.
– Não fiz por causa de vocês. Se eles os tivessem matado, eu seria cúmplice. Isso não lhe ocorrera.
– Vou lhe devolver seus vinte dólares – disse Maish.
– Não tem pressa.
– Tenho dinheiro guardado no meu quarto, minhas economias para quando as coisas estão pretas. Estavam à minha espera ontem à noite quando fui buscá-lo. Mando para você pelo correio.
– Você vai fugir, não vai? – disse Spurgeon.
– Tenho outra coisa que já aconteceu há muito tempo. Dessa vez pegaria uma temporada.
Spurgeon balançou a cabeça.
– Que filósofo – disse ele com tristeza. Meyerson olhou para ele.

– Eu não presto. Eu lhe disse. Mas se você fosse um crioulo mesmo não teria falado isso.

Estavam caminhando pela Boylston Street em direção a Tremont. Agora, ao pararem e olharem fixamente um para o outro, um profeta barbado e descalço, saído do parque, abordou-os proclamando que se não lhe dessem um dólar ele ficaria sem o café da manhã.

– Fique com fome, seu idiota – proclamou Meyerson, e o garoto se afastou sem parecer ofendido.

– Você não sabe o que significa desejar tanto as coisas que é capaz de fazer qualquer negócio para obtê-las – disse Maish. – Você é um *shvartzeh* branco, por isso é que não compreende os crioulos. Isso o faz ser tão mau quanto o resto da gente, os brancos que estão se lixando porque só pensam em si mesmos. Ou talvez você seja pior. – Ele se virou e se dirigiu ao quiosque do metrô.

Não sou não, reassegurou-se Spurgeon.

Nem ninguém é.

– ELES NÃO SÃO TODOS PARECIDOS COM VOCÊ, MEYERSON! – gritou ele. – NÃO SÃO NÃO! – Mas Meyerson já desaparecera pela escada.

Uma velha senhora com o cabelo cinzento-azulado acertou-lhe um olhar anglo-saxão que parecia uma pedra.

– Hippies – disse ela, sacudindo a cabeça.

Foi arrastado a contragosto para o gueto.

O vento soprava do sul e, antes de ter cruzado a fronteira, o cheiro ligeiramente amargo de coisa queimada penetrou pela Kombi. Nem todo mundo ficara em casa para assistir a Jimmy Brown.

Dirigiu muito lentamente.

As tábuas pregadas nas vidraças das lojas pareciam pateticamente ineficazes à luz do dia. Algumas haviam sido arrancadas. Numa loja de bebidas, um portão protetor de metal fora arrancado pelas dobradiças. O blindex fora quebrado e lá dentro ele podia distinguir prateleiras vazias e destroços no chão. O letreiro na porta da frente – IRMÃO DE COR – fora riscado e substituído por outro: MENTIROSO DANADO.

O primeiro incêndio não fora distante do Ace High, um cortiço, sem dúvida incendiado por alguém farto de ratos e baratas.

O segundo incêndio que encontrou foi a uns 800 metros além, e já não era um incêndio. Meia dúzia de bombeiros dirigiam suas mangueiras para uma cena de batalha perdida. Sobraram apenas os alicerces empretecidos de tijolos e umas poucas vigas queimadas.

Ele estacionou o carro e caminhou até as ruínas.

– O que era isso? – perguntou a um bombeiro.

O homem olhou-o friamente e não disse nada. Um ponto para Maish.

– Uma loja de móveis – respondeu um dos outros bombeiros.

– Obrigado.

Ficou de cócoras a observar os destroços fumegantes por algum tempo, depois levantou-se e começou a caminhar.

A mesma coisa se repetia, quarteirão após quarteirão de lojas entrincheiradas contra o furacão. A maioria das lojas que não estavam pregadas com tábuas se encontrava vazia. Uma tinha um letreiro que o fez sorrir: POSTO DE ASSISTÊNCIA. A porta não estava trancada e ele entrou e o sorriso morreu. Não era piada. Uma caixa de papelão de Kleenex estava cheia de rolos de ataduras primitivas, dificilmente assépticas, feitas com certeza de velhas camisas e aventais por mulheres negras em seus cortiços, como parte do grande plano de algum Napoleão Pantera Negra, provavelmente um veterano do Vietnã, que dessa vez ainda não liderara a Grande Insurreição, mas que sem dúvida ansiava pela próxima vez.

Ficou imaginando se tinham antibióticos, doadores de sangue, gente treinada, chegando à triste conclusão de não ser provável que tivessem nada além de algumas lojas vazias, armas escondidas, ataduras domésticas e a sensação de já terem esperado demais.

Era uma grande loja.

Localizada no centro da comunidade negra.

E se lembrou de como Gertrude Soames, a viciada de cabelo tingido, tinha querido sair do hospital com carcinoma no fígado porque não confiava nas mãos brancas que futucavam e doíam, nos olhos brancos que ela não acreditava realmente se importarem.

Pensou em Thomas Catlett Jr., em cuja bundinha preta ele dera uma palmada na ambulância estacionada em cima da ponte, que tinha oito irmãos cujo pai desempregado já devia ter plantado a semente do décimo no ventre flácido de Martha Hendricks Catlett, porque o orgasmo era grátis e ninguém lhes ensinara como fazer amor e evitar os filhos.

Ficou imaginando se alguém na vizinhança, disposto a ajudar um viciado a se libertar de seu vício, teria acesso a uma pessoa equivocada como Speed Nightingale.

O letreirista deixara cair uns pedaços de giz no chão imundo, e ele apanhou um deles e começou a fazer uma brincadeira, desenhando divisórias, criando uma sala de espera perto da porta, um balcão de recepção, uma sala de exames e sala de operações de emergência, um canto para os raios X e, no banheiro tomado de grossas teias de aranha e três mariposas mortas, o quarto escuro.

Em seguida, voltou a se sentar de cócoras e ficou estudando as linhas brancas no chão sujo da loja vazia.

Naquela tarde, ficou fazendo hora no departamento de cirurgia até localizar um vendedor de produtos farmacêuticos que conhecia.

Seu nome era Horowitz, um bom sujeito e suficientemente bom profissional para saber que jovens internos podiam se transformar em bons clientes dentro de relativamente poucos anos. Ele se sentou diante de uma xícara de café no Maxie's e ouviu o que Spurgeon tinha a falar.

– Não é uma loucura tão grande assim – dizia ele. – Frank Lahey começou a clínica Lahey em 1923 com uma enfermeira para a cirurgia.

Ele franziu a testa e começou a escrevinhar algarismos num guardanapo de papel.

– Eu poderia conseguir para você alguns artigos de graça, porque a indústria farmacêutica apoia iniciativas assim. Um fornecimento de remédios, gaze, ataduras. Parte do equipamento você poderia comprar de segunda mão. Não seria preciso um aparelho de raios X, você poderia mandar os casos para o hospital...

– Não, a gente *precisaria* de um aparelho de raios X – retrucou Spurgeon. – A ideia era ter uma clínica completa num bairro negro, onde eles compareceriam de boa vontade, acreditando de fato que ela lhes pertencesse. E esse pessoal tem tuberculose, enfisema, todo tipo de problemas respiratórios. Que diabo, eles moram no ar poluído do centro da cidade. A gente vai precisar de um aparelho de raios X.

Horowitz encolheu os ombros.

– Está bem, raios X. Você podia comprar mobília usada para a sala de espera. Sabe, cadeiras de dobrar, uma velha mesa de madeira, coisas assim.

– Certo.

– Vai precisar de uma mesa de exames, uma mesa para tratamento. Instrumentos cirúrgicos, uma autoclave para esterilizá-los. Lâmpadas de exame. Eletrocardiograma. Diatermia. Dois estetoscópios, um otoscópio, um microscópio, um oftalmoscópio. Equipamento para o quarto escuro e para revelação. Provavelmente mais uns detalhes de que eu não me lembro.

– Quanto?

Horowitz encolheu novamente os ombros.

– É difícil dizer. Não é sempre que a gente consegue essas coisas de segunda mão.

– Não calcule preços de segunda mão. Essas pessoas nunca tiveram nada na vida delas que fosse de primeira classe. Cadeiras velhas, está bem. Mas faça os cálculos para equipamento novo.

O vendedor fez mais umas somas e guardou sua esferográfica.
– Nove mil – disse ele.
– Humm.
– E você tem de ter meios de continuar depois de abrir. Alguns de seus pacientes devem ter seguro de saúde, mas a maioria não deve ter. Alguns poucos teriam condições de pagar um mínimo.
– E teremos aluguel e conta de luz – disse Spurgeon. – Será que com 12 mil a gente cobre o primeiro ano?
– Parece um cálculo razoável – respondeu Horowitz. – Procure-me se achar que eu possa ajudá-lo em mais alguma coisa.
– Está bem. Obrigado.
Ele ficou sentado ali e tomou mais uma xícara de café, e a seguir mais uma. Finalmente, pagou a conta e pediu a Maxie um dólar trocado. Cantarolava ao discar o número da telefonista, mas seu estômago estava contraído de nervosismo.
Não teve dificuldade em fazer a ligação até chegar a uma última trincheira, a secretária inglesa de voz glacial que protegia Calvin Priest do resto dos mortais:
– O Sr. Priest está com uma pessoa, Dr. Robinson – disse ela, num tom de voz que sempre parecia de censura. – É muito importante?
– Bem, não – respondeu ele, sentindo imediatamente raiva de si mesmo. – Bem, para ser exato, é importante, sim. Diga-lhe por favor que seu filho está ao telefone e que precisa de sua ajuda.
– Ah, sim senhor. O senhor quer esperar na linha ou quer que eu peça ao Sr. Priest para lhe telefonar?
– Eu espero meu pai – disse ele.

Levou Dorothy para ver a loja no dia seguinte. Até lá tivera uma noite para cultivar dúvidas e enfrentar uma porção de dragões, alguns dos quais ele pudera matar com a lógica. O quarteirão e a loja pareceram de certo modo mais tristes do que na véspera. Alguém roubara o giz e desenhara na calçada uma quantidade de imagens de um casal nas várias posições de cópula, ou talvez fosse mais de um casal, uma orgia na calçada. O artista abandonara ali o giz e agora duas garotinhas, ignorando o bacanal, jogavam jogo da velha, com grande concentração. A loja por dentro era menos espaçosa do que ele se lembrava, e mais suja.
Ela ouviu o que ele dizia e observou as linhas marcadas a giz no piso. – Parece uma coisa bastante a longo prazo – disse ela.
– Bem. É sim.

– Você não poderia fazê-la a curto prazo – disse ela –, pelo que percebo. – Houve um silêncio em que ambos se olharam pensativamente, e ele compreendeu que ela estava se despedindo do Havaí e dos alegres netos de olhos amendoados.

– Eu prometi a você jasmins – disse ele, culpado.

– Ah, Spurgeon – respondeu ela. – De que maneira eu os teria reconhecido? – Ela começou a rir e dentro em pouco ele ria junto com ela, amando-a intensamente.

– Está com medo? – perguntou ela.

– Sim. E você?

– Com um medo danado. – Ela se encaixou no seu abraço em busca de consolo e ele fechou os olhos, mergulhando seu rosto na lã encaracolada de seu cabelo. As duas garotinhas na calçada espiavam pela vitrine.

Quando terminara de beijá-la, foi até o Ace High e pegou uma vassoura emprestada do barman, que ela usou para varrer o chão para ele. Enquanto ele despejava a aranha e as mariposas do quarto escuro, ela molhou seu lenço e lavou com eles as figuras copulando na calçada até que o lenço ficasse em farrapos, dando em seguida uma aula de arte às garotinhas. Quando ele saiu, o sol secara o concreto e a calçada estava coberta de flores, um campo de lírios.

ADAM SILVERSTONE

17

Ao chegar abril era como se um relógio dentro de Gaby precisasse de um pouquinho mais de corda. Ela arquejava mais ao subir o morro, descobria-se ligeiramente menos disposta a fazer amor, começou a tirar sestas profundas durante a tarde. Um ano antes, ela teria deixado de dormir de preocupação e corrido ao médico. Agora, disse a si mesma com firmeza que aquilo passara, que ela não era mais hipocondríaca.

Acreditava que o inverno fora demasiado para ela, que fora dominada por uma indolência primaveril. Ela não disse nada a Adam ou ao simpático psiquiatra no Beth Israel que lhe atendia uma vez por semana e que estava agora escutando a interessante história do casamento de seus pais, fazendo vez por outra uma pergunta num tom de voz sonolento, quase desinteressado; às vezes uma única resposta levava semanas e doía incrivelmente ao remexer cicatrizes que ela nem sequer sabia existirem. Começou a odiar menos e a se compadecer mais de seus pais. Ela faltou a algumas aulas e ficou à espera de que o tempo mais camarada transformasse o jardim público e os pequenos pátios do morro, que trouxesse o vigor do verde aos arbustos, às flores e a ela. Dentro do apartamento, a planta do abacateiro começou a amarelecer, e ela a alimentava de água e fertilizante, preocupando-se com ela. Ao fazer a cama, ela deu uma batida na sua canela e ganhou um machucado do tamanho de uma batata; não quis sumir nem quando ela o massageou com creme de limpeza.

– Você está bem? – perguntou-lhe Adam certa manhã.
– Tem me visto reclamando?
– Não.
– É claro que estou bem. E você?
– Nunca estive melhor.
– Que bom, querido – disse ela com orgulho. Mas quando chegou a época de sua menstruação e ela não veio, percebeu com certeza irrefutável aquilo que a incomodava.

A danada da pílula havia, de um modo qualquer, falhado e eles estavam fritos.

A despeito de sua sensação de fadiga geral, ficou sem dormir e de manhã telefonou para o serviço médico estudantil, que lhe marcou uma consulta para um exame.

O nome do médico era Williams. Tinha cabelos grisalhos, uma pança e portava dois charutos no bolso interno do paletó.

Figura muito mais paterna do que a do seu pai, pensou ela. Portanto, quando ele lhe perguntou o que a incomodava, ela pôde confessar com toda a calma que suspeitava estar grávida.

Ele fora médico de universidades há 19 anos, tendo antes trabalhado numa escola interna particular para meninas. Nesse quarto de século, ainda não aprendera a receber essa notícia sem sentir simpatia, mas ficara um tanto acostumado a ela.

– Bem, veremos – disse ele.

Quando uma gota da urina dela – misturada a uma gota de um antissoro e a duas de antígeno – se aglutinou numa lâmina de vidro em dois minutos, diante de seus olhos, ele teve condições de informar-lhe que ela não estava prestes a ser mãe.

– E a minha menstruação? – perguntou ela.

– Às vezes ela atrasa como um trem. Espere, que ela acabará finalmente chegando.

Ela sorriu para ele, no seu ingênuo alívio, e se preparou para partir, mas ele levantou a mão.

– Para onde você está indo assim correndo?

– Doutor – disse ela –, sinto-me tão tola. Sou uma dessas idiotas a quem vocês, médicos, às vezes se referem com gentileza como uma paciente superansiosa. Pensei que tivesse superado meu medo de fantasmas, mas vi que não.

O Dr. Williams hesitou. Ele a examinara antes inúmeras vezes e sabia que o que ela dizia era verdade; sua ficha em cima da mesa estava abarrotada de queixas sobre males imaginários, num período de seis anos, desde sua época de caloura.

– Conte-me o que mais tem sentido recentemente – disse ele. – Acho que já que você está aqui podíamos fazer uns exames.

– Bem – disse-lhe ela quase uma hora depois. – Posso confessar a meu psiquiatra que voltei a repetir aquilo?

– Não pode não – respondeu ele. – Sente-se cansada porque está com anemia.

Ela sentiu um tolo impulso triunfante, porque teve a impressão afinal de que não era apenas uma neurótica boba.
— O que devo fazer? Comer uma porção de fígado cru?
— Quero fazer mais um exame — disse ele, estendendo-lhe uma bata.
— Tenho de me despir?
— Por favor.
Ele chamou a enfermeira e finalmente ela sentiu o beijo frio de um chumaço de algodão com álcool no seu quadril, acima da nádega esquerda, e a picada de uma agulha.
— É só? — perguntou ela.
— Não. Ainda não fiz — respondeu ele, e a enfermeira deu uma risadinha. — Eu te apliquei um pouco de novocaína.
— Por quê? Vai doer?
— Vou tirar uma mostra de medula óssea. É ligeiramente desconfortável.
Mas quando ele o fez, ela suspirou fundo e vieram lágrimas a seus olhos.
— Ei.
— Querida — disse ele tranquilo, colando um band-aid. — Volte dentro de uma hora.

Ela perambulou pelas lojas, olhou mobília, mas não viu nada de que gostasse, comprou um cartão de aniversário para mandar para sua mãe.
Quando voltou ao consultório, o Dr. Williams estava muito ocupado com uma papelada.
— Oi. Quero marcar umas transfusões de sangue para você.
— Transfusões?
— O tipo de anemia que você tem se chama aplástica. Sabe o que é isso?
Gaby apertou as mãos no colo.
— Não.
— Sua medula óssea parou por algum motivo de produzir células sanguíneas em quantidade suficiente, e tornou-se gordurosa. É por isso que vai precisar das transfusões.
Ela pensou a respeito.
— Mas se o organismo não produz células sanguíneas...
— Temos de complementá-lo com transfusões.
Tinha uma sensação estranha na língua.
— A doença é fatal?
— Às vezes — respondeu ele.
— Quanto tempo uma pessoa pode viver com um mal como o meu?
— Ah... anos e anos.

— Quantos anos?

— Não posso adivinhar uma coisa assim. Vamos trabalhar muito para que você ultrapasse dos primeiros três a seis meses, e depois disso a coisa é quase sempre fácil.

— As pessoas que morrem. A maioria morre de três a seis meses?

Ele olhou para ela zangado.

— A gente tem de olhar para o lado positivo de algo assim. Muita, muita gente se recupera totalmente de anemias aplásticas. Não há nenhum motivo para você não ser uma delas.

— Qual a percentagem das curas? — perguntou ela, ciente de estar dificultando as coisas para ele, mas não se importando nem um pouco.

— Dez por cento.

— Bem. — Meu querido Deus, pensou ela.

Ela voltou para o apartamento e ficou sentada sem acender nenhuma das luzes, apesar de a única janela não fornecer iluminação suficiente para ler.

Ninguém veio até a porta. O telefone não tocou. Depois de bastante tempo, ela se deu conta de que desaparecera a pequena faixa de luz do sol, que toda tarde caía durante três horas sobre o abacateiro. Ela examinou de perto a planta amarelecida e pensou em lhe dar mais água e fertilizante, resolvendo em seguida não fazer nem uma coisa nem outra. Era esse o problema, pensou; ela a tinha superalimentado e afogado em água demais, sendo que, sem dúvida, no fundo do vaso, suas raízes apodreciam num pequeno pântano.

Dentro de pouco tempo depois, ela avistou a Sra. Krol aproximando-se da escada da frente, e alguns segundos depois pegou o abacateiro e correu para ultrapassá-la no hall de entrada.

— Olha aqui — disse ela.

Bertha Krol olhou para ela.

— Cuide dela. Talvez ela cresça para a senhora. Ponha-a na luz do sol. Compreendeu?

Bertha Krol não deu sinal de ter ou não compreendido. Ficou a fitá-la meramente, até Gaby virar as costas e voltar para seu apartamento.

Ela se sentou no sofá e ficou estranhando por que dera a planta.

Finalmente, compreendeu que, apesar de estar matando tempo até a manhã, quando Adam chegaria, sabia que não estaria ali quando ele chegasse.

Guardou só suas roupas na mala. Deixou tudo o mais. Depois de fechar a valise, sentou-se e escreveu um bilhete, breve, porque achou que não conseguiria se obrigar a escrevê-lo se levasse muito tempo. Colocou-o em cima do sofá, usando como peso o vaso de flores de papel, de modo que não houvesse perigo de ele não encontrá-lo.

Ela não teve consciência de sair da cidade dirigindo. Quando olhou em volta, estava na rodovia 128, mas no rumo errado, para o norte, em direção a New Hampshire. Uma tentativa de se aproximar de seu pai? Não, obrigada, pensou. Pegou a outra pista da rodovia em Stoneham e voltou a rumar para o sul, com o pé enterrado no acelerador. Nem o policial durão que uma vez a multara naquela rodovia, nem nenhum de seus colegas se materializou para impedi-la de transformar o Plymouth num projétil, enquanto ela pensava sem querer nos grandes pilares de concreto dos viadutos, por onde zunia o carro.

A gente os via retratados nos jornais e na TV, objetos imóveis junto com o que restava dos veículos e das pessoas que eles periodicamente colhiam. Porém, ela sabia ter uma vida especial, destinada a esvair-se gota a gota, não sendo feita para acabar *num* clarão de luz ou num estouro de trovão; sua mão não obedeceria se ela resolvesse virar ligeiramente o volante ao aproximar-se de um viaduto. Foi mais tarde, costurando numa velocidade suicida entre o tráfego veloz na rodovia 24, que ela percebeu a burrice de ter dado a planta à Sra. Krol. Era quase certo que Bertha Krol ia tomar um porre, berrar como sempre e jogar a planta pela janela. A terra preta comprada na loja haveria de se espalhar pela Phillips Street junto com o lixo de Bertha e a planta nunca cresceria até tornar-se um abacateiro.

Ele bateu ao encontrar a porta trancada e em seguida deu um gemido de surpresa ao ver que o jornal da manhã não fora recolhido. O apartamento estava meio escuro, mas avistou logo o bilhete sob seu sinalizador de flores.

Adam,
  Dizer que foi divertido seria um insulto a ambos. Acalentarei a memória do que foi durante toda minha vida. Porém, tínhamos um acordo de que se qualquer um de nós quisesse sair, estava tudo acabado. E sinto dizer que preciso sair, com muita premência. Há bastante tempo que ando querendo terminar, mas não tive coragem de te dizer frente a frente. Não me julgue com muita severidade. Mas pense às vezes em mim. Tenha uma vida maravilhosa, querido doutor.

Gaby

Ele se sentou no sofá e releu o bilhete, e a seguir ligou para o psiquiatra no Beth Israel, que nada pôde lhe informar.

Reparou nas poucas coisas que ela levara. Seus livros estavam ali. O aparelho de TV, o som. Sua lâmpada de bronzear. Tudo. Apenas suas roupas e sua valise tinham sido levadas.

Dentro em pouco, ele ligou para Susan Haskell e lhe perguntou se Gaby estava lá.

– Não.

– Se tiver notícias dela, você me liga?

Houve um silêncio.

– Acho que não.

– O que quer dizer com isso?

– Ela te deixou, não foi? – O tom de voz dela era triunfante. – Senão você não estaria me telefonando assim. Então, se ela vier aqui, você não saberá nada de minha parte.

Desligou o telefone na cara dele, mas ela não importava. Gaby não tinha estado lá. Ele pensou mais um pouquinho e a seguir pegou o telefone e discou para a universidade.

Quando a telefonista atendeu, ele pediu para falar com o serviço médico estudantil.

Ele pegou emprestada a Kombi de Spurgeon, e quando atravessava lentamente a ponte Sagamore, teve medo do que encontraria ao desembarcar do carro. Depois de passar Hyannis, botou o pé embaixo, dirigindo como ela dirigia. Era cedo demais na estação para haver muito tráfego e a autoestrada estava quase vazia. Em North Truro, ele deixou a rodovia 6 e entrou com o carro numa estrada estreita de macadame e em seguida, rezando, logo após ter avistado o farol, pegou a estrada de areia que levava à praia. Quando a Kombi venceu a lombada, ele viu que o Plymouth azul estava estacionado perto da porta.

A cabana estava destrancada, porém deserta. Ele a abandonou e tomou o caminho do penhasco. Do alto do rochedo, podia distinguir a praia branca a se estender por quilômetros em ambas as direções, varrida pelo vento e coberta dos detritos das tempestades de inverno. A barra de areia não estava mais lá. Não havia ninguém à vista.

O mar estava encapelado, até onde ia sua vista.

Será que ela poderia estar lá embaixo, sob a superfície da água? Expulsou esse pensamento de sua cabeça.

Em seguida, ao se virar para voltar para a casa, avistou-a andando lentamente no topo do penhasco a cerca de 150 metros de distância. Com uma vertigem de alívio, correu para pegá-la; antes que chegasse, ela intuiu uma presença e se virou.

– Oi – disse ele.
– Oi, Adam.
– O que aconteceu com a barra de areia?
– Mudou uns 150 metros de lugar. Em direção a Provincetown. Às vezes, as marés de inverno fazem isso.

Ela começou a caminhar em direção à cabana e ele ao lado dela. Mais tarde na estação, haveria frutos de vacínio naquele lugar. As plantas esmagadas por seus pés enchiam o ar com o aroma dos frutos.

– Ah, Adam, por que você teve de vir? Devia ter deixado que a coisa terminasse de modo veloz e definitivo, sem... isso.
– Vamos entrar, sentar e conversar.
– Não quero entrar.
– Então, entre no carro. Vamos dar um passeio.

Foram até o Plymouth, mas ele abriu a porta para ela do lado do carona e ele mesmo se pôs atrás do volante.

Ele dirigiu sem falar durante algum tempo, de volta à autoestrada e a seguir rumo ao norte.

– Conversei com o Dr. Williams – disse ele.
– Ah.
– Tenho uma porção de coisas para lhe dizer. Quero que ouça com atenção. – Mas ele não sabia dizer o que vinha em seguida, jamais soubera fazê-lo antes, e viu de repente que o amor fazia diferença na hora de enfrentar a morte iminente, como também na cama. Meu Deus, orou ele, preso de pânico, mudei de opinião, de agora em diante tratarei cada paciente meu como uma pessoa que amo, apenas me ajude a dizer agora as palavras certas.

Ela olhava para fora da janela.

– Se soubesse que eu ia morrer num acidente de automóvel, você se negaria a passar o tempo precioso que restava comigo? – Parecia fraco, até para ele, de certo modo paternalista e nada daquilo que ele queria dizer a ela. Ele reparou no brilho de seus olhos, mas ela não se permitia chorar.

– O Dr. Williams disse que você tentou obrigá-lo a um prognóstico. No seu tipo de caso, você poderia facilmente ultrapassar a duração normal de sua vida. Podemos ainda ter cinquenta anos juntos.

– Ou um, Adam? Ou nenhum?
– Ou um. Está certo. Talvez só tenha mais um ano de vida – disse ele secamente. – Mas, porra, Gaby, você não vê o que isso significa hoje em dia? Nós estamos no limiar de uma era dourada. Já estão tirando o coração humano de um corpo para transplantá-lo em outro. E rins, e córneas. Breve, os pulmões e o fígado. Estão trabalhando num projeto de uma maquinazinha que muito

em breve estará substituindo o coração. Para um paciente hoje em dia, cada semana representa muito tempo. Em algum lugar deste mundo, uma equipe qualquer de gente está fazendo progressos para a solução de todo problema importante imaginável.

– Inclusive da anemia aplástica?

– Inclusive da anemia aplástica e do resfriado comum. Você não vê? – disse ele desesperado. – Que a esperança é a verdadeira essência da medicina? Eu finalmente aprendi isso este ano.

Ela sacudiu a cabeça.

– Não adianta, Adam – disse ela tranquilamente. – Que tipo de casamento seria com isso suspenso sobre nossas cabeças? Não só para você. Para mim também.

– Temos coisas parecidas suspensas sobre nossas cabeças de qualquer maneira. A porra de uma bomba pode explodir amanhã. Eu poderia morrer no ano que vem ou ser morto de diversas maneiras. Não existem garantias. Você tem apenas de viver a vida enquanto pode, tem de agarrá-la com ambas as mãos e espremê-la até extrair dela a última gota.

Ela não respondeu.

– Precisa ter coragem para fazer isso. Talvez você prefira a alternativa de Ralph. É só desligar. É mais fácil.

Ele tinha esgotado seus argumentos. Sentia-se exausto e inútil e dirigia em silêncio, sem saber como fazê-la compreender.

Dentro em breve, tomaram consciência de alguma coisa em cima, um bando de gaivotas, circulando, grasnando, e mergulhando em direção à terra como se achassem que eram gaviões. Havia carros estacionados em todo o lado direito da estrada.

– O que é? – perguntou ele.

– Onde estamos? Em Brewster? A corrida dos arenques, acho eu – respondeu ela.

Ele estacionou, saíram e foram até a beira do regato. Ele nunca vira nada igual. Os peixes estavam empilhados, quase solidamente, de uma margem a outra, com a cabeça contra a correnteza, uma fantástica flotilha de nadadeiras dorsais cortando a superfície da água, e abaixo delas o corpo verde-cinza-prateado, irisado, com as nadadeiras da barriga a abanarem elegantemente, e as caudas bifurcadas, centenas de milhares delas, balançando num delicado ritmo enquanto esperavam – o quê?

– O que são? – perguntou ele.

– Arenques. Meu avô costumava me levar para ver este espetáculo toda primavera.

As gaivotas grasnavam e se fartavam. Nas margens, predadores humanos retiravam os peixes que se debatiam do regato, com redes e baldes, sem risco de errar.

Tão depressa quanto se criava um espaço vazio entre a quase sólida massa de peixes, este era preenchido pelos corpos pacientes dos que vinham nadando lentamente do mar.

– De que distância vêm eles?

Ela encolheu os ombros.

– Talvez de New Brunswick. Ou da Nova Escócia. Voltam para pôr os ovos na água doce, onde eles próprios nasceram.

– Imagine todos os inimigos naturais que eles têm de enganar para chegar até aqui – disse ele impressionado. – Baleias-assassinas, tubarões, peixes-espada, todos os demais peixes grandes.

Ela concordou com a cabeça.

– Enguias. Gaivotas. O homem. – Ela caminhou riacho acima. Ele a seguiu e logo pôde perceber o motivo por que a maioria dos peixes abaixo não conseguia avançar. O riacho subia numa série de pequenas cascatas, talvez uma dúzia, que caíam de poços mais fundos, mas que eram tão estreitos que só deixavam um peixe passar de cada vez. O arenque subia nadando no jorro contra a correnteza, até o poço tranquilo acima, cada cascata era mais difícil de transpor, já que os saltos anteriores haviam custado esforço e energia despendida.

– Meu avô e eu costumávamos escolher um peixe e acompanhá-lo na subida.

– Por que não fazemos o mesmo? – disse ele. – Você escolhe.

– Está bem. Aquele ali.

O arenque deles tinha cerca de 25 centímetros de comprimento. Observaram-no enquanto esperava pacientemente para fazer uma boa tentativa de subir as cataratas, e em seguida jogava-se para a frente e serpeava pela água que jorrava do poço acima, onde novamente esperava. Transpôs as primeiras seis cascatas com aparente facilidade.

– Você escolheu um vencedor – disse ele.

Talvez o comentário tenha dado azar ao arenque. Ao tentar subir a próxima cascata, a força da água foi demais para ele; freou seu impulso e o carregou, debatendo-se de volta ao poço.

Conseguiu da próxima vez, mas a cascata acima exigiu que desse três saltos para superá-la.

– Por que será que lutam tanto para pôr seus ovos? – estranhou ele.

– Conservação da espécie, eu suponho.

O peixe deles avançava mais lentamente agora, no meio de tentativas, como se mesmo nadar exigisse esforço demais. Sentiam que dava cada salto subsequente por força de vontade, mas a força era obviamente tirada do seu corpo com formato de torpedo. Ao alcançar o poço antes da cascata final, descansou no fundo quase sem se mexer, apenas o bombear de suas guelras e o balanço das nadadeiras da barriga a indicar que ainda estava vivo.

– Ah, meu Deus – disse Gaby.

– Vamos lá – torcia ele.

– Vamos, pobrezinho.

Observaram-no fazendo quatro tentativas em vão para superar aquele último obstáculo. A cada vez, o período em que descansava se tornava mais longo que o anterior.

– Não acho que vá conseguir – disse Adam. – Acho que posso alcançá-lo, pegá-lo e transportá-lo.

– Deixe-o ficar.

Uma gaivota mergulhou, passou por eles e se dirigiu ao peixe.

– Ah, você não vai não! – gritou Gaby, espantando o pássaro com as mãos. De repente ela chorava. – Você não vai não, sua filha da puta!

A gaivota subiu, grasnando indignada, e desceu o riacho à procura de se fartar com mais facilidade. Como se pressentisse o perigo recente, o arenque pulou para a frente, tentou subir, mas foi repelido e jogado desajeitadamente para trás. Dessa vez, repetiu a tentativa sem descansar, cresceu para a frente de novo e se arremessou contra a torrente que descia. Ficou meio dependurado no topo e a seguir serpeou, espadanando até atingir a água tranquila logo acima.

Gaby ainda chorava.

Dentro em breve, a cauda deu um tremelique de êxtase triunfante e o arenque desapareceu da vista deles na água profunda do poço.

Ele a abraçou com força.

– Adam – disse ela com a cabeça enterrada em seu ombro. – Quero ter um filho.

– Não há nenhum motivo por que não possa.

– Você me deixará?

– Vamos nos casar imediatamente. Hoje.

– E seu pai?

– Temos de viver nossas vidas. Até que eu possa cuidar de ambos, ele terá de se virar sozinho. Eu devia ter percebido isso antes.

Ele a beijou. Outro arenque venceu o obstáculo de um salto. Um atleta, e subiu correndo a última cascata como se estivesse de elevador.

Ela ria e chorava simultaneamente de novo.

– Você não sabe nada – disse ela. – É preciso esperar três dias para poder se casar.

– Temos tempo de sobra – disse ele, dando graças a Deus e aos peixes estropiados.

Na terça de manhã, ela desceu a colina de Beacon e atravessou a ponte Fiedler para pedestres até a esplanada, onde ela tinha a impressão de que tudo começara. Na beira do rio, abriu sua bolsa e tirou a caixa com as pílulas. Atirou-a com toda a sua força, e a falsa madrepérola faiscou ao sol antes de atingir a água. Foi um péssimo arremesso, mas servia. Ela se sentou num banco à beira do rio e ficou satisfeita em imaginar a caixinha na correnteza tranquila do rio Charles, talvez empurrada com curiosidade pelo focinho de uma tartaruga do rio ou um peixe. Talvez fosse carregada pelo movimento da maré até o porto de Boston, para ser achada por alguém em alguma data distante no litoral de Quincy, junto com corrupios, mexilhões, a casca de um caranguejo, a arcada de um cação, uma garrafa de Coca-Cola arranhada pela areia e posta em algum canto sob uma redoma de vidro, como relíquia do *Homo sapiens* há muito tempo, há tanto tempo quanto o século XX.

Naquela tarde, como se de algum modo soubesse que era um presente de casamento, Bertha Krol bateu pela primeira vez na porta deles e devolveu a planta com o mesmo mutismo com que a aceitara. Ela não jogara fora o abacateiro pela janela. Além do mais, a folhagem não estava mais murcha, embora nada que pudesse imaginar a induziu a responder à pergunta de Gaby sobre como alimentara a planta. Cerveja, pensou Adam.

Casaram-se na manhã de quinta-feira, com Spurgeon e Dorothy como padrinho e madrinha. Quando chegaram em casa da prefeitura, a primeira coisa que Gaby fez foi rasgar da caixa do correio a fita de papel com seu nome de solteira. No lugar da fita ficou uma marca desbotada que ela acalentou com muito carinho durante todo o tempo em que moraram no pequeno apartamento da Phillips Street. Uma noite logo depois, quando Adam estava no laboratório experimental, chegou Kender para tomar uma xícara de café.

– Lembra-se de uma conversa que uma vez tivemos sobre prolongar a vida de um paciente terminal? – perguntou ele.

– Sim, lembro-me bem – respondeu Kender.

– Quero que saiba que mudei de opinião.

Os olhos de Kender brilharam de interesse e ele fez um gesto de assentimento com a cabeça, mas sem perguntar o que provocara a mudança de opinião. Ficaram sentados, bebendo café, numa atmosfera de silenciosa camaradagem; Adam controlando-se para não perguntar sobre o cargo na faculdade, que ele agora não só desejava desesperadamente, mas também precisava como meio de permanecer num lugar onde homens mais capazes do que ele poderiam lutar por ela com todos os meios que viessem a surgir.

RAFAEL MEOMARTINO

18

Meomartino tinha a sensação de que, sutilmente e de maneiras que ele não compreendia, os átomos de sua vida estavam se reorganizando em padrões sobre os quais pouco controle exercia. Ele se encontrou com o detetive particular numa pizzaria num segundo andar na Washington Street e conduziram seus negócios diante de um prato salgado de linguini marinado e vinho licoroso.

Kittredge observara as idas repetidas de Elizabeth Meomartino a um prédio de apartamentos no Memorial Drive, em Cambridge.

– Mas sabe se ela encontrou alguém?

– Eu só a segui até o prédio – informou Kittredge. – Por seis vezes fiquei esperando lá fora e ela entrou. Algumas vezes subi no elevador junto com ela, como se eu fosse morador. É um prédio muito bonito, de profissionais liberais, classe média alta.

– Quanto tempo ela fica?

– Varia.

– Sabe o número do apartamento que ela visita?

– Ainda não consegui descobrir. Mas ela sempre salta no quarto andar.

– Bem, isso ajuda – disse Meomartino.

– Não necessariamente – respondeu Kittredge pacientemente. – Ela pode subir de escada até o quinto, digamos, ou descer para qualquer andar.

– Ela sabe que você a segue?

– Não, com certeza.

– Bem, suponhamos que ela vá até o quarto andar – disse ele aborrecido, começando a desprezar o profissionalismo do detetive. – Mas assim mesmo ela não tem a técnica de um espião internacional.

– Certo – disse Kittredge. Ele tirou seu livro de anotações. – Vou ler os nomes dos indivíduos que moram nesse andar para ver se algum deles significa alguma coisa para o senhor.

Meomartino ficou tenso, à espera.

– Harold Gilmartin.

– Não.
– Peter D. Cohen. Aí tem senhor e senhora.
– Continue.
– No apartamento seguinte tem duas garotas solteiras, Hilda Conway e Marcia Nieuhaus.
Ele sacudiu a cabeça um tanto indignado.
– V. Stephen Samourian.
– Não.
– Com isso só nos resta um. Ralph Baker.
– Não – disse ele, deprimido por estar metido num negócio assim.
Kittredge deu de ombros. Ele pegou uma lista datilografada do bolso e a entregou a Meomartino.
– Estes são os nomes de todos os outros moradores do prédio.
Era como ler a página do catálogo telefônico de uma cidade estranha.
– Não – respondeu Meomartino.
– Um dos sujeitos do quarto andar, Samourian, é médico.
– Isso não ajuda. É a primeira vez que ouvi esse nome. – Ele fez uma pausa. – Não há nenhuma chance de que ela esteja fazendo alguma coisa totalmente comum, como ir ao dentista?
– Em duas oportunidades, quando o senhor estava de plantão no hospital, ela voltou para casa lá pela hora do jantar e depois retornou ao prédio no Memorial Drive para passar a noite.
– Ah.
– Quer que eu lhe entregue relatórios por escrito? – perguntou Kittredge.
– Não. Não me atropele – respondeu ele asperamente. Atendendo ao pedido do detetive, ele assinou um cheque de 178 dólares e cada movimento da caneta era mais difícil que o anterior.

Naquela noite, às 23 horas, Helen Fultz foi falar-lhe.
– Dr. Meomartino – disse a velha enfermeira.
Ele reparou que ela estava pálida, suando, parecendo ligeiramente com alguém em estado de choque.
– O que é, Helen?
– Lamento dizer que estou sangrando bastante.
Ele a mandou se deitar com as pernas para cima.
– Você chegou a fazer aquelas chapas de raios X?
– Sim. Tenho ido à clínica daqui – respondeu ela.
Ele mandou pedir uma sacola de papa de hemácias, a ficha e as chapas dela. Os raios X não revelaram nenhuma úlcera, mas indicaram um pequeno aneu-

risma da aorta, um pequeno balão no trecho principal que nascia no ventrículo esquerdo do coração. O pessoal da clínica acreditara ser o aneurisma pequeno demais para ser responsável pela hemorragia, que eles achavam oriunda de uma pequena úlcera que os raios X não mostravam. Haviam-na colocado numa dieta moderada.

Ele examinou seu abdome, deixando que o tato substituísse seus olhos, e percebeu que eles estavam errados.

Quis o parecer de um cirurgião mais experiente. Viu no quadro de avisos que o cirurgião visitante em serviço era Miriam Parkhurst, mas, quando ele telefonou, soube que ela estava a caminho do hospital de Mount Auburn, em Cambridge.

Ligou para Louis Chin e soube que o visitante estava em Nova York. O Dr. Kender, ele sabia, estava presente num congresso sobre transplantes em Cleveland, onde esperava contratar seu sucessor. Não havia nenhum outro profissional mais experiente disponível.

Silverstone estava no hospital.

Ele mandou chamar o residente-chefe pelo alto-falante e a examinaram juntos. Guiou as mãos de Adam até que elas encontrassem o aneurisma.

– De que tamanho, diria você?

Silverstone deu um assobio silencioso.

– Pelo menos nove centímetros, é o meu palpite.

O sangue chegou e Silverstone organizou uma transfusão enquanto tentava novamente telefonar, desta vez pegando Miriam Parkhurst. Tiveram de tirá-la da sala de desinfecção do Mount Auburn e ela ficou muito irritada por ter perdido quatro minutos de assepsia das mãos, mas baixou o tom quando soube que se tratava de Helen Fultz.

– Meu Deus, essa mulher já cuidava da enfermaria quando eu era uma caloura – disse ela.

– Bem, é melhor você chegar aqui o quanto antes – disse ele. – O aneurisma pode romper a qualquer momento.

– Você e o Dr. Silverstone terão de começar a operá-la vocês mesmos, Dr. Meomartino.

– Você não vem?

– Não *posso*. Estou com uma emergência nas mãos. Um dos meus clientes particulares, uma hemorragia de uma grande úlcera que envolve o duodeno e o piloro. Eu irei até aí logo que consiga acabar aqui.

Ele agradeceu e ligou para a SO, dizendo que estaria descendo com um caso de aneurisma, ligando a seguir em rápida sequência para obter uma consulta médica e um anestesista.

Helen Fultz sorriu para ele ao ser informada.

— O senhor e o Dr. Silverstone? — perguntou ela.
— Sim.
— Eu não poderia estar em melhores mãos — comentou ela.

Tiveram de esperar a assepsia, enquanto Norman Pomerantz a anestesiava com uma terrível lentidão, mas finalmente Meomartino pôde começar. Fez uma longa incisão no meio do tórax, cortando a pele e entre as bainhas do músculo reto. Sempre que cortava uma minúscula veia, ele a pinçava e Silverstone atava.
Ele passou pelo peritônio com cautela, e uma vez no interior do abdome pôde distinguir o aneurisma, um grande inchaço pulsátil no lado esquerdo da aorta.
— Aí está o nosso objetivo — murmurou Silverstone.
Estava vazando sangue para dentro do intestino, o motivo de sua hemorragia.
— Vamos tirá-lo daí — disse ele. Juntos, inclinaram-se sobre a grande e pulsante aorta de Helen Fultz.

Miriam Parkhurst entrou às pressas na saleta da SO, depois de Silverstone ter levado Helen para a sala de recuperação. Ela escutou Meomartino, tentando não deixar transparecer sua satisfação.
— Que bom a gente ter podido ajudar *alguém* da própria equipe. Você usou suturas de retenção?
— Sim — respondeu ele. — E como foi a emergência no Mount Auburn?
Ela sorriu para ele.
— Tivemos ambos uma noite excelente.
— Que bom.
— Rafe, o que será de Harland Longwood?
— Não sei — respondeu ele.
— Eu amo o Velho — disse ela com voz cansada. E deu-lhe boa-noite com um aceno, ao sair.
Meomartino ficou simplesmente ali, sentado, escutando pelas portas abertas as enfermeiras que conversavam em voz baixa enquanto limpavam a sala de operação.
Não havia nenhum outro ruído.
Fechou os olhos. Estava suado, fedendo, mas com uma sensação quase de pós-cópula, aliviado, realizado, intitulado por um gesto de amor a reivindicar seu lugar nesta terra. Veio-lhe a ideia de que Liz estava correta quando certa vez lhe dissera: o hospital consegue extrair dele uma dedicação que nenhuma amante humana conseguiria.

Que puta velha vagabunda, pensou ele, achando graça.

Ao abrir os olhos, essa noção o constrangeu e ele parou de pensar nela. Tirou o gorro verde da cabeça e o jogou no chão. Havia um gravador em cima da mesa e ele pegou o microfone, recostou-se na cadeira, e pôs os pés ainda metidos nas botas cirúrgicas antiestáticas em cima da mesa, do lado do aparelho.

Apertando o botão do microfone, começou a ditar o relatório cirúrgico.

Choveu. O dia inteiro seguinte, entrando pela noite, o tipo de chuva que era recebida com alegria pelos fazendeiros da Nova Inglaterra, em seguida com medo, e finalmente com raiva à medida que os brotos recém-nascidos eram levados pela enxurrada. Naquela noite, ele ficou deitado a escutar a chuva, e ela entrou deslizando, num robe de seda amarela, como uma sombra luzente pelo quarto escuro.

– Qual o problema? Está zangado comigo?

– Não – respondeu ele.

– Rafe, ou eu mudo, ou morro – desabafou ela.

– Quando decidiu isso? – perguntou ele sem rancor.

– Não te culpo por me odiar.

– Eu não te odeio, Liz.

– Se a gente pudesse apenas reverter a marcha do tempo e evitar nossos erros.

– Seria ótimo, não seria?

Lá fora, a chuva tamborilava com crescente intensidade.

– Meu cabelo já cresceu quase todo de volta. Meu próprio cabelo.

– É bonito e macio – disse ele, acariciando-o.

– Você tem sido tão bom comigo. Sinto muito por tudo que aconteceu, Rafe.

– Shshsh. – Ele se virou e a estreitou nos braços.

– Lembra daquela primeira noite chuvosa?

– Sim – respondeu ele.

– Quero fingir – disse ela. – Me deixa fingir?

– O quê?

– Que você é um rapaz de novo e eu, uma garota e que ambos nunca.

– Ah, Liz.

– Por favor, por favor, vamos fingir que nenhum dos dois sabe nada.

E então eles brincaram como crianças, e ele conheceu de novo uma pálida imitação da descoberta e do medo.

– *Amoroso* – chamou-o ela finalmente. – *Delicioso, mágico, marido* – as palavras de amor que ele lhe ensinara nas primeiras semanas do casamento.

Depois ele riu, e ela se virou, chorando amargamente. Ele se levantou, abriu as portas de venezianas, saiu até o pequeno balcão debaixo da chuva e arrancou uma flor de um vaso, um malmequer, voltou-se e depositou a flor no umbigo dela.

– Está fria e molhada – reclamou ela, mas acabou permitindo e parou de chorar. – Você me perdoa de verdade? Você me deixa fazer uma tentativa de recomeço? – perguntou ela.

– Eu te amo – disse ele.

– Mas você me perdoa?

– Vá dormir.

– Diga que sim.

– Sim – respondeu ele satisfeito. Ligaria para Kittredge, pensou sonolento, dizendo-lhe que seus serviços não eram mais necessários.

Ele adormeceu segurando a mão dela, e quando acordou já era de manhã. Durante a noite, ela rolara na cama, esmagando a flor, deixando uma sujeira de pétalas alaranjadas nos lençóis. Ela dormia profundamente, com os membros espalhados, o cabelo preto desgrenhado, o rosto pacificado, lavado no sangue do cordeiro.

Ele se aprontou sem acordá-la, deixou o apartamento e foi para o hospital, um novo homem enfrentando um novo dia.

Ao meio-dia, ligou, mas ninguém atendeu. À tarde, estava muito ocupado. O Dr. Kender voltara, trazendo de Cleveland uma dupla de professores visitantes chamados Powers e Rogerson, e todos eles foram fazer a visita da tarde juntos, um negócio formal e prolongado.

Às seis, telefonou de novo. Dessa vez, quando ninguém atendeu, pediu a Lee que ficasse no seu lugar e foi de carro até o apartamento perto da Charles Street.

– Liz – chamou ao entrar.

Não havia ninguém na cozinha, ou na sala de jantar. O escritório estava vazio. No quarto deles, percebeu que certas gavetas da cômoda estavam puxadas e vazias. Os vestidos dela tinham sumido dos armários.

Suas joias.

Chapéus, casacos, malas.

– Miguel – chamou de maneira delicada, mas seu filho não respondeu; ele fora embora para onde sua mãe levara todas as suas coisas.

Ele desceu, pegou o carro e foi até o apartamento de Longwood, onde foi recebido por uma mulher de cabelos grisalhos, uma estranha.

– Esta é a Sra. Snyder, uma velha amiga minha – explicou Longwood. – Marjorie, este é o Dr. Meomartino.

– Elizabeth foi embora – disse Rafe.

– Eu sei – respondeu calmamente Longwood.

– Sabe para onde?

– Fugiu com outro homem. Foi só o que ela me contou. Ela se despediu de mim esta manhã. Disse que escreveria. – Olhou para Meomartino com ódio.

Rafe sacudiu a cabeça. Não parecia haver mais nada que dizer. Fez menção de ir embora, mas a Sra. Snyder o seguiu até o vestíbulo.

– Sua mulher chamou-me ao telefone antes de partir – disse ela.

– Sim?

– Foi por isso que vim. Ela me disse que Harland tinha de ir hoje ao hospital para fazer um tratamento com uma máquina qualquer.

Ele fez que sim com a cabeça, olhando para o rosto envelhecido e preocupado sem ter uma compreensão de fato do que ela dizia.

– Bem, ele não pode ir.

Pouco me importo, pensou ele zangado.

– Ele se recusa terminantemente – informou ela. – Acho que ele está muito mal. Às vezes acha que eu sou Frances. – Ela olhou para ele. – O que devo fazer?

Deixe-o morrer, pensou ele; será que ela não compreendia que sua mulher o deixara, que seu filho sumira?

– Chame o Dr. Kender no hospital – disse ele. Deixou-a em pé no vestíbulo, olhando fixamente para suas costas.

Na manhã seguinte, chamaram-no pelo alto-falante no hospital, e quando respondeu, lhe disseram que um certo Sr. Samourian estava no balcão de recepção querendo vê-lo.

– Quem?

– Sr. Samourian.

Ah, pensou ele, lembrando-se da lista dos moradores do quarto andar elaborada por Kittredge.

– Descerei num instante.

O sujeito era uma decepção, entre os quarenta e os cinquenta, com olhos castanhos ansiosos de spaniel, uma calvície em andamento e um bigode grisalho; era inacreditável que seu lar fosse destruído por aquela pessoa baixa, atarracada.

– Sr. Samourian?

– Sim. Dr. Meomartino?

Apertaram-se as mãos constrangidos. Tinham passado alguns minutos das dez, e tanto o Maxie's quanto o café estariam por demais apinhados para lhe proporcionar qualquer privacidade, pensou ele.

– Podemos conversar aqui – disse ele, indicando o caminho de uma sala de consulta.

– Vim vê-lo a respeito de Elizabeth – disse Samourian ao se sentarem.

– Eu sei – disse Rafe. – Botei um detetive para espioná-los há bastante tempo.

O homem balançou a cabeça, observando-o.

– Ah, sei.

– Quais são os seus planos?

– Ela e o menino estão na Costa Leste. Irei juntar-me a eles.

– Disseram-me que era doutor – disse Rafe.

Samourian deu um sorriso.

– De filosofia. Ensino economia no MIT, mas a partir de setembro estarei ensinando em Stanford – informou ele. – Ela planeja entrar imediatamente com o processo de divórcio. Esperamos que você não conteste.

– Quero meu filho – disse Rafe. Sentiu um embaraço na garganta. Até aquele momento não percebera o quanto o desejava.

– Ela também o quer. Geralmente as varas de família acham melhor que os filhos permaneçam com a mãe.

– Talvez não aconteça assim nesse caso. Se ela tentar separá-lo de mim, eu contestarei e abrirei meu processo. Tenho provas suficientes. Relatórios escritos – disse ele desconsoladamente, pensando que ali o vencedor fora apenas Kittredge.

– Devemos atentar para o que é o melhor para a criança.

– Venho atentando para isso há muito tempo – respondeu Rafe. – Tentei manter meu casamento para proporcionar-lhe algum tipo de ambiente na vida.

Samourian deu um suspiro.

– Estou apenas tentando facilitar ao máximo as coisas para *ela*. Ela é muito frágil. Não sobrevive a uma luta muito dura. A doença do tio afetou-a tremendamente, como você evidentemente sabe. Ela o ama muito.

– Se for verdade, ela então deu o fora numa época muito estranha – disse Rafe.

O outro sujeito deu de ombros.

– As pessoas demonstram seu amor de modo estranho. Ela não aguentaria ficar aqui vendo-o sofrer. – Ele olhou para Meomartino. – Pelo que sei, não há muita esperança.

– Não.

— Quando ele morrer, acho que terei grande dificuldade em mantê-la serena.
Meomartino observou-o com cuidado.
— Lamento dizer que terá mesmo — respondeu ele. — Eu não sabia que você a conhecia tão bem.
Samourian deu um sorriso.
— Ah, eu conheço Beth — disse ele em voz baixa.
— Beth?
— É como eu a chamo. Novo nome, vida nova.
Rafe fez que sim com a cabeça.
— Só há uma coisa errada com essa imagem — respondeu ele. — Ela está com o mesmo menino de sempre, e ele é meu.
— Sim — disse Samourian. — Essas coisas levam tempo. Advogados e juízes não são de se apressar. Dou-lhe minha palavra de que até tudo ser resolvido Miguel terá um bom lar. Logo assim que mudarmos para Palo Alto eu lhe mandarei o endereço.
— Obrigado — disse Rafe, achando ser impossível odiá-lo. — O que significa o V? — perguntou ele quando se levantaram.
— O V?
— Em V. Stephen.
— Ah — sorriu Samourian — Vasken. Um velho nome da família.
Saíram caminhando juntos. Na calçada, o sol atingiu-os com seus raios, fazendo-os piscarem ao apertarem as mãos.
— Boa sorte, Vasken — disse ele —, cuidado com os jovens jardineiros mexicanos.
Samourian olhou para ele como se fosse louco.

Naquela tarde, com a presença dos professores visitantes de Cleveland, houve uma reunião sobre as complicações cirúrgicas da semana. Rafe mal conseguia escutar o vaivém das suas vozes. Ficou sentado a pensar em muitas coisas, mas dentro em pouco percebeu que estavam discutindo agora sobre Longwood.
— ... Lamento dizer que ele está chegando ao fim da linha — declarou o Dr. Kender. — O dialisador pode continuar a mantê-lo, mas ele se recusa a continuar o tratamento, e desta vez é sério. Ele prefere enfrentar a uremia e depois a morte.
— A gente não pode deixar que isso simplesmente aconteça — disse Miriam Parkhurst.
Sack resmungou.
— Seria ótimo, Miriam, se a gente pudesse ter alternativa nesses assuntos — disse ele. — Infelizmente, não temos. Podemos oferecer diálise ao paciente, mas não podemos obrigá-lo a aceitar.

– Harland Longwood não é apenas um paciente – retrucou ela.

– Ele é um paciente – afirmou o Dr. Sack, aborrecido como sempre por qualquer emocionalismo. – Ele agora deve ser considerado por nós como *apenas* um paciente. Nem mais nem menos. Isso é a melhor coisa que podemos fazer por ele.

A Dra. Parkhurst se recusou a olhar para Sack.

– Esquecendo as contribuições que Harland já deu a cada um de nós e à cirurgia – disse ela –, há um motivo obrigatório para a gente não permitir que ele faça isso consigo mesmo. Alguns de nós já leram o original de um livro dele em preparo. Trata-se de uma verdadeira contribuição, o tipo de livro didático que influirá sobre gerações vindouras de jovens cirurgiões, da maneira mais importante possível.

– Dra. Parkhurst – disse Kender.

– Bem, vidas de pessoas que não se encontram presentes nesta sala serão afetadas se deixarmos esse homem morrer.

Ela tinha razão, lembrou Meomartino.

Ela olhou para os dois professores visitantes de Cleveland.

– Vocês são nefrologistas – disse ela. – Podem sugerir alguma coisa que possamos tentar?

O médico chamado Rogerson inclinou-se para a frente.

– Precisam esperar por um doador morto com tipo sanguíneo B-negativo – respondeu ele.

– Mas não podemos esperar – disse ela com desdém na voz. – Não ouviu o que dissemos?

– Miriam – disse o Dr. Kender. – Você tem de aceitar a situação. Não conseguimos um cadáver B-negativo. E não conseguiremos salvar Harland Longwood sem um doador B-negativo.

– Eu sou B-negativo – disse Meomartino. Eles se alongaram demais, pensou ele, nas advertências sobre o decréscimo de sua expectativa de vida. – Tenho rins de cavalo – retrucou ele. – Um durará tanto quanto dois.

Kender e Miriam Parkhurst falaram com ele em particular, dando-lhe todas as oportunidades de retirar a oferta de modo honroso.

– Tem certeza? – perguntou Kender pela terceira vez. – Geralmente o doador é um parente.

– Ele é meu tio, pelo meu casamento – respondeu Meomartino.

Kender resmungou, mas Rafe deu um sorriso. Já tinha havido conversa suficiente para ele perceber que os argumentos deles haviam se esgotado. A consciência deles estava apaziguada e aceitariam ansiosamente seu rim.

Kender confirmou.

– Um doador vivo que não seja parente é muito melhor que um morto – disse ele. – Teremos de submeter ambos a exames. – Ele olhou para Rafe. – Não precisa se preocupar com a cirurgia. Ninguém jamais perdeu um doador vivo.

– Não estou preocupado – disse Rafe. – Só faço uma exigência. Que ele não saiba de quem veio o rim.

A pobre Miriam parecia aturdida.

– Senão ele não vai aceitar. Nós não gostamos um do outro.

– Direi a ele que o doador não quer publicidade – disse Kender.

– Imagine se mesmo assim ele se recusar – disse Miriam.

– É só você repetir o discurso sobre a obra genial que será seu livro acabado – disse Meomartino – e ele o aceitará.

– Usaremos soro antilinfocitário dessa vez – disse Kender. – Adam Silverstone já calculou a dose.

O único obstáculo possível foi vencido quando amostras de seus tecidos e dos do Velho foram comparadas e consideradas bem dentro dos parâmetros de compatibilidade. Dentro do que pareceu ser um período terrivelmente curto, estava ele deitado na SO-3 sentindo que aquilo era algo estranho para ele estar fazendo naquele lugar, a despeito do anestésico que Norman Pomerantz havia gentilmente e de maneira indolor injetado no seu traseiro.

– Rafe – falou Pomerantz para ele, as palavras a borbulhar no seu ouvido. – Rafe? Você pode me ouvir, camarada?

É claro que posso, quis dizer ele.

Podia ver Kender se aproximando da mesa, e Silverstone.

Corte com destreza, inimigo meu, pensou ele.

Satisfeito em deixar por uma vez na vida a cirurgia por conta dos demais, fechou os olhos e dormiu.

A convalescença foi um sonho de lento progresso.

A ausência de Liz tornou-se gradativamente óbvia e as pessoas pareciam compreender que o casamento deles acabara.

Ele recebeu uma procissão de visitas, que foram diminuindo à medida que o tempo e a novidade passavam. Miriam Parkhurst deu-lhe um beijinho seco e uma cesta de frutas bastante exagerada. Com o passar dos dias, as bananas empreteceram, e os pêssegos e as laranjas foram tomados por um crescente mofo branco, exalando um cheiro que o obrigou a jogar tudo fora, exceto as maçãs.

Seu rim estava funcionando que era uma beleza no Velho. Ele fazia questão de nunca perguntar, mas eles o mantinham a par do progresso de Harland Longwood.

A televisão oferecia um refúgio temporário. Um dia, ele estava procurando pelas páginas do *Guia da TV* quando Joan Anderson entrou no seu quarto com água gelada.

– O jogo de beisebol de hoje é na TV ou só no rádio? – perguntou ele.
– Na TV. Ouviu falar sobre Adam Silverstone?
– O que houve com ele?
– Foi nomeado para a faculdade.
– Não, não tinha ouvido.
– Instrutor de cirurgia.
– Ótimo. Em que canal é o jogo?
– Cinco.
– Coloca lá para mim? Aí, garota boazinha – disse ele.

Ele passou uma porção de tempo deitado e pensando. Uma tarde, viu um anúncio no *Massachusetts Physician*, lendo-o com crescente interesse à medida que a ideia tomou raiz.

No dia em que teve alta do hospital, tomou um táxi para o prédio do governo e teve uma agradável entrevista com um representante da USAID, que resultou num contrato assinado por ele para trabalhar 18 meses como cirurgião civil.

A caminho do apartamento vazio, ele parou numa joalheria e comprou uma caixa de veludo vermelho, algo parecida com a que seu pai usava para guardar o relógio quando ele era pequeno.

Quando chegou em casa, sentou-se no escritório tranquilo com caneta e papel e depois de várias falsas partidas, substituído *meu querido Miguel* por *meu querido filho*, alcançou um meio-termo:

Meu querido filho Miguel:
Devo começar te agradecendo por ter me proporcionado mais satisfação em amar alguém do que eu jamais tivera. No curto período de sua vida, você me demonstrou as mais belas qualidades de minha família e de mim mesmo, e nenhuma das fraquezas baratas de que, infelizmente, você descobrirá que o mundo sempre andou cheio, e a gente tal como o mundo.
Se, em alguma data posterior, quando você for suficientemente maduro para compreendê-la, alguém lhe der esta carta para ler, é porque não voltei da viagem que agora penso fazer. Porque se eu voltar, virarei ao avesso o universo legal para conquistar sua guarda, e se este universo se mostrar impossível de ser assim revirado, arranjarei um jeito de te ver de modo regular e frequente.
Há uma possibilidade, portanto, de você vir a ler estas palavras. Assim sendo, gostaria de poder transformá-las num credo que norteasse sua vida,

na essência do que um pai pode doar a um filho durante seu período de vida, ou pelo menos que elas representassem uma sabedoria concreta para minorar as preciosas dores da existência. Infelizmente não me acho capaz. Só posso aconselhá-lo a tentar viver sua vida de modo a infligir o menor dano possível. Tente fazer ou consertar algo antes de morrer, que não teria existido se não fosse por sua presença nesta terra.

Quanto a mim, a melhor coisa que aprendi é que, quando se tem medo, a melhor coisa a fazer é enfrentar a coisa temida e se aproximar resolutamente dela. Reconheço que para um homem desarmado diante de um tigre faminto pode não parecer um conselho muito sensato. Vou para o Vietnã encontrar o tigre e descobrir que armas morais possuo como ser humano e homem.

O relógio que acompanha esta carta é passado há muitas gerações ao filho mais velho. Faço votos que, por você, ele possa vir a ser passado muitas vezes.

De vez em quando, dê uma polida nos anjos e lubrifique a máquina. Seja bom para sua mãe, que te ama e que precisará do teu amor e apoio. Lembre-se da família de que você se originou, e que você teve um pai que sabia que muitas coisas boas viriam de você.

Com meu mais profundo amor,
Rafael Meomartino

Ele embrulhou cuidadosamente o relógio, mas antes enchendo a caixa de pedaços do *The Christian Science Monitor* para protegê-lo dos impactos. Em seguida, escreveu um breve bilhete explanatório para Samourian e o pôs em cima.

Quando terminou, sentou-se e olhou em volta do cômodo fresco e tranquilo, pensando em sublocar, pensando no guarda-móveis. Em poucos minutos, foi até o telefone e ligou para Ted Bergstrom em Lexington, pedindo e obtendo, embora com alguma frieza, um certo número de telefone em Los Angeles. Fez a ligação imediatamente, mas se esquecera da diferença de três horas no fuso horário.

Só às dez horas daquela noite é que seu telefone tocou e a ligação foi completada.

– Alô, Peg? – disse ele. – Aqui fala Rafe Meomartino. Como vai você?... Ótimo... Eu estou bem, muito bem. Divorciei-me, isto é, a qualquer momento desses virei divorciado, pelo que eu sei... Sim. Bem... Olha, estarei passando pela Califórnia dentro de duas semanas, e adoraria te ver...

"Você gostaria? Que maravilha! Escuta, lembra que uma vez você me disse que a gente não tinha nada em comum? Veja só, que coisa mais inacreditável...

ADAM SILVERSTONE

19

A paternidade iminente fizera de Adam um apalpador de ventres.
— Vamos ao parque ver as pessoas — disse ele certa manhã a sua mulher, enquanto lhe alisava a barriga. Gaby só estava no terceiro mês de gravidez, e sua pequena barriguinha mal dava para se notar; ela dizia que era gás, mas ele sabia. A gravidez a transformara numa mulher de Rubens em miniatura, emprestando-lhe pela primeira vez na vida uma insinuação de volume nos pequenos seios, salientando seus quadris e suas nádegas, e provocando em seu ventre, no lugar de transporte de carga útil, uma elipse definida para fora, por demais bela para consistir em gás. Não havia nada ali para sua palma venerar, a não ser a pele lisa do botão imaturo na barriga de sua mulher, quebrada pelo mergulho do seu umbigo, mas em sua cabeça ele conseguia enxergar lá dentro, através das camadas, a pequenina coisa viva a flutuar no líquido amniótico, no momento um peixinho, mas que logo haveria de adquirir as feições dela, suas feições, braços, pernas, órgãos sexuais.
— Não quero ir ao parque — disse ela.
— Por que não?
— Vá você. Dê um passeio, olhe as meninas e enquanto você vai, faço o café da manhã — disse ela.
Assim, ele pulou da cama deles, lavou-se, vestiu-se e, numa bela manhã de verão, desceu lentamente o morro. São Francisco já era história, este ano já era o parque de Boston, e algumas pessoas eram veteranas de Haight-Ashbury, e outras recém-chegadas, e alguns, falsos hippies que só vestiam o hábito de vez em quando, mas todos divertidos de se ver. Os homens eram muito menos interessantes do que as mulheres, e os motivos não eram em absoluto físicos, disse a si mesmo cheio de virtude; os machos tendiam a ser conformistas em seu não conformismo, agrupando-se sob uma variedade limitada de hirsutas marcas tribais. As mulheres demonstravam mais imaginação, pensava ele, tentando não cravar os olhos numa ruiva que tocava bongô, embrulhada à moda índia num cobertor cinzento, apesar do calor; ela usava uma pena na sua faixa

de cabelo feita de continhas, e ao passar caminhando por ele em cima de maravilhosos pés descalços, no cobertor, atrás, os dizeres Marinha EUA mexiam para cima e para baixo, acompanhando o ritmo do tantã. Ele fez uma ronda do parque, mas nem mesmo a mais espetacular das suculentas garotas hippies o fez arrepender-se de sua mulher.

Hoje em dia ele passava muito tempo dando graças a Deus em silêncio por aquilo que eles tinham. A cada dia que passava, suas chances melhoravam.

Quando ele e Gaby souberam que o cargo de instrutor lhe pertencia, sentiram-se momentaneamente ricos. Uma das garotas que ela conhecera no colégio estava abandonando um apartamento no primeiro andar na Commonwealth Avenue, muito melhor, sob qualquer critério, do que o apartamento no subsolo na Phillips Street, maior e fazendo parte de uma casa reformada, com uma venerável magnólia atrás do pequenino gradil. Mas tinham resolvido não alugá-lo. Acabariam mudando; concordavam que seria bom para a criança conhecer a grama e ter mais espaço do que a cidade fornecia. Mas tinham a casa de praia em Truro, sempre que pudessem escapar para lá, e agora queriam conservar aquilo que compartilhavam em Beacon. Gaby resolveu, num espírito de poupança, guardar todo mês o equivalente ao dinheiro adicional que teria de investir se tivessem ficado com o apartamento na Commonwealth Avenue ("É por isso que o chamam de enxoval?"), de modo que quando se fizessem necessários os apetrechos do bebê o dinheiro já estaria ali.

Por seu lado, ele encontrou o pretexto de que precisava para deixar de fumar. Em vez de acumular culpa por ser um médico fumante, ele botava, a intervalos regulares, o dinheiro de um maço de cigarros dentro de uma caixa de papelão feita para guardar amostras para a patologia, poupando dinheiro para adquirir um carrinho de bebê inglês, igual ao que ele e Gaby haviam admirado durante uns passeios no jardim público. Os aspectos financeiros do parto já haviam sido providenciados. Gaby estava sob os cuidados pessoais do Dr. Irving Gerstein, chefe do serviço de ginecologia e obstetrícia do hospital, que não só era o melhor obstetra que Adam já vira, mas também extremamente habilidoso com os futuros papais. Um dia Adam sentou-se junto a ele no café do hospital, discutindo a pelve estreita de Gaby, enquanto tomava café e Gerstein comia uma melancia. Pegando uma semente preta e escorregadia entre o indicador e o polegar, Gerstein espremera, e o caroço tinha esguichado para fora.

– É com essa facilidade que o seu bebê vai nascer – dissera ele.

Agora, ao voltar para o apartamento, Adam se sentia satisfeito e com um enorme apetite. Ele comeu o grapefruit, ovos e bacon torrado que ela lhe deu e não poupou elogios a seus pãezinhos pré-assados do supermercado, mas ela estava curiosamente retraída.

– Há alguma coisa de errado? – perguntou ele, ao começar a tomar a segunda xícara de chá.
– Não queria estragar seu café da manhã, querido.
Aborto, pensou ele meio aturdido.
– É seu pai, Adam – disse ela.

Ela queria ir junto, mas ele insistiu que ficasse. Deu a maior parte do dinheiro para o carrinho de bebê inglês à Allegheny Airlines, e voou até Pittsburgh. A fumaça que antes encobria tudo fora abolida graças à tecnologia, e o ar não parecia agora menos puro do que o de Massachusetts. Não havia nada de novo sob o sol: o tráfego era igual ao de Boston; o táxi o levou a um hospital muito semelhante ao hospital geral de Suffolk; no terceiro andar, encontrou seu pai num leito financiado pelos contribuintes, parecendo-se com qualquer um dos demais indigentes que o Dr. Silverstone encontrava todo dia na enfermaria.

Estava profundamente sedado por causa do *delirium tremens* e não acordaria durante um bom tempo. Adam sentou-se numa cadeira que havia puxado para perto da cama, olhando fixamente para o rosto macilento, cuja palidez era acentuada pelo tom marcante da icterícia. As feições, notou com um calafrio, eram iguais às suas.

Que desperdício de recursos humanos, pensou ele. Um homem podia fazer tanto, ou jogar tudo fora. E assim mesmo, os destroços humanos eram às vezes abençoados com uma longa vida que não mereciam, enquanto...

Pensou em Gaby, desejando ter o poder de arrancar a doença de um corpo e trocá-la por outro.

Envergonhado, fechou os olhos e ficou ouvindo os sons da enfermaria; aqui um gemido, ali uma desdenhosa risadinha de um delírio, respiração difícil, um suspiro. Chegou uma enfermeira e ele pediu para ver o residente.

– O Dr. Simpson chegará mais tarde, na hora da visita – disse ela. E fez um gesto com o queixo em direção à figura na cama. – São parentes?

– Sim.

– Quando o trouxeram, ele reclamava terrivelmente de uma das coisas que tinham ficado onde ele mora. Sabe alguma coisa a respeito?

Coisas? O que poderia ele possuir de valor assim?

– Não – respondeu Adam. – Tem o endereço dele?

Ela não tinha, mas 15 minutos depois estava de volta com um pedaço de papel.

Era alguma coisa que poderia fazer enquanto esperava. Desceu e tomou um táxi, não tendo nenhuma surpresa quando o táxi o deixou diante de uma fachada de três andares de tijolos vermelhos lascados, um velho prédio de apartamentos, transformado agora numa casa de cômodos.

Através de uma pequena e mesquinha fresta na porta, conversou com a senhoria, que mesmo depois do meio-dia ainda envergava seu velho robe marrom, com o cabelo ralo e grisalho enrolado em rolos de metal. Ele perguntou pelo quarto do Sr. Silberstein.

– Ninguém mora aqui com esse nome – informou ela.

– Ele é meu pai. A senhora não o conhece?

– Eu não disse isso. Ele era o superintendente aqui até alguns dias atrás.

– Vim buscar suas coisas.

– Eram apenas trapos e lixo. Queimei-as. Arranjei um novo superintendente que chega de manhã.

– Ah. – Ele fez menção de virar-se e ir embora.

– Ele me devia oito dólares – disse ela, observando-o enquanto ele tirava o dinheiro da carteira e contava as notas. Uma mão agarrou o dinheiro quando ele o estendeu na sua direção. – Ele era um velho bêbado – atirou ela como um recibo, através da fresta na porta que se fechava.

Ao voltar para o hospital, viu que seu pai estava consciente.

– Oi – disse ele.

– Adam?

– Sim. Como você está?

Os olhos pisados de sangue tentaram entrar em foco, a boca sorriu. Myron Silberstein limpou a garganta.

– Como eu deveria estar?

– Bem.

– Vai ficar muito tempo aqui?

– Não. Voltarei em breve, mas tenho de ir já. Hoje à noite é meu último plantão como residente-chefe.

– Já é um homem importante?

Adam sorriu pesarosamente.

– Ainda não.

– Vai ganhar rios de dinheiro?

– Duvido muito, pai.

– Isso não faz mal – disse Myron constrangido. – Eu tenho tudo de que preciso.

Seu pai achou que ele estava piorando sua situação financeira para proteger-se das reivindicações paternas, teve ele o dissabor de perceber.

– Fui para tentar pegar suas coisas no quarto – disse ele, sem saber o que faltava, nem o quanto deveria contar-lhe.
– Não conseguiu pegá-las? – perguntou seu pai.
– O que você tinha?
– Umas coisas velhas.
– Ela queimou. A senhoria.
Myron balançou a cabeça.
– Que tipo de coisas? – perguntou Adam com curiosidade.
– Um violino. Um *siddur*.
– Um quê?
– *Siddur*. Orações hebraicas.
– Você reza? – Ele achou de certo modo a ideia incrível.
– Encontrei num sebo. – Myron deu de ombros. – E você frequenta a igreja?
– Não.
– Eu te enganei.

Não era uma desculpa, sabia Adam; simplesmente uma afirmação sincera de um homem que nada mais tinha a ganhar com a mentira. Sim, você me enganou, de tantas maneiras, pensou ele. Queria dizer que substituiria as coisas perdidas, mas viu que o *delirium tremens* estava recomeçando. Seu pai parecia sacudido por um vento, a magra carcaça arqueada pela dor precordial, começando a se debater, com a boca aberta num grito silencioso.

– Enfermeira – disse ele, agradecido por Gaby não estar ali para ver. Ajudou a dar a injeção, desta vez uma dose mais leve, mas dentro em breve a tempestade passara e seu pai voltara a dormir.

Durante algum tempo, ficou simplesmente contemplando a figura na cama, um velho que berrara por causa de um violino e um velho livro de orações. Finalmente reparou nas mãos de seu pai, que não haviam sido bem lavadas. Graxa, ou algo semelhante, entranhada há muito tempo, e a equipe de internação não tentara removê-la. Ele mesmo pegou uma jarra de água morna, Fisohex e gaze, deixando as mãos de molho, uma de cada vez, e as lavando com carinho até ficarem limpas.

Ao secar a mão direita, ele a examinou quase com curiosidade, reparando nos arranhões e unhas quebradas, nos machucados e nos calos, no fato de os longos e delicados dedos terem engrossado e enodado. A despeito de tudo, refletiu ele, aquela mão nunca lhe batera. A contragosto, lembrou-se de outras coisas, sentiu a recordação dos dedos acariciando seu cabelo e agarrando sua nuca, apertando-a com amorosa agonia.

Papai, pensou ele.

Certificou-se de que seu pai dormia, antes de tocar na mão úmida com os lábios.

Quando ele entrou no apartamento em Boston, encontrou sua mulher de quatro, pintando um bercinho que ele nunca vira antes.

Ela se pôs de pé e o beijou.

– Como ele está? – perguntou.

– Não muito bem. De onde veio isso?

– A Sra. Kender ligou esta manhã e perguntou se eu podia ajudar no bazar. Ao chegar lá, ela me agarrou e me mostrou isso. O colchão estava terrível e o joguei fora, mas o resto está em perfeitas condições. – Sentaram-se.

– Qual é a gravidade? – perguntou ela.

Ele contou o que continha o boletim, que o residente havia mostrado. Um fígado cirrótico disfuncional, anemia, possíveis danos ao baço, *delirium tremens* agravado por desnutrição e insônia.

– O que podem eles fazer por um sujeito nessa situação?

– Não podem dar-lhe alta, mais uma temporada de bebedeiras e isso o mataria. – Ele sacudiu a cabeça. – Sua única chance é psicoterapia intensiva. Os hospitais do estado têm um pessoal bom, mas estão superlotados. É duvidoso que ele consiga isso lá.

– A gente não devia ter tido o filho – disse ela.

– Não tem nada a ver com isso.

– Se a gente não tivesse se casado...

– Não teria mudado nada. Ele não terá direito ao seguro de saúde senão daqui a um ano e meio, e um lugar particular custará mais de quarenta dólares por dia. Nem chegarei perto de ganhar isso como instrutor. – Ele se recostou e olhou para ela. – O berço parece simpático – disse cansado.

– É só a primeira demão. Você pinta o acabamento?

– Está bem.

– E a gente compra uns decalques engraçados de bebê.

E levantou-se, pegou uma camisa e uma muda limpa de roupa branca e foi para o banheiro tomar banho e se trocar. Podia ouvi-la discar o telefone e seguir os agudos e os baixos de sua voz, quando abriu a água.

Ao voltar para a sala, dando um nó na gravata, ela estava sentada à espera.

– Existe um bom hospital particular para ele aqui por perto? – perguntou ela.

– Não adianta nem pensar.

– Adianta sim – disse ela. – Acabei de vender a casa em Truro.

Ele largou a gravata.

– Ligue de volta para eles.

– Foi o corretor de Princetown – disse ela calmamente. – Ele me deu o que considerei um preço justo. Vinte e quatro mil. Diz que terá apenas três mil dólares de lucro e acredito nele.

– Diga-lhe que conversou com seu marido e resolveu não vender.

– Não – respondeu ela.

– Sei o que aquele lugar significava para você. Vai querer que seus filhos o conheçam.

– Que encontrem por si mesmos seus ninhos de amor – disse ela.

– Gaby, não posso deixá-la fazer isso.

Ela o compreendeu tão completamente naquele instante.

– Eu não estou lhe sustentando, Adam. Sou sua mulher. Você aprendeu a me dar, mas receber de mim é mais difícil, não é?

Ela pegou a mão dele e o puxou para onde estava sentada. Ele pôs o rosto entre seus seios; o velho suéter de Radcliffe cheirava a terebintina, ao suor e ao corpo que ele conhecia tão bem. Ao olhar para baixo, reparou no pé dela descalço, um círculo incompleto de tinta branca seca, que ele alcançou com a mão e começou a descascar. Meu Deus, eu a amo, pensou ele maravilhado. A pele dela estava embranquecendo. Tinha abandonado a lâmpada de bronzear quando ficou grávida, e agora, à medida que o verão avançava, sua mulher estava ficando branca, na proporção inversa à das mulheres que se bronzeavam.

Ele tocou o ventre quente, redondo.

– Este jeans não está apertado demais?

– Ainda não. Mas não poderei usá-lo por muito mais tempo – respondeu ela um tanto presunçosamente.

Por favor, pensou. Deixa que eu possa dar e receber dela por muito tempo.

– Sei que não será igual, mas algum dia vou te comprar outra casa naquele lugar.

– Não faça promessas – disse ela, acariciando sua cabeça, a única vez em que foi tentar ser maternal com ele. – Meu Adam. Crescer dói pra chuchu, não dói?

Ele chegou ligeiramente atrasado ao hospital, mas era uma noite tranquila e passou a primeira hora na sua sala. Há semanas que ele vinha preparando essa mudança e quase todos os relatórios clínicos haviam sido terminados. Fazia agora anotações sobre os derradeiros casos clínicos, dando-se conta de que 12 meses de sua vida se encontravam postos no papel, naquelas fichas.

Atrás da porta, estavam a sua espera quatro caixas de papelão de sopa Campbell, que pedira no supermercado da Charles Street há três dias, e as usou para guardar livros e revistas das estantes, enfrentando a seguir, com certo pavor, a tarefa de esvaziar a mesa, cujas gavetas estavam entupidas devido a sua mania de guardar coisas. As decisões sobre o que guardar e o que descartar eram difíceis, mas resolveu adotar uma linha rigorosa e o entulho na cesta de papel foi crescendo. O último item a emergir da última gaveta era uma pedra pequena e redonda, muito polida, um presente de um dos seus pacientes quando ele deixara de fumar. Era chamada de pedra antiestresse, porque alisá-la aliviava supostamente a tensão quando a necessidade de nicotina atormentava as pessoas. Ele tinha certeza de que não valia nada, mas gostava de seu peso e textura, do seu recado: que os objetos sobrevivem às épocas históricas. Mas agora ela funcionara ao inverso; por sua causa lembrou-se e foi perseguido por uma necessidade premente de um cigarro.

Um pouco de ar fresco lhe faria bem, enquanto tinha essa oportunidade. Lá embaixo, no pátio das ambulâncias, Brady, o sujeito alto e magricela que substituíra Meyerson, acariciava sua ambulância com um pedaço de flanela.

– Boa-noite, doutor – disse ele.

– Boa-noite.

A escuridão. Ao permanecer ali, as luzes externas piscaram e se esconderam com um clarão, e quase de imediato as grandes mariposas fizeram um êxodo da sombra para adejarem em torno das lâmpadas. Das cercanias próximas podiam ouvir o som de fogos, que pareciam saídos de um filme de guerra, um pipocar rápido que parecia de setores longínquos da frente de batalha, e ele pensou com culpa e com admiração em Meomartino, já a caminho de algum lugar chamado Ben Soi ou Nha Hoa, ou Da Nang.

– Ainda faltam quatro dias para Quatro de Julho – disse o motorista de ambulância. – Mas nem parece, se fôssemos nos fiar nesses estúpidos filhos da mãe. Os fogos são proibidos, aliás.

Adam fez que sim com a cabeça. A frequência de pacientes na emergência sofreria um acréscimo durante o resto da semana por causa do feriado, pensou ele ociosamente.

– Ei – disse Spurgeon Robinson, saído do prédio em direção à ambulância.

– Como é que vai, Spur?

– Só sei que estou prestes a dar minha última viagem nesta porra – respondeu Spurgeon.

– Residente de pleno direito amanhã de manhã – disse Adam.

– É sim. Preciso lhe contar uma coisa. Algo estranho aconteceu comigo a caminho da residência. Eu abandonei o serviço de cirurgia.

Isso o abalou; ele investira muita fé profissional em Spurgeon.

– Para onde está indo?

– Obstetrícia. Perguntei ontem a Gerstein e felizmente ele tem um lugar para mim. Kender me liberou com sua bênção.

– Por quê? Tem certeza de que é isso mesmo o que quer?

– É algo que não posso dispensar. Preciso aprender coisas que a cirurgia não vai me ensinar.

– Como o quê? – perguntou Adam, pronto para discutir.

– Como tudo que possa aprender com o controle da natalidade. E sobre o embrião.

– Para quê?

– Cara, o feto é onde se perpetua essa merda toda. Quando as mulheres grávidas são subnutridas, o cérebro dos fetos não se desenvolve o suficiente para mais tarde aprender direito, depois de bebês nascidos. E assim há um aumento descomunal de lenhadores e carregadores. Resolvi que se era para eu me meter no assunto, era melhor ir às causas.

Adam balançou a cabeça, admitindo para si mesmo que fazia sentido.

– Escuta, Dorothy achou um apartamento para a gente – disse Spurgeon.

– Legal?

– Não é mau. Barato, e perto da clínica em Roxbury. Daremos uma grande festa de inauguração no dia 3 de agosto. Pode anotar aí.

– A gente estará lá, a não ser que alguma coisa aconteça neste maravilhoso lugar que me impeça de ir. Sabe...

– Certo – disse Spurgeon.

Dentro da ambulância, o rádio deu estalidos.

– Isso é para a gente, Dr. Robinson – avisou Brady. Spurgeon entrou na ambulância.

– Ei, sabe o que eu pensei agora? – disse ele, sorrindo na janela. – Talvez eu possa ajudar o parto de seu filho.

– Se for assim, assobie Bach – disse Adam. – Gaby adora Bach.

Spurgeon pareceu contrariado. – A gente não *assobia* Bach.

– Talvez, se pedir a Gerstein, ele deixe você trazer um piano – acrescentou Adam quando a ambulância começou a andar. A risada do interno afastou-se com ela até sumir do pátio.

Sorriu na direção deles, cansado e satisfeito demais para se mexer. Sentiria falta de trabalhar com Spurgeon Robinson, percebeu. Quando as coisas ficavam difíceis num grande hospital de ensino, o pessoal de serviços diferentes é como se vivesse em outros continentes. Veriam um ao outro de vez em quando, mas não seria a mesma coisa; haviam chegado ao fim de uma bela etapa.

Para cada um deles isso também representava o início de algo bom, ele tinha certeza.

Amanhã os novos internos e residentes chegariam ao hospital. A administração do Velho terminara, mas a de Kender estava começando, e trabalhar sob sua direção poderia ser tão satisfatório quanto trabalhar sob a de Longwood, igualmente duro, instigante, desafiador, cada vez que se reunia um comitê da morte. Amanhã todos os membros da equipe estariam presentes e dessa vez ele faria parte integrante dela. Ensinaria cirurgia para os médicos novos na enfermaria e na sala de operação até setembro, quando seus primeiros alunos chegariam à faculdade.

Deixou-se ficar na enfermaria vazia, esfregando a pedra antiestresse e pensando naquela importante aula inaugural e em todas as aulas por vir, um projeto de vida que apontava para o futuro, mas que o ligaria a gente como Lobsenz, Kender e Longwood. Lembrou-se meio constrangido que prometera a Gaby enormes conquistas médicas, soluções para problemas como a anemia aplástica, a fome e o resfriado comum. E no entanto sabia que, pelos jovens e anônimos médicos de cujas vidas ele iria se aproximar, não era improvável que assistisse a tremendas realizações. Não mentira a ela, pensou, dando meia-volta e retornando ao prédio.

Lá em cima, na sala desfeita, sentou-se na cadeira com a cabeça apoiada na mesa, cochilando por uns deliciosos minutos.

Dentro em pouco, assustou-se, acordando sobressaltado. Os fogos se faziam ouvir novamente, desta vez uma série de estouros mais longos, e, no estouro final, ouviu pela janela aberta o primeiro uivo lúgubre de uma sirene distante, de uma ambulância que devia estar vindo, mas essas coisas não o haviam acordado.

No bolso da lapela, o bipe apitou de novo, e quando ele ligou informaram-no que um dos pacientes de Miriam Parkhurst estava sentindo dor e pedindo sedativos não permitidos.

– Chame o Dr. Moylan e peça-lhe para dar uma olhada nele – disse, curiosamente relutante em deixar a sala e ciente de que o interno é que estava de plantão e deveria ser chamado primeiro. Quando devolveu o telefone ao gancho, recostou-se na sua cadeira. Seus livros estavam na caixa de papelão. Os arquivos de casos clínicos estavam guardados e as prateleiras arranhadas de metal, vazias. A sala estava exatamente como ele a encontrara, até no que diz respeito à velha mancha de café na parede.

O bipe tocou de novo e desta vez foi informado que precisavam dele na emergência para uma consulta cirúrgica.

– Desço logo – respondeu.

Deu uma última e lenta olhadela em volta.

Havia uma bola de papel no chão e ele a apanhou e equilibrou em cima da cesta apinhada de papéis, abrindo em seguida a gaveta do meio, vazia, e deixando cair dentro dela a pedra antiestresse, um presente para Harry Lee, que seria residente-chefe de manhã.

O bipe deu sinal de novo, enquanto ele se levantava e se espreguiçava dolorosamente, agora plenamente desperto. Era um ruído que haveria sempre de associar a essa sala, pensou ele, sobrepondo-se ao das sirenes, ao dos fogos de artifício e até, se Deus quisesse, ao tilintar abusado dos guizos do Arlequim.

Seus dedos fizeram involuntariamente o sinal dos cornos, e ele deu um sorriso ao sair, fechando a porta. *Scutta mal occhio*, pu-pu-pu, pensou, aceitando a ajuda que sua avó lhe ensinara para afugentar o inimigo, enquanto esperava diante do poço do elevador que o lento e ruidoso monstro o levasse até a Emergência.

markgraph

Rua Aguiar Moreira, 386 - Bonsucesso
Tel.: (21) 3868-5802 | 3868-5806
e-mail: markgrapheditor@gmail.com
Rio de Janeiro - RJ